식민지를 안고서

식민지를 안고서

김 철

도서출판 역락

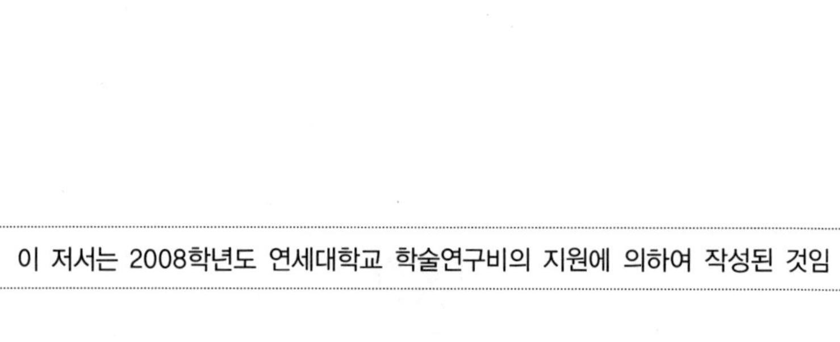
이 저서는 2008학년도 연세대학교 학술연구비의 지원에 의하여 작성된 것임

‘일제 강점기(强占期)’라는 용어가 있다. 일본 제국주의가 조선을 식민통치했던 기간을 가리키는 용어로서 현재 한국의 출판물이나 매스미디어, 학술논문 등에서 가장 널리 사용되는 말이다. 일일이 확인해 보지는 않았지만, 대부분의 역사 교과서도 이 용어를 사용하고 있지 않을까 한다. ‘강점기’라는 용어가 한국 사회에서 사용된 지는 물론 오래 되었다. 그러나 거의 공식적인 용어라고 해도 좋을 정도로 이렇게 널리 보편성을 획득한 것은, 내 기억으로는 불과 몇 년이 안 된다(아마, 노무현 정부의 등장 이후가 아닌가 한다).

어쨌거나, 일제의 식민통치 기간이 ‘강점기’라는 용어로 획일화된 것이 언제부터인가를 따지는 것은 나의 관심사가 아니다. 문제는 이 용어가 일본 제국주의의 식민지 지배를 가리키는 용어로서 과연 적절한가를 따지는 일인데, 바로 그 점에서 나는 이 용어가 아주 부적절한 것이라고 생각한다. 물론 일제 식민지 기간을 ‘강점기’로 명명하는 사람들의 의도를 이해 못할 바는 아니다. 그 용어는 일본 제국주의의 야만적 폭력성과 이른바 ‘한일합방’의 불법성을 부각시키는 데에 더할 수 없이 효과적이다. 더 나아가 그 용어는 이민족(異民族)의 물리적 폭력 앞에 ‘점령(occupation)’ 당했던 쓰라린 과거의 기억을 언제까지나 잊지 않고 보존시키는 데에도 대단히 효과적이다.

그러나 과연 그럴까? 일제 36년의 지배를 ‘강점기’로 명명하는 것은,

식민 지배의 폭력성을 인식하고 과거를 기억하는 데에 정말 효과적일까? 아니, 전혀 비효과적이라고 나는 생각한다. 결론부터 말하면, '강점기'라는 용어는 제국주의의 식민지 지배가 무엇인지에 대한 이해를 가로막고, 그럼으로써 제국주의의 지배 질서를 넘어설 수 있는 우리의 상상력과 실천력을 고갈시킨다. 어째서 그러한지 그 이유를 살펴보자.

제국주의의 식민지 지배가 무력에 의한 폭력적 과정임은 의문의 여지가 없고 일본 제국주의도 이 점에서 예외가 아니다. 그러나 몇 십 년 혹은 몇 백 년에 걸친 식민지 지배는 교전 상태에서의 적(敵)에 의한 일시적 점령과는 그 질이 다르다. 교전 중의 적에 의한 점령은 우선 그 기간이 짧고, 무엇보다도 오로지 무력, 즉 폭력에만 근거를 두고 있는 것이다. 사정이 그런 만큼, 적에 의해 점령당한 피점령지의 주민들의 관점에서 보자면 이 기간은 '일시적인 비정상' 혹은 '일시적인 정지 상태', 요컨대 정상적인 궤도로부터 잠시 이탈한 '일탈기(逸脫期)'에 지나지 않는다. 오로지 폭력으로만 유지되는 점령의 기간은 바로 그것이 폭력에만 기초하고 있다는 점에서, 피점령지의 사회, 문화, 전통 등에 큰 영향을 끼치지 못한다. 점령 상태가 소멸되는 순간 모든 것은 원래의 위치로 되돌아간다. 남은 일은 폭력에 의한 피해를 복구하고 적에 의해 일시 단절되었던 주권 권력을 재가동하는 것이다. 물리적 피해가 클 수는 있지만 역사적 흔적이나 영향은 생각보다 작기 마련이고, 점령은 일시적인 '역사적 일탈'로서 기억 속에 매끄럽게 봉합된다.

일본 제국주의의 식민지 지배를 이러한 교전 상태에서의 적에 의한 점령 같은 것으로 이해한다면, 그것은 매우 심각한 오해를 초래할 것이다. 일제 식민지 기간을 '강점기'라고 부르는 한, 40년에 가까운 그 역사적 시간은 '일시적 일탈'의 한 순간으로 바뀐다. 오천년 동안 면면히 이어지는 민족적 연속체의 장구(長久)한 역사 속에서 36년의 '짧은' 시간을 일시적 '궤도 이탈'로 봉합함으로써 그 '치욕'을 잊고자 하는 욕구, '강점기'라는 용어는 바로 이러한 욕구를 반영하고 있는 것이다. 그러므로 역설적으로, '강점기'라는 역사 인식 아래에서 일제 식민지라는 기간은 존재하지 않는다.

그러나 보다 큰 문제는, 일제 식민지 시기를 '강점기'로 명명함으로써 식민 지배의 본질, 즉 그것의 폭력성 및 식민자(the colonizer)와 피식민자(the colonized)의 관계의 복잡성이 시야에서 사라지고, 사태가 오직 '강자'와 '약자', '가해자'와 '피해자', '저들'과 '우리' 등과 같은 단순한 이분법으로 환원되고 만다는 점이다(그리고 이러한 이분법이 또 다른 폭력을 낳는 데 대해서는 더 이상 말하지 않겠다). 알다시피, 일제의 식민지 지배는 오늘의 한국 사회가 형성되고 오늘의 한국인이 탄생하는 데에 역사상의 그 어느 시기보다도 심대하고 깊은 영향을 끼쳤다. 잠시 동안 무지막지한 폭력이 점령하고 있던 것이라면, 그것은 앞서 말했듯 피점령자의 의식과 생활에 그다지 심각한 영향을 초래하지 않는다. 그러나 일제의 식민지 지배를 이렇게 말할 수는 없다. 수십 년 동안 수천만 명의 사람들이 식민지에서의 삶을 영위했다. 그것은 일시적인 역사적 일탈이 아니라 한국의 근대사를 구성하는 가장 큰 핵심적 구성 부분이다.

그러나 '강점기'라는 용어를 통해 환기되는 세계는 무엇인가? 흉폭하고 잔인한 '저들'과 순결하고 연약한 '우리'로 양분된 멜로드라마의 세계 —이것이 '강점기'라는 용어로 표상되는 세계일 것이다. 이런 세계는 물론 현실의 세계가 아니다. 지금의 우리가 그런 세계에 살고 있지 않듯이,

식민지의 사회도 그러했다. 그러나 '강점기'라는 용어가 그리는 것, 그리고 사람들이 이 용어를 통해 보고자 하는 세계는 바로 그런 세계이다. 그리고 바로 그 점에서 이 용어는 다시 한 번 식민지의 역사를 가린다.

　폭력, 특히 식민주의의 폭력은 어디에서 어떻게 작동되는가? 나의 궁극적 관심은 이것이다. '강점기'라는 용어에 대한 견해를 먼저 밝힌 까닭은 그것이 폭력의 폭력성을 이해하는 데에 전혀 도움이 되지 못할 뿐만 아니라, 오히려 식민주의의 폭력이 작동되는 구체적 실상을 가리고, 그럼으로써 폭력에 대해 저항할 일체의 사유를 정지시키기 때문이다. 폭력의 얼굴은 결코 폭력적이지 않다. 예컨대, 다음과 같은 장면에 주목해 보자.

> 古丁 씨도 나도 하야시 후사오(林房雄) 씨에 의해 그 자리에 소개되어 막바로 술잔의 총공격을 받았다. 古丁 씨는 젊기도 하고 몸도 건장해 술도 잘 마시는 모양이나 나는 그렇지 못했다.
> "꼭 취해 주게. 취한 이광수를 보여주게."
> 하야시 씨의 이 말뜻을 나는 잘 알 수 있었다.
> 그렇다면, 하는 심정으로 나는 권하는 족족 마셨다. 그래서 취기가 도는 상태에서 떠들어 마침내 하야시 씨의 주문대로 앞뒤를 알지 못할 정도가 되고 말았다.[1]

　1942년 11월 초 도쿄(東京)에서 열린 제1회 대동아문학자 대회에 이광수는 '일본 대표'로 참석한다. 대회가 끝난 후 그는 기쿠지 칸(菊池寬), 가

---

1) 李光洙, 「三京印象記」, 『文學界』, 東京, 1943. 1, p.73(한국어 번역은 김윤식, 『일제말기 한국 작가의 일본어 글쓰기론』, 서울대출판부, 2003. 참조. 인용문의 번역은 필자가 일부 수정했다. 이하도 마찬가지이다).

와카미 데츠타로(河上徹太郎), 하야시 후사오(林房雄), 구메 마사오(久米正雄) 등의 일본 작가들, 錢稻孫, 周化人, 古丁 등의 중국 및 만주국 작가들과 함께 도쿄, 나라(奈良), 교토를 방문하고, 「三京印象記」라는 제목의 일본어로 쓴 기행문을 『文學界』에 발표한다. 위의 장면은 그 기행문의 한 부분이다.

장소는 도쿄의 한 찻집의 거실. 고바야시 히데오(小林秀雄), 하야시 후사오 등 일본 문단의 거물들이 이광수나 古丁(꾸딩) 같은 식민지 출신의 작가들을 위해 작은 주연(酒宴)을 베풀고 있다. 술을 잘 마시지 못하는 이광수에게 하야시 후사오가 말한다. "꼭 취해 주게. 취한 이광수를 보여 주게(是非、醉ひつぶれて吳れ、醉つた李光洙を見せて吳れ)."

이 장면에는 일상적인 술자리에서의 대화를 뛰어넘는 무언가 기묘한 긴장감이 있다. 기행문의 기록에 따르면, 이광수는 하야시 후사오와도 처음 대면하는 사이이며, 고바야시 히데오와는 단 한 번 만났을 뿐이다. 하야시 후사오는 처음 만난 이광수에게 '꼭 취해 달라. 취한 이광수를 보여 달라.'고 말한다. 그가 이광수의 창씨명인 '가야마 미쓰오(香山光郞)' 대신에 '이광수'라는 이름을 쓰고 있음을 기억해 두자. 한편 이러한 하야시의 주문에 대해 이광수는 '그 말 뜻을 잘 알 수 있었다'라고 적는다. '그래서 주문대로 취해 주었다'라고 그는 말한다. 이 술자리에 대해 그가 매우 예민하게 반응하고 있었다는 것은, 이 여행의 마지막 코스인 나라(奈良)의 한 호텔에서 벌어진 며칠 후의 또 다른 주연(酒宴)의 기록에서도 확인할 수 있다.

"마셔, 마셔"라고 가와카미(河上) 씨가 권하는 대로 대여섯 잔을 연거푸

마셨다. 가와카미 씨도 나를 취하게 하고 싶은 모양이다. 하야시 후사오 씨의 수완이다. 가야마(香山)란 자식, 한 번 속내(本音)를 드러내 보라는 투였다. …(중략)… 좋다. 마시자. 속내(本音) 아니라 모든 걸 다 털어놓아도 좋다(本音どころか泥を吐いてもいい). 나에게는 중생에 대해 감출 어떤 일도 없다. 취해서 보여 줄 추함이 있다면 그것이 나의 참된 모습이리라. 나에게 진심을 구하는 벗에게 내 있는 그대로를 보이지 않고 어쩔 것인가.[2]

이 일련의 사건들을 재구성해 보자. 제국의 문인들은 식민지에서 온 '일본 대표' '이광수=가야마 미쓰오(香山光郎)'를 연이어 술자리에 초대한다. 분위기는 화기애애하고 대접은 극진하다. 그러나 기묘한 긴장감이 이 좌석을 지배한다. 제국의 문인들은 이광수에게 거듭해서 "술 취한 너의 모습을 보여 달라"고 주문한다. '좋다, 보여 주마. 숨길 것은 아무 것도 없다'라고 식민지 출신의 문인은 응답한다. '진심을 구하는 벗에게 무엇을 감출 것인가'라고 그는 극진한 호의에 극진한 진심으로 답한다. 아니, 답하는 것 같다. 대체 무슨 일이 일어난 것일까?

이 시기의 이광수의 행적, 즉 전시 체제에 대한 그의 협력 행위에 대해서 여기서 길게 서술할 필요는 없을 것이다. 지금 이 글에서의 관심과 관련하여 주목할 것은, 그의 행위가 보여주는 과도한 연극성(演劇性)이다. 이광수의 체제 협력 행위에 관해 널리 알려진 에피소드들, 가령 아무도 보지 않는 자신의 서재에 일장기를 걸어 놓고 지냈다든가, 정오 사이렌이 울리는 거리에서 홀로 합장을 한 채 묵도를 하고 서 있었다든가 하는 등의 행위들은, 식민 지배자들에게까지도 의아심을 갖게 하는 과장되고 극

---

2) 이광수, 위의 글, p.76.

적인 포즈(pose)로 가득 찬 것이었음에 틀림없다.

그러나 포즈였다고 해서 그것이 진심이 아닌 가면(假面)이었다고 말할 수 있을까? 그것은 아무도 모른다. 그리고 바로 이 지점에서 하야시 후사오는 대놓고 이광수에게 질문하는 것이다. "너는 누구냐?" 아무리 호의와 친근함에 쌓여 있어도 이 질문은 기본적으로 폭력적이고 이 질문 앞에 마주 선 인간은 폭력에 직면하고 있는 것이다. 요컨대, 하야시 후사오는 "진무(神武) 천황께옵서 즉위하신 가구야마(香久山) 산 이름을 씨로 삼아" 창씨했다는 '가야마 미쓰오(香山光郞)'에게가 아니라, '이광수'에게 "너는 누구냐?"라고 묻고 있는 것이다. 이광수는 이 질문에 이렇게 대응한다. "하야시 후사오 씨는 가야마의 속내를 알고 싶은 모양이다. 좋다. 보여 주마."

어디까지가 진심이고 어디까지가 가면인지는 가릴 수도 없고 가릴 필요도 없다. '너는 누구냐?'라는 질문의 폭력성, 혹은 폭력이 예감되는 그 자리에 우리의 주의를 최대한 집중시킬 필요가 있다. 식민자의 의도를 앞질러 초과하는 피식민자의 포즈와 그 포즈의 이면을 파고드는 식민자의 날카로운 추궁(追窮), 그리고 그 추궁 앞에 또 다른 포즈로 응답하는 피식민자의 몸에 익은 반응, 따뜻한 호의와 배려로 감싸인 친교의 자리에서 벌어지는 이 일련의 행동들로부터 식민지의 일상 속에 항상적으로 준비되고 실현되는 폭력의 가능성을 읽어 내기―식민지 연구는 거기에서 출발하지 않으면 안 된다.

『식민지를 안고서』라는 이 책의 제목이 의도하는 바는 대체로 위에서 말한 바와 같다. 또 한편, 식민지의 역사와 경험이 오늘의 나를 이루었다는 철저한 자기 분석과 비판 없이는 어떠한 '과거 청산'도 불가능하다는 생각이 이 책에 실린 모든 글들을 일관하는 기본적인 관점이다. 이런 생각을 바탕으로 지난 몇 년간 쓴 글들을 모은 것이 이 책이다. 이 책에 실린 글 중에 많은 것들은 미국이나 일본에서 열린 학술대회나 워크샵 등에서 발표되었고 동시에 영어나 일본어로 출판되었거나 출판될 예정이다 (이 책에서는 자세한 서지 사항은 생략하고 한국어로 발표된 연도만을 표기하였다). 언제나 그렇듯이, 이번의 책도 본격적인 학술논문들과 논문의 형식을 벗어난 에세이들이 뒤섞여 있다. 체계적으로 잘 정비된 수미일관한 저서를 써낼 능력은 나에게는 없는 것인가, 스스로 한심스럽게 여겨질 때도 많이 있지만, 독자들에게는 딱딱한 논문보다는 뒤에 실린 에세이들이 훨씬 쉽고 흥미로울 것이라는 점으로 위안을 삼고자 한다.

일본 제국주의의 식민지 지배를 이 책에서와 같은 관점으로 접근하는 것은 감정적 민족주의가 점점 더 기승을 부리는 오늘의 한국 사회에서는 결코 유쾌한 일이 못 된다. 이 책의 맨 앞에 실린 「'결여'로서의 국문학」이라는 논문을 한 학술대회에서 처음 발표하였을 때, 토론을 맡았던 어떤 자칭·타칭의 '진보적 좌파' 역사학자로부터 "일본 우익 운운" 하는 어이없는 지적을 받고 나는 분노보다는 절망감에 휩싸였다. 이와 같은 일은 너무 자주 일어나서 이제는 아주 만성이 되다시피 했지만, 나는 그 역사학자를 비롯한 우리 모두가 '하늘에 뜬 구름을 이정표(里程標) 삼아 길을 가고 있는 것'은 아닌지, 끊임없이 자신을 되돌아보아야 한다고 생각한다.

"밤하늘의 별을 보고 길을 갈 수 있었던 시대는 행복하였노라(Happy are those ages when the starry sky is the map of all possible paths)."라는 루카치의 문

장은 우리의 젊은 시절을 매료시켰던 잊을 수 없는 구절이기도 하다. 갈 수 있는 모든 길을 비쳐주던 그 별은 물론 이미 존재하지 않는다. 그것이 존재하지 않는다는 것을 아는 것, 그로부터 근대 사회와 근대인이, 그리고 그 분열의 비극이 시작되는 것임을 또한 저 문장의 필자는 말하지 않았던가. 그럼에도 불구하고, 어떤 사람들은 사라진 별 대신에 '하늘에 뜬 구름'을 지도로 삼아 길을 간다. 이 희극의 주인공들이 움직이는 사회는 실로 무섭다.

무엇을 할 것인가? 뾰족한 해답이 있을 리는 없다. "종일토록 먹지도 않고 밤새 자지도 않고 생각해 보았지만 아무 소용이 없다. 공부가 제일이다(吾嘗終日不食 終夜不寢 以思 無益 不如學也)."라는 공자의 말씀이 '밤하늘의 별' 같은 것이 될지는 알 수 없으되, 적어도 '하늘에 뜬 구름' 같은 것과는 비교할 수 없을 유력한 지침이 될 것임은 믿어 의심치 않는다. 읽고 쓰는 자로서의 본분을 다하는 것만이 이 허황한 세상을 견디는 유일한 길임을 새삼스럽게 자각하면서, 이 책을 모든 마음의 동료들에게 드린다.

2009년 겨울

김 철

차 례

I

'결여'로서의 국(문)학

1. 민족(학)과 '구운 염통'

　이광수의 장편 소설 『흙』(1932)은 '민족(학)'의 정체성과 관련하여 대단히 흥미로운 장면들을 보여 준다. 보성전문학교의 영어 강사인 한민교(韓民敎 ; 한민족의 교사)는 보성학교 학생들 사이에서뿐만 아니라 '시내 중등학교 이상 학생 간에 아는 이가 많은' 조선 청년의 지도자이다. 소설은 한민교의 집에서 열린 '눈 오는 어느 날' 밤의 '만찬회'를 자세히 묘사한다. 만찬회는 "익선동 꼬불꼬불한 뒷골목에 있는 조그마한 초가집"인 '한 선생'의 "삼간 마루방"에서 열린다.

　방이 좁고 내객은 많으니까 턱없이 넓은 삼간 마루에는 당치도 아니한 유리 분합을 들였다. 이 방을 놀러 다니는 학생들은 한 선생네 양실(洋室)

이라고 일컫는다. 딴은 양실이다. 조선식 방은 아니니까 양실이다.[1]

　"집에 어울리지 않게 큰 서양식 데스크", "잉크병", "필통", "벼루", "학생들이 기부한 형형색색의 교의", "석탄 난로" 등이 놓인 이 '양실'의 "책상머리에는 조선 지도가 붙고 책상 위에는 언제든지『삼국유사』,『삼국사기』같은 조선의 역사나 또는 조선 사람의 문집"이 놓여 있다. "조선이란 것을 뜨겁게 사랑하"는 한민교는 "매일 반드시 단 한 페이지라도 조선에 관한 무엇을 읽는 것으로 규칙을 삼고 있었다."

　조선식 초가집 마루에 유리문을 대어 만든 '양실'의 책상, 그 위에 놓인 '한란계'로 '화씨(F)칠십도'의 바깥 기온을 재면서 시작되는 이 날의 만찬회 광경이 암시하는 '조선 및 조선학'의 풍경은 예사롭지 않다. 손님은 모두 학생들이다. "맨 처음 온 이가 경성대학 문과에 다니는 김상철(金相哲)이었다."[2] 이어서 "경성의전, 세브란스 의전, 보성전문, 고등상업, 고등공업 등"의 학생들이 오고 "이화전문의 여학생" 들이 모여든다.

　"곰국을 끓이고 갈비와 염통을 굽고 뱅어저냐까지도 부치"는 이날 만찬의 목적은 "스텐퍼드 대학에서 에이 비, 프린스턴 대학에서 엠 에이와 피 에이치 디 학위를" 받고 "예일 대학에서 신학사의 학위"를 받은 "이건영 박사"와 "보통학교도 다닌 일이 없"지만 "벌써 삼십여종의 발명을

---

1) 이광수,『흙』, p.36. 텍스트는 문학과 지성사 간행본(이경훈 책임편집, 2005)을 사용한다. 앞으로 소설의 인용 부분은 주석 표시를 생략한다.
2) '김상철'이 경성제대 조선어문학과의 졸업생인『조선연극사』의 저자 김재철(金在喆, 1907~1933)을 가리키는 것임은 분명하다.『흙』의 안타고니스트인 '김갑진'이 김상철을 가리켜 이렇게 말할 때, 그 점은 더욱 분명해진다. "좋은 대학에까지 들어와서 조선 문학을 배운다니, 딱한 작자들야. 저 상철이 놈으로 말하더라도 무엇이―춘향전이 어떻고, 산대도감이 어떻고 하데마는 참말 시조야. 미친 놈들."

하여 전매특허권을 얻”은 뒤 “세계를 놀랠 만한 대발명, 그것은 아직 비밀이나 거의 완성된 대발명을 하시는 중에 있는” “위대한 발명가” “윤명섭씨”를 소개하기 위한 것이다.

서양식 집기들과 조선식 가재도구들이 뒤섞인 “딴은 양실”에서 ‘매일 반드시 조선에 관한 무엇을 읽는’ ‘한민족의 교사’ 한민교가 주최한 이 만찬회의 장면이 ‘민족(학)’으로서의 ‘조선(학)’의 혼종성과 그 운명을 날카롭게 상징하고 있음은 이어지는 장면에서 더욱 분명하게 드러난다.

> “오래간만에 조선 디너를 먹습니다.”
> 하고 미국으로부터 십여 년만에 돌아온 이건영은 극히 감격한 모양으로 감사하는 인사를 하였다.
> …(중략)…
> “김치 맛이 아마 조선 음식에 있어서는 가장 조선 정신이 있지요”
> 하고 대학 문과에서 조선 극을 전공하는 김상철이 유머러스한 말을 한다.
> “브라보우!”
> 하고 이박사가 영어로 외치고,
> “참 그렇습니다. 김치는 음식 중에 내셔널 스피릿(민족정신)이란 말씀이야요.”
> 하고 그 지혜를 칭찬한다는 듯이 상철을 보고 눈을 끔적한다.

‘김치는 음식 중에 내셔널 스피릿’이라는 발화에는 기묘한 굴절이 존재한다. 서둘러 말하면, 이 발화는 ‘김치’로 상징되는 ‘민족정신’이 ‘내셔널 스피릿’이라는 번역을 매개함으로써만 존재할 수밖에 없는 사정을 가장 압축적으로 제시하고 있는 것이다.

어떤 매개와 굴절을 거쳐 ‘민족(학)’이 자기 자신을 드러내는가? 이 질문이 이 글의 주제이다. 다시 위의 장면을 살펴보자. '곰국', '갈비', '구운 염통', '뱅어저냐'로 차려진 식사가 '미국 박사'에 의해 '조선 디너'로 발화되는 것과 함께, 음식과 민족을 연결하는 '민족 문화'의 상상력이 발동된다.

> "갈비는 조선 음식의 특색이지요."
> 하고 어떤 학생이,
> "갈비를 구워서 뜯는 기운이 조선 사람에게 남은 유일한 기운이라고 누가 그러더군요."
> "응 그런 말이 있지."
> 하고 한 선생이 갈비 뜯던 손을 쉬며,
> "영국 사람은 피 흐르는 비프스테이크 먹는 기운으로 산다고."
> 하고 웃는다.
> "딴은 음식에도 각각 국민성이 드러나는 모양이지요."
> 하고 또 한 학생이,
> "일본 요리의 대표는 사시미(어회)이지요. 청요리의 대표는 만두, 양요리의 대표는 암만해도 로스트 치킨(닭고기 구운 것)이지요."
> "여기는 토스티드 하트(염통 구운 것)가 있습니다. 하하."

음식과 민족을 연결하고 나아가 민족의 흥망성쇠를 진단하는("갈비를 뜯는 기운이 조선 사람에게 남은 유일한 기운") 이 상상 혹은 표상의 구조 안에서, '사시미', '만두', '로스트 치킨'으로 표상되는 '각각의 국민성'에 '토스티드 하트'를 내미는 것, 그것으로써 '민족(학)'은 완성될 것이었다. 다시 말해, '민족정신'이 이미 '내셔널 스피릿'의 번역이고 그 번역을 매개함으로써만 발화되고 인지될 수 있는 것이라면, 민족을 대표하는 '문화'(이 자리에서는 ‘염통 구운 것’)는 ‘토스티드 하트’로 발화됨으로써 비로소 ‘사시미’, ‘로스트 치킨’ 등과 어깨를 나란히 할 수 있는 것이다. ‘민족(학)’의 운명은 그런 것이었다.

정체성의 자각은 이질적인 것(foreignness)과의 조우, 타자(Others)라는 거울을 통한 반사(反射) 없이는 일어나지 않는다. 김치의 맛을 ‘조선 정신’으로 일컫는 인식이 ‘조선 극’을 전공하는 경성제대 졸업생에게서 발화되고, 그것이 김치를 ‘내셔널 스피릿’으로 인지하는 ‘미국 박사’에 의해 다시 확인될 때, ‘조선(학)’은 ‘민족(학)’으로서 그리고 장차 ‘국가(학)’으로서 ‘세계’와 연결된다는 것, ‘구운 염통’(토스티드 하트)의 상징성은 거기에 있었다. 사카이 나오키(酒井直樹)가 일찍이 ‘쌍형상화 도식’(schema of cofiguration)[3]으로 명명했던 이 정체성 형성의 방식은 ‘한민족의 교사’와 ‘청년 학생’들이 모인 1930년대 식민지 조선의 초가집 ‘양실’에서도 이렇게 진행되고 있었던 것이다.

그러나 ‘민족(학)’에 새겨진 근원적인 이질성과 혼종성에도 불구하고, 그것은 어떤 고유하고도 순수한 정수(essence)를 결정(結晶)하는 것으로 인식되었다. ‘서양식 데스크’에 ‘조선 지도’를 붙여놓고 『삼국유사』, 『삼국사기』와 함께 ‘매일 조선에 관한 것을 한 페이지라도 읽는’ 한민교가 생각하는 ‘순 조선 사람’은 예컨대 이런 것이다.

> 한 선생도 순례 아버지의 꾸밈없는, 순 조선식인 성격에 대해 많이 호
> 감을 가졌다. 조선식 겸손, 조선식 위엄, 조선식 대범, 조선식 자존심, 조

---

3) Naoki Sakai, *Transtlation and Subjectivity*, University of Minnesota Press, 1997. 여기서는 후지이 다케시 역, 『번역과 주체』, 도서출판 이산, 2005 참조.

선식 점잖음(태연하기 산 같은 것), 이런 것은 근래에 바깥바람 쏘인 젊은 사람에게서는 찾아보기 어려운 것이라고 한 선생은 생각하였다.

그런데 막연하기 이를 데 없는 이 '순 조선식 성격'은 바로 이어지는 서술, 즉 "감정의 움직임이 양철냄비 식이요, 저만 알고, 잔소리 많고 위신 없는" "일본 도금, 서양 도금의 경망하고 조급"함과 대비됨으로써 구체성을 획득하는 것이다. 그러므로, "사립학교 부스러기나 다니는" "시골 출신 상놈"인 주인공 허숭이 "경성제대 법문학부"의 졸업생이며 '남작의 아들'인 김갑진을 준열히 꾸짖고 훈계할 수 있는 근거가 바로 이 '조선(학)'에 대한 인식에 달려 있었던 것도 당연한 일이었다. '농사라는 건 인종지말(人種之末)이 하는 것'이라고 하면서 농민들의 모내기를 '외국의 풍경' 바라보듯이 하는 김갑진에 대한 허숭의 감정은 분노가 아니라 '갑진이가 조선 사정을 모르는 데' 대한 놀라움이다. 다음의 대화는 조선 초가집의 '양실'에서 확인된 '조선(학)'의 존재가 바야흐로 어떻게 방향지어질지(oriented)를 암시한다.

숭은 이윽히 벙벙히 갑진을 바라보고 있다가,
"자네 신문 잡지도 안 보네그려?"
하고 물었다.
"내가 신문을 왜 안 보아? 대판조일, 경성일보, 국가학회 잡지, 중앙공론, 개조 다 보는데 안 보아? 신문 잡지를 아니 보아서야 사람이 고루해서 쓰겠나?"
하고 갑진은 뽐내었다.
"그런 신문만 보고 있으니까 조선 농민이 요새에 풀뿌리, 나무껍질 먹는 사정을 알 수가 있겠나? 자네는 조선 신문 잡지는 영 안 보네그려?"

하고 숭은 기가 막혀 하였다.

"조선 신문 잡지?"

하고 갑진은 도리어 놀라는 듯이,

"조선 신문 잡지는 무엇 하러 보아. 무엇이 볼 게 있다고. 그까진 조선 신문기자 놈들. 잡지 권이나 하는 놈들이 무얼 안다고. 그런 걸 보고 있어. 백주에 낮잠을 자지."

숭은 입을 딱 벌리지 아니할 수 없었다. 그리고 말문이 막혀버렸다.

…(중략)…

"왜 자네네 대학에도 조선문학과까지 있지 아니한가."

하고 숭은 아직도 갑진을 어떤 방향으로 끌어보려는 뜻을 버리지 아니하였다.

"미국서 박사니 무엇이니 해가지고 온 사람치고 무어 아는 사람은 어디 있"으며, "그 박사 논문이란 것들을 보니까 우리들 보통학교에 다닐 때에 작문한 것만 밖에 더" 하냐는 교만하기 이를 데 없는 김갑진에 대해, "자네 눈에는 모든 것이 거꾸로 비친"다고 준엄하게 나무라면서 "우리네 새로 교육을 받은 사람들은 여러 백 년 동안 잊어버렸던 농민과 노동 대중의 은혜와 가치를 깊이 인식해서 그네에게 가서 봉사할 결심을 가지는 게 옳지 않겠나?"라고 허숭이 말할 수 있었던 것, 그리고 이러한 훈계에 대해 갑진이 여느 때와는 달리 입을 다물 수밖에 없었던 것은, 허숭이 '조선 신문과 잡지'를 '대판조일, 경성일보, 국가학회 잡지, 중앙공론, 개조' 등의 잡지들과 동렬에 놓을 수 있었기 때문이다. 다시 말해, '조선 신문과 잡지'를 식민지 종주국의 유수한 매체들과 같은 담론의 질서 안에 위치지우는 순간, '조선 신문과 잡지'는 그 매체의 실제적 영향력과는 아무 상관없이, 또 김갑진의 의도와도 상관없이, '조선의 사정'을 알리는 하나의 체계와 제도로서 자리 잡았던 것이다. 즉 '조선의 사정을 아는 것'은 이 쌍형상화의 도식 아래서 비로소 새로운 지식이 되는 것이다. 그리고 그것이 지식인 한, 아무리 '미국 박사'를 깔보는 김갑진이라 하더라도 그 '무지'가 폭로되는 순간에는 입을 다물 수밖에 없는 것이다.

그런 의미에서, '조선 사정을 알려면 조선 신문과 잡지를 보라'고 김갑진을 공박하는 허숭이 "자네네 대학에도 조선문학과까지 있지 아니한가?"라고 말하는 것은 예사롭지 않다. "좋은 대학에 들어와서 조선 문학을 배운다니, 미친 놈들"이라는 갑진의 경멸은 사실상 그의 무지를 더욱 돋보이게 하는 역할을 한다. 이에 대비되는 '조선문학과'에 대한 허숭의 언급은 <'일본국가(학)'을 매개로 해서 전개되는 '조선민족(학)'의 제도화>라는 현실을 날카롭게 환기시킨다. 요컨대, '조선 초가집의 양실'에서 오가는 '조선(학)' 담론이 '아까몽(赤門)'으로 상징되는 '제국대학'의 '국가(학)' 연구실로 이행하고 있는 1930년대의 현실, 허숭의 말은 이 현실을 가리키고 있었던 것이다.

2. '민족(학)'과 '국가(학)'의 각축 ; 민족의 분절화

1923년 회동서관이 발행한 자산(自山) 안확(安廓)의 『조선문명사』 첫 장에는 다음과 같은 저서 목록이 실려 있다.

安自山 著書 目錄 (○ 旣刊 ● 未刊)

第一部 朝鮮文明史 …… 全八冊
●朝鮮民族史考 ●朝鮮美術史槪論 ●朝鮮學藝史 ○朝鮮文學史(增訂再版)
○朝鮮政治史(朝鮮文 英文) ●朝鮮經濟史 ●朝鮮外交史 ●朝鮮陸海軍史

第二部 自山學說集 …… 全八冊
○朝鮮文法(增訂再版) ●朝鮮古語考(古語古歌의 解) ○朝鮮語學原論(三訂)
●經言集(純漢文) ●平等論(純漢文) ○自覺論(附朝鮮哲學史(四版) ○改造論
(四版) ●新倫理學(朝鮮文 純漢文)

第三部 自山文集 …… 全七冊
●世界思想史槪論 ●朝鮮不平史 ●末世가 新時代가(純漢文) ●飯과 心
●乙素夫(純諺文) ●嗚呼世相 ●自山詩集

第四部 政治論 …… 全二十冊
●興亡論 ●朝鮮人의 政治的思想(英文) ●我生活 ●學者及政治家 ●英雄
과 志士 ●國民讀本(純漢文) ●新民論(純諺文) ●政治와 民衆 ●政客의 生
活 ●政治의 道德과 罪惡 ●外交論 ●萬國外交政策 ●戰爭論 ●軍事談 ●
朝鮮經濟實談 ●國家財政論 ●拓植會社(英文) ●世界自治制調査 ●各國의
政黨及議會 ●世界總督政治의 調査(日本文)
以上 四十冊

위에서 보듯 1923년 현재 안확은 6권의 조선학 관련 저서를 출간하였
고 총 40권에 이르는 저서의 집필 계획을 지니고 있었다. 그 계획은 달성
되지 못했지만 1946년에 사망할 때까지 그는 조선의 문학, 어학, 미술,

음악, 역사, 철학, 정치학 등에 관한 6권의 저서와 164편의 논문을 남겼다.4) '한우충동(汗牛充棟)', '박학강기(博學强記)' 등의 어사는 실로 이를 두고 하는 말임을 그의 논저들은 생생하게 보여준다.『조선어학원론』을 통해 주시경 등의 '한글'과 날카롭게 대립하면서 훈민정음 창제의 원리를 조선의 고악보(古樂譜) 표기법에서 찾고, 이왕직(李王職) 아악부(雅樂部)의 촉탁으로서 악서(樂書) 편찬에 종사하면서 조선 음악의 원리를 규명하는 등, 그의 '조선학'이 이루어낸 성과는5) 전무후무한 것이라 해도 과언이 아니다.

지금 이 글에서의 우리의 관심은 이 모든 '자기지(自己知, self knowledge)'가 어떻게 생겨났는가 하는 것이다. 다시 말해, "우리 근대 국학의 개척자"6)의 자기 인식은 어떤 지적 편제 안에서 이루어지고 있었던가 하는 것이다. 안확의『朝鮮文明史』제1장 제1절의 다음과 같은 언급은 '조선(학)'의 태동이 서구적 모델을 '보편'으로 위치시키고 거기에 비추인 자기 자신을 '특수'로 정향하는, 보편과 특수의 상호보완적 작동 방식7)의 한 전형적인 예임을 잘 보여주고 있다.

朝鮮 自治制는 檀君 建國時代로브터 有한 바 希臘 政治와 同한 者로 東洋에 先進 又 獨特한 生活이라 쏘한 法制 文化로 말할지라도 스파타의 憲法과 갓티 固定性이 잇다할지언뎡 殘落하다 할 수 업스며 羅馬 政治 갓티

---

4) 안확의 논저 통계는 연구자에 따라 약간의 편차들이 있다. 여기서는 김창규, 「안자산의 국문학 연구 성과에 대한 고찰」, 최원식 외,『自山安廓國學論著集』6, 여강출판사, 1993, p.193에 따랐다.
5) 위의 책, 참조.
6) 이태진, 「안확의 생애와 국학 세계」, 위의 책, p.55.
7) "[서양에 대해 일본의 특수성을 주장하는 것은] 서양의 시각에 따라 일본의 동일성을 정립하는 것이며, 그렇게 함에 따라 보편적 대조항으로서의 서양의 중심성을 확립하게 되는 것이다." 酒井直樹,『死産される日本語・日本人』, 東京, 新曜社, 1996, p.23.

變하기를 遲遲하다 할지언정 退步라하기 不可하다.[8]

　　‘단군 시대’를 ‘희랍 정치’와 같은 ‘자치제’로 비견하고 그것을 ‘동양
에’ ‘선진’ 또는 ‘독특한 것’으로 인식하면서 그 ‘법제’를 ‘스파르타’나
‘로마’와 비교하는 상상력의 구조가 있기 전에는 ‘조선(학)’은 탄생할 수
없다는 사정을 위의 문장은 확실히 보여 준다. 다시 말해, ‘조선’의 ‘문
명’, ‘정치’, ‘문화’, ‘사상’, ‘법률’, ‘역사’, ‘음악’, ‘미술’은, 그것을 ‘문
명’, ‘정치’, ‘사상’, ‘법률’, ‘역사’, ‘음악’, ‘미술’로 정의하는 개념의 매
개를 거친 뒤에야 존재하는 것이다. 그리고 이 개념은 물론 당연히 ‘제
국’으로부터 왔다. ‘제국＝국가(학)’의 지적 편제 안에서만 존재할 수 있
는 ‘조선(학)’의 운명은,[9] 그러나 그 ‘조선(학)’의 존재 방식을 놓고 서로

---

8)　안확, 『조선문명사』, 『自山安廓國學論著集』, 2, p.271. 맞춤법과 한자표기는 그대로 두고
　　띄어쓰기만을 손보았다.

9)　앙드레 슈미트(Andre Schmid)에 따르면, 19세기 말 조선의 자기지(自己知)는 일본에서 주
　　로 생산되었다. 조선의 민족 정체성에 관한 여러 담론들이 조선의 문화와 역사에 대한 일
　　본측 저술들에 깊이 의존하고 있었다는 사실은 조선학의 태생적 딜레마가 될 수밖에 없
　　었다. 조선의 역사와 문화에 관한 일본인 학자들의 지식은 자민족을 재인식하려는 조선
　　의 지식인들에게 똑같은 용어로 다시 채택되었다. 예컨대, 당파싸움, 나태, 부패의 표본으
　　로 묘사된 이씨 조선의 ‘양반’은 과거의 조선을 비판하는 데에 가장 편리한 장치였고 당
　　시의 조선 민족 담론과 일본 식민주의의 역사 저술들은 이 점에서 서로 다르지 않았다.
　　조선 고대사와 고대 예술에 관한 지식의 체계도 당시의 일본측 저술에서 개발되어 조선
　　지식인들에게 제공되었다. 뿐만 아니라, 그들은 자본주의적 근대화와 문명국가의 건설이
　　라는 이상도 공유하고 있었다. 다시 말해, 민족주의와 식민주의는 자본주의적 근대화의
　　이상을 기반으로 역사 이해나 민족 문화에의 접근 방식에서도 많은 것을 공유하는 것이
　　었다. 어떻게 이 딜레마를 해결할 것인가? 안확이 그러했듯이, 일부의 지식인들은 ‘국수
　　(國粹)’ 또는 ‘국혼(國魂)’이라는 개념의 정립을 통해 그 해답을 찾고자 했다. 그것은 ‘민
　　족’을 ‘문명’이 아닌 ‘문화’, ‘물질’이 아닌 ‘정신’으로 정의하는 것이었다. 이 개념을 통해
　　언어, 종교, 특히 역사 서술에 바탕을 둔 문화적 저항의 형식이 가능할 것이었다. 그러나
　　이 ‘국수’의 개념조차 또한 일본 국가주의의 핵심을 이루는 사상이었으니, ‘정신’과 ‘문화’
　　라는 국민적 정수(essence)의 획득이 궁극적으로 식민주의를 넘는 무기가 되기를 기대할 수

갈등·대립하는 '조선(학)'의 '개척자'들 사이에서도 아직 의식되지 않았다.[10]

메이지 일본의 자국사가 파리만국박람회(1878)의 개최를 계기로 서술되고, '아시아는 하나'임을 도도하게 선포하는 오카쿠라 덴신(岡倉天心)의 일본 미술사 연구가 실은 유럽이라는 거울에 비친 자화상을 확인하는 것에 다름 아니었다면, '단군시대'의 '자치제'를 '희랍의 정치'에 비추고 '오천년의 역사'를 '上古', '中古', '近古', '近世'로 구분하면서, '조선 미술사', '조선 문학사', '조선 정치사', '조선 경제사', '조선 외교사' 등을 기획하는 이 지적 욕망이 딛고 서 있는 대지의 모습이 어떤 것인지는 충분히 짐작할 수 있다. 요컨대, 그것은 (메이지 일본 국가가 그랬듯이) '사시미' '로스트 치킨'으로 대표되는 '만국 공법'이라는 대지 위에 '토스티드 하트'를 들고 서는 것, 바로 그것이었다.

사정이 이런 한, 주시경·김두봉 등의 어문연구, 최남선의 조선사, 안확·정인보·신채호 등의 국수(國粹), 이광수의 민족개조론 등의 '조선

는 없는 일이었다. Andre Schmid, *Korea between Empires, 1895-1919*, Columbia University Press, 2002, pp.13~17.

10) 안확은 주시경·김두봉 등의 국문 연구소 그룹 등과 첨예하게 대립했을 뿐만 아니라, 이광수·최남선 등의 민족개량주의 내지 이른바 민족우파와도 분명한 선을 그었다. 그런가하면 경성제대 조선어문학과의 조선학 연구와도 일정한 차이가 있다. 이런 점들이 아마 그의 존재를 망각하게 한 요인의 하나가 되었을지도 모른다. 지금 이글에서의 초점은 이들 사이의 차이를 규명하는 것이 아니므로 이 문제에 관한 상론은 다음으로 미룬다. 다만, 그가 조선총독부의 기관지『朝鮮』에 일본어 원고를 기고한 것이나 이왕직(李王職) 아악부(雅樂部)에 근무한 것을 두고 '친일'을 운운하는 것은 지나치게 단순한 편견임을 지적해 두고자 한다. 식민지 하에서의 '민족(학)'은 '제국=국가(학)'과 일상적인 문화적 헤게모니 쟁투를 통해 끊임없이 길항, 협력, 타협의 지점들을 오가면서 스스로의 정체성을 확립해 갔던 것이다. 식민지에서의 삶을 '친일'/'항일'이라는 이분법적 범주나 개념으로만 설명하는 방식은 식민지의 다양하고 복잡한 현실을 단순화함으로써 결국 식민주의의 본질을 은폐한다.

(학)'이 각각의 편차와 개성에도 불구하고, '제국'을 경유한 근대적 학적 체계라는 '보편'의 매개를 통해 자신을 정립해 갔던 것은 특별히 놀랄 만한 것이 못된다. 이 '민족(학)'들은 19세기 말부터 1920년대 초까지 서로 '경쟁' 혹은 '각축'하고 있었다. 그리고 이 경쟁에서의 승패는 (대개 학문의 역사가 그러하듯이) 학문내적인 것에 의해서보다는 학문외적인 것에 의해 결정될 것이었다. 다시 말해 그것은 이 각축에서 누가 근대적인 학적 체계로서의 제도성을 획득하는가에 달려 있었다.

'京城帝大 法文學部 朝鮮語及朝鮮文學 專攻'의 존재는 바로 이 지점에서 그 문제성을 드러내는 것이다. 그것의 배후에는 '국가'가 있었다. 이 '제국대학'은 '내지(內地)의 제국대학'에는 없는 '조선어문학'을 "'국민'에 의한 '국민'을 대상으로 하는 '국어'로 발화되는 새로운 학문"으로 정의했다.11) 그럼으로써 '조선(학)'은 '국가(학)'의 제도 속에 하나의 '지방(학)'으로, '조선어'는 '국어'가 아닌 '지방어'로 규정되었다. 조선어문학과는 기존에 민간에서 이루어지던 모든 '조선어 학술'을 배제함으로써 성립했는데,12) 그것은 이제부터 '조선(학)'은 '국가(학)'의 편제 속에 위치 지워짐으로써만 존립할 수 있다는 것을 뜻하는 것이었다.

그러나 돌이켜보면, '민족(학)'으로서의 '조선(학)'은 처음부터 '국가(학)'이 아니었다. 그것은 '국가(학)'와 만나지 못한 부재 혹은 결여의 형태로 존재하고 있었다. 식민지하에서 그 결여가 메워질 방법은 없다. <'일본 국가(학)'을 매개로 하는 '조선(학)'의 제도화>, 그것 이외에는 어떤 방법도 없다는 것, 경성제대 조선어문학과의 등장은 그 점을 분명하

---

11) 박광현, 『京城帝國大學と「朝鮮學」』, 名古屋大學 박사학위 논문, 2002, p.45.
12) 위의 글.

게 하는 것이었다. 동시에 그것은 각축하던 모든 기존의 '민족(학)'들 위에 '제도화된 조선(학)', 즉 '새로운 민족(학)'13)의 우위를 선언하는 것이었다. '새로운 민족(학)'은 제국대학의 편제 안에서 제국의 '국가(학)'을 떠받치는 하나의 요소로 자리 잡았다. '오키나와', '타이완', '홋카이도' 연구와 같은 차원에서 '조선(학)'은 제국의 '다(多)민족주의'를 보장하는 '국가(학)'의 한 구성 분자가 되었다.

'조선(학)'이 제국의 '국가(학)'의 한 구성 요소로 자리 잡음으로써 분명해진 사실은 '국가(학)'의 보호와 육성 및 통제 아래서 '민족(학)'이 존재한다는 것이었다. '국가(학)'이 되지 못한 '조선(학)'에 있어서 제국의 '국가(학)'은 가장 강력한 보호자이면서 감시자이면서 동시에 경쟁자가 되었다. 그러므로 이제 '민족(학)'은 '국가(학)'과 경쟁, 협력, 타협, 길항 등의 관계를 통해서만 자기를 유지할 수 있는 것이었다. 과연 이광수는 경성제대 조선어문학과에 대해 이렇게 쓰고 있는 것이다.

연전 경성제대 조선문학과에서는 조선문학 연습용 교과서로 「격몽요결」을 사용하였다고 한다. 이는 그 대학 조선문학과의 주임되는 모 교수의 선택이니 가장 권위 있는 선택이라야 할 것이다. 그러나 불행히 淺見寡聞한 나로는 「격몽요결」이 조선문학이란 말은 기상천외로 밖에는 아니 들린다.14)

---

13) 그런 점에서 보면 도남 조윤제 등의 학문이 흔히 '신민족주의'로 불리는 것은 의미심장하다.
14) 이광수, 「조선문학의 개념」, 『사해공론』, 1935. 5. 여기서는 『이광수 전집』 16, 삼중당, p.175. 한편, 경성제대 개교 당시 이광수가 30대 중반의 나이로 조선어문학과의 청강생으로 등록하여 출석했던 사실은 잘 알려지지 않았고 깊이 있게 논의되지 않았다.

일본 제국주의의 다민족주의적 지배 아래서 조선 민족의 자기 확립이
란, 제국의 영토 안에서 민족의 '특수한' 영역을 분절(分節, articulate)함으로
써 '민족 주체'를 명료(articulate)하게 하는 것이다. 그럼으로써 '특수'로서
의 민족의 확립은 '보편'으로서의 제국을 지탱하는 것이다. 요컨대, 제국
이 랑그(langue)라면 민족은 빠롤(parole)인 것이다. 이 영역을 둘러싸고 벌
어지는 헤게모니의 쟁투, 그것이 이른바 '민족운동'인 것이다. 최남선의
조선사 편수회에의 참여, '언문 철자법'과 표준어 제정을 둘러 싼 조선어
학회와 총독부 학무국과의 협력, 그리고 그 협력의 결과로 확보된 조선
어 학회의 공적 권위 등이 모두 이런 맥락 아래 놓여 있다. 결국 분절화
를 통해 확립되는 민족의 정체성은 보다 근원적인 구조, 즉 제국의 존재
를 불문에 붙이면서 그 대가로 민족 영역의 자율성 및 특수성을 보장받
음으로써 확보되는 것이다.15) 경성제대 조선어문학과의 교과 내용에 대
한 이광수의 이의 제기 역시 그런 문맥 아래 있는 것이다.

　그러나 '민족(학)'과 '국가(학)'의 헤게모니 각축에서 '국가(학)'이 절대

---

15) 민족의 '분절화'와 조선어 학회의 한글운동에 관한 보다 자세한 설명은 필자의 다른 글 「'갱
　　생'의 '도' 혹은 '미로'―최현배의 「조선민족갱생의 도」를 중심으로」, 『민족문학사연구』, 28
　　호, 2005 참조. 분절화와 관련하여 채터지(Chtterjee)도 이와 유사한 설명을 한 바 있다.
　　"반(反)식민지 민족주의는 제국주의와의 정치 투쟁을 시작하기 전에 우선 식민지 사회
　　안에 자신의 주권 영역을 설정한다. 그것은 사회기구를 두 개의 영역, 즉 물질적인 것과
　　정신적인 것으로 나눔으로써 수행된다. 물질적 영역은 '외부'의 영역으로서 경제, 국가
　　공학, 과학, 기술 등 서양이 우위를 점한 영역이며, 반면에 정신적 영역은 '내부'의 영역
　　으로서 문화적 동일성의 '정수'를 담고 있는 영역이다. 그러므로 물질적 영역에서 서양
　　의 기술을 모방하는 데에 성공하면 할수록 자신의 정신 문화의 독자성을 보존할 필요는
　　더욱 커지는 것이다. 이 도식이야말로 아시아·아프리카 반식민지 민족주의의 기본적
　　특성이다."(Partha Chatterjee, *The Nation and Its Fragments*, Oxford University Press, 1999,
　　p.6.) '동도서기론'을 비롯하여, 식민지하에서 민족 영역을 정치나 과학으로부터 분절하
　　고 그렇게 분절된 영역에 '정신'이나 '문화'의 '특수'한 성격을 부여했던 민족문화운동은
　　채터지의 이러한 설명에 잘 부합하는 경우일 것이다.

적인 힘의 우위에 있음은 말할 것도 없다. 민족 영역의 분절화라는 실천 속에서 벌어지는 '민족(학)'과 '국가(학)' 사이의 각축, 경합, 협력, 타협 등이 이른바 식민지 '민족운동'의 실제를 구성하는 것이라고 할 때, '민족(학)'은 결코 '국가(학)'에 도달할 수 없다. 이 글의 첫머리에서 인용했던 이광수의 장편 소설 『흙』의 다음 장면은 '민족(학)'과 '국가(학)' 사이의 우열 관계가 종종 실제로 어떤 결과를 낳았는가를 보여준다. '살여울' 에서 농촌운동을 벌이던 변호사 허숭이 살인 누명을 쓴 상황에서 일본인 주재소장의 심문을 받는 장면이다.

> "대관절 너는 왜 이곳에 왔느냐."
> 하고 소장은 화제를 돌린다.
> "애써 고학을 해서 변호사까지 되어가지고 무슨 까닭에 이 시골 구석에 와서 묻혔느냐 말이야?"
> "살여울은 내 고향이니까 고향을 위해서 좀 도움이 될까 하고 와 있소."
> …(중략)…
> "글 모르는 사람 글도 가르쳐주고 조합을 만들어서 생산, 판매, 소비도 합리화를 시키고, 위생 사상도 보급을 시키고 생활 개선도 하고, 그래서 조금이라도 지금보다 좀 낫게 살도록 해보자는 것이오."
> "무슨 다른 목적이 있는 것 아닌가. 지금 그런 일은 당국에서도 다 하고 있는 일인데, 네가 그 일을 한다는 것은 당국이 하는 일에 대해서 불만을 가지고 당국에 반항하자는 것이 아닌가." (강조는 인용자)

'당국에서도 다 하고 있는 일'을 민족의 이름으로 나서서 하고 있는 허숭의 행위는 "국가의 계획과는 별도로 농민들을 민족적으로 전유(專有) 하기 위한 실천이다."16) 일본인 주재소장(국가)의 입장에서 볼 때, 허숭(민족)의 행위는 이해할 수도 용납할 수도 없는 것이다. 요컨대, "'국가'는 경쟁자라는 의미에서만 '민족'의 '적'이었다. 민족과 국가는 경쟁함으로써 만났다."17) 그러나, '민족'과 '국가'의 경합에서 '민족'의 추월은 결코 용납되지 않았던 것이다. '국가'에 대한 항상적인 협력의 자세에도 불구하고, 이광수가 수양동우회 사건으로 투옥되었던 것, 나아가 식민지하에서 많은 '민족운동'이 받았던 '탄압'들은 실은 그 추월을 용납하지 않는 국가측의 대응이었던 것이다. 그리고 추월이 용납되지 않는 한, '민족(학)'은 언제나 결여일 수밖에 없었다.

'조선학'의 경우에, '경성제대 조선어문학과'와 그곳에서 수행되는 '조선학'의 존재는 앞서 말했듯, 기존 '민족(학)' 사이의 경합을 종식시키고 '국가(학)'의 제도로 뒷받침되는 '새로운 민족(학)'의 지위를 확보하는 것이었다. 그러나 동시에 그것은 '제국(=국가)'의 아카데미즘 안에서 '국문학(=일본문학)'의 하위범주로서 존재하는 것이었다. 다시 말해, '조선(학)'이 '국가(학)'의 결여태로서 존재하는 현실은 경성제대의 등장과 함께 아예 하나의 제도가 되었던 것이다.

3. '민족(학)'과 '국가(학)'의 합체 ; 기원의 소거

1945년 8월 15일을 예상하고 준비할 수 있었던 사람은 아무도 없었다. '민족'을 틀 지우고 그 영역을 할당했던 구조로서의 '국가'는 순식간에

---

16) 이경훈, 「『흙』, 민족과 국가의 경합」, 이광수, 『흙』, 문학과 지성사, 2005, p.805.
17) 위의 글.

사라졌다. '민족(학)'의 향배는 이 지점에서 다시 문제가 되지 않을 수 없다. 1948년 "大韓民國 政府樹立의 慶祝日인 8월 15日 後8日"에 쓰여진 도남(陶南) 조윤제(趙潤濟)의 『國文學史』 초판 서문에서의 다음과 같은 구절은 이후 모든 '국문학도'의 갈 길을 제시하는 나침반과도 같은 것이었다.

> 아아 8월 15일! 드디어 우리의 解放의 날은 왔다. 三千里江山 坊坊曲曲에서 우렁차게 부르짖는 萬歲소리는 地球의 地軸을 흔들었다.
> ···(중략)···
> 暴虐한 36년의 倭政은 우리의 國語를 抹殺하려 하였고, 우리의 文化를 짓밟아 망그러뜨려 없애려 하였다. 그러한 무시무시한 壓政밑에서 呻吟하던 우리가, 또 내가 어찌 오늘날 우리의 國語로 우리의 國文學史를 우리의 大學講堂에서 講義할 줄 알았으리요.
> ···(중략)···
> 나의 20餘年의 學究生活은 나에게 있어서는 하나의 民族獨立運動이었다. 나의 運動이 어느 程度 成熟하여 民族이 解放되고, 軍政·過渡時代에 나의 成果를 大綱 整理 修撰하여 이제 빛나는 大韓民國 政府 樹立과 同時에 이 國文學史를 世上에 公刊한다.

경성제대 조선어문학과의 1회 졸업생인 조윤제가 해방 이후 개인 저서로서는 가장 먼저 『國文學史』를 상재하였다는 사실은 주목을 요한다. 서둘러 말하면, '조선문학(사)'를 '국문학(사)'로 환원할 수 있는 감각, 혹은 '기억의 재배치'에서 그는 남다른 면모를 보였던 것이다. 이 사실은 같은 경성제대 졸업생인 김사엽(10회)과 이명선(12회)이 1948년에 『朝鮮文學史』를 상재하면서 그것을 '국문학사'로 명명하지 못했던 사실과 좋은 대조를 이룬다. 박광현의 지적에 따르면, 그것은 그들이 지니고 있었던 "국문학사=일본문학사의 기억 때문이었다."[18] <'일본국가(학)'을 매개로 해서 전개된 '조선민족(학)'>이라는 직전(直前) 과거의 기억을 다른 방식으로 재구성해야 했던 것, 이것이 탈식민지 사회가 당면한 '민족(학)'의 과제였음을 이 사실은 보여준다.

그 다른 방식의 재구성, 즉 '기억의 재배치'는 어떻게 이루어졌는가? 두 층위에서의 상상력의 조작이 거기에 개입되었다. 하나는 '현재의 국가(대한민국)'를 종착지로 하는 단일하고 유기적인 '생명체'로서의 '민족 이야기'[19]의 상상이다. '민족'을 단일한 유기적 생명체로 상상하는 것은 해방 이후에 나타난 것은 물론 아니지만, 그것을 '국가'로 연결시킴으로써 '민족과 국가의 합체'를 성취하는 것은 식민지에서는 불가능한 일이었다. 두 번째는 이러한 민족과 국가의 '합체' 과정에서 '일본 국가'라는 기원, 혹은 그 기억을 소거하는 것이었다. 조윤제의 『國文學史』는 그 점을 전형적으로 보여준다.

'민족(학)'을 '국가(학)'으로, '민족어'를 '국어'로 환원하기 위해서는 민족의 영속성과 고유성이 보장되는 것 외에 그 민족과 국가가 일치하는 것이어야 한다. 단일민족의 기원을 단군에서 찾든(안확), 신라의 통일에서 찾든(조윤제) 그것이 민족의 유기체적 연속성을 입증하고자 하는 노력이라는 점에서 별다른 차이가 없었던 것이라면, 조윤제의 『國文學史』 첫머리

---

18) 조윤제 외에도 또다른 경성제대의 졸업생들, 즉 방종현, 구자균 등이 결성한 '우리문학회' 역시 1948년에 '국문학사'를 출간했다. 대학교재를 위한 '국문학사' 집필에 그들이 이렇게 발빠르게 대응할 수 있었던 것은, '국문학'의 제도화의 중요성과 필요성을 그들이 누구보다 잘 알고 있었기 때문이다. 박광현, 「식민지 조선에 대한 '국문학' 이식과 다카기 이치노스케(高木市之助)」, 『日本文學』, 59輯, 2004, p.257.
19) '민족이야기', 특히 북한의 그것에 관해서는 신형기, 『민족 이야기를 넘어서』, 삼인, 2003 참조.

에서의 "국문학사는 과거의 국문학을 위하여 있는 것이 아니고 현재의 국문학을 위하여 존재하는 것"[20]이라는 주장은, 안확은 물론이고 식민지 시대의 어떤 '민족학'에서도 발화될 수 없는 것이었다. 다시 말해서, 그 것은 민족과 국가의 합체가 가능해진 1948년의 시점에서 '과거의 민족(학)'을 '현재의 국가(학)'으로 소급해서 재구성하고자 하는 욕구의 표현이었던 것이다.

이 과정에서 조윤제가 '국문학사'를 "漢文學과 國文學의 투쟁의 역사"로 설정하고 '불변하는 역사적 정신으로서의 민족정신'을 문학사 서술의 이념으로 삼았던 사실은 널리 알려진 것이다. 그러면 "근대 국민국가를 형성하는 제도 속에서 이데올로기와 담론의 상호 작용을 통해 산출된 한갓된 결과물임에도 불구하고 마치 선험적인 실체처럼 변모하는", "형이상학적 전도"[21]에 지나지 않는 '민족정신'이 '국문학사'의 이념이 될 때에, 얼마 전까지 민족을 틀 지우고 민족의 영역을 할당했던 구조로서의 '일본 국가(학)'의 존재는 어떻게 되는가?

『國文學史』의 마지막 장은 갑오경장으로부터 이광수·최남선까지를 다루는 '근대 후기 문학'으로 설정되어 있다. 그런데, '신소설'(이인직)의 '국문학사적 위치', '근대소설의 출현'(이광수), '新詩의 萌動'(최남선) 등을 설명하는 이 장에서 일본의 존재는, 저자가 '서양문학, 기독교, 천주교 등의 영향'을 언급할 때와는 달리, 거의 언급되지 않거나 극히 조심스럽게 언급된다. 제2절 '외국문화의 섭취'에서 중국과 서양문화의 영향을 서술

---

20) 조윤제, 『國文學史』, 동국문화사, 1949, p.2.
21) 차승기, 「민족주의, 문학사, 그리고 강요된 화해」, 김철·신형기 외, 『문학 속의 파시즘』, 삼인, 2001, p.41.

하고 난 뒤 ‘일본 유학생’의 존재를 잠깐 언급한 것 이외에, 실제로 일본 문학과 문화의 절대적인 영향 아래 있었던 이인직이나 이광수, 최남선을 다루는 글에서도 일본의 존재는 깨끗이 지워져 있다. 사정은 명백하다. 그것이 ‘민족(학)’의 식민지적 기원을 지우고 ‘민족(학)’을 ‘국가(학)’과 합체시키고자 하는 욕망의 표현임은, 가령 그가 1910년대의 ‘新詩’를 가리켜 "韓國 詩文學의 飛躍的 發展’이며 ‘韓國의 詩도 이리하여 또 世界文學에 그 모습을 나타내게 되었으니, 이것도 하나의 國文學의 世界化的 發展"22)이라고 말할 때 더욱 분명하게 드러난다.

‘국문학사＝일본문학사’의 기억을 ‘국문학사＝조선(민족)문학사’의 기억으로 대치한다고 해서 ‘국(문)학’에 새겨진 식민지가 지워지는 것은 물론 아니다. 그러나 해방 이후 ‘국(문)학’ 연구의 역사는 ‘국(문)학’이 원천적으로 안고 있는 외삽성(外揷性), 혼종성, 식민성의 흔적을 지우고 부인하는 데에 온갖 정열을 기울여 온 것에 다름 아니었다고 해도 과언은 아닐 것이다. 자신의 정체성을 역사적 시간의 흐름 속에서 파악하는 가운데 식민지와 관련된 특정한 시기를 기억 속에서 지우고자 하는 욕구는, 가령 1952년 피난지 부산에서 결성된 「국어국문학회」의 학회지 『國語國文學』 창간호에서도 다음과 같이 표현되고 있다.

國語國文學이 學的 對象으로서 科學的 方法에 依하여 硏究되기 비롯한 것은 最近의 일에 屬한다. 新文明의 發端이 된 甲午更張 以後 國語國文學은 많이 先覺者들의 愛國之心의 餘憤으로서 愛族之情의 發露로서 硏究되었고 解放 以後로부터는 이 方面 硏究에 盡心하는 여러 學者들의 眞摯한

---

22) 조윤제, 『國文學史』, p.416.

努力의 結果로 그 學的 業績은 자못 큰 바 있으며 國語國文學界는 日就月
將하여…23)

'국어국문학이 학적 대상으로 과학적 방법에 의해 연구되기 시작한
것'을 '최근의 일'이라는 모호한 표현으로 은폐하면서, 한편으로는 '갑오
경장'과 '해방 이후'를 연결하는 '기억의 재배치'를 통해 '국어국문학의
역사'가 탄생하는 것이다. 그러므로 이제 '민족(학)=국가(학)'의 임무는
새롭게 상상된 이 '민족(학)=국가(학)'의 골격 속에 새로운 '고유성'과
'특수성'의 내용을 채워 넣음으로써 예컨대, '가장 민족적인 것이 가장
세계적인 것임'을 입증하는 것이 되었던 것이다. 그러나 그것이 '김치'를
'내셔널 스피릿'으로 발화하고, '사시미'나 '로스트 치킨'의 '세계'에 '토
스티드 하트'를 내미는 따위의 반복에 지나지 않는 것임은 여전히 의식
되지 않았다. 그리고 그러는 한, '민족(학)=국가(학)'의 '식민성'은 영원
히 계속될 것이었다.

4. 식민지를 껴안고, 넘어가기

불필요한 오해를 방지하기 위해서 말하자면, 이 글의 목적은 '국(문)학'
의 기원이 경성제대에 있다거나, 그러니까 '국(문)학'에서의 '일본의 영
향'을 밝히는 것이 중요하다거나, 아니면 경성제대의 모든 흔적을 남김없
이 폭로하고 그것을 '청산'해야 한다거나24) 하는 것을 말하는 데에 있는

---

23) 「序辭」, 『國語國文學』, 1호, 1952, p.1.

것이 아니다. 오히려 이 글은 모든 문화의 기원을 어떤 단일한 것으로 환원하는 것이야말로 식민주의적 폭력에 다름 아니라는 것, 데리다(Jacques Derrida)의 도발적인 표현을 빌면, '모든 문화는 원래부터 식민지적'이라는 것을 말하고자 한다.

해방 이후 반세기가 넘도록 남한 및 북한 사회는 식민주의의 흔적에서 여전히 자유롭지 못하다. 흔적을 지우고 민족의 '순결'을 복원하기 위한 수많은 정치적, 문화적, 사회적 시도들이 다양한 층위에서 진행되어 왔다. 그러나 식민지는 이미 '민족'이라는 이름 그 자체에 깊이 새겨져 있는 것임을 정직하게 응시하고 고뇌하면서 식민주의를 넘어서는 길을 모색하는 노력이 그 시도들 가운데 얼마나 있었던가를 생각하면, 식민주의의 극복은 아직 시작되지 않았다는 암담한 피로감을 마주하게 된다.

'민족(학)'의 기원을 살피고 '한국학'의 정체성을 논의하는 이 자리에서 우리가 말할 수 있는 것은, 우리는 우리 자신을 이룬 식민지를 '청산'과 '단죄'의 시선으로는 결코 '청산'할 수 없으며 어떤 '정기'도 회복할 수 없다는 것이다. '민족(학)=국가(학)'은 그 기원에 비추어 본래 식민지이며, 그 혼종성에 비추어 원래부터 '외국(학)'이다. 요컨대 처음부터 그것은 채워질 수 없는, 충족될 수 없는 결여이자 부재(不在)인 것이다. '민

---

24) 현재 한국 사회의 '통속 민족주의'의 한 극단을 대표한다고 할 수 있는 '친일인명사전' 기획위원회가 제시한 '친일파·민족반역자 부류'의 제34항은 "조선사 편수회, 경성제국대학 내지 그와 유사한 연구기관 등 식민지 통치방안 및 민족의식을 왜곡·말살하기 위한 기관에 근무한 자"를 '친일파'로 규정하고 있다. 다른 일본의 대학, 다른 제국대학에 대해서는 이런 언급이 없이 특히 경성제대만을 집단화하는 모순도 문제이지만(박광현, 『京城帝國大學と「朝鮮學」』, p.13) 더 큰 문제는 이러한 '친일파' 분류가 조윤제의 『國文學史』에서 보이는 바와 같은 강력한 민족주의적 열정을 처리할 길이 없다는 것이다. 경성제대를 '친일파·민족반역자'의 온상으로 지목한다면 실제로 그들이 지니고 있었던 민족주의적 열정과 실천들을 민족주의로 단죄하는 결과가 생기는 것이다.

족(학)=국가(학)’의 정체성이 그럴진대, 그런 자신을 껴안고 동시에 그것을 넘어가는 것 외에 식민지 이후를 살아가는 다른 방법은 없다.

달리 말하면, 그것은 ‘환상’을 버리고 ‘절망’과 마주서는 것이다. 다케우치 요시미(竹內好)는 루쒼(魯迅)에 관해 말하는 가운데 “구원하지 않는 것이 노예에게는 구원”이라고 말한 바 있다. 이 놀라운 반어는 식민지의 ‘저항’과 ‘해방’에 대한 깊은 성찰의 실마리를 제공하고 있다.

> 깨우지 않는 것, 꿈을 꾸게 하는 것, 다시 말하면 구원하지 않는 것이 노예에게는 구원이다. …… 그러니까 이러한 노예가 깨어났다면 그는 ‘가야 할 길이 없는’ ‘인생에서 가장 고통스런’ 상태, 즉 자기가 노예라는 자각을 체험해야 한다. 그리고 그 공포를 견뎌야 한다. 만일 공포를 견디지 않고 구원을 바란다면, 그는 자기가 노예라는 자각마저 버리지 않으면 안 된다. 다시 말하면, ‘가야 할 길이 없다’는 것은 꿈에서 깨어난 상태이기 때문에, 길이 있다는 것은 아직 꿈이 계속되고 있다는 증거인 것이다. 노예가 노예임을 거부하고, 동시에 해방의 환상을 거부하는 것, 자기가 노예라는 자각을 품은 노예라는 것, 그것이 ‘인생에서 가장 고통스러운’, 꿈에서 깨어났을 때의 상태인 것이다. 갈 길은 없지만 가야만 하는, 아니, 바로 갈 길이 없기 때문에 가야만 하는 상태인 것이다. …… 그것이 루쒼에 있어서의 절망의 의미이다. 절망은 길이 없는 길을 가는 저항에서 드러나며, 저항은 절망을 행동화 하는 데에서 드러난다. 그것은 상태로 보면 절망이고 운동으로 보면 저항인 것이다.[25]

노예의 각성은 노예에게 ‘길 없는 길을 가야 하는’ ‘인생에서 가장 고통스런’ 공포를 안겨 주는 것이다. 그 공포를 견디지 못하면 그는 자신이

---

25) 竹內好, 「近代とは何か」, 『竹內好全集』 第4卷, 筑摩書房, 1980, pp.156~157.

노예라는 자각을 버리고 '해방'의 환상, 길이 있다는 꿈속에서 살아가야 한다. 그 꿈에서 깨어나는 순간 그에게는 길은 사라지고 절망만이 나타난다. 이 절망을 행동화 하는 것, 그것이 노예의 진정한 저항이다.

　탈식민지 사회의 '국민화'야말로 피식민자(=노예)에게 해방의 환상을 주는 것, 그를 계속해서 꿈꾸게 하는 것이었다. 모든 삶과 죽음을 '국민', '민족', '국가'의 이름으로 발화하고 환원하는 내셔널리즘의 주체화(=노예화) 전략에 대한 저항은 이제 '길 없는 길'을 가야 하는 절망에 마주 서지 않으면 안 된다. 수많은 다른 다양한 주체 형성의 가능성들을 무시하고 억압하면서 오로지 '국민(민족)적 주체'만을 강요하는 폭력에 저항하기, 증오를 증폭시키고 그것을 통해 자신을 유지하는 사회 체제를 거부하기, 타자의 부정성을 유일한 자기 정체성의 기반으로 삼는 '비주체적'인 '주체 형성'을 거부하기, '국가'가 아닌 다른 세계에 대한 상상력을 조직화하기 — 이 행동들의 어디에선가 '길 없는 길을 가는' '저항의 주체'들이 나타날 것이다. 그러면 우리는 아마 하나의 '국민(민족)주체'로서가 아니라, 타자를 그 다양하고 복합적인 존재의 가능성들로 받아들이는 진정한 열린 주체로서의 삶을 살아갈 수 있을 것이며, '한국(조선)학'의 수많은 다양한 정체성과도 만나게 될 것이다. 식민주의의 진정한 '청산'은 그 길 어디엔가 있을 것이다. '내가 나를 향해 내미는 최초의 악수'(윤동주), 한국(조선)학은 아직 그것을 시작하지 않았다. 그것이 언제가 될지, 어디에 있는지는 아무도 모른다. 다만 다시 한 번 루쉰을 빌어 말한다면, "희망이란 본디 있다고도 없다고도 말할 수 없다. 그것은 지상의 길 같은 것이다. 본래 땅에는 길이 없다. 걷는 사람이 많아지면 그것이 길이 된다."

(2006)

갱생(更生)의 도(道) 혹은 미로(迷路)

최현배의 『朝鮮民族更生의 道』를 중심으로

1. 머리말

1926년 12월 26일자 『동아일보』 제1면은 면 전체에 검은 띠로 상장(喪章)을 두르고, 거대한 특호 활자의 "奉悼"라는 두 글자를 좌우 양 켠에 커다랗게 새겨 넣은 채, 다이쇼(大正) 천황의 죽음을 알리고 있다. 지면의 정중앙에 역시 검은 띠를 두른 천황의 사진이 실린 가운데, 신문은 다음과 같은 극존칭의 문체로 천황의 죽음을 알린다.

> 大正 天皇陛下 登遐하시다./ 陛下는 明治天皇 第三皇子로 己卯 降誕, 己丑 立太子, 壬子 踐祚시니 在位 十五年, 享壽 四十八이시라./ 明治의 鴻緒를 니으사 聖德이 들리섯거니와 특히 世界大戰의 參加는 陛下 治世의 일로 길히 史上에 大書될진저./ 春秋 오히려 鼎盛커시늘 仙馭를 멈을지 못하시

니 內外와 한가지 玆에 삼가 奉悼하나이다.[1]

신문은 거대한 활자와 사진, 국궁(鞠躬)의 예를 갖춘 용어들을 통해 제국 권력의 인격화인 천황의 죽음과 새로운 현인신(現人神) 쇼와(昭和) 천황의 등장을 엄숙하게 전하고 있다. 머리를 짧게 깎고 콧수염을 기른 채, 견장과 각종 훈장들이 늘어진 서양 군복을 입은 다이쇼 천황의 근엄한 사진이 지면 상단의 정중앙에서 독자를 굽어보고 있는 가운데, 오른쪽으로는 "天皇 陛下 崩御", "東宮 殿下 御踐祚" 등의 커다란 제목들이, 왼쪽으로는 "朕 皇祖 皇宗의 威靈에 賴하야 大統을 承하고 萬機를 統하노니……" 하는 쇼와 천황의 조서(詔書)가 지면의 양쪽 공간을 위로부터 아래로 무겁게 내리누르고 있다. 왕실 전용의 의례들에 연관된 특수한 용어들이 굵직굵직한 활자들로 제1면의 거의 전부를 점하고 있는 이날짜 신문은 그 시각적 효과만으로도 이미 사태의 비상함을 독자들에게 알리기에 부족함이 없다.

그런데 이 지면의 공간에는 뭔가 기묘한 이물감(異物感) 같은 것이 자리 잡고 있다. 천황의 죽음과 연관된 기사들이 지면을 가득 채운 가운데, 중간 부분 맨 우측 삼분의 일 정도의 공간에 이 기사들과는 아무 상관이 없는 글 하나가 실려 있는 것이다. 그것은 "文學士 崔鉉培"의 이름으로 된 『朝鮮 民族 更生의 道』라는 글이다. 이 글의 마지막은 다음과 같은 '노래'로 끝난다.

---

1) 철자법은 원문 그대로 두고 띄어쓰기만을 고쳤다. 이하도 마찬가지이다.

　　아모리 생각해도/ 나는 조선사람이다/ 世界가 넓건마는/ 조선만이 내땅
이다/ 三千里 江山우에/ 곳곳마다 피땀흔적/ 四千年 역사 속에/ 일일마다
사람자국/ 이 江山 이 歷史를/ 잇고 잇고 다시 잇어/ 二千萬 二億萬이/ 엉
키 엉키 살아 보세

　최현배는 1926년 9월 25일부터 그해 12월 26일까지『동아일보』에『조
선 민족 갱생의 도』를 65회에 걸쳐 연재했는데, 위의 인용문은 이 글의
연재를 마치는 이날 "동포, 형제, 자매에게 향하여 고창(高唱) 절규"하며
붙인 그의 자작시이다.

　일제 지배 권력의 장엄한 위용(威容)을 한껏 드러내면서 거대한 조상(弔
喪)의 분위기가 연출되는 지면 한 쪽에서, "나는 조선 사람이다. 조선만이
내 땅이다"라는 선언이 발화되고 있는 것이다. 이 기묘한 공존이 의미하
는 것은 무엇일까? 이것은 물론 의도적인 것은 아니었다. 최현배의 논문
은 연재 첫날부터 제1면에 게재되어 왔기 때문에 다이쇼 천황의 죽음을
알리는 이 날짜 신문에서도 역시 같은 자리를 차지하고 있었을 뿐, 이 편
집 디자인에 편집자의 특별한 의도가 개입되어 있다고 볼 수는 없다. 한
편, 이 날짜 연재분의 글 내용도 이미 열흘 전에 탈고된 것으로서 필자가
천황의 죽음을 염두에 두고 쓴 것은 아니다. 그러나 그럼에도 불구하고,
이 공교로운 우연의 일치, 즉 "第百二十三代" "大正 天皇 御歷"을 독자들
에게 알리는 언설과 "三千里 강산" "四千年 역사"를 "잇고 잇고 다시 이
어"보자는 "절규"가 공존하는, "京城府 光化門通 百三十六番地" 소재『동
아일보』의 "昭和 元年 十二月二十六日" 제1면의 형상이 의미하는 바는
그렇게 간단한 것이 아니다.

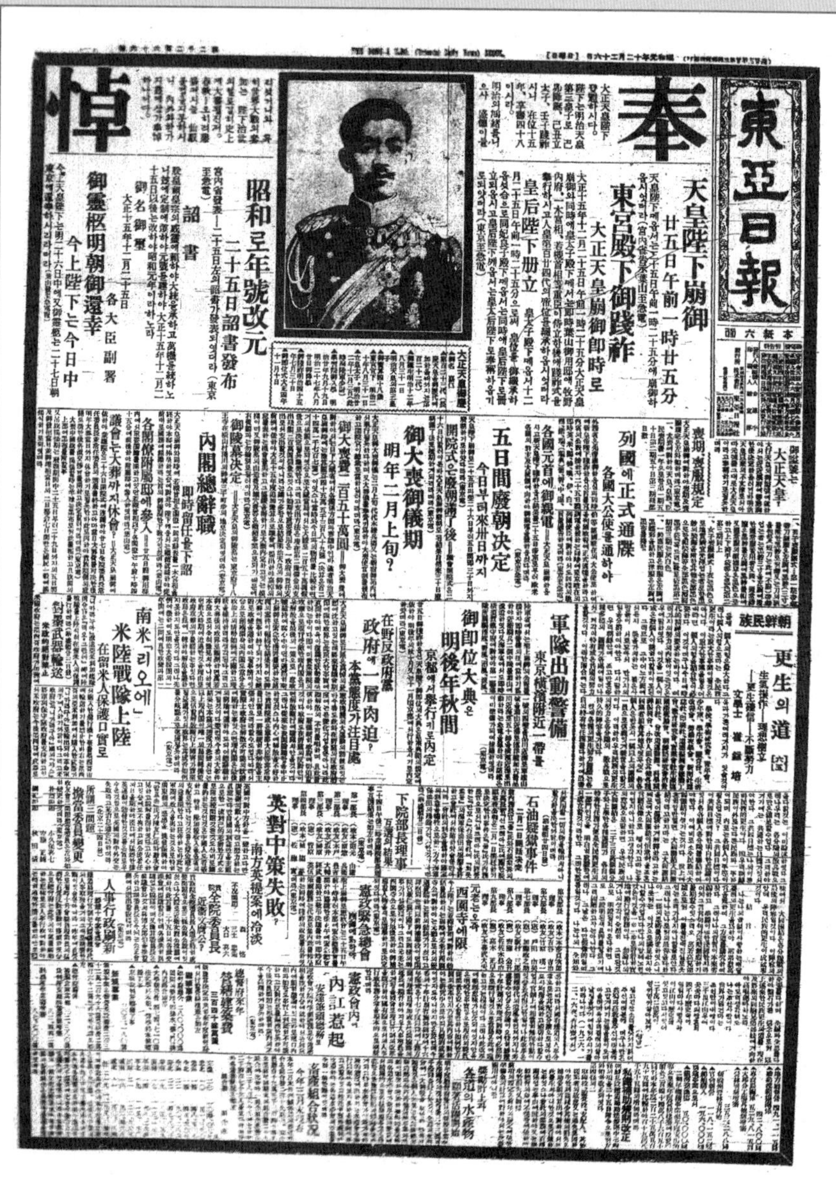

"식민지 민족주의의 언설은 이 검고 두터운 제국의 울타리를 뚫고 나갈 수 있을까?"(1926년 12월 26일 『동아일보』 1면)

"민족이여, 갱생하라"고 외치는 식민지 지식인의 언어는 '화려한 군주'2)의 죽음을 애도하는 장려(壯麗)한 언어들과 그것을 둘러싸고 있는 검은 상장(喪章) 안에 숨 막히게 갇혀 있는 듯이 보인다. 과연 식민지 민족주의의 언설은 이 검고 두터운 제국의 울타리를 뚫고 나갈 수 있을까? 제국과 식민지의 레토릭이 어깨를 부비며 같은 공간 안에서 엉키고 있는 이 장면이야말로 어쩌면 식민지 민족주의의 운명, 요컨대 그것이 부딪칠 어떤 모순과 난관 혹은 더 나아가 그것이 감내해야 할 어떤 정신적 분열과 내파(內破)를 그대로 표상하는 하나의 상징은 아닐까? 그리고 우연치고는 너무나 공교로운 일이 되겠지만, 제국과 식민지의 레토릭이 서로 엉켜 있는 이 장면에 등장한 『조선 민족 갱생의 도』야말로 바로 그 식민지 민족주의의 아포리아를 유감없이 보여주는 징후적 텍스트인 것은 아닐까?

이 논문은 이러한 의문들로부터 출발한다. 한국 민족주의의 역사에서 외솔 최현배는 이른바 저항 민족주의의 고난과 위엄을 상징하는 하나의 기호이다. 아니 기호라기보다는 차라리 하나의 신화이다. 제국주의의 악랄하고도 잔인한 수탈, 특히 모국어 말살 정책에 맞서 외솔과 그의 동지들이 이룩해낸 초인적인 업적과 투쟁의 역사는 탈식민지 국가의 자부심의 원천으로서 끊임없이 서술되고 재생산되었다. 다음은 그러한 서술의 한 정점을 보여주는 사례이다.

외솔의 서거(1970) 일주기를 맞아 설립된 「재단법인 외솔회」가 1971년에 펴낸 총 334면에 달하는 계간 『나라사랑』 창간호는 책 전체를 '외솔 최현배 박사 특집'으로 꾸미고 있다. 특집은 모두 5부로 구성되어 있는데

---

2) Takashi Fujitani, *Splendid Monarchy : Power and Pageantry in Modern Japan*, University of California, 1996(한석정 역, 『화려한 군주』, 이산, 2003).

제1부는 「외솔의 3대 저작 고찰」로서 『조선 민족 갱생의 도』, 『한글갈』, 『우리말본』 등 외솔의 '3대 저서'에 대한 전공 학자들의 해설문이다. 제2부는 「조선어 학회 사건 / 유지 / 전기 / 추모」라는 제목으로, 조선어 학회 사건 관련 인사나 외솔의 제자들에 의해 쓰여진 회고담 모음이다. 제3부는 「외솔을 잃은 겨레의 슬픔(1)」이라는 표제 아래 모두 26명에 달하는 사회 각계 인사들의 외솔에 관한 추모문을 싣고 있다. 제4부 역시 「외솔을 잃은 겨레의 슬픔(2)」이라는 제목으로 전국 각지의 언론에 보도된 외솔의 사망 기사 및 추모문을 망라하고 있다. 마지막 제5부는 「외솔 영결식 조문집」으로 1970년 3월 27일 연세대학교 대강당에서 거행된 외솔의 사회장(社會葬) 영결식에서 낭독된 국무총리 정일권(丁一權)의 조사를 비롯해서 미당 서정주(未堂 徐廷柱), 노산 이은상(鷺山 李殷相) 등의 조시(弔詩)를 싣고 있다.

"고결하신 인격과 드높은 애국애족의 정신"으로 "일제의 모진 탄압과 고문 속에서도 조국의 광복을 생각하시며 한글 연구로 아픔을 잊으셨던", "겨레의 위대한 스승"에 대한 "숭모와 존경의 념"은 이 책에 실린 모든 글들을 일관하는 감정이며 "외솔 최현배 박사"의 이름을 수식하는 정형화된 표현이다. 참담한 굴종의 기억이 악몽처럼 떠도는 탈식민지 사회에서 저항과 수난의 서사와 그 주인공들의 이야기가 끊임없이 재생, 유포되는 것은 근대 국민국가 형성에서의 일반적인 현상이며 외솔의 경우도 그러한 현상의 한 사례로 이해할 수 있을 것이다. 그러나 이 과도한 의례성과 상투적인 정형성의 꺼풀을 일단 들어내고 텍스트의 실체로 다가가면 갈수록 미묘한 착종과 균열의 흔적들이 나타나는 것 또한 대부분의 민족 담론에서 발견되는 현상이기도 하다.

나의 궁극적인 목적은 한국 민족 담론에서의 그 흔적들을 드러내고 분석하는 것이다. 달리 말하면, 그것은 민족 담론이 형성되는 가운데 은폐·억압·배제된 '다른 이야기'를 찾아내는 것이다. 또 달리 말하면, 그것은 "'민족'으로부터 '역사'를 구출"[3]하여 역사(History)를 역사(history)로 되돌리는 일이다. 이 논문은 그러한 작업의 한 부분으로 기획되었다. 그에 따라 이 논문에서는 '외솔의 3대 저작'의 하나로 불리는 『조선 민족 갱생의 도』를 중심으로 한국 민족주의 담론의 한 양상을 분석해 보고자 한다.

이 작업을 위하여 미리 전제해 두어야 할 사항이 있다. 우선, 일제 식민지 시기의 역사상(歷史像)에 대한 이른바 '저항사적 관점'으로부터 이 논문은 최대한 거리를 두고자 한다는 점이다. 나는 이미 다른 글에서도 '저항사적 관점'의 한계를 지적한 바 있지만,[4] '민족 / 반민족, 아(我) / 비아(非我), 항일(抗日) / 친일(親日), 저항 / 협력' 등으로 선명하게 구분된 이분법적 패러다임으로는 식민지의 어떤 현실도 드러나지 않으며 따라서 식민주의의 극복도 전혀 무망한 것이 되고 만다는 점은 다시 한 번 강조하고 싶다. 식민지 시기의 텍스트를 제국주의 지배에 대한 '저항이냐, 협력이냐'라는 단순한 질문으로 환원하는 이 패러다임의 무지와 억압성에 대해서는 다시 서술할 필요도 여유도 느끼지 않는다. 다만 이 단순 도식이 식민지 이후를 살고 있는 대중의 심리적 자기만족과 감상적 위무(慰撫), 또는 집단적 감정의 동원에 매우 빈번하고도 광범위하게(그리고 물론 대단

---

3) Parsenjit Duara, *Rescuing History from the Nation*, University of Chicago, 1995(문명기·손승회 역, 『민족으로부터 역사를 구출하기』, 삼인, 2004).
4) 자세한 설명은 김철, 「파시즘과 한국문학」, 『문학 속의 파시즘』, 삼인, 2001 참조.

히 폭력적으로!) 그 힘을 발휘하고 있는 현실을 바라볼 때에, 피식민자의 뇌리에 깊이 새겨진 '저항/협력'의 이분법적 사고야말로 실은 제국의 지배를 영속시키는 가장 긴요한 메커니즘이라는 암담한 역설 앞에 마주 설 수밖에 없는 것이다.

어떻게 이 역설을 넘어설 것인가? 해답을 어떻게 마련하든 간에 우선 이 역설에 대한 자각이 없는 한, 식민지 연구는 공허한 구호와 헛된 자기 기만을 벗어날 수 없을 것이다. 제국과 식민지의 상호 작용이 이루어지는 공간의 경계들은 언제나 유동적이고 중층적이다. 그리고 그 상호 작용의 결과 역시, 이 글의 모두(冒頭)에서 인용한 신문 기사가 보여 주듯이, 수많은 담론들이 난삽하게 교차하고 충돌하는 형국으로 나타나고 있다. 나날의 삶이 이러할진대, 식민지의 장구하고도 복잡다단한 현실을 하나의 평면 위에 선명하게 분할하고 그렇게 분할된 영역 안에 특정한 도덕적 가치나 이념을 배치하는 것으로 시종하는 저항사적 연구가 얼마나 무의미한 것일지는 새삼 말할 것도 없다.

앞서 말했듯, 이 논문은 『조선 민족 갱생의 도』를 식민지 민족주의의 아포리아를 드러내는 하나의 징후적 텍스트로 분석하는 한편, 그 텍스트가 민족 담론 안에서 수용되는 양상을 함께 분석하고자 한다. 『조선 민족 갱생의 도』는 한국 민족주의 담론의 한 전형이다. 그것은 한국 민족주의의 논리와 구조, 그것이 부딪친 난관이나 모순을 전형적으로 드러내 주는 텍스트이다. 마찬가지로 이 텍스트를 수용하는 민족 담론의 다양한 태도들 역시 그러하다. 민족 담론은 최현배의 텍스트에 자기 자신을 투사하고 그것을 통하여 텍스트의 의미를 고착하고 강화하였다. 그리고 그렇게 고착된 의미로 다시 자기 자신을 규정하는 반복 운동을 통해 스스로의 분열을 은폐하고 봉합하였다. 이 논문에서 밝히고자 하는 것은 이런 점들이다.

2. 『조선 민족 갱생의 도』의 인식 구조

1) 빛과 어둠의 세계

『조선 민족 갱생의 도』5)를 지배하는 핵심적 모티프는 말할 것도 없이 '갱생'이다. 어둡고 암울한 과거를 일순에 청산하고 광명 넘치는 밝은 미래로 비약적으로 환골탈태 하기를 꿈꾸는 '쇄신 / 신생 / 재생 / 갱생'에의 욕망은 이 텍스트 전체를 이끄는 중심 동력이다. 『갱생』에 따르면, 조선은 깊은 병에 걸린 환자이며 "우리 민족은 질병에 신음"하고 있다. 민족은 "실망과 화란(禍亂)이 중첩한 가운데에서 욕된 생을 무거운 짐같이 여기며, 광명 없는 암흑 가운데에서 고통의 걸음을 옮기고 있다." 이렇듯 만성적 질병으로 나날이 쇠약해 가는 민족 앞에 히로시마 고등사범학교와 교토제국대학 철학과를 졸업한 이 젊은 지식인은 환자의 증상을 진찰

---

5) 『조선 민족 갱생의 도』의 원텍스트는 『동아일보』에 연재된 연재본이다. 단행본으로는 1930년 東光堂書店 발행본이 초판본이다. 이 초판본은 "1930년판 飜刻本"의 형태로 1962년에 정음사에서 다시 발행되었다. 연재본과 초판본 그리고 번각본은, 소제목의 추가, 몇몇 구절들의 삭제나 첨가, 현대 표기법으로의 수정 등을 제외하면 내용상의 큰 차이는 없다. 이 논문에서는 62년 정음사판 번각본을 사용한다. 그밖에 이 판본들의 발간이 지니는 사회적·정치적 의미에 대해서는 본문에서 언급한다. 이하에서 이 책의 제목은 특별한 경우 외에는 『갱생』으로 약한다. 한편 『갱생』은 원래 국한문 혼용체이지만, 이 논문에서 인용할 때에는 한글로 바꾸거나 괄호 속에 한자를 병기하는 방식으로 표기하였다. 다만 따로 인용하는 경우에는 원문 그대로 표기한다.

하고 그 처방을 내어 놓는 "의원(醫員)"의 모습으로 등장한다.

모두 4장으로 구성된 『갱생』의 제1장은 「민족적 질병의 진찰」이다. '의원의 진찰'에 따르면, 병명은 '민족적 쇠약증'이며 그 증상은 '의지의 박약함', '용기의 없음', '활동력의 결핍', '의뢰심의 많음', '저축심의 부족', '성질의 음울함', '신념의 부족함', '자존심의 부족함', '도덕심의 타락', '정치 경제적 파멸' 등의 열 가지이다. 이 질병은 "다 곪은 종기(腫氣)"와 같아 "예리한 '메쓰'(小刀)로써 피부를 절개하여, 그 내부에서 분탕을 노는 병균을 소독수로 씻어버리고서, 그 내저(內底)에서 신선한 새 살이 올라오기를 조장"하지 않으면 안 된다.

그렇다면 이 질병의 원인은 무엇인가? 제2장 「민족적 쇠약증의 원인」은 그것을 다시 열 가지로 말하고 있다. '이조(李朝) 5백년의 악정(惡政)', '사상 자유의 속박', '자각없는 교육', '한자의 해독', '양반 계급의 횡포', '번문(繁文)욕례(縟禮)의 누설(縷絏)', '불합리・불경제(不經濟)의 일상생활 방식', '조혼의 폐해', '나이 자랑하기', '미신의 성행' 등이 그것이다. 이 뿌리 깊은 "병근(病根)"으로 인한 "조선 민족의 영락(零落)"은 마치 썩은 나무가 쓰러지는 듯하니, "이 병원(病源)을 근절하지 아니하고는, 살아 나갈 수가 없"는 것이다.

이제 원인이 이와 같이 판명되었으므로 남은 일은 약을 처방하고 쓰는 일이다. 최현배에 따르면, "민족적 쇠약증은 마음으로 난 병인즉, 마음으로 낫게 해야 할 것이다." 제3장 「민족적 갱생의 원리」에서 그는 '민족적 생기의 진작', '민족적 이상의 수립'을 "현하의 조선 민족의 쇠약증에 대한 최상 최량의 방문(方文)"으로 내어 놓는다.

沈滯한 民族的 生氣를 振作함이 時急한 最良 療法, 即 民族的 更生의 最高 唯一의 原理임을 覺悟하여야 한다. 生氣란 무엇이냐? 살려는 기운(生活 意志, 生活 意氣 ; will to live. wille Zum Leben)을 이름이다. 民族的 生氣란 무엇이냐? 民族的으로 살려는 뜻이다. 即 그 生命이 萎縮된 朝鮮 民族이 "살아나야 하겠다. 우리도 살겠다. 남과 같이 잘 살겠다"는 뜻을 이름이다.

마지막 제4장 「민족적 갱생의 노력」은 '민족적 생기의 진작', '민족적 이상의 수립'이라는 갱생의 원리를 파악한 연후에 구체적으로 어떤 노력을 기울일 것인가를 말하고 있다. 최현배에 따르면, 민족의 갱생은 '신교육의 정신', '계몽 운동', '체육 장려', '도덕의 경장', '경제의 진흥', '생활 방식의 개선', '민족 고유문화의 발양' 같은 것들을 통해 이루어질 것이다. 그리고 이러한 '시대적 이상'을 향해 "전 민족의 대동단결"과 "총출동"이 요구되는 것이다. '최량의 약방문'도 처방되었고 갱생에의 길도 이렇게 제시되었다. "그리하여, 이 최후 진용의 용감한 실제적 작업 앞에서 우리 민족의 시대적 이상이 실현되며, 우리의 민족 갱생이 성취될 것이다. 아아, 갱생, 갱생이여!"

이렇듯, 최현배의 눈에 비치는 조선은 선명하게 양분된 두 개의 세계, 즉 빛과 어둠의 세계이다. 어둠의 세계는 '민족을 오늘날의 쇠약으로 이끈 병근(病根)들'의 세계다. 주자학 이외에는 어떤 사상도 허용하지 않은 '문약한 이조의 유교' 때문에 "조선 민족은 5백 년 동안을 사상 상으로 일종의 뇌옥(牢獄) 생활을 하였다." 중국의 문자인 '한자'는 이 정신적 위축과 쇠약의 가장 큰 원흉으로 호출된다. "아아, 한자! 한자! 이는 우리에게 정(正)히 망국적 문자이었다." 조선의 양반계급 또한 오늘날 민족의 쇠퇴를 초래한 장본인이니 "양반은 대권(大權)을 병(柄)하여 대도(大盜)를 행

(行)하고 토반(土班)은 소권(小權)을 집(執)하여 소도(小盜)를 자(恣)하니” 한자와 한문을 쓰게 된 것도 오로지 양반 계급의 이익을 위한 것이었다.

온갖 허례허식들과 일상생활에서의 불합리 역시 청산해야 할 어두운 세계의 목록으로 거론된다. 그 목록들에는 왜소하고 누추한 초가집, “사람들이 직업도 잡지 아니하고, 언제든지 놀고만 지낸 것”, 맵고 짠 음식을 좋아하는 것, 국물과 야채가 많이 든 음식을 너무 배부르게 먹는 것, “원시적 풍습에 속하는” 흰 옷만을 입는 것, 조혼의 폐습, 나이 많은 사람과 놀기를 좋아해서 기력 없이 구는 것, 미신을 숭상하는 것 등이 있다.『갱생』의 내용의 절반은 민족을 쇠퇴와 멸망으로 이끈 이 “병균”들을 적발하고 질타하는 것으로 채워져 있다. 이 깊게 곪은 “종기”들을 깨끗이 도려내고 씻어내지 않으면 민족의 갱생은 없다는 것이 저자의 주장이다.

그렇다면 ‘병균’이 제거된 밝은 ‘갱생의 세계’는 어떠한 모습이며 그것은 어디에서 찾을 수 있는 것인가? “이조의 문약”에 대비되어 “천국에서 지상에 강림한 민족의 시조”와 고대 조선인의 “무용(武勇)” 등에 관한 고대 중국의 기록들이 길게 인용된다. 한편, 이조 오백년의 나태와 양반의 횡포에 대비되어 “백제의 건축, 고구려의 벽화, 신라의 조각, 회화, 공예, 고려의 자기와 인쇄, 조선의 측우기, 충무공의 거북선, 이제마의 사상의학” 등의 ‘찬란한 문화유산’들이 열거된다. 그러나 무엇보다도, “우리 민족이 남보다 우월한 재질의 소유자”인 동시에 “고원한 이상을 가지고, 명철한 지력(智力)을 가진” 민족임을 증명하는 것은 다름 아닌 ‘한글’에 있으니, 최현배의 다른 모든 글들에서도 그렇듯이, 여기서 그는 동원할 수 있는 모든 최상급의 용어를 동원하여 한글을 찬양한다. (이에 대비되어 '한자'가 역시 최상급의 용어로 매도되는 것은 물론이다.)

> 우리는 우리 民族의 文字에 對한 卓越한 獨創力의 <u>最大 發見 · 最後 完成</u>인 世宗朝의 訓民正音을 가졌으니, 이것이 하느님께서 우리 民族으로 하여금 그의 人類救濟 · 文化育成의 大理想을 將來하는 時代에 實現하게 하시려는 本意에서 나온 民族的 榮譽이며, 世界 人類의 慶福이다. 우리 朝鮮 한글(正音)은 實로 現今 世界 二百 數十種의 國語 文字 가운데서 <u>가장 新式</u>이요, <u>가장 完全</u>한 알파벧式의 소리글이다. 그 字畫이 簡單할 수 있는 대로 簡單하고, 그 形體가 整美할 수 있는 대로 整美하며, 그 소리가 具備할 수 있는 대로 <u>한껏</u> 具備하여, 組織의 <u>가장 學術的임</u>과 그 應用의 <u>가장 普遍的임</u>은 實로 地球上 人類가 생겨난지 數十萬年에 <u>空前 絶後의 文字的 完成</u>이다. 이 人類 文化史上에서 <u>唯一한 文字的 完成</u>은 朝鮮 民族的 精神의 <u>世界的 卓越</u>이며…… (강조는 인용자)

"아아, 한자! 한자! 이는 우리에게 정(正)히 망국적 문자이었다."라는 저주 섞인 절규로부터 "가장 완전한", "가장 보편적"인, "가장 학술적인", "공전절후의 문자적 완성"인 '한글'에의 가히 종교적인 찬양으로 급격하게 비약하는 이 멘탈리티의 구조는 사실상 『갱생』 전체를 일관하는 것이라고 해도 과언이 아니다.

어두운 현재의 시간을 과감히 청산하고 밝은 미래의 시간으로 순식간에 비약하는 쇄신에의 욕망은 피식민자의 가슴에 불을 당기는 원초적인 어떤 것이다. 그러나 결코 실현되는 법이 없기에 그 욕망은 언제나 새롭고 또 진부하다. 그렇다면 이 진부하면서도 새로운 쇄신에의 욕망을 작동시키는 기본적인 문법은 무엇인가? 그리고 그것의 기능은 무엇인가?

2) 갱생의 문법 ; 분절화(分節化)

> 우리 朝鮮 사람은 一般으로 국물과 푸성귀를 너무 많이 먹는다. 한 끼니 飮食物이 그 營養價는 적으면서도, 한갓 그 부피만 宏壯히 많다. 따라 營養이 不足한 故로, 우리의 本能的 要求는 자꾸 더 먹으려 한다. 그러므로, 자꾸자꾸 한 끼니의 飮食物의 分量은 많아져 간다. 이러한 결과, 大多數의 胃擴張症에 걸히는 것이다. 이 胃擴張이 사람의 勇氣와 忍耐性을 없이는 것이다. 生理學的으로 생각하면, 배가 부르면, 몸의 피가 모다 배에 와 모이기 때문에, 頭腦에 피가 가지 아니하며, 또 배에 가득한 飮食物을 삭이고 나면, 위는 疲困하여 지고, 위가 疲困하여 지면, 懶眠이 오는 것이다. 또 心理學的으로 볼지라도, 사람은, 배가 부를 것 같으면, 다른 일에 着手하여 活動할 생각이 적어 진다. 누구는 가로되, 사람은 배가 고픈 때문에 생각하며 일한다 한다. 참말이다. 飽滿은 더할 것 없는 것, 活動 안 해도 좋은 것, 더 하고 싶은 생각도 없는 것, 無活動, 怠慢을 意味한다. 나는 아무 醫學上 實地的 知識과 實驗的 統計를 가지지 아니하였지마는, 홀로 우리 民族의 懶弱症의 一原因이 이러한 데에 있지나 아니할가고 생각한다.

최현배는 『갱생』의 내용 중 상당 부분을 의복이나 음식 등 생활 습관의 불합리와 비경제성을 분석하는 데에 할애하고 있다. 위의 인용문은 그 중의 하나인데, 여기서 그는 조선 사람들이 국물과 푸성귀가 든 음식을 너무 배부르게 먹어서 위확장증에 걸리고 비활동적이 되고 그것이 민족적 쇠약증의 한 원인이 된다고 말한다. 의복의 개량이나 주택 개조 등에 관해서도 그는 이와 유사한 분석들을 보여준다. "우물이 집집에 없는 것이 일상생활의 능률을 감살(減殺)하는 일대 원인"이며, 매운 고추를 많이 먹는 것은 '의지박약'의 원인이다. "매운 고추가 위장을 공격하여 그

신경을 피곤하게 하며, 뇌신경 계통에도 좋지 못한 영향을 미치는 것이다.” “조선 사람이 용기가 없으며, 의지가 박약한 원인의 하나는, 맹렬한 고추를 많이 먹기 때문에, 신경의 흥분의 도수를 반복한 결과 피곤한 때문이 아닌가?”라고 그는 말한다. 그런가 하면 조선 사람들이 입는 ‘흰옷’은 “빈한(貧寒)과 무활동과 노쇠와 비애와 섬약(纖弱)의 상징”이다. ‘흰옷’을 입음으로써 생기는 “막대한 손해”를 “경제적, 심리학적, 물리학적, 문화사적” 관점에서 길게 분석한 후에 그는 “물질문명이 극도에 달한 20세기 오늘날에 홀로 백의(白衣)로써만 행세하는 것은” “원시적 풍습에 속”하는 것이며 “도저히 용인하지 못할” “치사스러운 일”이라는 결론을 내린다.

이런 진술들에서 섣부른 계몽적 지식인의 백과전서파적 아마튜어리즘 혹은 의사(擬似)박물지적 강박(强迫)을 발견하기란 어려운 일이 아니다. 민족적 쇠약증의 ‘병균’을 적발해 내는 그의 시선은 너무나 자의적이고 관념적이고 비논리적이어서 이것이 과연 당대 최고의 교육을 받은 ‘문학사(文學士)’의 현실 인식인가 의심스러울 정도이다. 조선의 경제적 현실에 대한 그의 분석이나 관찰 역시 최소한의 현실 정합성마저도 지니지 못한 것이어서 심한 혼란을 노출하기도 한다. 예컨대, 조선의 경제는 “빈궁이 극에 달”하여 “파멸에 이른” 상태이다. 그런데 소비 상황은 “사치를 극하며”, 가게에 진열된 물건들은 “화려를 극하며”, “생산력은 극도로 미약한데 소비력은 극도로 왕성한 것이 우리 조선”의 현실이다. 파멸에 이른 경제에서 어떻게 개탄을 금치 못할 만큼의 사치를 극한 왕성한 소비가 이루어질 수 있는지 하는 의문에 대해서 그는 답하지 않는다. 대신에 그는 이런 논리적 난점을 흔히 추상적 도덕론이나 막연한 비유로 회피하곤 하는데 이 점에 대해서는 후술한다.

문제는 그의 이러한 비현실적, 비논리적 사회 분석의 맹점을 지적하는 데에 있는 것이 아니다. '민족의 갱생'을 절규하는 이 긴 논문에서 그는 '민족'을 둘러싸고 있는 '제국'의 존재에 대해 전혀 언급하지 않는다. '일본'이나 '일본인'이 언급되는 경우는 더러 있어도 그것은 대개 조선과의 비교를 위한 예증으로 거론될 뿐, 제국의 권력이 식민지를 원천적으로 규정하고 있는 현실에 대한 어떤 암시도 찾아보기 어렵다. 그 대신에 생활 습관상의 사소한 불합리를 '민족적 질병의 원인'으로 적발하는 데에 논문의 대부분이 채워져 있다.6) 거듭 말하거니와, 문제는 이 논증의 타당성 여부가 아니다. "조선 민족의 영락"을 초래한 뿌리 깊은 "병균"이 '누추하고 왜소한 초가집', '직업을 갖지 않고 놀기 좋아하는 것', '밥을 너무 배부르게 먹는 것', '흰옷을 즐겨 입는 것', '고추 같은 맵고 짠 음식을 많이 먹는 것', '나이 자랑하기 좋아하는 것' 등으로 열거될 때 이 극도의 쇄말주의가 일으키는 효과는 무엇인가?

한마디로, 그것은 제국으로부터 민족을 분절(分節)하는 것이다. 다시 말해, '민족의 문제'가 이러한 쇄말적인 생활상의 문제들로 분절됨으로써 '민족'은 제국의 영토 안에서 그 자신만의 고유하고도 특수한 영역, 즉 생활 개선이나 의식 혁명의 실천장(場)으로서 그 영역이 제한되고 따라서

----

6) 이 점과 관련하여 『갱생』과 춘원 이광수의 『민족개조론』(1922)은 흥미로운 비교거리를 제공한다. 널리 알다시피, 이광수의 『민족개조론』은 발표와 동시에 큰 스캔들을 불러 일으켰다. 이광수의 글에 흥분한 청년들이 그 글이 발표된 『개벽』 잡지사를 습격하여 폭력을 행사하고 이광수는 이 글로 인해 일시적인 절필 상태에까지 이르렀다. 외솔의 『갱생』은 이로부터 불과 4년 후에 발표되었다. 『갱생』의 내용이나 논리구조는 『민족개조론』과 크게 다를 것이 없다. 그럼에도 불구하고, 외솔 자신의 회고나 기타 기록들에 따르면 『갱생』은 많은 독자들의 호응을 받았으며 외솔은 크게 문명(文名)을 얻었다. 이 차이가 어디에서 기인한 것인가를 규명하는 것은 이후의 과제로 남겨 둔다.

명료해진다. 그리고 이 고유한 영역의 확보를 통해 제국과 민족 사이에는 명료한 경계가 그어진다. '갱생'이란 당연히 이 '민족'의 경계 안에서 이루어져야 할 터이니, 결국 생활 개선을 통한 민족의 '갱생'이 제국의 경계를 침범하지 않는 한, 민족은 제국의 영토 안에서 '특수한 것'으로 분절되면서 명료해진다. 그리고 그것이야말로 제국의 체제를 유지하기에 가장 이상적인 영역 구분인 것이다.

이렇듯 쇄신에의 욕망에 내재된 문법은 바로 분절을 통한 민족 영역의 명료화(articulation)였던 것이다. 『조선 민족 갱생의 도』가 당시에 일본어로 번역·출판되어 학교 교과서에 그 일부가 수록되고 나아가 전국 각지의 형무소에서 죄수용 교화서적으로 사용되었다는 사실은,7) 제국의 영토 안에서 민족의 영역을 생활 개선이나 의식 혁명의 대상으로 분절하는 메커니즘이 얼마나 성공적으로 수행되었는가를 보여주는 하나의 사례이다. 결국 갱생의 문법은 제국의 틀을 침범하지 않는 선에서 민족의 자족적 영역을 구축하는 것이었다. 비유컨대, 제국이 랑그(langue)라면 민족은 빠롤(parole)이었다. 랑그 없는 빠롤이 존재할 수 없고 그 역도 마찬가지라면,

---

7) 이 사실은 1962년 번각본 서문에서의 외솔 자신의 회고에 따른 것이다. 『갱생』은 첫 단행본이 발간된 1930년 이후 일본어로도 번역되어 널리 읽혔으며, 또한 학교 교과서에 실리기도 했다고 외솔은 말한다. 특히 전국 각지의 형무소에 배포되어 외솔이 조선어 학회 사건으로 수감되는 1942년까지도 감방 내에서 죄수들의 교화용 도서로서 읽히고 있었다는 사실은 이희승의 회고에도 나온다(이희승, 「악수할 길이 막연함을 생각하면서」, 조선일보, 1970. 3. 25). 외솔 자신은 이 점에 대해, "민족 생활에 진리를 내어 보임에, 악마 같은 저네들도 이를 시인하지 않을 수 없었던 모양인 듯하다"라고 말한다. 『갱생』이 "일제의 식민 정책에 직접 도전한" 저항 정신의 표본이며 "민족 독립의 지침"이자 "반(反)식민지적 투쟁"의 선구적 업적이었다는 평가(홍이섭, 「조선민족 갱생의 도－그 정신사적 추구」, 『나라사랑』, 창간호, 정음사, 1971)는 가장 널리 알려진 것이다. 이러한 평가야말로 탈식민지 국가에서의 민족 담론이 최현배를 어떻게 전유하는가를 보여주는 하나의 사례이다. 이 점에 대해서는 후술한다.

천황의 죽음을 애도하는 장려한 제국의 레토릭과 함께 '민족이여! 갱생하라!'라는 외침이 하나의 공간 안에 선명하게 분할된 채 공존하는 신문의 지면이 상징하듯, 민족과 제국은 처음부터 서로를 떠받치는 존재가 아닐 수 없었다.

이 분절화의 메카니즘을 무엇보다도 잘 보여주는 것은 최현배를 중심으로 한 조선어 학회의 한글운동이다. 이혜령이 지적하듯, 조선어 학회의 한글운동이란 우선 한글의 보급과 유통을 위한 매체(media)로서 학교·교회·신문사, 나아가 근대 국민국가의 중앙집권적 시스템을 필요로 하는 것이었다.[8] 요컨대 민족 운동의 최정점으로 인식되는 조선어 학회의 한글 운동은 식민지의 국가 권력을 등지고는 수행될 수 없는 것이었다.[9] 이 점은 "조선어 학회의 실천적 권위가 1930년 2월에 공포된 총독부 학무국의 제3회 언문 철자법 개정을 계기로 식민 권력에 개입하여 자신들의 의견을 성공적으로 관철시킴으로써 얻어졌다"[10]는 사실에서도 잘 드러난다.

그러나 분절화의 메카니즘과 관련하여 주목할 것은, 조선어 학회의 한글 운동이 식민 권력과의 일정한 협력 관계 아래서 수행되었다는 사실

---

8) 이혜령, 「한글운동과 근대 미디어」, 『대동문화연구』, 성균관대학교 대동문화연구소, 2004.
9) 최현배는 이 점을 민감하게 의식하고 있었던 듯하다. 한글 운동의 곤란에 대하여 그는 『갱생』에서 다음과 같이 쓴다: "이 사업 진행에 일대 결함을 느끼는 것은, 우리의 손에 교육 행정의 권(權)이 없는 것이다. 문자와 언어에 대한 노력은 교육의 힘을 말미암아야 하겠거늘, 이제 우리는 우리의 이상대로 자라나는 아동을 교육할 권력을 가지지 못하였다."
10) 이혜령, 앞의 글, 총독부의 언문 철자법 개정과 조선어 학회와의 관련에 관해서는 조태린, 「일제 시대의 언어 정책과 언어 운동에 관한 연구—언어관 및 이데올로기를 중심으로」, 연세대학교 석사 논문, 1997 ; 미쓰이 다카시(三ツ井崇), 「식민지하 조선에서의 언어 지배」, 『한일민족문제연구』 4, 한일민족문제학회, 2003 ; 安田敏郎, 『「言語」の構築』, 三元社, 1999.

보다는 그 운동이 "식민지적 언어 상황의 본질적 국면을 문제 삼지 않았다"[11]는 것, 즉 표기법이나 철자법 등의 문제에 집착하는 것으로 일관함으로써 '조선어'를 제국의 언어 편제 속에서 하나의 지방어로 특수화하고 분절했다는 사실이다. 다시 말해, 조선어 학회의 한글 운동은 30년대 후반 조선어 자체의 존립이 근본적으로 위협받고 있는 상황을 은폐하면서, 운동의 주안점을 "한자 사용 여부, 신어(新語)의 창출이나 고어(古語)의 부활, 외래어의 수입 문제, 표준어와 방언의 문제"[12] 등으로 쇄말화 함으로써 유지되는 것이었다. 실상 한글 운동을 철자법 문제나 순한글 표기 등의 문제로 분절하는 것은 조선어 학회의 초창기부터의 일관된 운동 방식이었다. 내선공학(內鮮共學)이나 조선어의 수의(隨意)과목으로의 전환이라는 30년대 후반의 상황에서도 조선어의 분절화, 즉 조선어를 '아일랜드나 인도처럼 영(英)제국 아래의 지방어', 또는 '실용어, 공용어가 아닌 라틴어 같은 고전어'[13] 등으로 위치 지움으로써 제국의 언어 편제 내에서 민족어의 영역을 특수화·지방화 하는 방식은 바뀌지 않았다.

조선어 학회의 한글 운동가들은 이러한 분절화를 통하여 제국의 틀 안에서의 '민족'과 '민족어'의 영역을 확보하려 했던 것이다. 그러나 이렇게 확보된 영역이란 동시에 민족어의 기능이나 가치를 특정한 카테고리 안으로 제한하면서 위기의 근원지를 은폐하는 대가로 얻어지는 것이었다.

> 이제 조선 어문을 가지고 정치를 말하며 경제를 논하며 과학을 연구하며 사회를 말하는 것은 불가능하다. 이 현상은 우리가 조선인과 말하든지

---

11) 이혜령, 「이태준 『문장강화』의 해방 전／후」, 상허학회 발표문, 2004. 10.
12) 위의 글.
13) 「'조선문학'의 정의 이러케 규정하려 한다」(『삼천리』, 1936. 8), 위의 글에서 재인용.

또는 조선인과 말하는 것을 듣든지 혹은 그들이 쓴 문장 논문들을 보면, 곧 알 수 있는 것으로 그들이 의논의 요점을 반드시 국어(일본어)로 표현하는 까닭은 다름 아니라 진보된 문화를 말할 때 적절한 조선어가 없는 까닭이다. …(중략)… 아무리 조선 어문의 정리 통일을 도모할지라도 그것은 단지 종래 존재하는 조선 어문의 정리 통일을 모색하는 순문학적 연구 또는 과거의 고전 문학적 연구를 뜻할 뿐이며 나아가서 조선어족에 민족 정신을 불어넣어 조선 민족 독립운동을 진전시키는 것과 같은 가능은 없다. 조선 어문 운동에는 이제 이와 같은 능력은 없다.[14]

위의 인용문은 조선어 학회 사건에 대한 조선 총독부 고등법원 형사부의 판결문 중에 나오는 피고인들의 자기변호 내용이다. 이 판결문에 따르면, 조선어 학회 사건의 피고인들은 "어문 운동은 문화적 민족 운동임과 동시에 가장 심모원려를 함축하는 민족 독립 운동"이라는 1심 재판의 판결에 불복하여 항소하면서, 조선어 학회의 어문 운동은 결코 민족 독립 운동이 아님을 주장하고 있다. 그리고 어문 운동이 민족 독립 운동이 될 수 없는 이유를 위와 같이 들고 있는 것이다. 처벌의 근거를 최대한 확대하고자 하는 식민지 사법 권력의 욕구와 어떻게든 그 함정으로부터 벗어나려 애쓸 수밖에 없는 피식민자의 욕구가 담론의 기본 조건을 형성하고 있는 법정에서의 상황을 고려하면, 자신들은 결코 독립 운동을 도모하지 않았다고 하는 조선어 학회 사건 피고인들의 주장을 액면 그대로 받아들일 수 있는 것은 물론 아니다. 그럼에도 불구하고, '조선어로 정치, 경제, 과학, 사회 등을 논하는 것은 불가능하다'고 거침없이 말하는 조선어 어문 운동 당사자들의 이러한 주장은 반드시 형의 감량을 위해 마지

---

14) 「조선어 학회 사건 일제 최종 판결문」(『동아일보』, 1982. 9. 6).

못해 둘러 댄 말이라고 보기는 어렵다. 이것은 앞서 살핀 바와 같이, 조선어를 제국의 언어 편제 속에서 하나의 지방어, 또는 실용어가 아닌 고전어로 분절함으로써 그 고유한 영역을 구축하고자 했던 시도들의 연장선에 있는 것이다.

조선어로는 심각한 학술이나 과학을 논할 수 없기 때문에 조선어는 감각적인 순문학적 표현이나 미학적인 영역 안에 제한될 수밖에 없다는 식의 논의는 어문 운동가들이나 문학자들 내부에서 이미 오래 전부터 내면화 된 것이었다. 그러한 내면화의 결과 조선어에 할당된 영역이 문명이나 과학에 대비되는 비문명 혹은 반문명의 영역, 즉 향토적 서정이나 미적 감각의 세계들로 제한되곤 하는 것도 낯선 일이 아니었다. 최현배가 그 극단적인 지점까지 밀고 나간 한글 전용 운동도 민족어의 이러한 분절화 메커니즘을 구현하는 하나의 방식이었다. 한자와 한문을 배제하고 순한글로 조선어의 영역을 새롭게 구축하는 것은 최현배의 논리에서는 무엇보다 중요한 '갱생'의 항목이었는데, 그것은 조선어에 특정한 가치나 의미를 할당·제한함으로써 그 틀을 유지하는 제국의 언어 편제 방식을 그대로 수용함으로써만 가능한 것이었다. 이렇듯 제국으로부터 민족을 분절하고, '민족적인 것'을 특정한 카테고리 안으로 제한하면서 마침내 위기의 근원지를 은폐함으로써만 가능했던 것이 '갱생'의 문법이었다. '갱생의 도'가 '미로(迷路)'로 빠져 들 수밖에 없었던 본질적인 이유 또한 거기에 있었다.

3) 갱생의 시간 구조와 국민 총동원

이제 이 갱생에의 욕망에 내재된 또 다른 문법적 구조를 살펴보자. 이미 그 표제에서부터 확연히 드러나듯, 완벽하게 몰락한 어두운 현재의 시간으로부터 밝고 역동적인 미래로의 비약적인 재생을 꿈꾸는 상상력은 『갱생』을 움직이는 기본적인 동력이다. 조선 민족은 현재 "광명 없는 암흑 가운데서 고통의 발걸음을 옮기고 있"으며 "민족적 질병"은 "극에 달하여" 쇠퇴와 타락의 밑바닥에 이르렀다. 그렇다면 희망은 어디에 있는가? 희망은 먼 과거와 아직 오지 않은 미래의 시간 속에 있다. 최현배에 따르면, 현재의 타락을 초래한 가장 큰 원인은 "이조 오백년의 악정"과 "양반 계급의 횡포"인데, "고대의 조선 민족은 결코 이따위 병세가 없었다."

> 古代의 朝鮮 民族은 決코 이 따위 病勢가 없었다. 우리가 저 檀君 時節의 文化를 想見하든지, 저 高句麗의 强大한 隆盛을 回顧하든지, 新羅의 燦爛한 文化를 追想하든지, 高麗의 精巧한 工藝를 생각하든지, 李朝 初葉에서도 世界的 發明과 創作이 끊히지 아니한 것을 보든지, 우리의 過去 祖上은 確實히 無病 健康한 이들인 것이 分明하다. …(중략)… 나의 보는 바에 依하건대, 이 病의 起初는 李朝 以來의 것이다.

최현배에게 시간은 '고대(古代) / 현재(現在) / 장래(將來)'로 삼분되어 있다. 현재의 '질병 상태'는 '무병 건강'한 고대를 되살리는 것으로 치유될 수 있으니, 그것은 타락하고 무기력한 '현재의 노인들'에게서가 아니라 '장래'를 짊어진 '소년'만이 할 수 있다. "소아(小兒)는 과거를 추억할 여유를 가지지 아니"하며 "그에게는 항상 내일이 있을 뿐이다. 그의 가슴은 항상 장래라는 희망에 뛰놀 뿐이다." 그에 비해 "여생이 얼마 남지 않은 노인"에게는 "장래라는 희망은 고사하고 다만 과거의 회억(回憶)이 있을 뿐이다." "서산(西山) 박일(薄日)을 바라보고, 장탄(長歎) 유체(流涕)할 심경은 가졌으되, 동천(東天) 욱일(旭日)을 바라보고, 심장의 박동을 느낄 만한 생기를 가지지 못"한 노인과는 달리, "소년은 가진 것이 다만 요원(遼遠)한 장래이라, 그 요원한 장래에는 광명과 희망과 역(力)이 충만하다." 그리하여 최현배에게 있어서 "이상(理想)이란 현상(現狀)보다 우월 완전한 상태를 미래에서 상상하는 것"이다.

아득한 먼 과거의 시간을 상고하면서 아직 오지 않은 미래의 시간을 불러내는 이 시간관은, 기존의 세계가 붕괴의 위기에 처해 있다는 몰락에의 공포와 몰락 이후 새로운 미래가 도래할 것이라는 환상이 공존하는 '몰락／재생 서사'의 기본적 인식소로서, 이른바 데카당스(décadence)의 상상 체계를 이루는 바탕이 된다. 김예림의 설명에 따르면, 데카당스는 플라톤을 비롯한 고전적 형이상학 체계, 기독교의 종말론 서사, 그리고 근대의 역사 인식과 시간 관념에 이르기까지 지속적으로 출현해 왔고 또 다양한 형태로 발현되어 왔다. 그러나 데카당스 상상 체계가 역사적·문학적·미학적 차원에서 본격적인 의미를 획득하게 된 것은 근대의 진보 이념의 작동이라는 역사적 계기와 더불어서이다.[15] 사회 진화론에서 극명하게 드러나듯, 역사의 최종적인 목적을 전제로 한 단선적 역사 발전론의 시간관에서 끝과 시작, 몰락과 재생, 절망과 희망, 공포와 환상은 서로 분리될 수 없는 한 몸이다. 현재의 세계가 몰락을 향해 치닫고 있다

---

15) 김예림, 『1930년대 후반 근대 인식의 틀과 미의식』, 소명출판, 2004, pp.32~33.

는 종말론적 공포는 종말과 함께 새로운 미래가 도래할 것이라는 재생에의 환상을 키우고 그 역도 마찬가지이다. 근대의 진보적 역사관은 이 상상 체계의 극대화된 표현이다.

『갱생』의 시간관이 이 몰락 / 재생의 상상 체계 위에 자리 잡고 있음은 분명하다. 그런데 아득한 과거와 먼 미래를 조망하면서 현재의 위기를 강조하는 이 시간관에서 실제로 실종되는 것은 언제나 '현재'라는 사실은 이 시간관이 안고 있는 근원적인 아이러니이다. 타락의 '현재'는 '위대했던 과거'의 빛에 견주어 부정되고, '언젠가 올 미래'의 빛에 견주어 희생된다. 이 시간관에서 현재(present)는 결코 재현(represent)되지 않는다. 그것은 언제나 지연된다. 위대했던 과거가 현실에서 쉽게 재현될 리는 없다. 미래는 메시아적 숭고의 형태로, 종말론의 형태로 끊임없이 연기되면서 새로운 인간, 새로운 이념, 새로운 지도자에 대한 갈망을 낳는다. 현재는 쇠퇴의 밑바닥에 와 있으며 근본적인 혁신을 통해 밝은 미래를 앞당겨야 한다. 이 재생의 서사 안에서 '과거'란 새로운 현재에 의해 극복된 것이며, '현재'란 또 다른 새로운 '미래'에 의해 극복되어야 할 그 무엇이다. 그리고 이것이야말로 근대의 단선적 발전사관이 함유한 시간관의 근원적 아이러니이다. 왜냐하면 '새로운' 현재는 곧 다가올 '더 새로운 미래'에 의해 극복되기를 기다리는 상태로밖에는 존재할 수 없기 때문이다. 이러한 시간관 아래서 근대란 "언제나 새롭지만 새로움의 개념 아래서는 언제나 동일"16)한 것이 된다. 다시 말해, "언제나 새로운 것(ever-new)은 언제나 동일한 것(ever-same)이다."17)

---

16) Peter Osborne, "Modernity : A Different Time", *The Politics of Time*, Verso, 1995, p.13

17) Harry Harootunian, *History's Disquiet*, Columbia University Press, 2000 참조.

이 '진부한 새로움'의 형식은 모더니티의 근원적 시간관이면서 동시에 근대의 정치 권력이 수시로 이용한 담론 형식이기도 하다. 특히 20세기 이후의 파시즘 권력은 이러한 재생 서사를 기본적인 에토스로서 줄곧 이용하여 왔다.[18] 끝없이 지연되는 현재, 접근할 수 없는 먼 과거, 오지 않는 미래라는 이 시간 구조 속에서 '재생'은 언제나 환상이나 예언으로만 존재할 뿐 실현되는 법이 없다. 혁신과 쇄신을 향한 끝없는 부름만이 되풀이 될 뿐이다. 몰락／재생의 시간관의 아이러니는 바로 이 지점, 즉 '새로움(쇄신, 갱생, 재생)'을 향한 부름이 계속되면 될수록 새로움은 사라져 버리는 사태에 직면함으로써 심화된다.

그럼에도 불구하고 갱생에의 부름은 끝없이 계속된다. 그 이유는 어디에 있는 것일까? 그것은 갱생 서사가 근대의 진보적 시간관을 바탕으로 하고 있는 것과 같은 맥락에서, 근대 국민국가의 국민 총동원 시스템의 필수불가결한 요소로 기능하기 때문이다. 갱생의 서사는 오염되고 타락한 현재의 모습을 깨끗이 정화하고 새로운 인간으로 거듭날 것을 주문한다. 그것은 씻어버리거나 척결해야 할 타자를 발견하는 동시에 그 대척점에 쇄신된 자아상(自我像)을 세우는 운동이다. 타자의 배제를 통한 전체의 일자화(一者化)야말로 갱생의 서사가 작동하는 원리이며 그것은 곧 근대 국민국가의 요구이기도 하다. 신형기에 따르면, 이러한 쇄신에의 기대는 결국 "더욱 강화되는 국가 통제와 동원의 요구에 부응하는 것"이다.[19] 『조선 민족 갱생의 도』는 그러한 사태를 선명하게 보여주는 텍스트이다.

---

18) 이 점에 대한 보다 자세한 설명은 김철, 「김동리와 파시즘」 및 「민족－민중 문학과 파시즘」, 『'국문학'을 넘어서』, 국학자료원, 2000 ; Andrew Hewitt, *Fascist Modernism*, Stanford University Press, 1993 참조.
19) 신형기, 「최명익과 쇄신의 꿈」, 『현대문학의 연구』, 한국문학연구학회, 2004 참조.

지금부터 그것을 살펴보자.

몰락/재생의 시간관은 19세기 말의 계몽 지식인들을 지배한 역사의식 속에서 이미 한 차례 경험된 것이었다. 한일합방 이후 3·1운동을 경과한 1920년대에 이 재생의 신화는 다시 한 번 위력을 발휘했다. 일찍이 서구를 휩쓴 세기말 사상에 이어 1차 대전 이후의 전 세계적인 혁신과 개조의 분위기, 그리고 이른바 문화통치로 변화된 국내의 사회 정세에 힘입어 '재생', '갱생', '신생', '개조' 등은 시대의 화두가 되었다. 3·1운동 이후 창간된 『창조』, 『폐허』, 『백조』 등과 같은 문예지들, 그리고 『동아일보』, 『조선일보』 등의 민간 신문들에서 쉽게 확인할 수 있는 것은, 모든 것이 붕괴한 '폐허' 위에 새 삶이 시작될 것이라는 쇄신과 갱생에의 희망이다. 최현배의 『갱생』이 이 맥락 위에 있음은 말할 것도 없다.

이 '진부한 새로움'은 다음 시대에서도 쉬지 않고 되풀이 되었으니, 『갱생』의 발표로부터 10년 남짓 지난 1930년대 후반에 이 몰락/재생의 서사는 이른바 '근대초극론'을 통해 다시 한 번 만개했다. 자본주의적 근대 기획과 사회주의적 혁명의 기획 모두가 파탄에 이르렀으며, 역사는 근대를 초극하여 새로운 단계로 넘어서야 한다는 '근대초극론'은 중일전쟁 이후 2차 대전으로 치닫는 사회 정세 속에서 일본 및 조선의 지식인에게 거대한 충격을 주었다. 일본 제국주의의 패망이라는 현실 앞에 직면할 때까지 이 담론의 자장 밖에서 사유한 지식인은 아무도 없었다고 해도 과언이 아니다. 대동아 공영권의 이상을 내세운 전쟁 기간 동안 쇄신과 갱생에의 욕망은 극점에 이르렀고, 혁신의 새로운 세계상을 제시하는 '근대초극론'은 막다른 골목에 이른 좌파 지식인의 전향을 추동하는 강력한 내적 동인이 되었다. 물론 새로운 것은 아무 것도 없었다. 근대를 초극

(Overcome Modernity)한 것이 아니라 '근대에 의해 정복된(Overcome by Modernity)'[20] 사태는 이 담론이 처음부터 안고 있던 모순의 예정된 결과였다. 결국 일본 제국주의의 지배가 몰락하는 시점까지도 이 몰락 / 재생의 서사는 의심되거나 회의되지 않았다.

오히려 이 몰락 / 재생의 서사는 일본 제국주의가 물러 간 시점에서 곧바로 또 등장했다. 식민지의 족쇄로부터 풀려난 한반도에서 남과 북의 정권은 이 '재생'의 서사를 새 국가 건설에의 열정과 결합시켰다. 남한의 경우, 새로운 국가의 건설은 '낡은 근대를 벗어나서 새로운 역사 단계인 현대로 진입하는 것'으로 설명되었는데,[21] 그러한 설명이 불과 몇 년 전에 대동아 전쟁의 이념적 무기로 널리 사용되었던 사실에 대한 의문은 전혀 제기되지 않았다. 낡은 생활 습관과 나태함을 청산하고 밝고 건전한 생활 방식을 수립하자는, '갱생론'의 단골 메뉴인 '신생활운동론' 역시 되풀이 되었다. 물론 그 '신생활'의 세목들은 이미 여러 차례 반복되어 전혀 새로울 수 없는 것들이었다.

이승만 정권이 '몰락'한 이후 5·16쿠데타로 권력을 장악한 박정희 군사 정권에 의해 이 '재생'의 서사는 또 '재생'되었다. '재건'은 새로운 정권의 이념을 말해주는 핵심적인 단어였으니, 입법, 행정, 사법의 권력을

---

20) Harry Harootunian, *Overcome by Modernity*, Princeton University Press, 2000. 그밖에 '근대 초극론'에 관한 참고 문헌들은 김예림, 앞의 책 ; 이경훈, 「'근대의 초극'론―친일문학의 한 시각」, 『다시 읽는 역사문학』, 평민사, 1995 ; 다케우치 요시미(竹內好), 『近代の超克』, 冨山房百科文庫, 1990 ; 히로마쓰 와타루(廣松涉), 『近代の超克論―昭和思想史への一視角』, 講談社, 1991 ; 김철, 「'근대의 초극', 『낭비』, 그리고 베네치아」, 『민족문학사 연구』, 18호, 2000.

21) 이 점에 대한 자세한 설명은 Chong-Myong Im, *The Making of the Republic of Korea As a Modern Nation-State*, The University of Chicago, 2004. 북한에서의 쇄신의 서사와 국가 건설에 관해서는 신형기, 앞의 글 참조

한 곳으로 집중시킨 쿠데타 직후의 최고 권력 기관은 '국가 재건 최고회의'라는 명칭을 통해 새로운 정권이 추구하는 이념과 목표를 분명히 했다. 낡은 습관과 미신들, 구태의연한 관습들이 청산되어야 할 '구악(舊惡)'으로 또다시 선포되었고 그 '구악의 일소(一掃)'는 전국적인 규모의 '재건 국민운동 본부'가 담당했다. 『조선 민족 갱생의 도』는 바로 이 시점에서 30년 이상의 간격을 뛰어넘어 다시 발간되었다. 이 '번각본'은 최초의 내용을 하나도 바꾸지 않은 채 그대로 발행한 것이었다. 최현배는 『갱생』을 1962년에 다시 발간하는 데에 대해 그 머리말에서 이렇게 밝히고 있다.

> 우리는 이미 해방을 얻었고, 또 두 차례나 혁명을 이루었건마는, 겨레의 갱생은 아직도 다 되지는 못한 형편에 있다. 이때에 이 책을 거듭하여 펴는 것은, 옛날의 외침이 여전히 겨레 갱생의 정신적 양식이 되기에 족함을 믿는 때문이다. 예로부터 진리의 말은 해가 갈수록 그 광휘를 나타내는 것이매, 이 책이 방제 나라 재건 사업의 완수에 매진하는 배달 겨레에게 신념과 용기를 북돋아 주게 되기를 바라 말지 아니하는 바이다.

책의 중간(重刊) 목적을 "나라 재건 사업의 완수"와 일치시키는 데에서 이 저서가 5·16 정권의 '국가 재건 사업'과 궤를 같이 하는 것임을 짐작할 수 있거니와,[22] 30년 이상의 시간적 간극과 사회적 변화는 『갱생』의 저자에게는 아무 문제가 되지 않은 듯하다. "진리의 말은 해가 갈수록 그 광휘를 나타내"므로 그럴 수 있었던 것은 아닐 것이다.[23]

---

22) 최현배는 1962년에는 「국가재건 최고회의 의장」의 표창, 1967년에는 제2회 「5·16 민족상」을 수상했다. 최현배의 정치적 이력과 그 성격에 대한 논의는 여기서는 생략한다.
23) 부정적인 대상에 대한 극단적인 증오, 청산과 절멸(絶滅)의 욕구를 드러내는 거친 언사들은 최현배의 텍스트의 두드러진 특징이다. 이와 짝을 이루는 것은 과도한 자기 확신

식민지 사회 현실에 대한 발언으로 쓰여진 『갱생』을 30년 이상의 시차를 건너 뛰어 그대로 다시 내놓을 수 있었던 이유는, 일제 치하와 해방 후 사회의 구조적 상동성에 있다기보다는 『갱생』 자체가 지닌 서술적 특성에 있는 것으로 보인다. 『갱생』의 서술적 특징의 하나는 과도한 정신주의와 서술의 추상성이다. 중요한 것은 사람의 '신념', '용기', '의지', '생기', '이상'과 같은 것이니, 『갱생』은 파멸에 빠진 민족이 오직 '정신을 차리고' '이상을 수립하여' '생기를 진작하는 것'만이 '살 길'임을 끊임없이 강조한다. 그러면 대체 어떻게 생기를 진작할 것인가? 이런 "일어날 듯한 비평에 대하여" 외솔은 또 다시 "물질에 대한 정신의 상위(上位), 물질에 대한 정신의 지배"라는 주장을 되풀이 한다. '어떻게 해야 정신을 차리고 생기를 진작할 수 있는가' 하는 방안을 묻는 질문에 대해 '정신이 물질보다 우월하다'는 원리로 다시 돌아가는, 이 논쟁 불능의 동어반복은 막연한 추상적 비유와 공허한 레토릭의 남발과 함께 『갱생』의 서술적 특징을 이룬다. 텍스트 전체에 걸쳐 유일하게 저자가 상점(上點)을 찍어 특별히 강조한 다음의 문장은 그 의미의 추상성과 레토릭의 공허함에 있어서도 표본이 될 만한 문장이다.

朝鮮 民族의 固有한 特質과 特長을 自由로 充分히 發揮하여, 恒常 不斷
의 創造와 不休의 改造로써, 人類의 永遠한 進步와 文化의 恒久한 發達에
寄與 補裨하여, 世界 進化의 氣運에 參與하는 것이 곧 우리 朝鮮의 民族的

의 언사들이다. 자신의 저서를 "진리의 말"로 지칭하는 것은 그 하나의 예이다. 심지어는 한글 가로쓰기를 자신이 『동아일보』에 '반포'하였다고까지 말한다. "내가 대학 일학년 때(1922년)에 유학생 순회 강연단으로서 처음으로 가로글씨를 순회 강연하고, 이어 <동아일보> 지상에 <u>반포</u>한 적으로부터 찬 25년 만에……" (강조는 인용자). 최현배, 「나의 걸어 온 학문의 길」, 『나라사랑』 제10집, 정음사, 1973, p.175.

理想이라 하노라. (강조 표시는 생략―인용자)

혁신과 쇄신을 향한 부름만이 끝없이 되풀이 될 뿐 정작 쇄신은 실현되지 않는 몰락 / 재생 서사의 구조 속에서 재생의 구체적인 상이 그려지지 않는 것은 당연하다. 그것은 언제나 추상적 이상, 환상적 예언의 형태로 나타날 뿐이다. 추상적이면 추상적일수록 몰락 / 재생의 서사는 시대를 넘어 언제든지 반복될 수 있는 것이다. 그러므로 추상성은 몰락 / 재생 서사를 연속시키는 동력이며 그 시간 구조의 아이러니를 은폐하는 핵심적 장치이다. 다시 말해, 갱생 담론이 목표로 하는 것은 갱생이 아니라, 갱생을 향한 '외침' 그 자체이며, 그 '절규'가 가능한 조건을 만나는 것이다. 마치 종말론이 종말의 실질적 도래가 아니라, 종말의 끝없는 지연을 통해서 그 생명을 이어 가듯이. 그러므로 "겨레의 갱생은 아직도 다 되지 못한 형편에 있다"는 최현배의 말은, 이러한 몰락 / 재생 서사의 실질적 목표를 무의식적이지만 아주 정확하게 드러낸 말이다. 갱생의 내용이 추상적이면 추상적일수록 그것은 "옛날의 외침이 아직도 겨레 갱생의 정신적 양식이 되기에 족함을 믿"는 바탕이 된다. 30여 년 이전의 텍스트를 아무 수정 없이 그대로 중간할 수 있었던 이유는 여기에 있었던 것이다.

막연하고 추상적인 레토릭으로 일관하는 『갱생』의 서술적 특징이 그 담론의 시대 초월적인 '유효성'을 보증하는 것이었다면, 또 한편 그것은 '국가 재건 운동'을 위해 전 국민을 소환하고 동원해야 할 필요성에 처한 국가 권력의 요구에도 썩 부합하는 것이었다. 생활 개선이야말로 『갱생』의 저자가 가장 강조해 마지않는 내용이었고 '신생활 운동'은 5 · 16 정권의 핵심적 역점 사업이었던 것이다. 게다가 『갱생』의 저자는 실로 "민족의 대동단결"과 "총출동"을 외치고 있었던 것이 아니었던가.

　이렇듯이, 몰락 / 재생의 서사는 19세기 이래의 근대 한국에서 국민 총 동원의 핵심적 담론으로 기능하면서 줄기차게 반복되었다. 세월의 힘을 이겨내는 이 '진부한 새로움'의 힘이야말로 재생의 서사가 지닌 놀라운 힘이었다. 박정희 정권의 몰락 이후에도 그 힘은 변치 않았으니, 광주의 살육을 딛고 선 전두환 정권은 몰락 / 재생 서사의 새로운 버전이라 할 만한 '사회 정화(淨化)'를 개혁 정책의 핵심으로 내세웠다. 미증유의 폭력 을 동반한 그 정책들의 저변에 유구한 전통의 몰락 / 재생의 상상력이 작 동하고 있었다는 것은 의미심장한 일이다. 그런가 하면 몰락 / 재생의 상 상 체계는 지배 권력만의 독점물이 아니었다. 오히려 그것은 피지배 민 중의 현실 속에서 더욱 강고하게 자리 잡았으니, 오랜 군사 독재의 지배 를 와해시킨 한국 민중 운동의 상상 체계 역시 몰락 / 재생의 그것에 다 름 아니었다. 그런가 하면, 90년대 이후의 '문민정부'로부터 오늘날의 '참여정부'에 이르기까지의 정권들 모두 '제2의 건국', '개혁' 등과 같은 유사한 형태의 재생의 상상력을 통해 자신의 차별성을 강조하고 있다. 실로 한 세기 이상을 동일한 형태의 상상력이 한국인의 집단적 삶을 부 추기고 동원해 오고 있는 것이다. 내용 없는 도덕적 추상적 절규가 진부 한 재생의 상상력과 결합하여 탄생시킨, 동원되는 주체—19세기 이래 한 반도에서의 이른바 근대적 주체의 실상은 아마 그런 것인지도 모른다. 그리고 『갱생』은 그러한 주체 건설의 작업을 수행한 수많은 텍스트들 가 운데 하나일 것이다.

3. 민족 담론의 분열(schizophrenia) ; 자기 기만과 망각

1) 민족의 경계 ; 타자의 발명

지금까지 살펴보았듯이, 갱생의 서사는 근대의 진보적 시간관을 바탕으로 추상적 미래에의 환상적 약속을 통해 그 시간 구조의 모순을 은폐하면서, 국민국가의 총동원 시스템을 작동시키는 기능을 하는 것이었다. 그러나 갱생의 서사가 국민국가의 총동원 시스템의 필수불가결한 요소로 자리 잡은 데에는 또 다른 배경이 있다고 할 것이다. 갱생이 '민족의 갱생'인 한, 그것은 근대 민족주의의 세계관과 그 실천적 수단, 나아가 그 한계까지도 오롯이 담고 있는 것일 수밖에 없다. 다시 말해, 『갱생』의 배경을 이루는 것은 근대 민족주의 담론인 것이다. 이제 그것을 살펴보자.

사회 진화론에 바탕을 둔 개화기 이래 계몽 지식인의 근대화주의가 『갱생』의 기본적인 사상을 이루는 것임은 쉽게 확인할 수 있다. 근대화란 곧, 제국주의의 위협으로부터 자신을 보전하는 한편 '민족 주체'를 중심으로 새로운 국민국가를 만드는 것을 의미했다. 그러나 이러한 과제 앞에 직면한 19세기 아시아의 지식인들은 곧 모순적인 상황에 부딪쳤다. 새로운 역사의 주체로서 '민족'이라는 자아를 구축하는 것은 민족의 내부와 외부, 즉 '자아'와 '타자'의 새로운 경계를 설정하는 것을 뜻했다. 다시 말해, '자아'의 발견이란 곧 '타자'의 발견(혹은 발명)을 의미하는 것이었다. 그렇다면 구축해야 할 새로운 '자아'는 어떤 것이며 배제해야 할 '타자'는 누구인가? 간단히 말해, 내부와 외부를 가르는 민족의 경계선은 어디인가? 민족 담론은 이 물음에 답변하지 않는다. 이미 자연적이고 영원한 것으로 전제된 민족의 경계를 따라 내부와 외부가 정해질 뿐이다. 통합의 대상으로서의 내부, 배제의 대상으로서의 외부만이 있을 뿐, 그 경계가 어떻게 확정되는 것인지에 대한 의문은 민족 담론에서는 전혀 떠오르지 않는다. 『갱생』의 저자 역시 그 점에서 예외 없이 단호하고 분명하다. 한 치의 의심도 없이 '민족'을 경계로 정(正)과 부(否)의 세계가 갈린다. 가차 없는 청산과 배제의 욕망, 끊임없는 정화(淨化)와 순결(純潔)에의 염원이 이 세계를 지배할 뿐이다.[24]

그러나 대체 그렇다면 '민족'이란 무엇인가? 민족주의자들의 설명대로 민족이 영원하고 자연적인 것이며 완전한 것이라면, 민족은 왜 다시 새롭게 각성되어야 하는가? 영원한 것이 왜 거듭나야 하는가? 아니 대체 거듭날 수가 있는 것인가? 민족 담론은 이런 의문을 떠올리지 않을 뿐 아니라, 자아 / 타자의 경계선이 불명료하고 유동적이라는 사실을 외면한다. 민족주의는 이로부터 상호 모순적인 운동 방향을 취하게 된다. 즉, 한편으로는 민족의 영속성을 설명하기 위해 고대로부터 현재에 이르는

---

24) 최현배의 논쟁 상대방에 대한 가혹하고도 집요한 공격, 특히 한글운동 과정에서의 철저한 비타협적 언행들은 널리 알려져 있다. 민족의 상황을 '다 곪은 종기'에 비유하면서 '예리한 메쓰로 깨끗이 도려내고 소독하지 않으면 안 된다'고 하는 『갱생』에서도 전반적인 언사들은 대단히 과격하고 극단적이다. 감정적인 흥분과 확신에 찬 주장들이 독자를 압도한다. 부정적인 것에 대한 극단적인 폄하와 긍정적인 것에 대한 극단적인 찬양, 현실에 대한 극도의 절망적 묘사와 갱생에 대한 극도의 낙관 등이 아무런 매개 없이 한 편의 글 속에 나란히 공존하는 것도 『갱생』이 논증적 사고보다는 충동적 감정에 보다 많이 기반하고 있음을 보여준다. 청산과 정화(淨化)를 통한 민족의 갱생을 꿈꾸는 『갱생』의 논리 구조는 다음과 같은 배제와 숙청의 욕망을 매우 서슴없이 노골적으로 드러내기도 한다 : "나의 글을 이까지 읽고도, 조금도 自己의 內的 反省을 할 餘裕를 가지지 못한 이에게는, 나의 말을 또 다시 한다고 바로 그 癲痺된 聽官의 神經을 움지길 수는 없는 때문이다. 그러한 頑固한 衰弱症 患者는, 그의 病毒이 健全한 사람의 사이에 傳播되기 前에, 어서 하루라도 바삐 우리 民族 社會에서 떠나가기를 바란다."

민족적인 것들의 불변성과 항존성(恒存性)을 끊임없이 환기하고 개발하는 운동에 몰두하게 된다. 그러나 또 한편으로는, 새로운 민족 주체의 형성을 위해 민족의 갱생과 나날의 새로움을 끊임없이 강조해야만 한다. 동시에, 민족 국가는 전 지구적 자본주의화에 적응하기 위해 임시변통으로 (temporarily) 자신을 변화시켜야 하는 한편, 자신만의 고유하고도 영원한 민족적 정수(essence)를 만들어내야 하는 모순적 상황에 처한다.25)

머나먼 고대의 기억들, 변하지 않는 영원한 장소로서의 '고향'이나 '농촌' 등은 이러한 모순으로부터 찾아낸 관념적 가공물로서, 민족 주체는 덧없는 변화를 거듭하는 자본주의 사회의 유동성을 견뎌내는 불변의 정체성을 이러한 가공물들에 가탁하여 정립하려 애쓰는 것이다. 그러나 그것은 결코 해결책이 될 수 없다. 왜냐하면 그러한 정체성 정립의 노력 자체가 이미 자본주의적 근대화의 한 속성이기 때문이다. '민족'을 창출하거나 국민국가를 건설하는 것은 필연적으로 이러한 모순과 균열을 통과해야 하는 일이었다.

근대화론 역시 마찬가지였다. '서양'은 근대화의 모델이었고 좇아야 할 이상이었으나 동시에 또 배격해야 할 '타자'였다. 서구적 근대화를 체화하면서 동시에 서구적인 것을 자신의 몸에서 몰아내야 하는 이러한 분열적 상황은 아시아에서의 국민국가 형성이 부딪친 최대의 아포리아였다. '中體西用', '和魂洋才', '東道西器'야말로 이 아포리아에 대한 19세기 계몽 지식인들의 답안이었다. 그 답안의 실제적 효용과는 별문제로, 서구적인 것과는 다른(혹은 보다 우월한) 자신의 '정신'이나 '전통 문화'의 발견에

---

25) Prasenjit Duara, "Local Worlds", *Harbin and Manchuria : Place, Space, and Identity*, The South Atlantic Quarterly, Winter 2000, Duke University Press, 2001, p.40.

비서구 지식인들이 커다란 심리적 위안을 얻었던 것은 틀림이 없다. 프라센지트 두아라(Prasenjit Duara)는 이러한 심리적 위안은 결국 서구화된 지식인들의 정체성 위기를 무마하기 위해 고안된 동양 대(對) 서양이라는 이원적 사고의 결과에 지나지 않았던 것임을 지적한다.26)

『갱생』은 그것이 부딪친 모순과 균열을 포함하여 이러한 19세기 계몽주의와 사회 진화론적 세계관의 1920년대식 버전이다. 그 점에서도 『갱생』은 조금도 새로운 것이 아니며 오히려 진부한 것이기조차 하다. 여기서 한 가지 주목할 것은 이 텍스트의 내용보다는 텍스트가 지니는 모종의 권력 효과이다. 앞에서 보았듯, 그 내용의 기본 구조는 확연하게 구분된 '자아'와 '타자'의 세계이다. 청산되거나 제거되어야 할 '타자'의 영역과 보존하고 지켜야 할 '자아'의 영역 속에 각각 무엇을 배치하든 간에, '타자', 혹은 더 나아가, 제거해야 할 대상으로서의 '적(敵)'을 창출한다는 행위는 그 자체로서 이미 권력으로서의 효과를 지닌다. '뿌리 깊은 병균'으로서 '타자'를 지정하고 갱생해야 할 주체로서의 '민족'을 호출하는 순간, 이 발화자는 '동원하는 주체'가 되고 청자(聽者)는 '동원되는 주체'가 된다. 이것은 계몽의 담론 속에 필연적으로 내재된 해결할 수 없는 숙명이다. 계몽의 구조 안에 있는 한, '동원되는 주체'는 결코 주체가 될 수 없다. 누가 주체인가? "민족의 대동단결"을 위해 "총출동"을 선포하는 지휘자, 명령권자, 지도자로서의 계몽자만이 주체가 될 수 있을 뿐이다. 결국 끊임없이 주체를 호출하지만 호출되는 순간 이미 '민족'은 주체가 아니다. 그렇다면 민족은 어떻게 갱생할 수 있을까?

---

26) Prasenjit Duara, 『민족으로부터 역사를 구출하기』, pp.59~60.

물론 최현배는 이러한 난관을 의식조차 하지 않았다. 민족의 "총출동"을 선언하는 '투사', '병근(病根)'을 도려내는 '의원(醫員)'으로서의 권력적 형상만이 그에게 부여된다. 이 권력은 "연속된 역사적 동일성을 소급적으로 구축함으로써 과거를 지배하려 드는"27) 현재의 욕망으로부터 나온다. 현재를 지배하는 자가 과거를 지배하고, 과거를 지배하는 자가 현재를 지배한다. 민족 담론은 이 헤게모니 투쟁의 한 가운데에 있다. 그리하여 민족주의의 해방적 기능은 그것이 내장한 지배와 권력의 욕구로 인해 필연적인 균열을 일으킨다. 적대자에 대한 증오에 가득 찬 공격, 절멸(絶滅)을 노리는 극단적인 언사 등은 『갱생』을 일관하는 심성인데, 그것은 물론 최현배 개인의 퍼스낼리티로부터 연유한 바도 있겠지만, 한편으로는 자아 / 타자의 대립을 발명함으로써 자신을 유지하는 민족 담론이 지닌 본질적 권력 투쟁의 성격으로부터 기인하는 것이기도 하다.

2) 자기지(自己知)의 기원

앞에서 보았듯, 『갱생』에는 선명하게 구분된 두 개의 세계가 제시된다. 하나는 하루빨리 도려내야 할 병균 같은 세계이며 다른 하나는 높이 선양하고 보존해야 할 가치 있는 세계이다. 그런데, '이조 오백년의 무능과 나태', '양반 계급의 횡포', '주자학의 억압' 등을 청산해야 할 과거로 규정하면서, 고구려의 상무(尙武)정신, 백제의 건축, 신라의 예술 등 고대 문화의 유산을 찬양하는 민족주의 담론의 이러한 자기지(自己知, self-knowledge)

---

27) 鈴木登美, 『語られた自己』(한일문학연구회 역, 『이야기된 자기』, 생각의 나무, 2003), p.188.

는 어디에서 온 것일까?

　앙드레 슈미트(Andre Schmid)에 따르면, 19세기 말 한국의 자기지(自己知)는 일본에서 주로 생산되었다. 한국의 민족 정체성에 관한 여러 담론들이 한국의 문화와 역사에 대한 일본측 저술들에 깊이 의존하고 있었다는 사실은 한국 민족주의의 태생적 딜레마가 될 수밖에 없었다. 한국의 역사와 문화에 관한 일본인 학자들의 지식은 자민족을 재인식하려는 한국의 지식인들에게 똑같은 용어로 다시 채택되었다. 예컨대, 당파싸움, 나태, 부패의 표본으로 묘사된 조선의 '양반'은 과거의 조선을 비판하는 데에 가장 편리한 장치였고 당시의 한국 민족주의와 일본 식민주의의 역사 저술들은 이 점에서 서로 다르지 않았다. 한국 고대사와 고대 예술에 관한 지식의 체계도 당시의 일본측 저술에서 개발되어 한국 지식인들에게 제공되었다. 뿐만 아니라, 그들은 자본주의적 근대화와 문명국가의 건설이라는 이상도 공유하고 있었다. 다시 말해, 민족주의와 식민주의는 자본주의적 근대화의 이상을 기반으로 역사 이해나 민족 문화에의 접근 방식에서도 많은 것을 공유하는 것이었다. 어떻게 이 딜레마를 해결할 것인가? 일부의 지식인들은 '국수(國粹)' 또는 '국혼(國魂)'이라는 개념의 정립을 통해 그 해답을 찾고자 했다. 그것은 '민족'을 '문명'이 아닌 '문화', '물질'이 아닌 '정신'으로 정의하는 것이었다. 이 개념을 통해 언어, 종교, 특히 역사 서술에 바탕을 둔 문화적 저항의 형식이 가능할 것이었다.[28] 그러나 이 '국수'의 개념조차 또한 일본 국가주의의 핵심을 이루는 사상이었으니, '정신'과 '문화'라는 국민적 정수(essence)의 획득이 궁극적으로

---

28) Andre Schmid, *Korea between Empires*, 1895-1919, Columbia University Press, 2002, pp.13~17.

식민주의를 넘는 무기가 되기를 기대할 수는 없는 일이었다.

이와 관련하여, 현재의 몰락의 원인을 가까운 이조(李朝)의 악정(惡政)으로부터 구하고 그 대신에 고대의 문화를 최상의 이상으로 칭송하는 담론의 방식 자체가 이미 일본 제국주의에 의해 제공된 것이라는 사실을 부연해 두고자 한다. 다카기 히로시(高木博志)에 따르면, 찬란한 고대의 문화와 현재의 몰락이라는 조선 문화에 대한 일반적 이미지야말로 "일본이 창작해 낸 담론 방식에 의한 식민지 조선의 내력"인 것이다.29) 국망(國亡)의 상실감을 머나먼 고대 문화에의 기억으로 달래면서 그 문화의 부흥을 통해 민족을 '갱생'시키고자 하는 민족주의자들의 노력의 지적 기원은 사실상 동경 제국 대학의 건축학 교수 세키노 다다시(關野貞)의 조선 미술사에 관한 최초의 논문 「한국의 예술적 유물」(1904) 같은 것에서 유래하는 것이었다. 세키노는 『한국 건축 조사 보고』나 「한국 예술의 변천에 대해」 같은 연구물들을 통해 조선 예술을 최초로 체계화 했는데, 그의 기본적인 관점은 조선의 예술이 통일 신라를 정점으로 점차 쇠락의 길을 걷는다는 것이었다. 다음의 인용문은, "고구려의 강대한 융성", "신라의 찬란한 문화", "고려의 정교한 공예", "이조 초엽에서도 세계적 발명과 창작이 끊히지 아니한 것"을 말하던 최현배의 문화사적 관점, 그리고 사실상 많은 한국인의 자기 문화 이해의 방식이 어디에서부터 유래한 것인지를 보여주고 있다.

조선 고래의 예술은 개관하자면 낙랑군 시대는 차치하고라도, 이미 고

---

29) 다카기 히로시(高木博志), 「일본 미술사와 조선 미술사의 성립」, 『국사의 신화를 넘어서』, 휴머니스트, 2004, p.186.

구려 시대에는 그 고분 내부의 구조와 벽화 장식에 놀라운 발달을 이루고 있으며 특히 통일 신라 시대에는 건축, 조각, 회화에서 가장 세련된 고유의 멋을 나타냈다. 또한 고려 시대의 상감 청자에 이르러서는 색의 선명함, 형태의 균형도, 기교적 정열 등 실로 세계에 자랑하기에 부족함이 없는 것이며 이(李)왕조 초기의 것도 웅대 진실한 특성을 가지고 있다. 이와 같이 예전에는 예술에 대한 충분한 해석과 수련을 거쳐 우수한 작품을 만든 민족도 300년에 이르는 악정의 결과, 정쟁에 몰두한 채 피폐되어 눈 앞의 이익만을 좇으면서 예술을 추구하는 여유가 없어진 바, 그 멋은 무미건조하고 타락했으며 그 예술은 과거의 세련미를 잃고 조잡해져서 볼 만한 것이 없게 되었다.30)

고대 미술의 '전무후무한 정화(精華)'와 조선 왕조 시대 예술의 '쇠퇴'라는 세키노 다다시 이래의 이러한 문화사적 관점은 이후 조선 미술사의 기본적 뼈대가 되었던 것이다. 그런데 이런 관점이야말로 사실은 "일본의 조선 식민지 지배를 국제 사회에서 정당화 하는" "문화 전략"으로 수립된 것이었다.31) 조선 총독부는 1915년부터 1935년까지 무려 20년에 걸쳐 조선의 유적 및 고건축물, 미술 공예품, 사료 등을 각 시대별로 분류한 대도록(大圖錄) 『조선 고적도보(朝鮮古蹟圖譜)』를 간행하는데, 사진과 도판으로 화려하게 장식된 이 도록의 편집에는 주로 세키노가 관여했다. 통일 신라 시대를 정점으로 조선의 문화와 예술은 하강한다는 이미지, 그리하여 마침내 현재의 조선은 "무미건조하고 조잡해져서 볼 만한 것이 없게 되었다"는 담론은 총독 정치의 필연성을 설명하기에 더 없이 좋은

---

30) 세키노 다다시(關野貞), 『朝鮮の建築と藝術』(다카기 히로시, 위의 글에서 재인용).
31) 다카기 히로시, 위의 글, p.186.

근거가 되었고, 실제로『조선고적도보』의 편집 전략을 수립한 총독 데라우치 마사다케(寺內正毅)는 "『고적도보』를 비서실에 보관하면서 국내외의 손님에게 서명하여 증정했고, 특히 각국의 영사를 비롯한 외국의 유명인에게는 '가능한 폭넓게 증정'하기도 했다. 그 목적은 '조선의 뛰어난 문화를 세계에 소개하고 그와 함께 조선의 문화 통치의 측면을 좋게 선전'하는 데에 있었다."[32]

사회 진화론에 바탕을 둔 근대화에의 이상, 과학 문명에 대한 단선론적 발전사관, 인접한 과거에 대한 절대적인 부정과 먼 과거에 가탁하여 자신의 정체성을 구성하고자 하는 욕구―이 지적 체계와 방법들이 모두 식민지 종주국으로부터 발원한 것이라는 사실에 대해,『갱생』의 저자는 거의 모든 다른 계몽 지식인들이 그러했듯이, 단 한 번도 회의하거나 의심하지 않았다. 결국 딜레마를 딜레마로 인식하지 못하는 민족 담론의 무의식이야말로 그것이 봉착한 가장 큰 딜레마였던 것이다.

3) 민족 담론의 자기 기만과 망각

딜레마를 딜레마로 의식하지 못할 때 자기 분열은 내면화 한다. 민족 담론의 내파(內破)는 그 무의식으로부터 비롯된다. 그러면 민족 담론은 이 내부적 파열을 어떻게 봉합하는가? 그 봉합의 한 사례로서 나는 한국의 민족주의 담론이 최현배를 전유한 방식을 살펴보고자 한다. 널리 알려진 바와 같이, 한국 민족주의는 최현배를 중심으로 한 한글 운동에서 민족 저항의 최정점의 내용과 형식을 발견하였다. 일본 제국주의의 유례없는

---

32) 위의 글, 같은 곳.

'동화 정책'과 '민족어 말살 정책'에 맞선 조선어 학회의 한글 연구야말로 민족정신을 수호하는 최후의 보루였으며, 2명의 옥사자(獄死者)를 낸 끝에 1945년 8월 15일 일제의 패망과 함께 감옥 문을 나선 조선어 학회 사건의 피의자들이야말로 민족 고난의 대서사시를 완결 짓는 클라이맥스의 주인공들이 아닐 수 없었다. 실로 "조선어 학회의 존재가 식민지 상황 속의 한국인에겐 상상의 공동체로서의 국민국가 몫을 했"33)다는 표현은 과장이 아니다.

이렇듯 조선어 학회를 중심으로 한 식민지 체제에서의 한글 운동을 위대한 민족적 저항의 형식으로 위치 지우는 것은 한국 사회의 일반적인 통념에 속한다. 전문적 학술 연구로부터 대중적 담론에 이르기까지 이 통념은 넓고 깊게 퍼져 있다. 그러나 『조선 민족 갱생의 도』 하나만을 놓고 보더라도, 그것을 '일제의 지배 정책에 도전한 반(反) 식민지 투쟁'34)의 기록으로 읽는 것은 난센스에 지나지 않는다. 이러한 저항사적 관점을 취하는 한, 『갱생』이 일본어로 번역·배포되고 교과서에 수록되고 나아가 형무소의 교화용 도서로 공급된 사실은 설명이 불가능해진다. 하물며 『갱생』의 세계관이 제국주의의 그것을 공유하고 있다는 사실, 그로부터 발생하는 식민지 민족주의의 착잡한 정신 분열 등이 인식될 가능성은 아예 없다. 결국 민족 담론은 자폐적 나르시즘의 회로에 빠져들고 자신도 모르는 거대한 은폐와 망각의 늪으로 가라앉는다.

일반적인 통념과는 달리, 최현배를 중심으로 한 조선어 학회는 "조선어 학회 사건 이전까지는 조선 총독부와 대립하는 일이 거의 없는 비적

---

33) 김윤식, 『일제 말기 한국어 작가의 글쓰기론』, 서울대 출판부, 2003, p.74.
34) 홍이섭, 「조선민족 갱생의 도—그 정신사적 추구」, 『나라사랑』 창간호, 정음사, 1971.

대적인 관계를 유지하였다.”[35] 뿐만 아니라, 기관지인『한글』에「황국신
민서사」를 게재하고 다른 잡지에서는 찾아보기 힘든「신년봉축사」를 매
년 1월호에 싣고, 사언(社言)으로서「國民精神總動員 ‘銃後報國强調週刊’에
대하여」(1938)라는 글과「第三十六回 海軍 記念日을 맞음」(1941)이라는 글
을 싣는 등 노골적인 전쟁 협력 행위를 한 바도 있다.[36] 문제는『한글』지
가 이런 내용들을 실었다는 사실 자체가 아니라, 이 내용들이 해방 이후
에 나온『한글』지의 영인본에서는 모두 삭제되었다는 것이다.[37] 이 점을
염두에 두면서, 조선어 학회를 이은「한글학회」가 1972년에『한글학회
50년사』를 간행하면서 그 머리말에서 다음과 같이 말하고 있음을 보자.

　　한글학회의 창립 정신은 …(중략)… 민족 정신을 파괴하려는 침략자의
마수에서 민족을 지키려는 데에 근본적인 목적이 있었다. …(중략)… 일
본 제국주의 침략자들은 …(중략)… 우리 겨레를 얼빠진 허수아비로 만들
어야 했고, 이 ‘얼’을 빼기 위해서 그들은 우리의 역사를 왜곡하고, 우리

---

35) 조태린,「일제 시대의 언어 정책과 언어 운동에 관한 연구－언어관 및 이데올로기를 중
심으로」, 연세대학교 석사 논문, 1997, p.116.
36) 위의 글, 같은 곳.
37)『한글』제6권 제1호(통권 52호, 1938. 1) 속표지에는 일본어로 된『國民誓詞』가 실려 있
다. 한편 제7권 제1호(통권 63호, 1939. 1) 1면에는 ‘新年을 맞이하옵는 天皇·皇后 陛
下’, ‘皇太子殿下’, ‘照宮成子內親王殿下’, ‘義宮正仁親王殿下’, ‘孝宮和子內親王殿下’, ‘順宮
厚子內親王殿下’의 사진이 실려 있고, 2면에는 ‘新春을 맞이하옵는 朝鮮神宮’, ‘漢口 陷落
을 祝賀하는 京城 市街’의 사진이 실려 있다. 제3면에는 “瑞氣 넘치는 新春을 맞이하옵
시어 天皇, 皇后 兩陛下께옵서 御機嫌이 御麗하옵시고……”로 시작하는「謹奉賀新年」의
인사말과「皇國臣民ノ誓詞」가 실려 있다. 한글학회는 1972년에『한글』지 전체를 영인본
으로 묶어 재발간하는 사업을 시작했는데, 이때 문제의 부분들은 깨끗이 삭제된 채 발
간되었다. 52호의 경우에는 이런 사실을 알고 눈여겨보지 않으면 별다른 흔적을 발견하
기 어렵다. 63호의 경우에는 사진이 들어 있는 1, 2면을 아예 없앴지만, 3면은 쪽수 표
시가 되어 있는데다 4면부터 본문이 시작되므로 없앨 수가 없게 되어 있다. 따라서 쪽
수 표시는 되어 있지만 3면 전체가 백지인 이상한 형태로 남게 되었다.

의 말과 글을 없애려고까지 한 것이다. 무서운 악마들이었다. 이 악마들
의 손에서 민족의 정신과 문화를 지키려고, 말과 글의 보존, 연구, 발전을
위해서 창립된 것이 한글학회이다. 따라서, 한글학회의 역사는 일제에 대
한 무기없는 투쟁이었다.38)

"新春을 맞이하옵시어 天皇, 皇后 兩陛下께옵서 御機嫌이 御麗하옵시
고" "皇軍의 威武와 國家 興隆의 氣運이 더하여지기를 祈願하옵나이다"39)
라는 발언의 기억을 지우고, 그 망각의 터 위에 '악마의 마수로부터 겨레
의 얼을 지키기 위해 투쟁을 벌였다'라는 자화상을 밀어 넣는 이 무의식!
이것을 문제로 삼지 않으면 안 된다. 이 무의식이야말로 식민지의 역사
(history)를 가로막고 그것을 '역사'(History)로 대치하면서, 탈식민지 사회를
자폐적 나르시즘의 세계로 몰아넣는 원동력이기 때문이다.

위의 한글학회의 '역사'가 잘 보여주듯이, 최현배를 비롯한 조선어 학
회의 한글 운동이 조선 총독부의 언어 정책을 축으로 하여 "서로의 의도
가 교착되는 장(場)"40)에서 끊임없이 타협과 긴장의 사이를 오가면서 진
행되었다는 사실은 오랫동안 망각되거나 은폐되었다.41) 또한, 최현배의

---

38) 한글학회, 『한글학회 50년사』, 1971, p.1.
39) 조선어 학회, 「謹奉賀新年」, 『한글』 제7권 제1호, 1939. 1.
40) 미쓰이 다카시(三ツ井崇), 「식민지하 조선에서의 언어 지배」, 『한일민족문제연구』 4, 한
   일민족문제학회, 2003, p.221.
41) 조선어 학회의 한글 운동을 일반적인 통념으로부터 벗어나서 분석한 연구들은 많지 않
   고 그나마 최근에 이루어진 것들이 대부분이다. 여기서는 그 중 몇 가지를 소개하는 것
   으로 이 문제에 관한 서술을 대신한다. 위의 조태린의 연구는 조선어 학회의 언어 운동
   을 총독부의 언어 정책과의 관련 속에서 파악한 점에 그 참신성이 있다. 조태린은 조선
   어 학회의 언어 운동을 "민족문화운동"으로 규정하면서 "적극적인 민족 독립운동으로
   평가할 수는 없다"는 결론을 내린다. '민족 독립운동'에의 달성치(値)를 그 평가의 궁극
   적인 기준으로 삼고 있는 데에서 이 논문은 일찍이 마이클 로빈슨(Michael Robinson)이
   「최현배와 한국의 민족주의」(1975, 한국어 번역은 『나라사랑』, 35집, 1980)에서 최현배

언어관과 언어학 지식의 많은 부분이 일본인 학자의 선행 저서로부터 왔다는 사실, 특히 그가 일본의 국수주의 언어학자 야마타 요시오(山田孝雄)에 깊이 심취하여 그의 많은 저서가 야마타의 것을 모델로 하고 있다는 사실도 거의 논의되지 않았다.42)

의 한글운동을 '문화적 민족주의'로 정의한 것과 궤를 같이 하고 있다. 로빈슨은 이 논문에서, 최현배의 사상이 지닌 모순도 함께 지적하고 있는데 이는 당시의 시점으로는 매우 선구적인 것이라 할 수 있다. 박정우의 「일제하 언어 민족주의—식민지 시기 문맹퇴치 / 한글보급운동을 중심으로」(서울대 석사 논문, 2001)는 한글이 민족적 저항의 수단이기도 했지만 또 한편 계몽의 수단이기도 했다는 점에서 한글운동이 지닐 수밖에 없는 이중성을 분석하고 있다. 박정우 역시 "문화적 민족주의는 국민국가를 목표로 한 것은 아니었으며 따라서 정치적 독립"을 지향한 것은 아니었다는 평가를 내린다. 위의 논문들은 저항 민족 담론의 일방적인 평가를 벗어나 조선어 학회를 중심으로 한 식민지 시기 언어 운동을 최대한 객관적으로 평가하려 했다는 점에서 매우 중요한 의미를 지닌다. 그러나 한편, '민족 독립운동'을 결정적인 평가의 기준으로 삼는 데에서 이 연구들은 정도의 차이가 있을 뿐 기본적인 시각에서는 여전히 저항사적 관점이 유지되고 있다고 말할 수 있다. 위의 논문들과는 크게 시점을 달리 하면서 식민지에서의 언어의 근대화가 제국 권력과 어떻게 길항하면서 수행되는가를 탐색한 연구들로는 위의 미쓰이 다카시의 논문과 박광현, 「언어적 민족주의 형성에 관한 再考—'국문'과 '조선어'의 사이」, 『한국문학연구』 23집, 동국대 한국문학연구소, 2000 ; 이혜령, 「한글운동과 근대 미디어」, 『대동문화연구』, 대동문화연구소, 2004가 있다. 특히 이혜령의 논문은 "한글 운동사의 서술에 있어서 식민지 시기 조선어 학회만 해도 은폐하지 않았던 [한글운동의 수행] 주체들의 이질성은 이후 한글운동사의 서술에서 은폐되었다"는 사실을 밝히면서 "조선어 학회의 실천적 권위는 총독부 학무국의 제3회 언문 철자법 개정을 계기로 식민권력에 개입하여 자신들의 의견을 성공적으로 관철시킴으로써 얻어졌"음을 분석한다. 이 논문의 주안점은 물론 폭로에 있지 않다. "한글운동은 언어는 균질화 된 매체라는 인식 하에, 그것의 유통과 보급을 위한 매체(media)로서 학교·교회·신문사, 나아가 근대 국민국가와 같은 시스템을 요구했다"는 것이 이 논문의 전제이다. 이러한 전제 아래서만, 우리는 저항 / 협력의 이분법, 혹은 '독립운동의 결여태로서의 문화운동'이라는 시각을 벗어나 식민지 민족운동이 식민권력과 맺는 복잡한 관계들을 분석할 수 있을 것이다.
42) 이 문제도 고(稿)를 달리 해서 논의할 수밖에 없다. 여기서는 이 문제를 다룬 몇 개의 책이나 논문을 소개한다. 고영근, 『최현배의 학문과 사상』, 집문당, 1995 ; 熊谷明泰, 「朝鮮語ナショナリズムと日本語」, 『言語·國家, そして權力』, 新世社, 1997 ; 安田敏郎, 『「言語」の構築』, 三元社, 1999에서는 야마타를 비롯한 일본 학자들의 최현배에 대한 '영향'이 간략하게 소개되어 있는 정도이다. 그 외에 이 문제가 본격적으로 깊이 있게 탐구된 논저들은 찾아보기 어렵다. 최현배만을 거론한 것은 아니지만, 식민지에서의 조선어 연구와

중요한 것은 그 은폐를 벗겨내고 민족주의자들의 치부를 폭로하는 것이 아니다. 식민지에서의 근대적 지식의 생산이 식민 종주국에 전적으로 의존할 수밖에 없다는 것은 불문가지의 사실이다. 식민지 민족 담론의 아포리아의 근원이 여기서 기인하는 것임은 앞에서 살펴 본 바와 같다. 제국주의의 억압과 위협으로부터 자신을 보존하기 위해 움켜 쥔 '해방'과 '저항'의 도구가 실은 '적'의 것이라는 현실로부터 식민지 민족주의의 운명은 언제나 전락과 파국의 위험 앞에 노출될 수밖에 없다. 비유컨대 그것은 칼자루가 아니라 칼날을 잡고 적과 싸우는 형국인 것이다. 어떻게 자신을 베지 않고 상대방을 넘어설 것인가? 피식민자의 흉내(mimicry)가 식민자를 전복하고 새로운 창조로 이어지는 길은 적어도 이 이중성에 대한 자각, 이 아포리아에 대한 침중한 고민 없이는 열리지 않을 것이었다.

그러나 탈식민지 사회의 한국 민족 담론이 한 것은 그 곤경에 대한 자각이나 고통스런 직시가 아니라, 지금까지 보았듯이, 그것을 은폐하고 서둘러 망각하는 것이었다. 수난의 저항사가 휘황찬란한 빛에 싸여 전면화되는 이면에서 '적과의 동침'을 통해 근대를 기획해야 했던 운명의 처절함은 간단히 잊혀지고 더 이상 사유되지 않았다. 최현배 스스로가 그렇게 했고, 민족 담론 역시 혁혁한 영웅담으로 둘러싸인 이 투사(鬪士)에 자신을 투사(投射)하고 그것으로써 자신의 자화상을 삼았다. 한국의 민족주의는 그렇게 최현배를 전유했고 그럼으로써 자기를 기만하고 망각했다. 이 기만과 망각 뒤에 오는 것은 앞의 「한글학회 50년사」에서와 같은

일본인 학자들을 다룬 것은 安田敏郎, 『植民地のなかの「國語學」』, 三元社, 1998 ; 박광현, 「'경성제국대학'의 문예사적 연구를 위한 시론」, 『한국문학연구』 21집, 동국대 한국문학연구소, 1999.

격렬한 '증오'다. 그러나 '악마', '적의 마수', '철천지 원수' 등과 같은 증오만이 '적'을 형용하는 유일한 언어가 될 때, '적'의 모습은 결코 드러나지 않는다. 식민자에 대한 피식민자의 증오는 식민주의의 종식을 위해 어떠한 기능도 하지 못한다. 증오는 피식민자로 하여금 무엇이 진정한 적인지, 무엇이 의미 있는 저항인지에 대한 일체의 사고를 차단한다. 그뿐 아니라, 어떤 대상에 대한 깊은 증오는 필연코 그 대상에 대한 깊은 의존을 낳는다는 점에서 증오는 식민주의의 훌륭한 자양이다. 증오하면 할수록 증오의 대상은 '나'의 존재 이유가 될 수밖에 없기 때문이다. 결국 피식민자는 식민자에 대한 증오를 통해 그에게 의존하게 된다. 그러는 한 그는 결코 '적'의 정체를 볼 수 없으며 따라서 어떤 저항도 할 수 없다. 식민자의 손을 벗어나기 위해 피식민자는 우선 증오를 넘어서는 법을 알아야 한다. 그러나 증오를 말하고 증오를 가르친 것 이외에 과연 탈식민지 사회의 한국 민족 담론이 한 일은 무엇이었던가?

4. 맺는말

이혜령은 식민지 시공간의 혼종적(混種的) 상황을 다음과 같은 사례를 들어 선명하게 보여준다.43) 1935년 1월 1일에 발행된 『한글』 제3권 1호의 첫 장에는, 훈민정음의 창제로부터 조선어학 도서 전람회에 이르기까지의 '한글운동사'의 연혁이 이렇게 제시되어 있다.

---

43) 이혜령, 앞의 글.

훈민정음 창제(세종 25년) 492년 전/ 용비어천가(세종 27년 명찬(命撰))
490년/ 훈민정음 반포(세종 28년) 489년/ (중략) / 한성순보 발행(고종 22
년) 50년/ 예수성교젼서 간행(예수강세 1887년) 48년/ 공사문 조선문 교용
령(고종 31년) 41년/ 신정국문실시건(광무 9년) 30년/ 국문연구소-한국학
부(광무 10년) 29년/ 국어문전음학 간행(융희 2년 주시경 저) 27년/ 대한문
전 간행(융희 3년 유길준 저) 26년/ 말모이(사전) 편찬-조선광문회(대정3
년) 11년/ 조선어 학회(전명(前名) 조선어 연구회) 창립(대정 1년) 14년/ 잡
지 신철자법 실행-동광(대정 15년) 9년/ 한글 창간(소화 2년) 8년/ 조선어
사전 편찬회 발기(소화 4년) 6년/ 보통학교 교과서 개정 언문 철자법 시행
(소화 4년) 6년/ 한글 속간(소화 7년) 3년/ 신문 신철자법 실행-동아일보
(소화 8년) 2년/ 한글 맞춤법 통일안 발표(소화 8년) 2년/ 조선어학 도서
전람회(소화 9년) 1년[44]

세종, 중종, 영조와 같은 조선 왕조의 연호, 그리고 융희, 광무와 같은
대한제국의 연호, 거기에다 대정, 소화 등의 일본 제국의 연호, 그리고
서기(西紀)까지 균질적이지 않은 역사적 시간의 좌표들이 '한글발전사'의
관점에서 일렬로 배열되어 있는 것이다. 동시에, 세종, 고종 등의 조선
왕조의 국왕들, 『예수성교젼서』의 번역자인 스코틀랜드 장로교의 목사
로스(John Ross), 「국어문전음학」의 주시경, 「대한문전」의 유길준, 국문연
구소의 설립 주체인 대한제국 학부, 보통학교 교과서 개정 언문 철자법
의 시행 주체인 조선총독부, 거기에 동광, 동아일보, 조선 광문회, 조선어
학회 같은 민간 언론이나 단체 등 다양한 이질적 주체들 역시 이 시공간
안에 혼재하고 있는 것이다. 이 비균질적 시간과 이질적 주체들을 하나

---

44) 위의 글.

의 시간축 위에 배열하는 것은 "문자의 정리와 보급 등으로 이루어지는 어문의 근대화"라는 목표다. "이러한 이상 한글운동의 수행 주체가 최초의 한글 번역 성경을 낸 벽안의 선교사이기도 하고 식민지배 기구인 총독부이기도 하다는 사실은 굳이 문제될 것도 없었다."[45]

문제는 비균질적 시간들과 이질적 주체들이 혼재하는 식민지의 이러한 중층적·복합적 시공간을 오로지 민족/반민족의 잣대로 평면화·양분화하는 맹목이다. 제국과 식민지의 욕망과 갈등이 서로 어지럽게 뒤엉켜 돌아가는 식민지의 시공간을 선명하게 양분된 평면 위에 매끄럽게 배치할 수 있다는 생각이야말로 현실을 떠난 관념론의 전형이다. 그러는 한, 일본 천황의 죽음을 극존칭의 용어로 애도하는 문장들과 "민족이여, 갱생하라!"는 절규가 한 지면 안에 공존하고 있는 상황의 복잡성은 시야에 들어오지 않는다. 오로지 할 수 있는 것은 은폐와 망각뿐이다. 그러나 은폐/망각은 개시(開示)/기억이기도 하다. 무엇인가를 은폐한다는 것은 무엇인가를 드러내는 것이며, 무엇인가를 망각한다는 것은 또 무엇인가를 기억하는 행위이기 때문이다.

이러한 은폐/개시, 망각/기억의 메커니즘이 민족 담론 안에서 어떻게 작동되었는가, 하는 것은 지금까지 살펴 본 것으로 충분할 것이다. 당연한 말이지만, 이 점에서는 최현배 스스로도 전혀 다르지 않았다. 식민지에서의 지식 생산과 저항의 이중성이 지니는 곤경에 대한 의심이나 고민의 흔적은 그에게서 찾아 볼 수 없다. 한글학회의 자화상은 그의 자화상이기도 했다. 그는 그 자신을 은폐했다. 중요한 것은, 그러한 은폐와 망

---

45) 위의 글.

각이 지속되는 한편에서 과장과 미화로 채색된 기억만이 유지되는 한,
검은 제국의 상장(喪章)에 갇힌 '민족'의 '갱생'은 영원히 미로(迷路) 속을
헤맬 것이라는 점이다.

(2005)

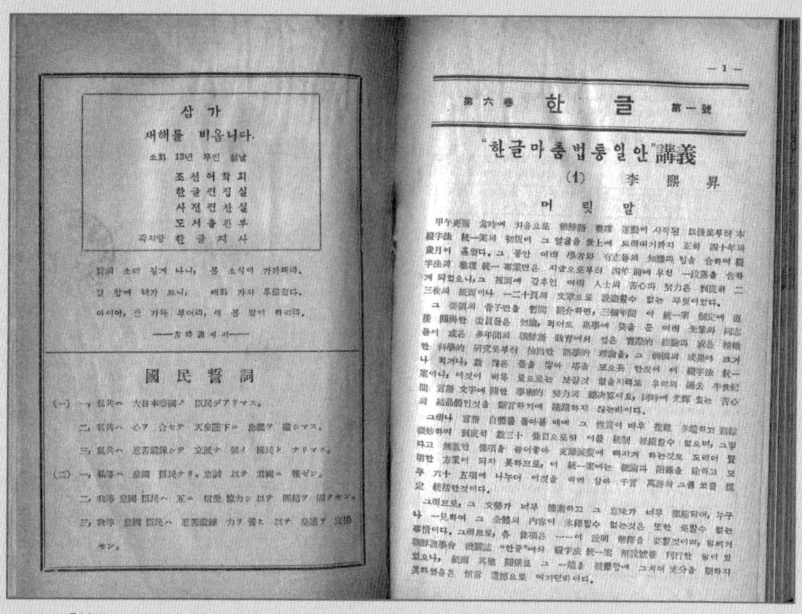

『한글』 52호의 원본(1938. 1). 왼쪽면 아래 부분에 「황국신민서사」가 인쇄되어 있다.

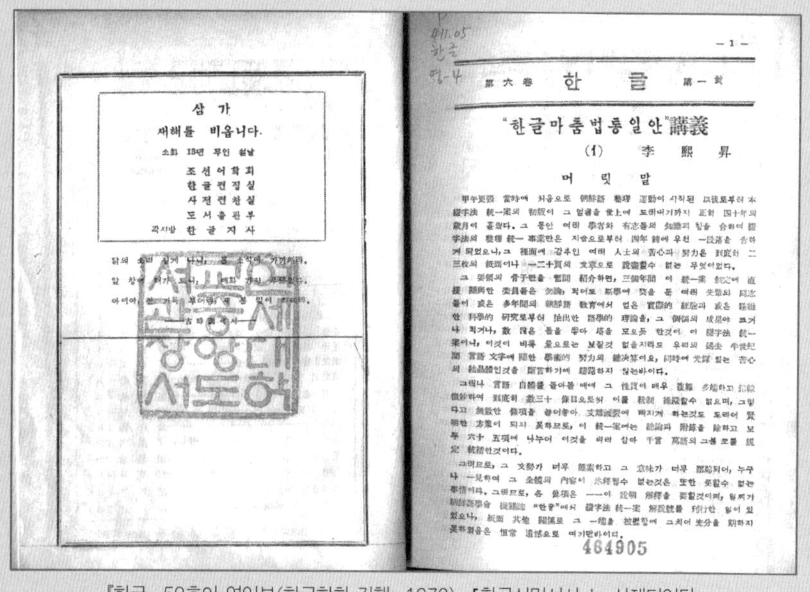

『한글』 52호의 영인본(한글학회 간행, 1973). 「황국신민서사」는 삭제되었다.

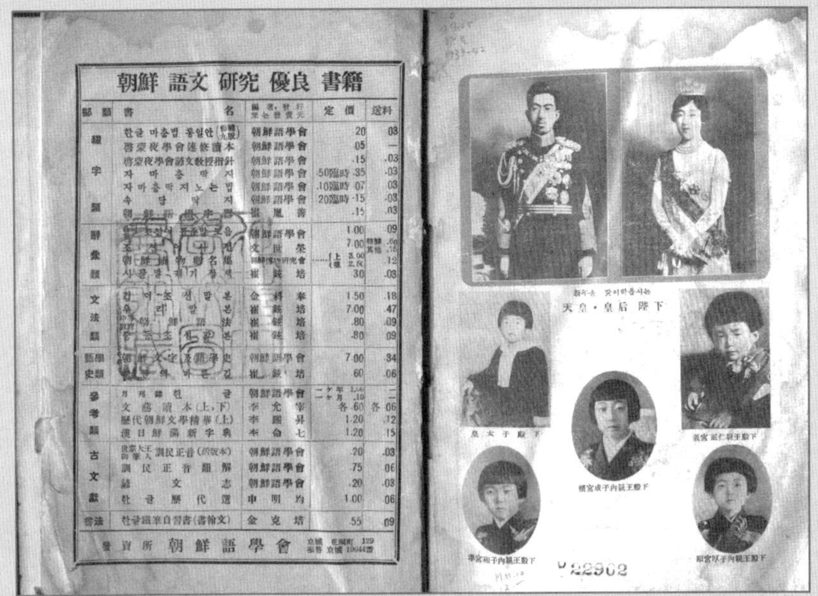

『한글』63호 원본(1939. 1)의 속표지와 제 1면. 왼쪽의 속표지에는 책 광고, 오른쪽 1면에는 천황 일가의 사진이 실려 있다.

『한글』63호 원본의 제 2면과 3면. 2면에는 '新春을 맞이하옵는 朝鮮神宮', '漢口 陷落을 祝賀하는 京城市街'의 사진, 3면에는 "天皇, 皇后 兩陛下께옵서 御機嫌이 御麗하옵시고…"로 시작하는 「謹奉賀新年」의 인사말과 「황국신민서사」가 실려 있다.

朝鮮 語文 研究 優良 書籍

部類	書名	編著,發行 또는 發賣元	定價	送料
標字類	한글 마춤법 통일안 (再版九版)	朝鮮語學會	20	.03
	啓蒙夜學會速修讀本	朝鮮語學會	.05	—
	啓蒙夜學會諺文敎授指針	朝鮮語學會	.15	.03
	자 마춤 딱 지	朝鮮語學會	50臨時 .35	.03
	자 마춘딱지 노는 법	朝鮮語學會	.10臨時 .07	.03
	속 담 딱 지	朝鮮語學會	20臨時 .15	.03
	朝鮮諺綴字器	崔凰善	.15	.03
辭典類	(수정한) 조선어 표준말 모음	朝鮮語學會	1.00	.09
	조선어사전	文世榮	7.00	朝鮮 .60 / 其他 .75
	朝鮮植物鄕名集	朝鮮博物研究會	上 3.00 / 下 2.50	.12
	시골말 캐기 잡책	崔鉉培	.30	.03
文法類	김덕 조선말본	金科奉	1.50	.18
	우리말본	崔鉉培	7.00	.47
	中等敎育 朝鮮語法	崔鉉培	.80	.09
	중등 조선말본	崔鉉培	.80	.09
語文史類	朝鮮文字及語學史	朝鮮語學會	7.00	.34
	한글의 과론길	崔鉉培	.60	.06
參考類	月刊雜誌 한글	朝鮮語學會	一ケ年 1.00 / 一ケ月 .10	—
	文藝讀本(上,下)	李允宰	各 .60	各 .06
	歷代朝鮮文學精華(上)	李鐘昇	1.20	.12
	漢日鮮滿新字典	李命七	1.20	.15
古文獻	世宗大王御製入 訓民正音(活版本)	朝鮮語學會	.20	.03
	訓民正音韻解	朝鮮語學會	.75	.06
	諺文志	朝鮮語學會	.20	.03
	한글 歷代選	申明均	1.00	.06
書法	한글鐵筆自習書(書翰文)	金克培	.55	.09

發賣所 朝鮮語學會　京城 花洞町 129　振替 京城 10044番

『한글』 63호의 영인본(한글학회 간행, 1976). 1면과 2면은 사라졌다. 3면은 내용이 삭제된 채 백지로 남았다.

두 개의 거울 : 민족 담론의 자화상 그리기

장혁주와 김사량을 중심으로

1. 문제의 제기

A) 이태준 : 잠깐 아키다 선생께 여쭙겠습니다. 아까 조선어로 쓰든 내지어로 쓰든 괜찮다고 말씀하셨습니다만, 우리들로서는 중대한 일이기 때문에 본론과는 어긋나지만 질문 드리겠습니다. 내지의 선배님들은 우리 조선의 작가가 조선어로 쓰기를 진심으로 희망하고 있습니까, 혹은 내지어로 쓰기를 더 희망하고 있습니까?

아키다 우자쿠(秋田雨雀) : 우리들 작가의 요망, 그러니까 대중의 요망으로서, 즉 대상을 대중에 두는 작가로서는 국어가 좋다고 생각합니다.

무라야마 토모요시(村山知義) : 조선의 문학을 조금이라도 많은 사람에게 읽히고 반향을 얻기에는 조선어로 써서는 독자가 적

기 때문에 반향이 적다고 생각합니다. 역시 조선에서도 실제로 국어가 보급되었기 때문에 많은 사람에게 알리려고 한다면, 내지어로 쓰는 것이 널리 읽힌다고 생각되므로, 내지어가 좋겠지요.

이태준 : 사물을 표현하는데 내지어로 정확하게 그 내용을 설명할 수 없다고 생각해서가 아닙니다. 우리들 독자의 문화를 표현하는 경우의 정취(味)는 조선어가 아니면 안 되는 곳이 있습니다. 그것을 내지어를 가지고 표현한다면 그 내용이 내지화 해버리는 느낌이 듭니다. 정말 그렇습니다. 그렇다면 조선 독자의 문화가 사라진다고 생각합니다.

하야시 후사오(林房雄) : 영국이 아일랜드에 취한 정책은 어떠했습니까. 하지만 아일랜드의 문학은 있습니다. 또 우리들이 이렇게 여러분과 좌담회를 해도 의미가 통하고, 우리들과 함께 앉아 계시는 오늘 조선어가 아니면 안 된다든가 내지어에 저항한다든가 하는 것은. …(중략)… 오늘날 내지의 영향으로부터 벗어난 예술은 사라져버렸습니다. …(중략)… 지금부터 여러분은 작품을 내지어로 차차 써 주시기를 바랍니다. 그 반향은 반드시 있을 것입니다.

이태준 : 그것은 일본문화를 위해서입니까, 조선문화를 위해서입니까?

하야시 : 세계문화를 위해서입니다.

유진오 : 그것은 좋다고 생각하지만, 조선어로 하지 않으면 안 된다고 봅니다. 거기에 의견의 차이가 있습니다.

하야시 : 게다가 조선어는 소학교에서도 없어졌습니다.

유진오 : 그렇습니다만, 조선어는 결코 사라지지는 않습니다. 점점 희미해져 가긴 합니다만…….

하야시 : 그것은 그것으로 좋습니다. 그러니까 조선의 작가는 차차 내지어로 쓰는 게 좋습니다. 그렇지 않으면 아무리 써도 독

자가 없습니다. 독자가 없으면 밥을 먹을 수가 없어요.[1]

B) 그러나 사태는 여러분이 원하는 대로는 되지 않는다. 조선 통치는 날로 악화되어 갈 뿐이다. 이미 학교령이 변하고 경찰령도 변했다. 다음은 의무교육과 징병령의 실시다.

여기서 문인에게 직접 문제되는 것은 이 의무교육이다. 올해 이것이 실시되면 삼십년 후에는 조선어의 세력은 오늘의 반쯤으로 감퇴할 것이다. 다시 삼십년 후에는? 아일랜드는 삼백년만에 영어로 되어 어지간한 산간 주민 사이에서가 아니면 켈트어는 들을 수도 없게 되었다고 한다. 오늘날에 있어서는 삼백년의 일은 백년이면 족하다. 여기에서 문인 제씨는 더욱 조선어를 사수하려 할 것이다. 그것은 장한 일이다. 그러나 그와 동시에 내지어로 진출하는 것도 반드시 배격할 것은 아니라고 생각하는 게 어떨까.[2]

C) 이광수 : 국민교육이 의무가 되어 국어가 보급되고, 조선인 전체가 국어를 읽을 수 있게 되는 것은 빨라도 삼십년, 아니면 오십년 후가 될 것이라고 생각합니다. 따라서 언문밖에 읽을 줄 모르는 사람들을 그냥 둘 수는 없습니다. 모두 국어를 아는 조선인이 되기까지는 일시적이라도 언문 문학이 아니면 안 된다고 생각합니다.

시오바라 도키사부로(鹽原時三郎) : 물론 그렇습니다. 찬성이지만, 이건 어느 정도 생각하지 않으면 안 되는 문제입니다. 일단은 병행해 가지만, 언젠가 하나로 하고자 할 때 어떤 수단을 취하면 좋을까 하는 것이 문제입니다.

이광수 : 그것은 자연히 결정되지 않겠습니까?

---

1) 座談會, 「朝鮮文化の將來」, 『文學界』, 東京, 1939. 1.
2) 張赫宙, 「朝鮮の知識人に訴ふ」, 『文藝』, 東京, 1939. 2, p.239.

시오바라 : 그렇게 생각할 수도 있지만, 무리를 하는 것은 어떤 경우
　　　　　에도 생각할 수 없습니다.

이광수 : 의무교육이 설정되고 나서 적어도 오십년은 안 됩니다.

시오바라 : 조선 아이들 전부가 적령이 되면 학교에 들어갈 수 있는
　　　　　시대가 소화 25, 6년이 될 것이라고 생각합니다. 일곱 여덟
　　　　　살에 들어가서 가령 오십년이라면 아주 깁니다.

이광수 : 그때부터 계산해서 사오십년 정도는 언문입니다.[3]

D) 내지의 일부 문학자로부터도, 조선 작가도 내지어로 써야 한다는 의
　 견이 나오는 듯한데 그것은 실제로 매우 어려운 일이다. 그러나 그
　 에 대해 조선의 작가들도 여러 가지 오해를 하거나 억측을 할 필요
　 는 없을 것이다. 오히려 그것은 내지의 문학자가 조선의 작가를 영
　 입하려는 아량을 보인 것으로 이해해야 한다. 그리고 한편 대국적으
　 로 생각하면 현실은 우리보다 훨씬 앞서가고 있음을 인정하지 않을
　 수 없다. 내지어의 철저화 방침도 차츰 강해져 가고, 머지않아 의무
　 교육까지 실시되면 아주 넓은 범위에 내지어가 보급될 것이다. …
　 (중략)… 그런 의미에서 나는 조선 작가 가운데 내지어로 충분히 쓸
　 수 있는 사람은 조선어로 저술을 하는 한편 내지 문단에도 쉴새없
　 이 작품을 써 보낼 필요가 있다고 생각한다. …(중략)… 정신적인
　 진정한 내선일체는 문학을 통해서만이 잘 될 수 있는 것이다. …(중
　 략)… 현재 조선 작가에게 불가능한 이야기를 꺼내어 내지어로 쓰
　 라는 등 하는 것은 아무래도 무리이다. 그 대신에 조선문학을 번역
　 하는 조직을 만들어 조선문학이 진실로 조선어로 쓰여져야만 하는
　 까닭을 알려야 할 것이다.[4]

---

3) 「반도의 문예를 말하는 좌담회, 문인의 입장에서−菊池寬씨 등을 중심으로」, 『京城日報』,
　 서울, 1940. 8. 13~20(이경훈 편역, 『춘원 이광수 친일문학전집2』, 서울, 평민사, 1995에
　 서 인용).
4) 金史良, 「朝鮮文化通信」, 『現地報告』, 東京, 文藝春秋社, 1940. 9(『金史良全集IV』, 東京, 河出

1938년 제3차 조선교육령의 개정과 함께 식민지 조선에서는 이른바 '내선공학(內鮮共學)'이 시행되고 '조선어'는 필수과목에서 제외되었다. 한 편 일상생활에서의 '국어(일본어)' 사용에 대한 강요는 1940년과 41년에 걸쳐 조선어로 간행되던 신문과 잡지들이 폐간되는 것과 함께 더욱 강화 되었다. 위의 인용문들은, 많은 한국인들의 기억 속에 일제 통치의 악랄 함을 피부로 느끼게 하는 가장 악명 높은 정책의 하나로 손꼽히는 조선 어에 대한 억압이 한창 진행되고 있던 그 당시에, 식민지 작가들이 이 사 태에 어떻게 반응하고 있었는가를 보여주는 몇 개의 사례이다.

인용문 A)의 좌담회는 점차 강하게 밀려드는 억압으로부터 조선어 글 쓰기의 마지막 거점을 확보하고자 애쓰는 조선 문인들과, 곧 사라지고 말 조선어의 숙명과 일본어 글쓰기를 당연한 것으로 여기는 일본 문인들 의 고압적이고 오만한 자세를 극명하게 보여주고 있다. 이 좌담회에 참 석했던 장혁주는 곧이어 「朝鮮の知識人に訴ふ」(조선 지식인에게 호소함)이라 는 에세이를 발표했는데, 인용문 B)는 많은 사람들을 격노케 한 그 에세 이의 한 부분이다. 조선에서 의무교육이 실시되면(결과적으로는 실시되지 않 았지만) 백년 이내에 조선어는 사라질 것이라고 그는 예상한다. 그렇다면 일본어로 쓰는 것도 '배격할 것은 아니'라는 것이 그의 생각이다.

이광수와 기쿠지 캉(菊池寬), 그리고 조선 총독부 학무국장 시오바라 도 키사부로(鹽原時三郎)가 참석한 인용문 C)의 좌담회는 A)와 B)로부터 약 1 년 6개월쯤 후에 열렸다. '조선인 전체가 일본어를 읽으려면 오십년은 걸 린다. 그때까지는 한국어를 함께 써야 할 것이다'라는 이광수의 주장의

書房新社, 1973~74, pp.28~30).

진의(眞意)는, 생각하기에 따라서는, 한국어의 급속한 폐지로 치닫고 있는 현실적 상황에 대한 모종의 전략으로도 비친다. 식민지 언어 정책에 관한 최고의 실권자인 학무국장은 이광수의 의견에 동조할 뿐 아니라, '의무교육의 완전한 실현은 소화 25~6년(1950~51)' 쯤으로 예상하고 있다. "그러면 그때로부터 사오십년", 즉 1990년에서 2000년까지는 조선어를 함께 사용해야 한다는 것이 이광수의 주장이다. 그는 정말로 그때쯤이면 조선어가 소멸될 것이라고 예상하거나 혹은 그러기를 바랬던 것일까?

D)의 인용문은 장혁주와 함께 동경에서 활동하고 있던 김사량이 C)와 거의 같은 시점에 발표한, 일본어로 쓰여진 「朝鮮文化通信」이라는 글이다. 이 글에서 김사량은 "민족어의 존속에 대해서 비관할 필요가 없다"고 말한다. "일본어로 쓸 수 없는 조선 작가에게 일본어로 쓰라고 강요하는 것은 무리"이며, 조선 작가들도 그에 대해 지나치게 "신경질적으로" 대할 필요가 없다는 것이다. 일본어로 쓸 수 있는 사람은 일본어로 써서 일본 문단에 작품을 발표하고, 조선어 작품은 번역해서 일본에 소개하는 것이 '진정한 내선일체'를 이루는 길이라는 것이 김사량의 주장이다. 그의 이러한 낙관적 견해의 근거가 어디에 있는지는 잘 알 수 없지만, 장혁주와 더불어 한국어와 일본어로 동시에 글쓰기를 수행하고 있던 몇 안 되는 작가 중의 한사람이었던 그로서는, 오로지 조선어로만 글쓰기를 할 수 밖에 없었던 많은 다른 작가들에 비해 상대적으로 위기감을 덜 느꼈던 것이 아닐까?

어쨌거나 위의 사례들은, 제국의 언어가 강력한 권력을 행사할 수밖에 없는 식민지의 언어 상황에서 피식민자의 언어로 수행되는 문학이 부딪친 곤경과 그 곤경이 최고조에 이른 시점에서의 조선 작가들의 다양한 반응을 보여주고 있다. 그러나 조선어의 존립이 위기에 처하는 1938년 이후의 조선 문단의 대응과 작가들의 태도는 자세하게 살펴 볼 가치가 있는 중요한 주제이긴 하지만, 지금 이 글에서 내가 다루고자 하는 것은 아니다. 나는 자신의 작가 경력을 일본어로 시작하면서 조선어로도 동시에 글쓰기를 했던, 위 인용문에서의 두 사람의 작가, 즉 장혁주와 김사량에 관해 다루려고 하는데, 그러나 여기서는 극히 제한된 주제에 초점을 맞출 수밖에 없다. 이 글에서 나는 장혁주와 김사량에 대한 작가론이나 작품론 보다는, 우선 '한국인들이 장혁주와 김사량을 읽어 온 방식'에 대해 논의하고자 한다.

따라서 이 글은 필연적으로 연구사적 검토의 방식을 취할 수밖에 없는데, 이러한 검토를 통하여 나는 탈식민지 사회의 한국인들이 장혁주나 김사량 같은 작가를 매개로 자신의 정체성을 형성해 온 특정한 방식을 드러내고자 한다. 어떤 특정한 읽기의 방식이 두 사람의 작가에게 적용되고 그 결과는 다시 한국인들의 자기 정체성 확인 혹은 형성에 작용했다. 그 특정한 방식이란 '민족주의적 시각' 혹은 '민족해방적 시각'이라고 말할 수 있을 것인데, 나는 이러한 관점에 입각한 읽기 방식이 우리가 두 작가에게서 얻을 수 있는 보다 풍부한 의미들을 보지 못하게 할 뿐만 아니라, 제국과 식민지 사이의 복잡하고 다층적인 문화 변용의 실태를 가림으로써 제국주의 지배의 본질을 이해하는 데에 심각한 장애를 초래한다고 생각한다.

따라서 이 글에서는 주로 해방 이후 남북한 및 일본에서 이루어진 장혁주와 김사량에 대한 논의들을 검토하면서 그 논의들이 지닌 문제점을 지적할 것이다. 그리고 그것을 통해 식민지 지배에 대한 기억들이 취

사·선택되고 조직되는 방식들을 보이고자 한다. 마지막으로 이 글에서
는 장혁주나 김사량 같은 식민지 시기 이중 언어 글쓰기 작가들의 활동
을 어떤 문맥에서 의미화 해야 할 것인지를 말하고자 한다.

2. 조선 문학의 정체성 : 식민지 시기의 장혁주와 김사량

장혁주, 김사량에 대한 해방 이후의 논의들을 검토하기 전에, 식민지
시기에 이들이 어떻게 수용되고 있었는가를 간단하게 살펴 볼 필요가 있
다. 장혁주와 김사량의 '문제성'은 단지 그들이 한국어와 일본어로 동시
에 글을 썼다는 데에 있는 것은 아니다. 초창기의 한국 작가들은 일본 유
학을 통해 새로운 문학 장르로서의 '소설'을 접했고, 일본어를 통해 서구
문학에 관한 지식과 정보를 섭취했다. 이광수가 그의 첫 소설을 일본어
로 썼다는 사실이나 김동인의 유명한 회고("구상은 일본말로 하고 쓰기는 조선
어로 썼다") 등은 근대 한국어의 문체 형성에 일본어가 얼마나 깊숙이 관
련되어 있는지를 보여주는 하나의 사례이다. 다시 말해, 식민지 조선의
작가가 일본어로 글을 쓰는 일은 예외적인 것은 아니었고, 특히 1938년
이후 일본어 창작이 장려되거나 혹은 강요되는 상황에서는 많은 작가들
이 일본어로 글을 썼기 때문에 장혁주와 김사량의 일본어 소설쓰기가 특
별히 문제될 것은 없었다.

1932년 장혁주는 「아귀도(餓鬼道)」라는 소설로 일본에서 간행되는 잡지
『改造』의 현상 공모에 당선되었다. 여러 논자들이 지적하듯이, 일본 문단
에서의 장혁주의 등장은 당시의 일본 프롤레타리아 문학의 위기 상황과

밀접하게 관련되어 있었다. 즉, '지주 계급과 일본 제국주의의 착취에 시달리는 조선 농민의 비참한 삶을 고발'한 식민지 출신 작가의 작품이야말로 일본 프롤레타리아 문학의 위기를 돌파할 수 있는 적절한 기회로서 선택되었던 것이다.5) 그런가 하면 장혁주의 소설은 일본 지식인의 에그조티즘의 산물로도 해석되었다. 장혁주의 서툰 일본어에도 불구하고 그의 소설이 일본 문단의 주목을 받을 수 있었던 것은 식민지 조선에 대한 일본 지식인들의 에그조티즘 때문이라는 평가는 일본과 조선에서 널리 공유되고 있었다. 그리고 그것은 장혁주에 관한 논의, 특히 "「아귀도」론(論)의 원점(原點)"6) 같은 것이었다. 물론 장혁주 자신은 자기를 이렇게 규정하는 것에 강한 반발을 표시하고 있었다.

> 조선이라면 곧 범이 생각나고, 류쿠(琉球)하면 아와모리(泡盛)와 고추밖에 생각이 안 나는 것과 같은 단순한 이해로써 내 작품이 잘못 다루어졌다는 것은 작가의 입장에서 볼 때 얼마나 쓸쓸한 일인지 모르겠다.7)

장혁주의 이러한 발언은, '조선적인 것'='지방적인 것'에 대한 일본 문인들의 강한 호기심이 일본의 전문 문예잡지에 정식으로 등단한 최초의 식민지 출신 작가에 대한 관심의 배경을 이루고 있었음을 보여준다. 장혁주에 이어서 김사량(1939), 이은직(李殷直, 1939), 김달수(金達壽, 1940), 홍종우(洪鐘羽, 1941) 등의 조선인 작가들이 일본 문단에 등장했다. 앞에서 말했듯, 이 작가들의 문제성은 단지 일본어로 글쓰기를 했다든가 혹은

---

5) 任展慧, 『日本における朝鮮人の文學の歷史』, 東京, 法政大學出版局, 1994, p.204.
6) 시라카와 유타카(白川豊), 『張赫宙 硏究』, 서울, 동국대 박사논문, 1989, p.39.
7) 張赫宙, 「正確なる理解」, 『知性』, 1940. 10, p.155(시라카와, 위의 논문에서 재인용).

이중 언어 글쓰기를 했다는 사실 자체에 있는 것이 아니다. 장혁주를 비롯한 이 작가들의 문제성은, 이들이 식민지 조선의 문학인들로 하여금 '조선문학'의 정체성에 관한 광범위한 (어쩌면 최초라고도 할 수 있을) 자의식을 불러 일으켰다는 데에 있다. 1936년 8월호 『삼천리』지에 실린 「조선문학의 정의, 이렇게 규정하려 한다!」라는 제목의 기사는 그 점을 잘 보여주는 하나의 사례이다.

<조선 문학은 조선'글'로, 조선 '사람'이, 조선 사람에게 '읽히기' 위하여 쓴 것>이라는 조선문학의 일반적인 정의에 대하여 이 기사는 당시의 대표적인 문인 12명의 견해를 묻고 있다. 그 질문 중의 하나는 "조선 사람에게 읽히기 위하여 써야 한다면 장혁주 씨가 동경 문단에 누누(屢屢) 발표하는 그 작품은 조선 문학이 아닌가"라는 것이다. 답변의 절대 다수는 '조선 문학은 조선 글로 씌어져야 한다'는 것, 따라서 장혁주의 작품은 조선 문학이 될 수 없다는 것이다. 모든 답변자가 조선 문학의 절대적 요건으로서 '조선어'를 힘주어 강조하고 있는 것은 어떤 위기감의 반영으로도 보인다. 흥미로운 것은 이 설문에 참여한 장혁주 자신도 자기 작품의 "일부"는 조선 문학에 속할 수 없다고 답변하고 있다는 점이다.

더욱 흥미로운 것은 이 설문이 특별히 장혁주를 문제 삼은 것이다. 일본어로 교육받고 일본어로 읽거나 생각하는 것이 자연스런 일상이었던, 그러나 글쓰기는 조선어로 하고 있었던 식민지 조선의 작가들에게 장혁주의 존재가 새삼 문제되었던 것은 무슨 까닭일까? 장혁주는 그들 자신의 어떤 모습을 드러내는 거울이 아니었을까? 다시 말해, 장혁주의 존재는 조선어와 조선 문학을 둘러싼 미묘하고도 난처한 현실, 예컨대 일본 문학의 일방적 영향 아래 성장해 온 조선 문학의 조건, 일본어와 조선어

사이에 존재하는 명백한 권력 관계, 중앙(=동경) 문단의 한 '지부(支部)'로
서의 지방(=조선) 문단이라는 위계적 현실, 그리고 그 안에서 글쓰기를
수행하고 있는 조선인 작가들의 앰비밸런스(ambivalence)를 그대로 비치는
거울이 아니었을까? 조선어의 존립이 점차 의문스러워지는 30년대 후반
의 현실에서 조선어 글쓰기를 수행하고 있던 조선인 작가들에게 장혁주
의 존재는 자신의 불확실한 미래를 비추는 어떤 불길한 표상처럼 보였던
것은 아닐까? 장혁주와 조선 작가들과의 심각한 불화는 그의 존재 자체
가 이렇듯 조선 문학의 정체성과 현실에 관한 상기하고 싶지 않은 어떤
측면을 상기시키는 데에서 발생한 것이 아닐까? 장혁주의 '문제성'은 바
로 여기에 있는 것이라고 나는 생각한다. 그러므로 장혁주라는 존재가
비쳐주는 '문제성'은 그를 '조선 문학'의 범주에서 추방하는 것으로 해결
될 수 있는 것은 아니었다. 그러나 이제부터 살펴보겠지만, 식민지 이후
의 한국 사회는 장혁주의 존재를 지우거나 혹은 특정한 맥락 아래서만 호
출함으로써 그가 제기한 중요한 문학사적 문제들을 외면하고 말았다.

3. 굴욕과 저항 : 민족 담론의 자화상 그리기

1) 해방 직후의 김사량

> 김사량 : 나로서는 …(중략)… 조선의 진상, 우리의 생활 감정 이런 것을
> 리얼하게 던지고 호소한다는 높은 기개와 정열 밑에서 붓을 들
> 었던 것이었지만, 지금 와서 반성해 볼 때 그 내용은 여하간에
> 역시 하나의 오류를 범하지 않았나 생각하고 있는 것을 솔직히

고백하는 바입니다.

…(중략)…

이원조 : 김사량씨가 일본어로 붓을 든 것을 큰 오류를 범한 것이라고
　　　　고백하시는데 그것은 대단히 양심적이고 아름다운 일이라고
　　　　생각합니다.

한설야 : 그렇습니다. 일본어로 쓴 소설의 내용에 있어서는 아무런 양심
　　　　의 가책도 안될지라도 일본어로 붓을 들었다는 사실에 대해서
　　　　는 자기 반성을 하지 않으면 안 되리라고 생각합니다.

…(중략)…

이태준 : 나는 8·15 이전에 가장 위협을 느낀 것은 문학보다 문화요,
　　　　문화보다 다시 언어였습니다. 작품이니 내용이니 제2, 제3이었
　　　　지요. 말이 없어지는 위기가 아니었습니까? …(중략)… 어디서
　　　　조선 문화를 논할 여지조차 있었습니까? 그런데 이 점엔 소극
　　　　적으로나마 관심을 갖지 않고 오히려 조선어 말살 정책에 협력
　　　　해서 일본말로 작품 활동을 전향한다는 것은 민족적으로 여간
　　　　중대한 반동이 아니었다고 봅니다. 그러므로 나는 같은 조선 작
　　　　가로 최근까지 조선어와 운명을 같이 하려 하지 않고 그렇게 쉽
　　　　사리 일본말에 붓을 적시는 사람을 은근히 가장 원망했습니다.

…(중략)…

이원조 : 검열을 통과하는 데도 일어를 쓰는 것이 유리하지 않을까 하고
　　　　쓴 사람도 있고, 일어로 쓰느니 보다는 안 쓰는 것이 낫다고
　　　　해서 안 들었던 분도 있는데, 나로서는 차라리 붓을 안 들었던
　　　　것이 옳았다고 봅니다. 그렇다고 해서 김사량씨를 공격하는 것
　　　　은 아닙니다.[8]

---

8) 「문학자의 자기 비판」, 『인민예술』, 서울, 1946. 10(신형기 편, 『해방 3년의 비평문학』, 서
　　울, 도서출판 세계, 1988, pp.81~83 재인용).

김남천, 이태준, 한설야, 이기영, 김사량, 이원조, 한효, 임화 등의 주로 좌파 작가와 평론가들이 참석한 「문학자의 자기비판」이라는 주제의 이 좌담회는 일본 제국주의가 한반도에서 철수하고 난 직후인 1945년 11월 서울에서 열렸다. 인용문에서 보는 바와 같이, 자기비판의 핵심은 '일본어 글쓰기'로 모아졌다. 이태준의 강경한 발언에 따르면, 일본어로 글을 쓴다는 것은 '중대한 민족적 반동'이었다. 김사량에 대한 공격은 아니라는 이원조의 언명에도 불구하고, 그것은 사실 김사량에 대한 공개적이고도 노골적인 공격으로 비쳤다. 김사량이 크게 반발한 것은 물론이었다.

> 김사량 : 절망적인 구렁텅이에 빠졌으면서도 희망은 꼭 있다고 생각한 분들이 붓을 꺾은 후 그나마 문화인의 양심과 작가적 정열을 어디다 두셨는가요? 여기서 문제는 전개된다고 생각합니다. 쉽사리 갈러 놓자면 문화를 사랑하고 지키는 문학자와 또 그래도 싸우려고 한 문학자, 이 두 갈래, 그러나 일언으로 말하자면 문화인이란 최저의 저항선에서 이보퇴각, 일보전진 하면서도 싸우는 것이 임무라고 생각합니다. 무엇을 어떻게 썼느냐가 논의될 문제이지, 좀 힘들어지니까 또 옷밥이 나오는 일도 아니니까 쑥 들어가 팔짱을 끼고 앉았던 것이 드높은 문화인의 정신이었다고 생각하는 데는 나는 반대입니다. 모두 앞날의 광명은 믿었던 처지로 만약 붓을 표면에서는 꺾었으나 그래도 골방 속으로 책상을 가지고 들어가 그냥 끊임없이 창작의 붓을 들었던 이가 있다면 우리는 그 앞에 모자를 벗지 않을 수가 없습니다.[9]

이 발언의 의미는 명백하다. '골방 속으로 책상을 가지고 들어가 끊임

---

9) 위의 글, p.84.

없이 창작의 붓을 들었던', '그 앞에서 모자를 벗지 않을 수 없는' 작가는 이 자리에 존재하지 않는다. 김사량을 겨냥하여 일본어 글쓰기를 '민족적 반동'이라고 몰아세우는 이태준조차 사실은 일본어로 글을 썼고 전쟁 협력 행위를 한 바가 있다. 더구나 비록 일본어로 글을 쓰기는 했지만, 일본 제국주의와의 투쟁에 있어서 김사량처럼 직접적인 행동에 나섰던 작가는 아무도 없었다.10) 김사량은 1945년 5월 북경에서 기차를 타고 일본군의 봉쇄선을 뚫고 태항산으로 탈출하여 조선 의용군의 일원으로 활동하다가 해방과 함께 귀국하여, 이 좌담회가 열리던 1945년 11월에는 모종의 '조직 사업'의 임무를 띠고 평양으로부터 서울로 파견 나와 있었다. 일제와의 직접 투쟁의 측면에서라면 이 자리에 참석하고 있는 작가와 평론가들은 사실상 김사량 앞에 "모자를 벗지 않을 수 없는" 것이다.

그럼에도 불구하고 일본어 글쓰기의 "오류"를 가장 먼저 "고백"하는 것은 김사량이며, 다른 작가들은 마치 김사량만 일본어로 글을 쓰기라도 한 것처럼 그를 공격하는 분위기를 자아내고 있다. 작가적 생애의 거의 전부를 일본어와 한국어의 이중 언어 세계 속에서 살았고 바로 얼마 전에는 일본어로만 글을 써야 했던 작가들 사이에서 일본어가 문제되는 순간, 그들은 약속이나 한 듯이 공격의 화살을 김사량에게 집중하는 것이다. 어떤 희생양을 요구하는 성마른 '청산(purging)'에의 초조한 욕구가 이 장면을 지배하고 있는 것처럼 보인다. 김사량의 '투쟁 경력'에 대한 반응도 흥미롭다. 사회자인 김남천은 "최근 색다른 체험을 하고 연안 방면서

---

10) 이태준을 제외하면 나머지 사람들은 모두 카프의 맹원으로 일찍이 체포되거나 투옥된 경험이 있다. 동시에 그들은 1938년 이후 모두 전향하였다. 김사량이 연안으로의 탈출을 감행한 45년 5월 현재 그들은 모두 전시 체제에 협력하고 있었다.

돌아오신 김사량 씨"라고 그를 소개하며 김사량 스스로도 자신의 경력을 "하나의 로맨티시즘", "하나의 도피"라고 말하고 있다. 김사량의 말은 겸손에서 나온 것이라 하더라도, 국내의 작가들에게 김사량이 어떻게 비쳐지고 있었는지는 김남천의 이 말에서 충분히 짐작할 수 있다. '전쟁 시기에 골방으로 들어가 창작에 몰두한 작가가 있다면 우리는 그 앞에서 모자를 벗어야 한다'는 김사량의 반발에 대하여 이원조는 "김사량 씨와 같이 연안으로 간 분도 있고 상인으로 혹은 광산으로 들어간 분도 있지요"라는 다분히 비아냥거리는 투의 발언을 하고 있기까지 하다.

요컨대, 김사량의 일본어 글쓰기는 역시 일본어로 글을 썼던 당시의 다른 작가들에게서 '과도하게' 비판되는 동시에, 그의 일제와의 투쟁 경력은 '과소' 평가되고 있는 것이다. 이 '과도 평가'와 '과소 평가'에는 그럴 만한 이유들이 있는 듯하다. 일본어는 한국 사회가 가장 빨리 씻어버려야 할 '식민지 잔재' 중의 하나였고, 일본어에 대한 격렬한 거부감은 탈식민지 한국의 사회적 일체감을 이루는 중요한 기제로서 줄곧 작동하였다. 한편 김사량의 3개월 남짓한 종군(從軍) 경력은 해외에서 돌아온 '독립투사'들이 넘쳐나는 당시의 상황에서는 '색다른 체험' 정도 이상의 것은 아니었을 것임이 분명하다. 김사량의 '저항'을 외면하면서 그의 '일본어'를 부각시키는 이 장면이야말로 그러한 사회적 기제가 작동하기 시작하는 해방 직후 한국 사회의 모습을 여과 없이 드러내는 것으로 보인다.

그런데 그로부터 몇 십 년 후에 김사량은 한국인들에게 전혀 반대의 관점에서 비치기 시작했다. 즉, 그의 '일본어'는 불문에 붙여지는 동시에 그의 '저항'은 최대한으로 부각되기 시작하는 것이다. 이제 그것을 살펴보자.

2) 재일 조선인 사회에서의 장혁주와 김사량

한국 전쟁 기간에 김사량은 북한군에 종군하다가 1950년 북한으로의 후퇴 도중에 병사하였다. 장혁주는 일본에 남아 계속해서 작가로 활동하고 있었다. 한국 전쟁 동안 그 역시 한국에 와서 전쟁의 참상을 목격하고 1952년에 『오호 조선(嗚呼朝鮮)』이라는 글을 발표하였다. 같은 해에 장혁주는 일본으로 국적을 바꾸고 '노쿠치 가쿠쥬(野口赫宙)'로 개명하였다. 이렇게 한 사람은 죽음으로, 또 한 사람은 국적 변경으로 한국 사회에서 잊혀졌다.

한국인들에게 장혁주와 김사량이 어떻게 수용되었는가, 라는 이 글의 주제와 관련하여 말할 때, 우선 손꼽을 수 있는 가장 큰 특징은 그들이 오랫동안 망각되었다는 것이다. 해방 후에 나온 『친일파 군상』(1948) 같은 팸플릿 형태의 책자에서 장혁주는 '친일파'로 거론되는데, 그의 이름은 다른 많은 작가들의 이름 속에서 거의 보이지 않을 정도의 비중을 차지하고 있을 뿐이다. 한편 김사량의 이름은 한국 전쟁 이후 남한 사회에서 언급될 수 없었다. 1972년에 일본에서 출간된 안우식의 『김사량 평전』에 따르면, 북한에서도 김사량은 1955년에 『김사량 선집』이 출간된 이후 1987년까지 (정치적 이유에 의한 것으로 추정되지만) 망각되었다.[11] 1966년에 남한에서는 임종국의 『친일문학론』이 간행되었다. 해방 이후 처음으로 '친일작가'의 이름과 그 행위들을 정리함으로써 식민지 시대 문학 연구에 커다란 충격을 주었던 이 책에서 장혁주와 김사량은 모두 '친일 작가'로 거론되었다. 그러나 임종국의 책이 발간된 이후에도 오랫

---

11) 安宇植, 『김사량평전』, 심원섭 역, 서울, 문학과 지성사, 2000, p.11.

동안 이른바 '친일작가'나 '친일문학'에 대한 남한에서의 연구나 논의는 거의 이루어지지 않았다. 한국어로 쓴 것이든, 일본어로 쓴 것이든 장혁주와 김사량의 작품은 읽히지 않았고 '친일 작가' 이외에 그들을 설명하는 다른 언어는 없었다.

장혁주와 김사량에 대한 연구는 재일 조선인 연구자들에 의해 촉발되고 그 결과가 남한과 북한에 유입되는 형태로 진행되었다. 재일 연구자인 임전혜의 「장혁주론」(1965)은 이후의 장혁주와 김사량에 대한 논의의 원형(原型)을 이루는 논문이며, 이 두 작가에 대한 많은 한국인들의 통념적 이미지를 대변하는 글이다. 이 글의 전제는 "민족의 시점에서 장혁주를 생각한다"는 것이다. 이 글에서 장혁주는 "자민족의 억압자에게 무릎을 꿇은", "식민지 근성을 완벽하게 노정한", "더 이상 부끄러운 타락이 또 있을까" 싶은, "인간성의 무서운 파괴"를 보여준 작가로 묘사된다. 장혁주는 "조선 농민을 둘러싼 민족적·사회적 모순을 정면으로 그리던" "출발 당초의 자세를 스스로 부정"하고, "일본 문단에서의 입신출세를 위해" "민족적 긍지를 버린" 작가이다. 그러므로 "재일 조선인 문학자의 전쟁 책임에 대한 추궁은 우선 장혁주로부터 시작되어야 한다." 결론 부분에서 이 논문은 장혁주와 "좋은 대조"를 이루는 김사량을 간략하게 언급한다. "김사량은 최후까지 일본 제국주의 앞에 머리를 굽히지 않았"으며, 그의 "애국적 자세는 1945년 이후 재일 조선인 작가들에게 올바로 계승되었다." 논문은 다음과 같은 문장으로 끝을 맺는다.

1945년 이전의 장혁주와 김사량의 자세는 식민지 문학자에게 있어서의 두 가지 길—굴욕과 저항—을 뚜렷하게 보여주는 것이었다. 김사량을

생각할 때, 자국의 억압자에게 무릎을 꿇은 장혁주의 전락(轉落)의 궤적은
더욱 선명해지는 것이다.[12]

  이 논문의 중요성은, 장혁주와 김사량에 대한 이러한 "선명한 대조",
즉 "굴욕과 저항"이라는 "두 가지 길"의 이미지가 두 작가를 설명하는
방법으로, 말 그대로 '선명하게' 제시되었다는 데에 있다. 이와 같이, 장
혁주와 김사량은 언제나 비교, 대조의 대상으로 함께 언급된다. 거의 예
외 없이, 김사량은 장혁주를 통해서 보여지고 장혁주 역시 김사량을 통
해서 보여진다. 그리하여 '변절자', '배신자'로서의 장혁주의 이미지와
'애국자', '투사'로서의 김사량의 이미지는 서로가 서로를 강화하는 형태
로 고착된다. '변절자'로서의 장혁주의 모습은 '투사'로서의 김사량에 비
추어 볼 때 더욱 선명해지고, '투사'로서의 김사량의 모습은 용서 못할
'변절자'인 장혁주에 비추어 더욱 선명해진다. 임전혜의 논문은 장혁주와
김사량에 대한 그러한 이해 방식을 가장 전형적으로 드러낸 사례이다.

  식민지 시기를 '굴욕 / 저항'의 세계로 선명하게 이분화 하고 그 각각의
영역에 적당한 인물과 사상을 할당하는 것으로 시종하는, 대중적 호소력
이 대단히 큰 이러한 설명 방식은 재일 조선인 사회에서만이 아니라 남
북한 양쪽에서도 식민지 이후의 사회적 통합을 이루기 위한 효과적인 담
론적 장치로 이용되어 왔다. 그러나 남북한 양쪽에서의 민족적 정체성을
형성하기 위해 장혁주나 김사량이 호출되는 것은 아직 먼 미래의 일이었
다. 장혁주는 '일본 작가'로서 잊혀졌고, 김사량은 남한에서는 '월북 작
가'로서 금기시되었으며, 북한에서도 (아마도 연안파 숙청과 관련하여)

---

12) 任展慧, 「張赫宙論」, 『文學』, 1965. 11, 東京, p.125.

역시 금기의 존재였다.

임전혜의 논문 이후 두 작가에 대한 재일 조선인 사회의 관심을 촉발시킨 것은 안우식의 『김사량 평전』(1972)이라고 할 수 있다. 이 평전의 출간과 함께 1973년부터 1974년에 걸쳐 전체 4권 분량의 『김사량 전집』이 일본에서 간행되었다. 김사량에 관한 가장 충실한 전기라고 할 수 있는 이 책을 이끄는 기본적인 시각 역시 임전혜의 그것과 크게 다르지 않다. "식민지 치하의 조선 작가들한테 펼쳐져 있는 길은 고개를 쳐들고 앞으로 나아갈 것인가, 눈을 감고 절망에 빠질 것인가, 굽신거리고 타협하고 항복하고 배반할 것인가, 이 세 가지뿐"이라는 전제에서 출발하는 이 평전에서 김사량은, "지레 겁을 먹고 수치심도 없이 스스로 민족적 절조를 굽히고 말았던" 이광수, 임화, 장혁주 등과는 달리, "비록 짧은 기간 일본 통치 권력의 조선 지배에 협력"하는 "좌절의 시간"은 있었지만, "고개를 들고 앞으로 나아가는 길을 지향하면서 '빛 속으로(光の中に)' 나아간" "극소수의 영웅"으로 묘사된다.[13)]

---

13) 김사량의 전기를 이 정도로 충실하게 재구성한 연구물은 아직 없다. 그럼에도 불구하고 나는 이 평전이 지닌 편향성을 지적하지 않을 수 없다. 민족중심적 시각이 지닌 '저항/협력', '민족/반민족' 따위의 이분법에 나는 전혀 동의하지 않지만, 설사 이 분류를 적용한다 하더라도, 이 평전은 김사량의 이른바 '협력 행위'를 (분명히 의도적이라고 보일 만큼) 축소하고 있다. 안우식은 김사량의 시국협력적 글쓰기가 "1943년에 시작"되어 "1944년에 들어서자 갑자기 작품 활동을 중지하고" 이후 "1년반에 걸쳐 침묵하다가" 연안으로 탈출하였다고 주장하지만, 이는 사실과 어긋난다. 안우식이 스스로 작성한 연보에 따르더라도, 김사량은 그의 '협력적' 글쓰기의 대표적인 작품인 『바다에의 노래』를 1944년 10월까지 『매일신보』에 연재하고 있었다. 그가 "침묵"했다면 그것은 1년 반이 아니라, 반년 정도이다. 더구나 김사량의 '시국협력적' 글쓰기는 1943년에 시작된 것이 아니라, 이미 1940년의 평론 「조선문화통신」 등과 1941년의 소설, 예컨대 「유치장에서 만난 사내」, 「향수(鄕愁)」 등에서도 부인할 수 없을 만큼 드러난다. 안우식은 이러한 사실을 교묘하게 회피하고 있다. 예컨대, 그는 「조선문화통신」에서의 김사량의 발언을 다음과 같이 인용하고 있다 : "하야시 후사오는 조선 문학이 아일랜드 문학에 비길 만하다

장혁주는 1952년 자신의 국적 변경 때문에 재일 조선인들로부터 받은 암살 위협 사건의 전말을 「협박」(1953)이라는 단편 소설에서 자세히 묘사한 바 있다. 사소설(私小說) 형식의 이 소설에 따르면, 장혁주는 조선어를 버리고 일제에 협력한 행위 때문에 해방 직후 재일 조선인 사회로부터 '처단되어야 할 자'로 지목되었고, '귀화 신청' 이후에는 암살 통고장을 받고 쫓기는 신세가 되었다. 소설은 "민족에서 도망쳐" 시골의 온천장으로 몸을 숨기는 작가의 모습을 묘사하는 것으로 끝난다.14) '증오스런 변절자'로서의 장혁주와 '빛 속으로 나아간 영웅'으로서의 김사량이라는 두 '민족적 자화상(自畵像)'의 밑그림은 이렇게 그려지고 있었다.

3) 정화(淨化) vs 성화(聖化) : 한국에서의 장혁주와 김사량

안우식의 설명에 따르면, 1974년 일본에서의 『김사량 전집』의 출간은 북한에서의 김사량의 "명예회복"을 가능하게 하고 그의 작품집을 발간하게 했다. 1987년 평양의 문예출판사가 발간한 『김사량 작품집』은 북한 민족주의가 김사량을 어떤 맥락에서 호출하고 있는가를 매우 잘 보여주

면 이 이상의 좋은 일은 있을 수 없다는 의미의 말을 한 바 있다, [······] 그러나 지금까지 조선 문학은 좁은 영역 속에 갇혀서 자신의 육체를 구축하는 데 급급했던 나머지, 영국문학과 아일랜드 문학의 관계가 그랬던 것처럼, 일본 문단과 그 정도로 밀접한 관계를 가지지는 못했다." 안우식은 이러한 김사량의 발언을 인용한 후, 김사량이 조선 문단을 아일랜드에 비기는 것을 "승락하지 않을 것임은 불을 보는 것보다 뻔한 일"이라고 해석한다. 문제는 위의 인용문에서 생략된 부분에 있다. 이 생략된 부분의 문장은 다음과 같다: "그것은 필경 영국 문학이 아일랜드 문학을 그 일익(一翼)에 포함함으로써만 한층 빛을 더할 수 있다는 사실을 우리가 알고 있기 때문이다. 조선 문학의 존재도 확실히 일본 문학의 일익을 장식하는 것임을 나는 믿어 의심치 않는다."
14) 장혁주, 「협박」(호테이 토시히로 편, 『장혁주 소설 선집』, 서울, 태학사, 2002), p.285.

고 있다. 이 선집에는 해방 이후 북한 사회주의의 건설과 김일성 부대의 영웅적인 전투를 그린 「칠현금」, 「대오는 태양을 향하여」, 「남에서 온 편지」 등의 소설과 한국 전쟁에서의 「종군기」가 실려 있고, 식민지 시기의 소설로는 「토성랑」과 「빛 속에」의 두 편이 실려 있다. 이 책에서의 해설에 따르면, "민족적 양심과 지조를 가슴깊이 간직한" 김사량은 "김일성 장군의 위대한 풍모와 불멸의 업적, 조선인민혁명군의 혁혁한 승리와 그 세계사적 의의를 격동적으로 노래한" "혁명적 작가"이며, "일제에게 예속되어 있는 우리 인민의 비참한 모습"을 그려낸 "애국적 작가"이다.15)

30년 이상의 망각을 넘어 김사량은 북한 민족주의의 정치적 요청에 의하여 이렇게 호출되었다. 이 정치적 요청이 한편으로는 극도의 반일(反日) 감정과 혈연적 종족(種族)감정에 지배되고 있음은 소설 「빛 속에」에 대한 다음과 같은 해설에 잘 나타나 있다. 해설자는 이 소설 속에 "조선 인민의 비참한 모습이 그려지고 있는 것은 부정할 수 없으나 조선 민족의 비통한 운명을 잘 엮은 것은 아니다"라고 비판한다.

> 이 작품의 제한성은 혼혈아인 하루오 소년 문제를 작품의 기본 문제로 설정하고 있는 데서 드러난다. 이러한 문제의 설정으로서는 비통한 조선 민족의 운명을 잘 엮어나갈 수가 없다. 왜냐하면 비통한 조선 민족의 운명 문제는 일제에게 억압받고 착취받는 조선 사람들의 문제이지 하루오와 같은 그런 혼혈아에 대한 문제가 아니기 때문이다.16)

이 폭력적 인종주의(人種主義)는 남한의 민족 담론에서도 그대로 반복되

---

15) 장형준, 「작가 김사량과 그의 문학」(『김사량 작품집』, 평양, 문예출판사, 1987), p.10.
16) 위의 글, p.7.

었다. 1989년에 남한의 한 출판사는 김사량의 작품집을 『노마만리』라는 제목으로 출판하였다. 당시의 남한에서는 '북한 바로 알기'라는 캠페인이 벌어지고 있었다. 북한의 서적들이 입수되어 보급되기 시작했는데, 그것들은 대부분 정상적인 출판 관행을 따르지 않고 출판되었기 때문에 텍스트의 기본적인 정보들을 전혀 알 수가 없는 것들이었다. 김사량 작품집의 남한에서의 출판도 그러했다. 김사량의 연안으로의 탈출 기록인 『노마만리』를 비롯해 한국어로 쓰여진 장편소설 『낙조』, 그밖에 「토성랑」, 「빛 속에」, 「유치장에서 만난 사나이」, 「지기미」, 「칠현금」 등을 수록한 이 책 역시 원전(原典)이나 출전(出典)에 대한 어떠한 정보도 주어져 있지 않지만, '해설'에서의 다음과 같은 구절로 보아 이 책이 1987년 평양에서 출간된 『김사량 작품집』을 원본으로 한 것임을 짐작할 수 있다.

> 그러나 지금 우리는 이 작품을 읽으면서 그렇게 절실한 감동을 받지는 못한다. 그것은 이 「빛 속에」가 일제 식민지하 조선 민족문제의 핵심을 비켜 있기 때문이다. 비통한 조선 민족의 운명 문제는 일제에게 억압받고 착취 받는 조선 사람들의 문제이지 하루오와 같은 혼혈아의 문제가 아니다.[17]

원본이 무엇이었든 간에, 아마도 해방 이후 남한에서 최초로 출간되었을 김사량 작품집인 이 책에서의 기본 시각 역시 지금까지 살펴 본 것과 조금도 다르지 않다. '매국 / 애국', '굴종 / 저항', '민족 / 반민족'의 이분법이 작가와 작품을 평가하는 최종 심급이다.[18]

---

17) 이상경, 「암흑기를 뚫은 민족해방의 문학」, 『노마만리』, 서울, 동광출판사, 1989, p.403.
18) 『낙조』나 「유치장에서 만난 사나이」 같은 소설의 한계는 매국노와 민중의 갈등을 제대

한편, 김사량의 작품집이 간행되기 3년 전인 1986년에 두 권 분량의 『친일문학 작품선집』이 서울에서 간행되었다.[19] 이 선집은 총 36명의 작가들의 '친일' 소설, 시, 희곡, 평론, 수필, 기행문 등 116편을 수록한 것인데, 해방 이후 가장 폭넓게 수집된 '친일문학 선집'일 이 책에는 장혁주의 소설 「新しい出發」(새로운 출발)이 실려 있다. 이광수, 최남선, 김동인, 최재서 등의 잘 알려진 '친일' 문인들의 이름과 보통 4~5편씩 수록된 그들의 '친일' 작품 가운데서 장혁주가 특별히 독자의 눈길을 끌지는 못했을 것이다. 다시 말해, 장혁주는 여전히 잊혀진 존재 혹은 '친일 문학'을 거론하는 자리에 잠깐 이름을 비치는 정도로 기억되고 있었다.

굴종과 저항이라는 '선명한' 두 개의 세계를 기준으로 장혁주와 김사량을 설명하는 방식은 2003년에 서울에서 간행된 또 다른 선집에서 더욱 '선명하게' 표현되었다. 일제 말 전쟁기에 조선인 작가들이 쓴 일본어 소설들을 번역·편집한 이 선집은 『식민주의와 협력』, 『식민주의와 비협력의 저항』이라는 제목의 두 권으로 구성되어 있다. '협력'에 속하는 작가는 이광수, 최정희, 이석훈, 정인택, 장혁주이며, '저항'에 속하는 작가는 한설야, 임순득, 김남천, 김사량이다. 그러나, '협력'과 '저항'이라는 두 개의 세계가 '선명'한 데 비해, '협력'과 '저항'의 정의(定義), 그것을 나누는 기준 등은 결코 '선명'하지 않다. 이 작가들과 작품들을 '협력'과 '저항'으로 나누는 기준이 무엇인지, '협력'과 '저항'을 어떻게 정의할 수 있

로 그리지 못한 데에 있다고 이 책의 해설자는 설명한다. "문제의 핵심은 매국노와 매국노에 억압받는 조선 민중의 갈등이 되어야 하는데, 「낙조」나 「유치장에서 만난 사나이」는 적대적인 갈등 관계를 비켜서 전개되어 매국노의 착한 아들이라는 어중간한 인물의 방황을 작가가 그냥 좇아간 혐의가 짙은 것이다." 이상경, 위의 글, p.406.
19) 김규동·김병걸 편, 『친일문학작품 선집』 1, 2, 서울, 실천문학사, 1986.

는지에 대해서 이 선집은 아무런 설명을 하지 않는다.[20]

　아무튼, 장혁주와 김사량은 오랜 시간의 망각을 거쳐, 그리고 몇 안 되는 연구들에서의 이러한 동일한 형태의 반복을 통해 '민족 반역자'와 '민족 해방의 투사'로 고정되었다. 그것은 재일 조선인을 포함한 탈식민지 사회의 한국인들이 새로운 민족적 정체성을 형성하고 확인하는 과정에서 필연적으로 나타난 방식이었을 것이다. 장혁주가 드러내는 '어둠'은 외

---

20) 김재용 외, 『식민주의와 협력』, 『식민주의와 비협력의 저항』, 서울, 도서출판 역락, 2003. 민족주의적 해석이 언제나 그렇듯이, 논증이나 검증이 불가능한 '민족의식', '민족적 양심', '투쟁 정신' 등이 '협력'과 '저항'을 가르는 기준이라면, 사실상 선명해 보이는 '협력'과 '저항'의 세계는 말할 수 없이 불투명하고 모호한 세계이다. 그 점은 이 선집에 선택된 작품들을 보아도 분명하다(번역의 불성실과 숱한 오류는 차치하고라도). 예컨대, 한설야의 『대륙』이나 김남천의 「어떤 아침」이 어째서 '저항'에 속하는 것인지 나는 전혀 알 수 없다. 나는 '협력' / '저항'의 분류가 어처구니없는 난센스라고 생각하지만, 굳이 이 분류를 따르자면, 이 소설들은 명백한 '친일협력' 소설이다. 만일, '협력' / '저항'의 문제가 '정도'의 문제라면, 그 '정도'를 결정하고 판단하는 것은 누구인가? 누가 어떤 기준으로 그것을 판단하는가? 그리고 그런 판단의 타당성은 또 누가 어떻게 보장하는가? 이런 의문에 대해 이 책의 편자는 대답하지 않는다. '협력'과 '저항'을 나누는 어떤 기준이나 근거도 제시되지 않은 상태에서 독자가 짐작할 수 있는 유일한 근거는 '협력'에 속한 작가들이 정치적 우파에 속하고, '저항'에 속한 작가들이 좌파에 속한다는 것뿐이다. '친일 협력'의 문제를 이와 같이 정치적 이데올로기나 법정에서의 검찰관의 시각으로 접근하는 한, 식민지는 이해되지 않는다. 그러나 이 책의 편자가 하고 있는 것은 바로 그것이다. 장혁주와 김사량의 '친일' 행위에 관한 것도 대부분의 연구들이 공평성을 잃고 있다. 장혁주와 김사량의 활동 기간과 작품 생산량은 비교할 수 없을 정도이다. 시라카와 유타카가 그의 면밀한 조사에서 밝히고 있듯이, 장혁주의 '친일'은 당시의 다른 작가들에 비해 특별히 두드러진 것이 아니다. 한편, 김사량의 협력적 글쓰기는 그의 짧은 작가적 경력에 비하면 이미 초기부터 나타나고 있다. 그럼에도 불구하고, 장혁주는 '인간성이 파괴된' '변절자'로 매도되고, 김사량은 '빛 속으로 나아간 영웅'으로 찬양되는 이 담론의 구조에는, 작가 자신의 의지와는 상관없이, 어떤 목적에 맞추어 사실을 조정하고자 하는 욕망이 자리 잡고 있다.
오해를 피하기 위해 덧붙이자면, 이 논문의 목적은 '김사량이나 장혁주나 친일 행위에서 별 차이가 없었다'고 주장하거나, '김사량도 친일 행위를 했다'라는 것을 폭로하는 데에 있는 것이 아니다. '저항 / 협력', '애국 / 매국', '민족 / 반민족'의 분류법, 나아가 '친일'이라는 개념 아닌 개념을 견지하는 한, 진정한 '차이'는 드러나지 않는다는 것이 이 논문이 강조하고자 하는 점이다.

면·회피되고 그의 이름은 한국 사회에서 완전히 잊혀졌다. 동시에 김사량이 표상하는 '밝음'은 크게 부각되고 그의 실상은 특정한 목적에 맞추어 조정되었다. 요컨대, 장혁주를 통해서 민족은 '정화(淨化)'되고 김사량을 통해서 민족은 '성화(聖化)'될 것이었다. 과연 민족은 '정화' 혹은 '성화'되었는가? 그것은 아무도 모른다. 그러나 이 동원과 호출이 계속되는 한, 그들은 그리고 우리는 아직 '해방'되지 않았다는 것, 그것만은 분명하다.

4. 새로운 탐색을 위하여

안우식의 『김사량 평전』은 매우 흥미로운 장면 하나를 소개하고 있다. 작가로서 가장 활발하게 활동하던 1941년 5월 김사량은 고향인 평양에 잠시 돌아 와 있었는데, 그때 만주 여행을 하고 있던 일본 작가 히로쓰 가즈오와 마미야 모스케를 평양에서 만나 대접을 하게 되었다. 히로쓰 가즈오는 이때의 만남에 대해 이렇게 쓰고 있다.

> 우리는 김사량군의 친구들과 함께 거리를 거닐었다. 다방에 들어가 이야기도 나누었다. 그 청년들의 일본어는 완벽한 표준어였다. 문맥 표현도 정확하였으며 탁음(濁音)의 발음에도 아무 하자가 없었다. 나는 물었다.
> "언제 동경에 오셨던 적이 있습니까?"
> "이 친구들은 일본에 가 본 적이 없습니다." 하고 김사량군이 대답했다.
> "그렇다고 보기에는 일본어 발음이 너무들 훌륭하시군요……"
> "모두들 여기서 공부했어요" 하고 김사량군은 웃으면서,

　　"이 친구들의 영어는 일본어보다 훨씬 낫지요. 일본에 실망한 탓도 있
고 해서, 가능하다면 미국에 건너가 영어로 소설을 써보자는 것이 이들의
희망입니다."21)

　잘 알려져 있다시피, 김사량은 동경제대에서 독문학을 공부했다. 그는
독일문학에 관한 몇 편의 논문을 발표하였고, 전쟁기에 독일 시찰단이
평양을 방문하였을 때 도청으로부터 독일어 통역을 의뢰받아 통역 활동
을 하기도 했으며, 그때 독일어보다는 영어로 말하기를 고집했다는 일화
도 있다.

　한편 장혁주는 자신의 일본어 창작 동기를 "민중의 비참한 생활을 널
리 세계에 알리고 싶어서"라고 말한 바 있다. 1932년부터 1937년에 걸쳐
에스페란토어로 번역된 『쫓기는 사람들』이 단행본으로 폴란드에서 출판
되고, 단편집 『소년』이 체코에서 역시 에스페란토어로 번역·출판되었
다. 중국에서는 『권(權)이라는 남자』, 단편집 『산령(山靈)』이 중국어로 번
역·소개되었다.22) 완벽한 일본어를 구사하고 싶다는 장혁주의 집념이
얼마나 강한 것이었는가는 소설 「협박」이나 「異俗の夫」에도 잘 나타나
있다. 장혁주의 외국어에 관한 관심과 집착은 그가 86세 때인 1991년에
인도의 출판사를 통해 『Forlon Journey』라는 영어 장편소설을 출간한 것
으로도 짐작할 수 있다.

　위의 에피소드들은 김사량과 장혁주 같은 작가들에 대한 새로운 의미
화의 방법을 암시하고 있다. 예컨대, 피식민지인에게 모국어란 무엇인가?

---

21) 히로쓰 가즈오, 「평양―김사량의 추억들」(안우식, 『김사량 평전』, p.74 재인용).
22) 임전혜, 「장혁주론」, p.1250.

그에게 식민지 종주국의 언어란 또 무엇인가? 동시에 그에게 외국어는 무엇인가? 위의 에피소드들은 피식민자가 지니는 이러한 언어적 정체성의 균열과 복합적 심리를 김사량과 장혁주가 풍부하게 드러내 줄 수 있으리라는 기대를 갖게 한다. 이 점에 관한 한 이 두 작가를 능가할 다른 작가는 많지 않다. 식민지 하의 많은 조선 작가들은 항상 조선어의 열등한 지위와 일본어의 압력에 직면하고 있었지만, 자신의 문학적 글쓰기를 조선어로 수행하는 데에는 아무런 의심을 가지지 않았다. 조선어는 문학과 같은 감성적인 분야에 적합한 것으로 그 위치가 할당되어 있었고, 지적이고 분석적인 과학이나 학문의 영역을 조선어가 감당하기는 어렵다는 인식도 널리 공유되고 있었다.

그에 비하면 일본어와 조선어로 이중 언어 글쓰기를 하고 있었던 김사량과 장혁주 같은 작가들에게서 모국어의 자명성은 늘 의심스러운 것이었다. 제국의 언어 편제 속에 갇혀 있는 피식민지 언어의 동요하는 정체성을 이중 언어 사용자들은 몸으로 보여준다. 뿐만 아니라 그들은 제국의 언어 역시 언제나 흔들리고 끊임없는 균열의 상태에 처해 있다는 사실도 보여준다. 피식민자가 제국의 언어를 사용하는 가운데 발생하는 무수한 이화(異化)와 뒤섞임들은 제국의 언어적 정체성과 그 권력을 위협하는 요인이 된다. 비유컨대, 피식민자는 일종의 복화술사(ventriloquist)이다. 그들은 '한 입으로 두 말 하는 자'들이다. 의도한 것이든 아니든, 장혁주와 김사량의 글쓰기에는 (그리고 물론 많은 식민지의 작가들에게서도) 그러한 사례들이 풍부하다.

또한 이 작가들은 언어의 실체와 자명성에 대한 의심을 제기하는 존재일 뿐만 아니라, 식민지 하에서의 조선 문학에 대한 보다 근본적인 문제들을 끊임없이 생각하게 하는 존재들이다. 가령, 식민지의 전 기간에 걸쳐 장혁주와 김사량만큼 문학을 통해 '세계'와 접촉하고자 하는 욕망을 강하게 표현한 작가는 없었다. 그런데 피식민자에게 있어서 '세계'='보편'이란 무엇인가? 다른 작가들이 '조선어'에 안주하고, '지방 문학'으로서의 '조선 문학'에 안주하고 있을 때, 이들은 분명하게 '세계'로 나가고 싶다는 욕망을 표현했다. 물론, 그들이 '세계'를 말하는 순간, 그것은 '세계'에 비추어진 자신의 '지방성'을 확인시키는 것일 수도 있다. "세계로 나가고 싶다"라는 식민지 조선인의 외침은 사실상 세계 제국주의의 기존 질서, 즉 유럽(보편, 중앙)을 사다리의 정점으로 한 세계 각 지역들의 위계 질서를 다시 한 번 확인시키는 것에 지나지 않을지도 모른다. 장혁주와 김사량이 그러한 한계를 벗어났다는 증거는 없다. 그러나 그들이 그런 욕망을 표현하지 않았다면, 우리는 세계의 이러한 구조 자체를 생각하게 하는 식민지 작가를 달리 발견하기 어려울 것이다. 그것만으로도 그들의 존재와 문학을 다시 의미화 할 이유는 충분하다.

부기(附記) : '협력' / '저항'의 완고한 이분법적 민족주의적 관점이 포착할 수 없는, 식민지에서의 끝없이 다양하고 복잡한 삶의 실상들을 파악하기 위해서는 무엇보다도 어떤 특정한 이념적·도덕적 기준을 유보하지 않으면 안 된다. 이 글에서 살펴보았듯이, 장혁주와 김사량을 비교―대조하는 기왕의 논의들은 모두 그러한 이념에 지배되고 있는 것이었다. 그러나 나는 이 글에서 몇 편의 중요한 예외적인 연구 성과들을 언급할 수 없었다. 김윤식의 『한일 문학의 관련 양상』(1974) 및 『일제 말기 한국작가의 일본어 글쓰기』(2003) 등은 민족주의적 이분법의 관점으로부터 멀리 벗어난 선구적인 업적이다. 시라카와 유타카의 박사학위 논문 『장혁주 연구』(1989)는 모든 이데올로기적 전제로부터 벗어난 가장 성실하고 완벽한 성과이다. 또한 그와 남부진(南富鎭)이 엮은『張赫宙日本語作品選』(東京, 勉誠出版, 2003), 그리고 호테이 토시히로(布袋敏博)가 엮고 시라카와 유타카가 해설을 쓴 한국어판『장혁주 소설선집』은 (한국어 번역의 문제점을 잠시 제쳐둔다면) 장혁주에 관한 새로운 연구를 촉발하는 훌륭한 자료다. 정백수(鄭百秀)의『식민지 체험과 이중 언어 문학』(서울, 아세아 문화사, 2000) 역시 빼놓을 수 없는 중요한 업적이다. 황호덕의 최근 논문「설사와 변비, 전향의 생(生)정치」(2006)는 피식민자의 언어적 운명에 대한 통찰력 넘치는 업적이다. 이 연구 성과들은 장혁주나 김사량 같은 작가들에 대한 새로운 탐색의 유용한 길잡이가 될 것이다.

(2006)

II

프롤레타리아 소설과 노스탤지어의 시공(時空)

> 근대적 노스탤지어는 신화적 귀환의 불가능성에 대한 애도,
> 분명한 경계와 가치를 지닌 매혹적인 세계의 상실에 대한 애
> 도이다. 그 노스탤지어는 어떤 절대, 정신적－육체적인 어떤
> 안식처, 역사 이전의 에덴동산 같은 시－공간의 통일에 대한
> 정신적 동경(longing)의 세속적 표현일 것이다. 노스탤지어에 사
> 로잡힌 인간은 정신적 수취인(addressee)을 찾아 헤맨다. 그는 침
> 묵에 부딪치고 결국은 뭔가 기억할 만한 표지들(signs)을 찾아
> 다닌다. 그것들을 대책 없이(desperately) 잘못 읽으면서.
>
> —Svetlana Boym, *The Future of Nostalgia*

한국 프롤레타리아 소설의 정점으로 평가되는 이기영의 장편 『고향』
(1933)에서 주인공 김희준의 귀향은 적막하고 초라하기 그지없다. "희준
이가 동경에서 나오든 그날 저녁때 원터 동리는 별안간 발칵 뒤집혔"는
데, 그것은 그가 "좋은 양복에 금테 안경을 쓰고 금 시계줄을 느리고 짐
군에게는 부담을 잔뜩 지워가지고 호기있게 드러올 줄 알았"던 동리 사
람들의 기대감의 표현이었을 뿐, 막상 "식거먼 학생 양복에 테둘이가 오

골쪼골한 모자를 쓰고 행장이라고는 모서리가 해여진 손가방 한 개를 들었을 뿐"인 김희준의 모습을 보고 마을 사람들은 실망을 감추지 못한다. "그들은 미구에 발길이 드무러지고 희준의 집은 전과 같이 쓸쓸해졌다."1)

김희준의 귀향이 이와 같이 적막하고 초라한 것은 그가 기대에 부응하는 성공을 하지 못했기 때문만은 아니다. 귀향(歸鄕)에 대한 일반적인 상상과는 전혀 반대로, 김희준의 귀향은 익숙하고 낯익은 것들과의 날카로운 결별, 친근하고 정든 가족적 유대로 결합된 공동체로부터의 차가운 이탈을 초래하는 것이다. 철도와 전등, 전화가 가설되고 대도회지로 변신한 고향에서 김희준은 "마치 길을 잃은 나그네와 같이 우두커니 서서 자기 집의 옛터를 바라보"며, 귀향의 첫날부터 아내와의 불화, 낯선 아들과의 대면으로 우울한 심정에 사로잡힌다. 마을 사람들은 물론이고 그의 식구들조차 그가 하루 종일 무엇 때문에 바쁜지 무슨 일을 하는지를 모른다. 요컨대 김희준에게 귀향은 낯익고 정다운 것으로의 회귀가 아니라 그 반대이다. 말하자면 그는 낯익은 고향에서 떠나 낯선 타향으로 갔다가 다시 낯선 고향으로 돌아온 것이며, 낯익은 사람들을 떠나 낯선 사람들 속으로 갔다가 다시 낯선 사람들에게로 돌아 온 자이다.

이 주인공—영웅(hero)의 귀향은 이미 고전적 영웅의 신화적 귀환과는 거리가 먼 것이다. 그것은 모든 근대적 인간의 귀향이 지닌 보편적 성격이기도 하다. 지금이 아닌 어떤 다른 시간, 이곳이 아닌 어떤 다른 곳에 대한 열망, 다시 말해 잘못 놓인 시간과 장소에 대한 회한(悔恨)은 김희준을 비롯한 『고향』의 인물들을 싸고도는 공통된 정서이며, 그것이야말로

---

1) 이기영, 『고향』 1권, 한성도서주식회사, 1936, pp.23~25.

근대적 노스탤지어(nostalgia)의 원천인 것이다.[2]

사회주의 혁명의 전망에 입각한 노-농 동맹의 가능성을 그려낸 소설이라는 『고향』에 대한 널리 알려진 통념과는 달리, 나는 이기영의 대표작인 『고향』을 비롯해서 『신개지(新開地)』(1938), 『처녀지(處女地)』(1944) 등의 소설을 근대적 노스탤지어의 이야기로 읽으려 한다. 이 소설들은 낯선 시간과 장소에 놓인 주인공-영웅(hero / heroine)이 잃어버린 가능성의 시간들을 찾아 끊임없이 헤매는 이야기, 다시 말해 근대적 노스탤지어의 표현물이다. 그런가 하면 노스탤지어는 소설의 내용 안에만 존재하는 것이 아니다. 그것은 지식인-작가 및 지식인-독자로 이루어진 근대 소설의 공간, 즉 이 소설들이 읽히고 유통되고 해석되는 공간 안에서도 작동하고 있다. 이 소설들을 사회주의 혁명에 대한 비전으로 읽어내는 독법 안에는 지식인-작가 및 지식인-독자가 공유하는 근대적 노스탤지어의 구조가 자리 잡고 있다.

이 소설들을 근대적 노스탤지어의 이야기로 읽음으로써, 이 글은 궁극적으로 흔히 프롤레타리아 소설로 대표되는 한국의 근대 리얼리즘 문학이 사실상 모더니티의 변화된 시간관, 특히 직선적(linear) 진보 이념을 바탕으로 현실의 존재론적 구속을 통속적 혹은 정신적으로 벗어나고자 한, 실패한 재현의 양식이었음을 밝히고자 한다.

---

[2] nostalgia의 어원인 *nostos*는 귀향(return home), *algia*는 동경(longing)을 뜻한다. nostalgia는 한 번도 존재한 적이 없거나 더 이상 존재하지 않는 고향(home)에 대한 그리움을 뜻한다. 1688년 스위스 의사 요하네스 호퍼(Johannes Hofer)에 의해 질병으로 취급된 이후 노스탤지어는 문학이나 예술의 대상이 아니라 의학상의 문제로 여겨져 왔다. 치료되어야 할 질병이었던 노스탤지어가 '애국심'과 연결된 보편적 감정으로 인식되기 시작한 것은 18세기 후반 이후 낭만적 민족주의의 대두와 더불어서였다. Svetlana Boym, *The Future of Nostalgia*, Basic Books, 2001, pp.3~12.

예측 불가능의 과거 / 예측 가능의 미래

변덕스런 운명의 장난으로 놓쳐버린 행복의 순간들, 그 엇갈린 시간에
대한 고통스런 기억과 회한은 이기영 소설들의 주요 인물과 사건을 움직
이는 기본적인 모티프이다. 잘못된 제도에 의해서든 돌발적인 사고에 의
해서든, 재자가인(才子佳人)의 행복한 결합은 실현되지 않는다. 『신개지』의
한 장면을 보자.

어느듯 새봄이 도라와서 뒷산에는 진달내 꽃이 빨아케 피여나고 앞강
에 가쳤든 물이 출렁출렁 흐를나치면 그위로 느러진 실버들가지가 어느
틈에 물이 올너서 아이들은 피리를 만드러 분다. 보구미를 낀 순남이도
나물을 뜻으러 밭고랑을 헤매일때 윤수는 언덕에서 갈퀴나무를 하고 있
었다. 어떤때는 윤수가 순남이를 쫓어가며 갈퀴질을 하였고 어떤때는 순
남이가 윤수의 곁으로 오며 나물을 뜻기도 하였다. 또 어떤때는 다른 사
람이 그 근처에 있는데도 윤수가 눈치없이 굴나치면 순남이는 민망한듯
이 눈총을 주기도 했다.
　『저기서 누가 보는구먼……. 아이 저만치 가요』
　『보면 대쉰가 세상이 다 아는 반남안데』
　『그래도 난 싫여』
　『그럼 언제 맛날가?』
　『얼네 날마다 보면서 호…….』
　순남이는 그때 정찬 우슴을 우섰다.[3]

이 목가적인 무갈등의 세계, 마치 에덴 동산과도 같은 이 세계는 더 이

---

3) 『신개지』, 三文社全集刊行部, 1938, p.19.

상 존재하지 않는다. 아름다운 순남이는 서울 유곽의 금향이가 되었고 씩씩한 젊은 농민 윤수는 전과자가 되었다. 그들은 다시 만나지만 이제 더 이상 옛날의 그들이 아니다. 또 다른 애정 관계, 즉 윤수와 월숙의 관계도 이러저러한 우연들에 의해 방해 받는다. 『처녀지』나 『고향』에도 동일한 모티프들이 반복된다. 만주의 오지(奧地) 정안둔(正安屯)으로 들어 간 『처녀지』의 의사 남표를 괴롭히는 것은 약혼녀 선주의 배신, 그 어긋난 운명의 시간들이다. 그런가 하면 무구(無垢)하고 순결한 여주인공 경아와 남표의 결합 역시 실현되지 않는다. 『고향』의 세계 역시 행복에의 가능성이 사라져 버린 실낙원의 공간이다. 젊은 남녀의 애정, 즉 갑숙이와 경호, 방개와 인동이, 갑숙이와 김희준, 김희준과 음전이 등의 얽히고설킨 애정 관계는 모두 좌절되며 소설은 이 좌절되는 애정담들을 기본축으로 하여 진행된다.

문제는 이들의 애정 관계가 좌절된다는 사실 자체에 있는 것이 아니라, 이러한 좌절을 통해 그들이 갖게 되는 새로운 시간과 공간에 대한 관념이다. 이루지 못한 사랑에의 회한은 불가역적(irreversible) 시간의 숙명을 개인의 내면에 깊이 각인시키는데, 그러한 내면을 간직하게 된 인간은 이미 근대적 인간인 것이다.[4] 다시 말해, "과거는 미래보다 더 예측할 수 없게 되었다. 그리고 노스탤지어는 이 이상한 예측불가능성에 의존한다."[5]

---

[4] 13세기의 기계 시계 발명 이전 "지금 몇시야?" 같은 질문은 그리 중요하지 않았다. 시간의 부족은 별로 큰 재앙이 아니었다. 시간이나 변화는 결정적인 것이 될 수 없었고, 따라서 미래를 위한 걱정 같은 것도 없었다. 그러다가 르네상스 후반기에 이르러 '시간'은 인간의 통찰이나 무분별로부터 독립된 '신의 섭리', 변덕스런 '운명'의 이미지로 구현되었다. Svetlana Boym, 앞의 책, p.9.

[5] 위의 책, Introduction, XIV.

과거가 예측할 수 없는 것, 즉 지배 불가능한 것이 되는 데에 반하여
미래는 오히려 예측 가능한 것, 다시 말해 지배 가능한 것이 된다. 미래
는 계획되고 추진되고 건설된다. 예측 불가능한(=지배 불가능한) 과거와 예
측 가능한(=지배 가능한) 미래. 이 기묘한 시간관이 근대적 노스탤지어를
낳는다. 이기영의 소설은 이 시간 속을 맴돈다. "그때 만일 ~했더라면"
이라는 예측불가능의 과거를 향한 회한의 대사는『고향』,『신개지』,『처
녀지』의 인물들에게서 끊임없이 반복된다.6) 이루지 못한 행복에의 순간
들, 어긋나버린 운명의 과거가 안타까운 회상의 시선 아래 놓이는 것과
함께 쇄신된 미래, 즉 혁명에의 열망이 나타난다(이 점에 대해서는 후술한다).
다시 말해, 근대적 노스탤지어의 시선은 과거뿐만 아니라 미래를 향한

---

6) 대표적인 사례를 몇 개 들기로 한다.『신개지』에서 기생이 된 순남이 윤수에게 보낸 편지
   는 이기영의 소설들을 지배하고 있는 잃어버린 행복의 순간들에 대한 깊은 회한의 정서
   를 잘 보여준다 : "아! 천지에는 이렇게 새봄이 돌아왔건만 내 가슴속은 왜 어둠이 그저
   풀리지 않는지요. 시대는 천리가 지척같이 변화되었는데 우리의 생활은 왜 그대로 지척이
   천리같이 적막한지요? 당신은 지난 시절이 생각나지 안습니까? 나는 오직 그것을 꿈속의
   행복으로 기리 느끼고 있습니다. 왜 그러냐하면 나에게는 두 번 다시 그런 시절이 올리
   만무하니까요. 참으로 그때— 당신과 내가 봄동산에서 놀던것이 나에게는 인생의 마지막
   행복일줄을 누가 알았겠습니까. 그럴줄 알았더면……. 당신을 좀더……."(『신개지』, p.204)
   한편『처녀지』의 주인공 남표의 회상은 '예측불가능한 과거'가 인물들의 내면을 지배하는
   이기영 소설들의 특성을 잘 보여준다 : "그때 경아가 정거장까지 전송을 안나와 주었다면
   오늘보다도 더 불쾌하게 이택호와 충돌을 했을지도 모르기 때문이다. …(중략)… 만일 그
   렇게 되었다면 자기의 목적은 하나도 일우지못하고 역시 신경서와 같은 조수의 생활에서
   허덕거리다 마렀을것이 아니냐? 웨그러냐하면 차중에서 선주를 만나기는 일반이라 하더
   라도 경아의 전송을 보지 않었다면 그가 자기를 오해하지는 않었을것이기 때문이다. …
   (중략)… 따라서 만일 그날 경아가 등장을 안했다면 희비극은 생기지 않었을 것이요 그리
   되었다면 자기도 곳장 신가진으로 이택호를 찾어갔을 것이 아닌가."(『처녀지』 상권, 삼중
   당서점, 1944, p.243)『처녀지』에서 악녀(惡女)의 역할을 맡는 선주에게도 그것은 예외가
   아니다. "만일 그런 일이 없었다면 선주는 처음부터 칼을 겨우고 대들지는 않었을 것이
   다. …(중략)… 소용없는 일은 아여 단념하고 말자면서도 선주는 생각할수록 지나간 일이
   안타까웠다."(처녀지』, 하권 p.520)(밑줄은 인용자)

그리움인 것이다.

노스탤지어의 시공

이 근대적 노스탤지어의 시간이 공간과 어떻게 결합하는가를 살펴보자. 놓쳐버린 행복의 순간들에 대한 상실감에 괴로워하는 인물들에게 과거의 공간은 더 이상 익숙한 경험의 공간이 아니다. 그들은 대개 어떤 이유로든 이 낯익은 경험 공간을 떠났다가 돌아온 자들이다. 동경 유학으로부터 원터 마을로 돌아 온 『고향』의 김희준은 물론이려니와, 제사(製絲) 공장에 여공으로 취업한 인순이 역시 원터 마을과 공장의 공간적 근접성에도 불구하고 사실은 전혀 낯선 곳으로 이주한 자이다. 마름 안승학의 딸인 갑숙이 역시 그러하다. 그녀는 서울에서 원터 마을로 돌아오며 경호와의 연애 사건의 결과 사라졌다가 다시 제사공장의 여공 옥희가 되어 나타난다. 『신개지』의 윤수는 불행한 살인 사건의 결과 달내골을 떠나 서울에서 감옥살이를 하고 돌아온다. 그의 약혼녀 순남이 역시 유곽의 창녀로 전락하여 도시를 떠돌다가 달내골의 요리집 기생으로 귀향한다. 하감역의 손녀 월숙이 역시 방학이 되어야 고향을 찾는 유학생이다.

스베틀라나 보임이 코젤렉의 이론을 인용하여 설명하는 바에 따르면, 노스탤지어는 경험공간(space of experience)과 기대지평(horizon of expectation)이 일치하지 않는 근대적 시−공간관의 산물이다. 경험 공간은 우리로 하여금 과거와 현재를 일치하는 것으로 이해할 수 있게 해 준다. 다시 말해, 경험은 "사건들이 결합되고 기억될 수 있는 '현재적 과거(present past)'"이다. 이에 반해 기대는 "'현재를 만든 미래'로서 아직 아닌(not-yet), 미경험의, 바야흐로 나타날 세계를 지향한다.” 근대 세계는 경험공간과 기대지평이 일치하지 않는 세계이다. 그러므로 근대적 노스탤지어는 더 이상 기대지평에 들어맞지 않는 이 ‘축소된 경험 공간’에 대한 그리움인 것이다.7)

그런 의미에서 위의 인물들의 공간 감각은 특별한 공통성을 지니고 있다. 이 글의 모두에서 인용한 김희준의 귀향 장면에서 보듯, 고향으로 돌아 온 인물들이 자신의 과거를 간직하고 있는 경험 공간에서 받는 첫 느낌은 낯설음이다. 다시 말하겠지만, 이 인물들은 모두 미래를 기획하는 인물들이다. 요컨대 그들의 경험 공간과 기대 지평은 더 이상 일치하지 않는다. 인순이는 원터 마을에 새로 생긴 제사 공장의 여공이다. 공간적으로 이 두 장소는 아주 가까운 곳에 있다. 그러나 이 두 공간이 표상하는 것들의 거리는 아주 멀다. 다시 말해, 소설 내에서 인순이는 원터 마을의 사람이 아니다. 그녀는 특별한 장면에서만 원터 마을로 ‘돌아오는’ 인물이다. 다음의 묘사는 그녀가 속한 공간이 어디인지를, 그리고 그녀가 고향에 대해 느끼는 낯설음이 어떤 것인지를 보여준다.

> 인순이는 마치 부자집으로 시집간 딸이 오래간만에 가난한 친정에 온 것처럼 모든 것이 서급허 보였다. 여직공으로 있는 자기도 결코 호강을 하는바는 아니였으나 그래도 기와집 속에서 거처는 깨끗하고 아직까지 재강죽은 먹지 않았다.
> 그런데 대관절 이게 사람이 거처하는 집인가? 게딱지만한 초막이 게다가 고옥이 되어서 올 여름 장마에는 기어이 쓰러질것같다. 인순이도 한동안 우두커니 앉아서 집안을 둘레둘레 보았다. 마치 자기도 언제 이속에서

---

7) *The Future of Nostalgia*, pp.9~10.

사렸든가, 하는 것처럼[8]

자신의 과거를 간직하고 있는 낯익은 공간에서 낯설음을 느끼는 이 인물들은 자의든 타의든 자신의 땅에서 유배된(displaced) 이방인들이다. 그리고 노스탤지어는 바로 이 유배된 이방인의 시선으로부터 나온다. 『고향』의 김희준, 갑숙이(옥희), 인순이, 경호, 『신개지』의 윤수, 순남(금향), 월숙, 『처녀지』의 남표, 경아, 선주 등은 이 소설들의 서사가 진행되는 공간의 이방인들이다.

이들의 시선에 포착되는 『고향』의 원터 마을, 『신개지』의 달내골, 『처녀지』의 정안둔(正安屯)은 어떤 곳인가? 앞으로의 논의를 위해서 이 질문은 매우 중요하다. 결론부터 말하면, 이 시―공간은 양면성을 지니고 있다. 우선 이 공간은 훼손되지 않은 어떤 순수한 원형의 공간이다. 이 공간 속의 시간은 과거이며 이 공간 속의 인간들은 순박하고 건강한 생명력을 지닌 프롤레타리아를 표상한다. 동시에 반대로, 이 공간들은 개조되고 변형되어야 할 공간이다. 따라서 이 공간 속의 시간은 미래이며 이 공간 속의 인간들은 무지의 어둠에 잠긴 미개인들이며 역시 개조되어야 할 대상이다. 지금부터 이 점을 살펴보자.

과거―원형(原型)공간 ; 프롤레타리아의 발견

이 소설들의 주무대인 원터 마을, 달내골, 정안둔에 대한 전원시적 풍경 묘사는 소설의 곳곳에서 자주 되풀이 된다. 『신개지』에서의 다음 묘

---

8) 『고향』, 1권, p.107

사를 보자.

> 저택을 지어놓고보니 미상불 경치가 아름답다. 앞뒤로 산을 끼고 동향
> 으로 앉인 이 집은 왼편으로는 옥녀봉의 울창한 송림(松林)이 쳐다보이고
> 바른편으론 달래강의 푸른 물결이 백사장 밑으로 내다보인다. 안산을 넘
> 어서 삼선봉(三仙峰)위로는 달이 떠올르고 그럴때마다 은파(銀波)는 월색
> (月色)에 번득이며 용궁(龍宮)의 선경(仙境)을 강위에 이루었다. 앞산에는
> 일산 소나무 한주가 웃둑 섰다. 달빛은 락락 장송의 가지틈을 새여서 흐
> 른다. 산밑으로는 옥녀봉 골작이에서 내리쪼치는 한줄기 석간수가 쫄쫄
> 흐른다. 그런가하면 후원에는 대밭이 무성하고 그뒤로 높은 장원을 둘러
> 싼 울밖에는 다시 송림이 욱어진 산록(山麓)이 막어있다.[9]

이 서정적 정경들의 묘사가 유난히 진부한 추상성과 통속적 감각을 벗
어나지 못하는 것은 이기영이 지닌 고대소설의 교양 탓만은 아닐 것이다.
윤수의 눈에 비치는 마을의 모습도 그러하다.

> 소모는 소리가 이따금 한적한 들녘을 울리는데 건너쪽 강펄에서는 수
> 분을 섞은 강바람이 태양에 번득이는 연록(軟綠)의 포푸라숲을 부러오며
> 비단결처럼 부드럽게 얼굴에 시친다. 점심닭이 마을 뒷산밑 재뗌이 옆에
> 서 운다. 하늘에는 솜같은 구름짱이 산넘어로 떠올른다. 푸른강 갔으로
> 백사장이 펼처나간 모래톱과 아울러 하늘과 땅의 조화된 경치가 한층 더
> 아름다워 보인다. 그것은 날마다 보는 경치건만 윤수에게는 새로운 정서
> 를 자어냈다. 달내강의 고흔 물결은 윤수의 마음에도 저녁놀 같은 동경
> (憧憬)의 무지개를 뻐치게 하였다.[10]

---

9) 『신개지』, p.123.
10) 『신개지』, p.405.

‘하늘과 땅의 조화된 경치’로 표현되는 이 공간이야말로 운명의 장난이 행복의 순간을 앗아가기 이전 태초의 시간을 간직하고 있는 원형의 공간이다. 그리고 그 공간을 그리움의 시선으로 바라보고 있는 윤수는 이 공간에 거주하는 원주민(native)이 아니라 ‘돌아온’ 이방인이며 노스탤지어적 인간이다(감옥살이를 통해 그는 새로운 인간이 되었고 새로운 지식과 이념을 지닌 인물이 되었다). 새로운 생활을 찾아 만주로 달려간 의사 남표의 일생을 그린 『처녀지』에서 만주의 농촌은 타락한 도시에서의 삶을 치유할 수 있는 유일한 안식처이다. 만주는 호랑이 새끼와 갓난아이를 함께 기르는 원시와 야생의 설화적 공간이면서, 도시의 타락으로부터 도망치고자 하는 남표의 눈에는 다음과 같은 곳이기도 하다.

> 참으로 이곳은 경치가 좋습니다. 도무지 신경서는 볼수없는 풍광이 명미합니다. 우하(牛河)의 큰강이 흐르는 망망한 광야가 전면으로 전개되고 동북면의 원산(遠山)이 천변(天邊)으로 둘러섰는 경개는 참으로 장엄하기 짝이 없습니다. 이 산용수자(山容水姿)가 유현한 창공을 이고 대지(大地)위에 펼쳐있는 광경은 실로 무엇이라 형용키 어려운 자연의 웅대한 배치올시다. 낮에는 여기에 태양이 빛나서 삼나만상이 눈앞에 벌려있고 밤에는 별과 같이 창망한 하늘을 밝히여 신비의 꿈나라를 이루워있습니다.[11]

이 전원시적 서정성에 감싸인 공간이 지식인–주인공의 눈을 빌린 지식인–작가의 관념의 표현임을 지적하는 것은 어려운 일이 아니다. 문제는 ‘농촌’이나 ‘지방’을 그리움의 시선으로 바라보는 이 관념이 새롭게 구성하는 공간들이다. 노스탤지어는 지방이나 농촌에 대한 단순한 동경

---

11) 『처녀지』, 상권, p.245.

이 아니다. 그것은 '지방적인 것local(=특수)'과 '세계적인 것universial(=보편)'을 구분하는 새로운 시ー공간의 개념으로부터 발생한 것이다. 노스탤지어에 사로잡힌 인간은 어떤 공간을 '지방'과 '세계'로 구분하는 이 새로운 시ー공간의 개념을 내면화한 존재이다.[12] 다시 말해, '고향'이나 '지방'은 떠나고, 떠돌고, 모험하고, 개척하는 이 이방인들에 의해 발견되고 구성되었던 것이다.[13] 보다 직접적으로 말한다면, (내이션이 내셔널리즘을 낳는 것이 아니라 내셔널리즘이 내이션을 낳는 것과 마찬가지로) '고향'이 노스탤지어를 낳는 것이 아니라 노스탤지어가 '고향'을 낳는 것이다.

이렇게 구성된 '고향'은 과거의 시간 속에 머물러 있는, 속악함에 물들지 않은 야성과 원시적 미를 간직한 사람들이 살고 있는 공간으로 재현된다. 그런데 이 야성미 넘치는 사람들은 누구인가?『고향』에서의 방개의 넘치는 섹슈얼리티와 인동이의 남성미가 '고향'에 대한 도시 지식인ー주인공ー작가의 노스탤지어적 시선의 산물임은 분명하다. 도시 지식인의 노스탤지어가 야성미 넘치는 농촌 프롤레타리아를 '발견'하는 장면은『신개지』의 월숙이가 윤수를 처음 만나는 대목에도 풍부히 표현되어 있다. 달내골 최고의 갑부이며 세력가인 하감역의 손녀딸인 서울 유학생 월숙이에게, 살인 사건에 연루되어 징역을 살고 마침내 약혼녀인 순남이와 헤어진 윤수의 "일장설화는 마치 무슨 소설을 읽는 것과 같은 짜릿한 맛과 농촌의 애닮은 신화를 빚어"내는 것이며, "윤수에게 흥미를 느끼어서 살

---

12) *The Future of Nostalgia*, p.11.
13) 근대 세계에서 '풍속', '습관', '감정' 등을 축으로 '고향'이 구성되고 그 범위가 자의적으로 결정되는 양상, 특히 일본에서의 상황을 치밀하게 분석한 책으로는 成田龍一, 『「故鄕」という物語』, 吉川弘文館, 2005 참조.

그머니 한번 만나고 싶은 생각까지 들게” 하는 것이다. 윤수와 순남이의 안타까운 과거사를 듣고 월숙이가 생각하는 것은 이런 것이다.

> 월숙이는 순남이가 이쁘단 말에 더한층 그들의 연애에 대하야 호기심이 끌리였다. 그러나 시굴 농촌 구석에서 무식한 남녀간에 빚어낸 연애가 얼마나 야성적 성질을 띠고 있을 것인가 하는 우스운 생각이 앞을 섰다. 하여간 그들의 연애는 안타까운 일이었다. 만일 그들이 지금도 서로 사랑하고 있다면 — 한 남자는 한 여자를 한 여자는 그 한 남자만을 생각하고 있다면 그것은 얼마나 연연한 애정이라 할까? 그야말로 소설적 흥미를 자아낼 수 있게 한다.14)

마침내 그녀는 자기의 하녀인 윤수의 동생 윤순이를 데리고 “서울 물에 때가 쏙 빠진” “산뜻하고 제비같이 날씬한 몸맵시”를 하고서 강가에서 낚시질을 하고 있는 윤수를 만나러 간다. 도시의 전문학교나 대학 출신의 젊은이들은 “공작새와 같이 자기의 외모는 잘 꾸미고 있으나 속은 빙사와 같은 빈랑”일 뿐이며 “건전한 심신을 아울러 가진 사람은 별로 볼 수 없었다”는 것이 그녀의 생각이다. “그에 비하면 윤수는 땅속에 뿌리를 깊이 박고 무성하게 자라나는 큰나무와 같았다. 그는 앵무새나 공작새가 아닌 대신에 줄기찬 생명의 력선(力線)이 전신에 꿈틀거리며 용소슴을 치는 것 같았다.” 윤수에게 매혹 당하는 월숙의 심리가 도시 지식인의 에그조틱한 노스탤지어에서 기인한 것임은 이로써 분명해진다. 『처녀지』의 남표에게 있어서도 만주의 오지(奧地) 정안둔(正安屯)은 도시의 온갖 허영과 부패 타락으로부터 그를 건져 줄 최후의 안식처이다. 그런가하면

---

14) 『신개지』, p.297.

정안둔의 농민들처럼 때묻지 않은 순박한 존재들은 어디에도 없다. 그들은 지식인 의사 남표가 그토록 찾아 헤매던 순수 그 자체인 것이다.

'고향', '농촌' 그리고 그 공간에 거주하는 농민(프롤레타리아)은 도시 / 농촌, 중앙 / 주변, 세계 / 지방의 이분법을 내면화한 이방인들(도시 지식인)에 의해 이렇게 발견된다. 후자(농촌, 주변, 지방)가 관념적 서정성으로 미화되는 것과 함께 전자(도시, 중앙, 세계) 역시 관념적 속악성(俗惡性)으로 채색된다. 서울이나 신경(新京), 하르빈 등은 타락과 방종과 허영으로 가득찬 곳이다. 모든 인물들은 속악한 도시를 떠나 농촌으로 귀향함으로써 새로운 생활을 꿈꾼다. 그리하여 이제 근대적 노스탤지어가 발견한 '고향', '농촌'의 다른 면모가 드러난다.

미래－개조(改造)공간 ; 프롤레타리아의 식민화

'고향'이나 '농촌'이 새 삶을 건설하는 희망의 장소가 됨으로써 이제 노스탤지어의 시선에 의해 포착된 순수한 원형적 공간으로서의 '농촌'은 과거의 시간에 머물러 있는 공간이 아니라 전혀 반대의 공간, 즉 개조되고 변형되어야 할 미래의 공간으로 재현된다. 그리하여 노스탤지어의 시선은 과거가 아니라 미래를 향한 그리움으로 바뀐다. 아직 오지 않은, 그러나 예측 가능하고 기획 가능한 미래. 이 미래에의 그리움이 근대적 노스탤지어의 원천이다. 노스탤지어적 인물은 이제 예측불가능한 과거, 불가역적 시간에 대한 회한과 고통을 벗어버리고 예측가능한 미래로 몸을 던진다.

예측불가능한 과거에의 회한과 예측가능한 미래에의 그리움이 근대적 노스탤지어의 원천이 될 때 그것은 '미래로의 귀환(back to the future)'이라는 형태를 띤다. 이기영의 소설들에서 다가 올 미래는 유토피아적 비전으로 충일하며 고향이나 농촌은 그 비전이 실현되는 찬란한 약속의 땅이다. 모든 인물들은 '빛'과 '광명'의 이미지에 이끌리며 쇄신과 재생의 열정에 휩싸여 있다. 『고향』의 마지막 장면은 그 '광명'의 이미지를 이렇게 표현한다.

> 검은 장막이 한꺼풀 벗기어지고 희미한 구름이 하늘 한구석에서 점점 커지면서 장차 오는 광명을 예고하는 것같다.
> 그리고 머리 위에서는 은하수가 물속에 있는 보석같이 빛나고 있는데 언덕 아래에서는 닭의 홰치는 소리가 손에 잡힐듯이 들니면서 연달어서 「꼬끼요ㅡ」 하고 길게 빼내는 우름소리가 이러났다.
> 『아아 벌서 날이 밝기 시작하나베!』
> 앞에서 가는 사람들 중에서 누구인지 이런 말을 하였다.
> 『밝는 날을 위해서 우리도 준비합시다. 다들 집에 가서 쉬시고 우리집으로 오십시오』
> 희준이는 마음이 상쾌하고 정신이 영롱하여지는 것을 느끼면서, 공중에다 대고 이렇게 말하였다.[15]

'머리 위에 빛나는 보석같은 은하수'를 바라보며 밝아오는 새날을 기다리는 이 마지막 장면에서의 유토피아적 전망은 쇄신ㅡ재생에의 열정과 짝을 이룬다. 제사공장의 사무원과 여공으로 변신한 지난날의 연인 갑숙이와 경호가 "우리들은 죽엄 속에서 다시 태어난 어린애"라고 하면서

---

15) 『고향』, 2권 p.450.

"과거의 우리를 깨끗이 잊고 묵은 둥치에서 새싹이" 나오듯이 새 삶을 개척하자고 말할 때,16) 또는 『처녀지』의 남표가 "투기적 광산은 깨버리자! 세속적 허영심은 떨어버리자! 오직 진실하게 인생을 살어가보자. 그것은 일평생을 희생해도 좋다"라고 다짐하며 만주로 달려 나갈 때, 이 단호한 과거와의 단절 속에는 정신의 급격한 비약으로부터 발생하는 모종의 황홀감이 어려 있다. 그 황홀감은, 희랍어 nostos가 '빛(light)과 삶(life)으로의 귀환'을 의미하는 것이라는 그레고리 나지(Gregory Nagy)의 설명을 빌린다면,17) 일종의 노스탤지어적 황홀감이라 해야 할 것이다.

주목할 것은 이 미래에의 노스탤지어가 모더니티와 맺는 관계이다. 앞에서 여러 번 말했듯이, 근대적 노스탤지어는 예측불가능한 과거와 예측가능한 미래를 동시에 향하고 있다. 미래가 예측 가능하다는 것은 무엇인가? 기획이 가능한 세계, 주어진 목적을 향해 나아가는 세계, 그것은 진보의 시간관이며 요컨대, 모더니티 그 자체이다. 그리하여 기독교적 내세론을 대체하는 근대적 역사 발전의 신화는 '미래로의 귀환(back to the future)'이라는 역설적 형태를 낳는다. 과거와의 급격한 단절을 수행하는

---

16) 이러한 장면은 『고향』에 수시로 등장한다. 어둠에 잠긴 원터 마을을 내려다보며 김희준은 자신을 '최후의 일각까지 싸우고 있는 한 점의 광선'에 비유한다. "모든 인습과 무지한 어둠속에 리기적 흑암 속에 홀로 싸우고" 있는 자신은 "철뚝 넘어의 전등불"의 "형형한 눈동자"에 비유된다. "철뚝 넘어로 점점이 비최는 전등불이 장차 닥처올 어두움을 앞두고도 더욱 그의 광선을 밝히고 있는 것이 다시 없이 위대해 보인다. 오! 용감한 광명의 용사여!" 곧 논의하겠지만, 전기나 기차 등의 근대과학 문명에 대한 이기영의 맹목적 신앙은 집요한 것이다. 김희준은 이 광명의 미래를 그리며 일종의 종교적 법열에 사로잡힌다. 위에서 인용한 구절 바로 다음에 그는 이렇게 부르짖는다. "'제가 감히 이잔을 마실수 있겠습니까?' 희준은 별안간 두눈에서 눈물이 텀벙텀벙 쏟아저 흐른다. 그것은 마음속에서 깊이 내솟는 눈물이였다. 넘어가는 달은 일각일각 어둠을 모라서 왼들을 휩싸온다. 그러나 전등불은 그럴수록 저의 광선을 찬란히 밝힌다." 『고향』 1권, p.275.

17) *The Future of Nostalgia*, p.7.

'혁명'과 과거를 보존하는 '전통'은 모더니티의 충동 속에 동시적으로 공존한다. 혁명을 통한 단절―미래에의 비약이 열망되는 한편으로 전통을 통한 연속―과거로의 회귀에 대한 열망 역시 강렬해진다. '혁명에의 longing(열망)과 전통에의 belonging(소속)'이[18] 공존하는 것이다. 결국 근대적 노스탤지어는 혁명(미래)과 전통(과거)에 대한 동시적 그리움이며, 그런 의미에서 모더니티 그 자체이다.

『고향』의 김희준, 갑숙, 인순, 경호,『신개지』의 윤수, 순남, 월숙,『처녀지』의 남표, 경아 등의 주요 인물들을 움직이는 것은 그러한 미래에의 그리움이다. 근대의 과학 기술문명이 이룩해낼 유토피아에의 열망은 이 소설들을 이끄는 핵심적 동력이다.

> 오년 동안에 고향은 놀랠만치 변하였다. 정거장 뒤로는 읍내로 연하여서 큰 시가(市街)를 이루웠다. 전등(電燈) 전화(電話)가 가설되였다. C사철(私鐵)은 원터 앞들을 가로뚫고 나갔다. 전선(電線)이 거미줄처럼 서로 얼키고 그 좌우로는 기와집이 즐비하게 느러섰다.
> 읍내 앞 큰내에는 굉장하게 제방(堤防)을 쌓았다. …(중략)… 그동안 변한 것은 그뿐만 아니였다. 상리로 올라가는 넓은 뽕나무 밭―개울 옆으로는 난데없는 제사공장이 높은 담을 두르고 굉장히 선 것이였다. 양회 굴뚝에서는 거문 연기가 밤낮으로 쏟아저 나왔다.[19]

김희준은 물론이려니와 등장인물 모두에게 '고향'의 이런 도시화는 부

---

18) Boym은 회고적 노스탤지어와 반성적 노스탤지어를 구분하고 반성적 노스탤지어는 열망(longing)과 소속(belonging)의 양가감정에 자리 잡고 있다고 했지만, 여기서는 그 구분과는 상관없이 longing과 belonging의 양가감정이라는 개념만을 빌었다. 위의 책, introduction, XVIII.
19)『고향』, 1권, p.20.

정적으로 인식되지 않는다. 부정적이기는커녕, 이러한 '발전'이야말로 이들이 도달하고자 하는 미래이다. 도시를 속악하고 타락한 장소로 인식하는 인물들의 일반적인 태도에 비추어 보면 이것은 기묘한 부조화처럼 보인다. 그러나 도시는 속악한 곳이지만 '고향'은 개조되어야 할 공간이라는 인식이 공존한다는 점에서 보면 그 부조화는 이상한 것이 아니다.『신개지』에서 제방공사가 한창인 달내골에 대한 유토피아적 전망이 다음과 같은 고투(古套)의 레토릭으로 채색되는 것도, 그 전망이 '미래로의 귀환'이라는 형태를 띠고 있음을 생각하면, 오히려 적절한 것이다.

> 읍내가 대처로 변해서 화장을 하는 통에 달내강마저 그의 긴치마자락이 반달형(半月形)으로 읍내를 싸고 도는 곡선을 방파제로 높이 싸올리고 그 위에는 산봇길을 내는 동시에 삼거리 능수버들을 듬성듬성 심을 작정이다.
> 믓노니 이 공사가 다 되어서 사구라꽃 사이로 실버들가지가 느러저서 봄바람에 나뷔낄때 쪽빛같은 푸른 물결위로 화방(畵舫)을 띠워 노는 재자가인을 생각한다면 그 얼마나 진진한 춘흥을 자아낼 것이냐?
> 자연의 신(神)이시여!
> 신개지에 당신의 모든 미(美)를 베푸옵소서…….[20]

고향의 삶과 환경을 급속도로 바꾸는 '신개지' 공사는 이 소설 속에서는 새로운 문명의 도입과 변화의 상징으로 수용된다.『고향』에서의 제사공장이 인순이나 옥희를 강철처럼 단련된 노동자로 키워내듯이,『신개지』의 공사장은 윤수를 야학에서 진화론을 강의하는 지식인으로 바꾸어내는

---

20)『신개지』, p.83.

것이다. 지금이 아닌 다른 어떤 시간, 이곳이 아닌 다른 어떤 곳을 열망한다는 점에서 이 유토피아적 전망은 전형적인 노스탤지어의 산물이다.

근대 과학의 기술과 문명에 대한 절대적 신앙은 『처녀지』에서 극에 달한다. 문명의 손길이 닿지 않은 오지인 정안둔을 모범적인 개척촌으로 변모시키기 위해 헌신하는 의사 남표가 꿈꾸는 '처녀지'의 미래는 예컨대 이런 것이다.

여러분께서도 잘아시는바와 같이 어느 나라고 간에 부국강병이 되려면 훌륭한 자녀를 많이 낳고 또한 잘길러야 되는 겁니다. 이렇게 우량한 자녀를 많이 두려면 그것은 전혀 모성(母性)에게 달린 줄 압니다. 박궈서 말하면 훌륭한 어머니가 많어야만 훌륭한 자손을 많이 둘수가 있다는 것이올시다.

…(중략)…

헌데 인구는 수만 많고 질이 나뻐서는 안됩니다. 즉 건민(健民)이 되지 않으면 건병(健兵)도 할 수 없다는 것이올시다. 그러함에는 종래의 의학이나 의사의 생각으로는 충분한 목적에 도달할 수가 없습니다.

…(중략)…

건민운동의 목적을 달하기에는 임의 출생된 아이에게 손을 대는 것은 벌서 늦었다합니다. 건강한 신체와 우수한 두뇌를 가진 애기를 낳는 것이 제일 근본적인 줄을 알게 되었다면 따라서 현금의 의학은 선천의학(先天醫學)—즉 낳기 전의 의학을 연구하여야만 된다는 것입니다. 다시 말하면 어떻게 해야만 건강하고 머리가 좋은 애기를 낳을수 있겠는가 그것을 연구 하는 중이올시다. 이것이 선천의학—즉 현금의 의학을 한걸음 전진해서 벌써 낳기전으로 올라버렸습니다. 그것은 유전우생학(遺傳優生學)의 연구에 의해서 어떤 부부에게는 어떤 아이를 날수 있는가 하는 연구를 해서 그들 부부의 배우(配偶)를 잘 선택하는데서 우수한 아이를 낳도록 하자는 것입니다.

   즉 유전결혼상담소란 것이 독일에서는 초등학교 한구역에 하나의 비례
로 생겨서 거기를 가보면 관할안의 가족계도(家族系圖)가 적어도 三대까
지-하라버지때까지의 계통도면이 있어서 그들은 어떠한 사람이었다는
것을 쉽사리 알게 되는데 거기에 의사와 심리학자 두사람이 있어서 당자
의 신체는 의사가 보고 마음은 심리학자가 보아가지고 이 결혼이 장래
좋은 아이를 낳게 할수 있을 것이라는 판정(判定)이 붙으면 곧 증명을 해
준다 합니다. 그러나 이래서는 변변한 자식을 못두겠다는 판정이 붙을때
는 법률로서 그 혼인을 금지시킬수 있게 됩니다. 임의 결혼을 한자에 대
해서는 소위 단종법(斷種法)이란 것이 있어서 그 부부간에 생산을 해서는
안되겠다고 생각되는 경우에는 아이를 낳지 못하도록 단종의 수술을 강
제로 하게 됩니다.21)

   남표가 우생학과 같은 비인간적 과학을 내면화한 인물이라거나, 더 나
아가 『처녀지』가 일본 제국주의의 만주국 이데올로기, 즉 왕도낙토나 오
족협화 등에 부응하는 전형적인 국책소설이라거나 하는 것은 틀림없는
사실이지만 지금 이 글에서의 관심사는 그것이 아니다. 국가를 최종의
목적지로 삼으면서 '농촌'과 '고향', 그리고 그곳의 원주민(미개인, 프롤레타
리아)을 근대 과학과 문명의 세례를 받는 문화인으로 개조하겠다는 이 노
스탤지어적 지식인의 유토피아적 이상은 『처녀지』뿐 아니라 『신개지』와
『고향』에서도 일관되게 유지되는 것이다. 공장, 도로, 기차, 전기, 교
육,22) 위생, 생활의 과학화와 문화적 가정생활 등, 근대 과학과 기술의

---

21) 『처녀지』, 하권, pp.403~406.
22) 이 세 소설들에는 모두 '야학'이 등장하고, 이 야학은 농촌과 농민을 변화시키는 중요한
    장소이다. 그런데 이 야학에서의 주요 교과목은 국어, 즉 일본어이다. 물론 조선어도 강
    습된다. 1930년대의 이른바 보나로드 운동과 야학 운동 등의 기본적 성격이 무엇인지는

가치는 이 소설들에서 끊임없이 강조된다. 『처녀지』의 남표와 경아, 『고향』의 김희준, 갑숙, 인순, 경호『신개지』의 윤수, 월숙 등은 이 모더니티의 가치를 고향과 농촌의 주민들에게 가르치고 전파하는 계몽자들이다. 도시 지식인의 헌신과 희생, 그리고 프롤레타리아(농민)에 대한 교육을 통해 이상적 공동체를 이룬다는 목표가 이 소설들을 일관하는 기본 주제라는 점에서, 이기영의 소설은 이광수의 충실한 계승자 혹은 에피고넨이다.23) 노스탤지어적 인물이 발견한 '고향'이나 '농촌', 그리고 프롤레타리아는 지금까지 보았듯이, 개조되고 변형되어야 할 대상이다. 『고향』의 김희준에 따르면 농민은 "떡갈나무의 묵은 잎새와 같이 낡은 생각이 붙어 있는" 존재들이며 "새 시대를 맞으면서도 묵은 사상에 사로잡혀 있다." 이런 농민들을 어떻게 바꿀 것인가에 대해『신개지』의 윤수와 월숙이 나누는 다음과 같은 대화는 일찍이 이광수의 『무정』(1917)의 주인공들이 감격에 찬 어조로 '교육입국'을 부르짖던 장면의 연장에 있는 것이다.

　　『우리집은 정신의 황무지를 개척해야 할 필요가 더급하다구요!』

　　다시 분석될 필요가 있다.

23) 식민지 후반기 한국문학에서의 동양담론을 분석한 정종현의 박사학위 논문은 『처녀지』의 남표를 "한국 근대문학에서 최초로 전작 장편소설을 통해 '만주'를 배경으로 신생한 제국의 주체"로 규정하고 있다. 이러한 규정은 식민지 후반기를 '공백기'나 '암흑기'로 봉인하면서 논의 자체를 막아버리는 태도 혹은 이 시기 문학에서 친일 협력의 요소만을 추출하여 폭로·고발하는 형태의 논의 방식을 모두 지양하고, 40년대 문학에 대한 새로운 접근 방법을 연다는 의미에서 매우 중요한 통찰이다. 『처녀지』와 이광수 소설과의 상동성은 이 논문에서도 지적되어 있다. "『처녀지』는 만주를 배경으로『흙』을 다시 쓴 듯한 느낌을 주는 소설이다. (중략) 브나르도 운동 안에서 민족적 계몽주체의 위치에 있던 허숭이, 대동아 공영권의 꿈이 무르익고 있던 제국의 지리 만주에서 제국적 주체로 신생한 것이 남표인 셈이다." 정종현, 『식민지 후반기(1937~45) 한국문학에 나타난 동양론 연구』, 동국대 박사학위 논문, 2005, p.107.

　　『그래서 월숙씨가 불을 질렀습니다그려』

　　　　　　　…(중략)…

　　『그럼 잘됐우다—월숙씨는 정신계의 황무지를 개척하고 난 육지의 황
　무지를 개척하구』

　　별안간 윤수는 무엇에 감심한드시 힘있게 저력있는 소리로 부르짖는다.24)

　노스탤지어적 인물들은 모든 개인적·육체적 욕망을 벗어던지고 새
세상에 몸을 던짐으로써 새로운 삶을 기약하는 내세론적 열정에 사로잡
힌다. 갑숙과의 관계에서 아슬아슬한 육체적 유혹과 욕망에 고통받던 김
희준은 마침내 그것을 '동지적 사랑'이라는 대승적 이념으로 해소하며,
『처녀지』의 남표는 모든 개인적 성공의 기회를 초개와도 같이 버리고 오
로지 정안둔 개척에 나선다.

　이 미래에의 그리움이 실제로 어떤 결과를 낳았는가, 그것이 당대의
일제 지배정책과 어떤 관련 속에 있는가, 하는 것은 지금 이 글의 관심사
가 아니다. 여기서 주목하고자 하는 것은 이들의 유토피아적 노스탤지어
가 개조의 대상으로 '발견'한 프롤레타리아(농민)를 이 소설들이 어떻게
재현하고 있는가, 하는 점이다. 한마디로 말해, 이 소설들에서 농민은 단
한 번도 주체로 행동하는 법이 없다. 그들은 희준, 갑숙, 인순, 윤수, 월
숙, 경호, 남표, 경아 같은 지식인의 한없는 자기희생과 시혜의 대상이며
개조의 대상일 뿐이다. 모든 갈등과 사건은 이들의 힘과 노력에 의해 해
결된다. 요컨대, 섭알턴(subaltern)은 말하지 못한다.

　이와 관련하여, 이 계몽 주체들이 자신을 '로빈손 크루소'에 비유한다

---

24) 『신개지』, pp.534~536.

는 사실은 특별히 주목을 요한다. 『처녀지』의 남표는 정안둔에 병원을 개설한 첫날의 심정을 이렇게 표현한다.

> 남표는 자못 만족한듯이 팔짱을 끼고 방안을 둘러보았다. 참으로 그는 로빈손 쿠루소가 천애고도(天涯孤島)에서 신천지(新天地)를 발견한 때와 같이 이 한간방에다 새생활을 건설하는 첫걸음을 떼놓은데 커다란 히망을 붙였다.[25]

자신을 로빈손 크루소로 위치시키는 이 시선 아래서 '농촌'(무인도)의 주민이 보일 리 없다. 제사공장의 여공 옥희로 재생한 『고향』의 갑숙이 역시 "행복이란 자기의 몸을 즐겁게 희생하는 것"이라고 경호에게 말하며 로빈손 크루소가 되자고 말한다.

> 당신 아버지를 위해서 사러주서요! 아버지와 같은 모든 농민과 노동자를 위해서…… 참으로 로빈손 크로소와 같은 열정으로 미개한 인간을 위해서 개척해 주서요…… 그래도 당신은 외롭다 하시겠습니까? 그때는 당신은 외롭지도 않고 또한 그것을 행복으로 느낄수도 있지 안을까요[26]

"로빈손 크루소와 같은 열정으로 '미개한 인간'(농민과 노동자)을 위해서 개척해" 나가자고 말할 때 이들이 발견한 '고향'과 '농촌'은 결국 제국주의가 '개척'한 식민지의 등가물이다. 다시 말해, 근대적 노스탤지어에 사로잡힌 도시 지식인의 시선이 발견한 '고향'이란 결국 그들이 발견한 '식

---

25) 『처녀지』, p.211.
26) 『고향』, 2권, p.310.

민지'의 다른 이름이었을 뿐이다. 그렇다면 프롤레타리아(노동자, 농민) 역시 그 노스탤지어의 시선이 발견한 무인도(식민지)의 '프라이데이'였을 뿐이다. 『처녀지』에서 남표의 조수가 되는 일성이야말로 로빈손 크루소가 만난 미개인이자 문명인으로의 발전 가능성을 지닌 프라이데이의 재현이다. 그는 남표의 옆을 그림자같이 지키며 그가 하는 일거수 일투족을 따라 하면서 의사가 될 미래를 꿈꾼다. 완결된 인물로서의 남표의 시혜 아래 있는 모든 마을 사람들 중에서 일성이만이 유일하게 그들과 다른 길을 갈 가능성을 지닌 인물이며 남표의 뒤를 이어 지도자가 될 인물이다.

『처녀지』의 결말은 성자적(聖者的) 장엄함에 둘러싸여 있다. 자신에게 악행을 저질렀던 박만용의 페스트를 온갖 정성을 기울여 마침내 치료하고 남표는 페스트에 감염된다. 모든 사람의 접근을 금지시키고 격리된 장소에서 죽어가는 주인공-영웅의 일대기인 『처녀지』는 현실의 시간과 공간으로부터 비약적으로 단절된 다른 장소, 다른 시간에 대한 노스탤지어적 충동으로 가득 차 있다. 노스탤지어는 극단적인 경우 그것을 위해 죽거나 혹은 다른 사람을 죽일 준비가 되어 있는 어떤 환상적인 '고향'을 창조하기도 한다.[27] 남표의 정안둔은 바로 그런 곳이다. 성스럽고 영웅적인 죽음을 통해 남표는 '미래로의 귀환'을 완성했던 것이다. 자신이 창조한 환상적 고향을 위해 기꺼이 죽는 노스탤지어의 충동이 『처녀지』를 지배하며, 정도의 차이는 있을지 몰라도 『고향』과 『신개지』도 그 점에서 예외가 아니다. 한편, 남표와의 결혼을 거부하고 역시 정안둔에 일생을 바치기로 작정하는 경아는, 육체적으로 타락한 악녀인 선주의 죽음과 대

---

27) *The Future of Nostalgia, introduction*, XVI.

비되면서,28) 성자인 남표와 더불어 성처녀(聖處女) 혹은 동정녀(童貞女)의 이미지로 형상화 된다. 로빈손 크루소가 발견한 '무인도'의 '프라이데이' 들은 이제 문명과 지식의 세례를 받고 (혹은 그런 미래에의 가능성을 약속받고) 성자를 추모하면서 성처녀의 인도를 받는 것이다.

그런 의미에서 지식인-주인공-작가의 노스탤지어가 발견한 '고향'과 '농촌'은 식민지 속의 또 다른 식민지이며 프롤레타리아는 그들에 의해 다시 식민화된 존재들이다. 그러므로 이 미래에의 노스탤지어에 다른 이름을 붙일 수 있다면 그것은 아마도 식민주의적 노스탤지어(colonial nostalgia)라고 할 수 있을 것이다.

마치며

1930년대의 식민지 조선에서 『고향』 등의 이른바 프롤레타리아 소설의 독자가 정작 프롤레타리아(노동자, 농민)가 아니었음은 특별한 자료의 뒷받침이 없이도 충분히 알 수 있는 일이다. 비단 프롤레타리아 소설만이 아니라 근대 소설 자체가 지식인-작가와 지식인-독자 사이의 유통 범위를 벗어나지 않았다고 한다면, 지금까지 논한 근대적 노스탤지어의 공감대의 범위가 어떤 것이었을지도 동시에 알 수 있다.29) 자신의 땅을

---

28) 이 논문에서 충분히 다루지는 못했지만 이기영의 소설에서 두드러지는 팜므 파탈(femme fatale)의 형상은 특별히 주목해 볼만한 것이다. 『처녀지』에서의 선주의 팜므 파탈적 형상과 이에 대비되는 경아의 성처녀적 이미지, 『고향』에서의 방개, 『신개지』에서의 금향의 넘치는 섹슈얼리티 등은 남성 작가의 여성에 대한 노스탤지어를 보여주는 사례일 것이다.

29) 이 글에서 논의하지는 못했지만 한국 소설과 노스탤지어의 관계는 아마도 1930년대 초반의 역사소설 붐을 비롯한 지식사회의 일련의 복고적 분위기와 연관되어 있지 않을까

떠나, 떠돌고, 모험하고, 개척하는 이방인들에 의해 발견되는 고향(과거)에의 그리움과 쇄신(미래)에의 동경이 노스탤지어라면 그것은 근대문학, 특히 소설의 핵심적 요소이며, 식민지 조선에서 그것은 새로운 지식인들에 의해 추진되었다. 그들은 정신적으로나 물리적으로나 자신의 장소로부터 유배된 이방인들이었다. 지식인-작가와 지식인-독자가 공유한 이 근대적 노스탤지어의 감정은 소설을 지탱하고 활성화하는 중요한 동력이었다. 어찌 되었든 그것이 아니었으면 소설은 존재하지 않았거나 전혀 다른 것이 되었을 것이다.

리얼리즘 소설은 말의 가장 직접적인 의미에서 현실(reality)을 재현(represent)하는 것이다. 한국 근대의 리얼리즘 소설은 이른바 프롤레타리아 소설에 이르러 비로소 본격적인 현실 재현의 방법을 찾아낸 것으로 평가되어 왔다. 그런 평가는 전적으로 옳은 것도 아니며 또 전적으로 부당한 것도 아니다. 다만 그 소설들이 근대적 노스탤지어의 산물이거나 혹은 그에 깊이 침잠되어 있는 문학이라는 지금까지의 논의가 타당성을 얻을 수 있다면, 그 소설들의 현실 재현 능력이나 현실 연관성은 재고되어야 할 것이다. 칸트의 말을 빌 것도 없이, 시간과 공간은 인간 존재의 절대적 제약 조건이다. 노스탤지어는 인간의 이러한 존재론적 구속을 어떤 환상이나 정신적 비약을 통해 해소하고자 하는 시도이다. 거기에 모더니티의 변화된 시간관, 즉 직선적(linear) 역사 발전의 진보적 시간관이 결합될 때 노스탤지어는 기독교적 내세론을 대체하는 새로운 목적론적 유토

추측한다. 후속 작업을 기대한다. 또한 이글에서는 노스탤지어와 젠더의 관계도 충분히 언급하지 못했다. 낭만주의적 텍스트에서 노스탤지어는 에로티시즘과 깊이 연관된다. 이 문제도 역시 후속 연구를 기약할 수밖에 없다.

피아의 환상으로 등장한다. 지금까지 살펴 본 이기영의 소설들은 대체로 이런 맥락 아래 있는 것이었다. 그것이 리얼리즘의 정신과 공존할 수 없는 것임은 자명하다.

그러나 이 자명성은 아마도 우리가 1930년대나 40년대로부터 수십년의 세월을 격해 있음으로써 갖게 된 불로소득성 지혜일지도 모른다. "밤하늘의 별을 보고 길을 갈 수 있었던 시대는 행복하였다"고 말했던 한 맑스주의자의 소설에의 희망도 이제는 한낱 관념적 총체성에의 노스탤지어에 지나지 않는 것으로 치부하게 된 시대의 우리는 그것의 허망함과 미망을 말할 수는 있을지언정, 그 허망함에 몸을 던졌던 사람들의 진정성을 비난할 자격을 갖고 있지는 못할 것이다. 환멸은 노스탤지어보다 더 무서운 질병일지도 모른다.

(2006)

우울한 형 / 명랑한 동생

중일 전쟁기 '신세대 논쟁'의 재독(再讀)

역사적 사실 및 그 인식도 구상력에 기초하여 신화로 형성
되는 것이다 …… 여기에서도 가진 자에게는 점점 더 주어진
다. 인류의 기억은 망은적(忘恩的)이지만, 감사하는 경우에는
도가 지나치게 감사하며, 과거의 모든 작은 제단들을 다 없애
고는 가장 큰 기념상만을 꾸미는 것이다. …… 역사적으로 존
재한다는 것은 신화가 형성되는 것이며, 사물이 지상으로부터
이른바 천계(天界)에로 올려지는 것, 즉 사실(matter of fact)의
세계로부터 형상(image)의 세계로 올려지는 것이다.

－三木 淸, 『構想力の論理』(1939)

세상이란 어떤 때임을 막론하고, '진리'에 빙자하야 범행되
어지는 '잘못'의 박물관에 不外하다.

－안함광, 「현대의 특질과 문학의 태도」(1939)

1. 문제의 제기

식민지 말기 조선 문단의 가장 유력한 종합문예지였던 『인문평론』 1940년 2월호는 '신세대론'을 특집으로 내세웠다. 1939년 10월에 창간된 이후 두 번째의 특집이었다. 「세대론의 진의」라는 권두언과 함께 철학자 김오성의 논문 「신세대의 정신적 지표」를 앞세운 '신세대론' 특집은, 작가 김남천의 「신진 소설가의 작품세계」, 시인 오장환의 「방황하는 시정신」, 시인 김광균의 「서정시의 문제」 등의 논문으로 구성되어 있다. 그뿐만이 아니다. 창작란 역시 '신세대 특집'으로 꾸며졌다. 박노갑의 「무가(霧街)」, 정비석의 「삼대(三代)」, 김동리의 「혼구(昏衢)」, 김영수의 「밤」 등, 이른바 신인들의 단편소설이 '신세대 특집'이라는 표제 아래 한꺼번에 실려 있다.

이 사실은 당대 조선 문단의 주요 의제였던 이른바 '신세대론'에 『인문평론』지가 깊이 개입하고 있음을 보여준다. 지난 일 년, 즉 1939년 벽두부터 본격적으로 시작된 '신세대 논쟁'에서 주요한 논객으로 활동했던 김오성은 이 특집의 첫머리를 장식하는 「신세대의 정신적 지표」라는 글에서 "신세대론은 신세대 자체에서 제기된 것이 아니고, 낡은 세대에 속하는 사람들에 의하여 제기"되었다고 선언한다. '낡은 세대'란 김오성 자신을 비롯한 30대의 문인들을 가리키는 것인데, 이것은 "육당·춘원 등으로 대표되는 제1세대, 경향문학의 제2세대, 그리고 그 이후의 신세대"라는 구분법에 따른 것이다. 김오성에 따르면, 낡은 세대가 '신세대론'을 제기하게 된 이유는 다음과 같다.

　그들의[30대-인용자] 앞에 '우연'히 나타난 '사실의 세기' …… 그들로서는 그것을 정의적(情意的) 또는 육체적으로 담당할 수는 없게 된 것이다. 여기서 그들은 신세대를 부르는 것이다. 아직껏 아무런 곳에도 정열을 쏟아본 적이 없는 젊은 세대에게 이제 사태의 담당을 위촉하려는 것이다. …… 지성과 육체와의 분열에서 고뇌하는 우리 30대는, 이것을 신세대에 의해서 통일을 바라보려는 것이다.[1]

　일찍이 경향문학에 몸담았던 30대들은 이제 격변하는 시대현실을 받아들일 감수성도 정열도 없다. 새로운 전환기는 "한번 가졌던 정신적 지주를 상실한" 30대보다는 "정신적 지주가 준비되어 있지 못한" 신세대에 의해서 담당되어야 한다. 30대는 이러한 신세대를 '대망'하면서, 신세대의 새로운 정신적 지표를 찾아내는 데에 협력하고 지원해야 할 것이다. 김오성의 견해는 대체로 이와 같이 요약할 수 있다.

　한편, 권두언 「세대론의 진의」는 훨씬 더 선언적인 방식으로 '신세대론'이 제기된 "배후의 사정"을 설명한다.

　현재는 모든 부문에 있어 역사의 전환기라 한다. 전환기란 구질서가 기양(棄揚)되고 신질서가 건설되려는 과도기를 말함이다. 이때를 당하여 구질서를 창조 내지 유지하여 오던 구세대가 퇴장하고 신질서를 건설할 운명에 있는 신세대의 등장이 요망된다는 것은 당연한 일이다. 새로운 질서에는 새로운 사고양식이 필요하고 새로운 사고양식은 새로운 세대에만 기대할 수 있기 때문이다. 이것이 세대논의가 보여준 하나의 중요한 점이다.[2]

---

1) 김오성, 「신세대의 정신적 지표」, 『인문평론』, 1940. 2, p56. 인용문은 모두 현대 표기법으로 바꾸며 필요한 경우에 한자를 병기한다. 소설의 인용을 제외하고, 앞으로의 인용도 모두 그러하다.
2) 권두언, 「세대론의 진의」, 위의 책, p.2.

그러나 이 말은 물론 구세대의 전면적인 퇴장을 주장하는 것은 아니다. 실은 그 반대다. 즉, "이러한 역사적 전환기에 있어서 구세대가 마땅히 걸머져야 할 역사적 임무"란, "전통을 그 차대(次代)에 주입하는 동시에 그 차대로 하여금 전통을 진전시키는 산파역(産婆役) 내지 지도자"가 되는 것이다. 그러므로, "문화의 첨단에 나서서 새 시대를 걷는 전위"인 신세대와 "반성하고 정리하고 질서화 하는 전통의 임무"를 맡은 구세대가 서로 협력하여 "무엇인가를 새로이 창조시키려 하는" 이 전환기는 "위대한 창조의 전야"인 것이다.

'지성과 육체의 분열에서 고뇌하는 우리 30대', '새로운 사태를 대함에 스스로 자기의 무력을 폭로하게 된 30대'라는 비관적 심정과 '위대한 창조'를 떠맡은 새로운 시대의 문화 담당자라는 낙관적 열정이 쉴 새 없이 교차하는 '신세대론'의 이 기묘한 착종이 의미하는 것은 무엇일까? 이 논문은 이러한 질문으로부터 출발한다.

동시에, 이 질문은 지금까지 한국 근대문학 연구에서 이른바 '신세대론' 혹은 '신세대논쟁'이 다루어져 왔던 방식에 대한 의문을 포함하고 있다. 신세대논쟁은 흔히 '순수논쟁'으로 알려져 왔다. 종래 비평사의 통상적인 이해 방식에 따르면, 구세대를 대표하는 유진오와 신세대를 대표하는 김동리 사이의 '순수논쟁'이 신세대론의 핵심적 의제였다. 그에 따라, 신세대론에 대한 종래의 비평사적 연구는 주로 김동리를 중심으로 한 이른바 신세대 작가들의 문학관이나 미의식을 규명하고, 그러한 새로운 문학관(가령 순수문학론)이 해방 이후 남한 문학에 어떤 방식으로 연결되는가를 설명하는 데에 초점을 맞추어 왔다. 백철의 『조선신문학사조사』(1949)에서 틀이 잡히고 김윤식의 『한국근대문예비평사연구』(1976)에서 공고하게 된 이 패러다임은 이후 별다른 변화 없이 현재까지 지속되는 것으로 보인다. 이 점에 대해 우선 간략하게 서술하기로 한다.

신세대 논쟁에 대한 최초의 문학사적 언급은 백철의『조선신문학사조사』에서였다. 백철은 이 책에서「순수 논의와 신인의 경향」이라는 표제 아래 자신 역시 관여되어 있는 이 논쟁의 추이를, 유진오와 김동리 사이의 '표현 문제를 둘러싼 문학 기술상의 차이' 정도로 간략하게 축소시켰다.3) 그 이후 김윤식은『한국근대문예비평사연구』의 한 장(章)을 '세대론'에 할애하면서 이 논쟁의 전모를 자세하게 복원하였다. 김윤식의 논의는 세대론의 전체적인 면모를 소상하게 밝힌 점에서 이후 연구의 이정표가 된다. 이 책의 중요성은 세대 논쟁의 역사철학적 배경, 즉 '사실수리론'과의 연관을 지적하고, "세대론은 신인과 30대의 논쟁이라 볼 수 없"으며, "신체제를 앞에 놓고 나타난 제2의 모랄론"4)이라고 밝힌 데에 있다. 그러나 역시 유진오-김동리 간의 '순수논쟁' 및 문단 헤게모니를 둘러싼 갈등 등에 논의의 비중이 보다 많이 주어지고, 더 나아가 '사실수리론'의 수용 여부를 잣대로 세대논쟁의 구도를 파악함으로써, 세대론의 역사적 배경과 의미에 대한 모처럼의 소중한 통찰도 상당 부분 빛을 잃고 말았다.

김윤식의 연구 이후, 세대론의 전개를 유진오-김동리 간의 '순수논쟁'으로 단순화 하고, '세대-순수논쟁'이라는 명칭 아래 김동리를 비롯한 신세대 작가들의 '순수문학론'의 의미를 규명하는 연구들이 주류를 이루었다. 한형구는 "신체제 수락설의 논리적 귀결"을 "세대론이 성립된 배

---

3) 백철,『조선신문학사조사』, 백양당, 1949.
4) 김윤식,『한국근대문예비평사연구』, 일지사, 1976, p.385.

경의식의 함정"으로 지적하고 있으나, 김윤식과 같이 이것을 세대논쟁이 빠져 들어간 하나의 '함정'으로 인식함으로써 이 논쟁이 지닌 또 다른 문학사적 의미에 눈감고 있다. 그 대신에 그는 논의의 초점을 신세대 작가들의 '순수문학관' 내지 '미의식'의 규명에 맞추고, 그것을 '탈근대적 지평의 모색'이나 '동양정신으로의 회귀' 혹은 '문화적 민족주의'로 설명함으로써, 결국 '순수문학론의 해명'이라는 세대론 연구에 있어서의 전통적인 연구방식을 정초하였다.[5] 김윤식과 한형구의 연구 이후, 세대론 연구는 그러한 연구방식의 보다 강화된 혹은 속화된 형태를 보여주고 있다. 신세대 작가의 문학관을 '프로문학에 대한 거부'로 규정하면서, "프로문학에 대한 편견과 거부감"을 지닌 "왜곡된 순수주의가 신세대의 문학관 속에 내재되어 있었기 때문에 식민치하라는 현실의 문제에 상대적으로 등한시"하게 되었다는 결론에 이르거나,[6] 김동리의 순수문학론이 "대다수의 문인들이 친일의 길로 나서는 계절에 신체제론에 대한 비판과 거부의 입장을 천명한 것"으로 "큰 의의를 지닌 것"이라고 평가하거나,[7] "문학의 자율성에 대한 신념에 기반한" "주체적 미의식에 대한 모색"이라고 읽는 것[8] 등이 그러한 연구 경향의 대표적인 사례에 속한다.

이것은 모두 사태의 사소한 측면을 과도하게 과장한 결과라고 나는 생각한다. 1939년 벽두부터 1년 남짓 진행된 세대론에서 이른바 유진오―김동리 간의 '순수논쟁'이라는 것은 극히 지엽말단적인 사안, 혹은 저널

---

5) 한형구, 『일제 말기 세대의 미의식에 관한 연구』, 서울대 박사논문, 1992 참조.
6) 강진호, 『1930년대 후반기 신세대 작가 연구』, 고려대 박사논문, 1994, p.173.
7) 유양선, 「세대―순수 논쟁과 김동리의 비평」, 『한국근현대문학과 시대정신』, 박이정, 1996, p.212.
8) 서재길, 「1930년대 후반 세대논쟁과 김동리의 문학관」, 『한국문화』 31집, 2003, p.165.

리즘의 센세이셔널리즘이 만들어낸 스캔들 이상의 수준을 넘지 못하는
것이었다.9) 이것을 '세대-순수논쟁'으로 규정하는 것은 그러므로, 축소
라기보다는 오히려 과장이다. 사태가 이렇게 된 데에는 두 가지 요인이
작용한 것으로 생각된다. 첫째는 해방 후 최초의 문학사였던 백철의 『신
문학사조사』의 영향이다. 앞서 말했듯이, 이 책에서 세대론은 유진오와
김동리 사이의 '순수문학'을 둘러싼 논쟁으로 축소(혹은 과장)됨으로써 그
등장 배경이 된 역사적·정치적 문제들은 모두 지워지고 말았다. 「시대
적 우연의 수리」나 『전망』 등의 문제적 에세이와 소설을 통해 이 논의에
깊숙이 개입했던 백철 자신의 행적 또한 은폐 되었는데, 아마도 이것이
『신문학사조사』에서 세대론이 그렇게 처리된 근본적인 이유였을 것이다.
또 하나의 요인은 해방 후 김동리가 지닌 남한 문단에서의 막강한 영향
력으로부터 비롯된 것이다. 김동리를 중심으로 한 남한 문단 주류의 '순
수문학론'에 대한 이론적 규명은 그에 대한 옹호자, 비판자 모두에게 필

---

9) 세대론 혹은 세대논쟁이 정확히 언제부터 시작되었는가를 말하기는 어렵다. 이원조의 「신
   인론」이라는 글이 조선일보에 게재된 것은 1935년 10월 10일의 일이지만, 신세대론의 본
   격적인 논의는 1939년 1월 10일 유진오의 「조선문학에 주어진 새 길」이 동아일보에 발표
   됨으로써 시작되는 것으로 보아야 하지 않을까? 그렇다하더라도, 이미 임화의 「세대교체
   와 문학외적 힘」이 그 전해인 1938년 7월에 조선일보에 발표되었고, 세대론을 촉발시켰
   다고 할 수 있는 백철의 문제의 논문 「시대적 우연의 수리」가 발표된 것도 38년 12월의
   일이다. 시작이 언제였거나 간에, 신세대론은 1939년 벽두부터 해를 넘겨 1940년 5~6월
   까지 지속되었고, 이와 관련된 문헌만도 수십 편을 넘는다. 이 문헌들을 차례대로 통독하
   다 보면 유진오와 김동리 사이의 논전이란 이 논쟁에서 결코 핵심적인 사안이 아니었음
   을 알 수 있다. 우선 김동리의 글은 「문자우상」(1939. 4), 「순수이의」(1939. 8), 「신세대의
   문학정신」(1940. 2), 「신세대의 정신」(1940. 5) 정도에 지나지 않고, 그 내용도 과도하게
   감정적이고 극단적인 언사로 일관하고 있어 논리적인 체계를 갖추었다고 보기는 어렵다.
   김환태와 안함광이 이 논쟁을 거드는 몇 편의 글을 썼고 유진오는 「대립보다 협력을 요
   망」(1940. 2)이라는 글을 통해 이 논쟁의 무의미함을 선언한 바 있다. 요컨대, 이른바 '순
   수논쟁'은 신세대론의 전개 과정 중에 우연히 불거져 나온 지엽말단적인 시비에 지나지
   않는다는 것이 나의 견해이다.

요한 일이었고, 따라서 '순수문학론'의 발원지인 30년대 후반의 '신세대
논쟁'으로 거슬러 올라가는 것은 자연스런 일이었다. 그러나 현재의 필요
에 따라 과거를 소급해 보는 이러한 시선에 의해 '신세대논쟁'은 당대적
문맥과는 상관없이 오직 '순수논쟁'만이 부각되는 결과를 낳았던 것이다.

　나는 이 글에서, 식민지 조선 문단에서의 이른바 '신세대론'을 중일전
쟁기의 사상사적 맥락에서 다시 읽어보려 한다. 이 다시 읽기를 통해 나
는, '신세대론'에 각인된 식민지 주체[10]의 존재론적 분열과 사상적 회의
를 그려보려 한다. 더 나아가 나는, 그러한 분열이나 회의야말로 실은 피
식민자에게 주어진 (어쩌면 유일한) 행위의 가능성이었다는 것, 문학비평
이나 소설이 그러한 가능성의 장(場)임을 (어쩌면 최초이자 최후로) 보여
주었던 것이 이른바 '신세대론'의 문학사적 의미였음을 주장하고자 한다.

2. 명랑한 동생 ; 버추얼 리얼리티(virtual reality)의 과잉 전략

　정비석의 단편 「삼대」만큼 '신세대론'의 현장을 명료하게 보여주는 자
료는 달리 없을 것이다. 소설은 대학에서 졸업 논문을 준비 중인 '형세(亨
世)'가 '간즈메(罐詰) 회사'의 직원인 '미례(美禮)'의 아파트에서 눈을 뜨는

10) 여기서의 '식민지 주체'라는 말은 식민지적 조건 하에서의 어떤 통일된 주체의 존재를
　　전제하는 것이 아니다. 오히려 그 반대이다. 피식민자에게 분열은 운명이다. 이 분열을
　　끝까지 밀고 나가는 데에서만 그는 자신의 주체성을 유지할 수 있다. '식민지 주체'란
　　그러므로 실현될 수 없는 유예된 허구의 존재이다. 그러나 그 허구를 살아감으로써만
　　주체적으로 존재할 수 있는 역설이 '식민지 주체'의 존재 조건이다. 식민지에서의 삶을
　　언제나 '저항 아니면 협력'이라는 식의 멜로드라마로밖에는 이해하지 못하는 내셔널리
　　즘의 사고는 이러한 식민지 주체의 존재 조건을 결코 이해하지 못한다.

것으로 시작된다. 형세와 미례는 어젯밤 "이태 동안을 담담히 사괴여 오다가 비로소 처음 잊을 수 없는 인연을 맺"었던 것이다. 이태 동안의 담담한 관계를 유지하여 오던 두 연인이 돌연 급속한 육체관계를 맺게 된 계기는 무엇이었던가? 그것은 "전혀 '전시(戰時)'의 덕분"이었다. 작가는 형세와 미례가 지난 밤 극장에서 보게 된 '뉴스 영화'의 한 장면을 길고 자세하게 묘사한다.

> 수천의 기마병대가 맹렬한 기세로 광야를 정벌하면서 돌연 스크린의 한복판으로 질풍같이 나타났다. …(중략)… 정복의 의욕에 물닐줄을 모르는 기마와 병사는 멀리 산위의 적을 목표로 우뢰같이 휩쓸며 매진한다. 말은 대가리를 뒤로 번쩍 제치며, 삼킬듯이 아가리를 헤벌이며 잔뜩 내솟고 네굽을 볼새없이 놀리면서 공중을 나르는듯, 땅에서는 난데없는 흙연기만이 태풍같이 뭉게인다. …(중략)… 광막하든 황무지가 눈결에 정복되자 마즌편에 웃뚝 마주서는 것은 험악한 산악이었다. 저 「산악의 반항」을 기마병들은 어떻게 처리하나 하고 후世가 주먹을 불끈 부러쥐어 보고있는 동안에 달내는 대오(隊伍)의 중복판의 한사람이 기다랗게 번득이는 칼을 높이 뽑아들며 뭐라고 호령을 하자 …(중략)… 말들은 앞발을 번쩍 들며 놀랍게도 험악한 산을 향하여 덤벼오른다. 말발굽치에 채여 돌이 윙윙 나러나고, 바위가 급전직하로 굴러 떨어지고 그래도 기마병대는 아랑곳 않고 상봉으로 상봉으로 산을 휩쓸며 올라간다. 나포레옹의 알프스 정벌인들 저렇기야 험악했을까. 후世는 정복의 아름다움에 정신을 송두리째 뽑히며 보고있는 동안에 기마병대는 수월히도 산의 반항을 정복하고 상상봉에 올랐다.

기마병대가 "상상봉에 일장기를 꽂는데서 끝나"는 이 뉴스 영화의 박진감 넘치는 묘사에서 키워드는 '정복의 아름다움'이다. 들판을 박차고 바위를 굴리며 산 정상을 향해 뛰어오르는 기마병대의 질풍 같은 기세를 주인공 형세는 "정신을 송두리째 뽑히며" 바라보고 있다. "정복의 찬란한 아름다움"에 매료된 그는 "이상한 흥분"과 함께 "괜스리 팔다리가 수물거렸던 것이다." 함께 영화를 본 애인 미례도 그 점에서 예외가 아니다. '정복의 아름다움'을 말하는 형세에게 그녀는 '피정복의 상쾌함'을 설파한다.

「그래, 보는 사람이 그만치 감동될젠 실상의 병사들은 얼마나 상쾌한 것일가」

「그보다두 전 피정복자의 입장에서 생각해 봤어요. 정복이 그만치나 철저한 것이라면 정복되는 편으로도 오히려 상쾌할 것 같았어요! 찬란이라는 문구의 참된 뜻을 오늘에야 알아보았어요!」 하며 亨世를 빤히 쳐다보는 미례의 눈에는 고혹적인 광채가 어리여 있었다.

그렇게 "고혹적인 광채로 빛나는 미례의 눈에서" 형세는 "또한번 정복의 쾌감을 맛보며 말다리같이 굼틀거리는 자기의 사족을 느끼었다." 마침내 형세는 "기마를 달래듯 미례를 달래어 미례의 아파트로 오게 되었든 것이다." 만주 벌판의 고지를 '정복'하는 일본 기마대의 말발굽 소리가 식민지 청춘 남녀의 성적 관능을 자극하는 이 보기 드문 장면에서, 우리의 관심은 물론 "정복, 피정복의 쾌감"에 사로잡힌 남녀의 염사(艶事)에 있는 것은 아니다. "전시(戰時)의 덕분"에 유발된 이 발랄한 성적 관능이 모종의 정치적인 것에 깊숙이 접속되어 있다는 것, 특히 중일전쟁의 개시와 함께 식민지 조선에서 새롭게 재편되어가는 지적·사상적 지형의 한 면모, 즉 '신세대론'의 전말(顚末)을 이 소설이 날카롭게 드러내고 있다는 점이 중요한 것이다. 지금부터 그 점을 살펴보기로 하자.

미례와의 '상쾌한' 관계와는 달리, 형세를 우울하게 하는 것은 "탕건을 눌러쓰고 밤낮 사랑간에 도사리고 앉아서 사서삼경만 숭상하고 있는 아버지"와 "한때에 투사이든 형 경세(經世)", 그리고 "곰처럼 비굴해 보이는 안해 정숙(靜淑)"이 살고 있는 자신의 집이다. 이 소설을 '신세대론'의 충실한 묘사로 읽게 하는 것은 우선 주인공과 그의 형 '경세(經世)'11)와의 관계이다. 다음의 대목은 특히 주목할 만하다.

> 經世가 새로운 사실에 아연실색하는 반면 亨世는 농간없는 형을 비웃으면서 새날을 환영하지 않을 수 없었다. 누구는 三十년대와 二十년대 사이에 언어가 통치 않는다고 했지만 亨世의 생각으로는 오히려 문제의 출발점부터 부인하고 싶었다. 왜냐하면 오늘에는 벌써 三十년대의 언어는 二十년대에게는커녕 三十년대인 그들 자신에게까지 통치 않을 것이니까. 아니 언어란 언제나 질서를 설명할 수 있는 것이지 결코 무질서까지를 설명할 수는 없는 것이니까.

"누구는 삼십년대와 이십년대 사이에 언어가 통치 않는다고 했지만"이라고 할 때의 그 '누구'가 유진오를 가리키는 것임은 당대의 독자라면 누구나 알 수 있는 일이다.12) 요컨대, 작가는 여기서 주인공 형세의 눈과

---

11) 경세와 형세의 한자(漢字)가 작가의 의도적 작명(naming)임을 짐작하기는 어렵지 않다. 세상을 '다스릴' 經世는 실패하고 몰락했다. 반면에 세상에 '형통한' 亨世의 앞길은 찬란하고 희망에 차 있다.

12) '신인작가들이 30대의 고뇌를 전혀 이해하지 못하여 동시대 작가 간에 서로 언어가 통치 못하고 있다'고 말한 유진오의 「'순수'에의 지향」(『문장』, 1939. 6)은 '신세대논쟁'을 점화시킨 논문의 하나다. 김동리의 「순수이의」(『문장』, 1939. 8)는 유진오의 이 글에 대한 즉각적인 반발로 쓰여진 것이다.

입을 빌어 당시의 주요 의제인 '신세대론'에 직접적으로 개입하고 있는 것이다. "새로운 사실에 아연실색하는" 형과 "형을 비웃으면서 새날을 환영"하는 동생의 뚜렷한 대비도 이 소설이 신세대론을 염두에 두고 씌어진 것임을 알려준다. 뿐만 아니라 이 짧은 서술 속에 등장하는 '사실', '질서', '무질서' 등의 용어 역시 당대 초미의 정치적 담론과 깊숙이 연관된 것이다.

"붉은 사상의 세례를 받은" "왕년의 투사"인 형이 동생 앞에 신문기사를 내밀며 "구주정세"에 관한 의견을 묻는 장면에서, 우선 둘의 대화를 묘사하는 작가의 지문을 눈여겨보자. "經世는 둔탁한 표정으로 생각에 잠겨 버린다." "經世는 입을 다문 채 아무 말이 없다." "經世는 다시 말이 없었다." "형은 아무런 댓구도 없이 천치같이 펄작히 주저앉아서 눈만 무겁게 떴다 감았다 하였다." "經世는 그대로 입을 꽉 다물어 버리고 만다." "형은 굳은 침묵의 껍질 속에 사족을 가들어치고 만듯하였다." 네 페이지 이상에 걸친 형과 동생의 긴 정치적 논쟁에서 형인 경세의 태도는 시종일관 이와 같다.

결국 대화는 "經世가 입이 무거워졌음을 차라리 현명타고 생각"하는 동생 형세의 일방적인 주도로 진행된다. 오늘의 '사실'은 '운명'이고 '운명'은 '필연'이다. 따라서 "일초도 유여없이 달려오는 현실의 힘"을 부정하거나 피하기보다는 긍정하면서, "오늘을 가장 즐겁게" 살아가는 것이 '사실' 앞에 마주 선 지식인이 가져야 할 태도라는 것이 동생의 주장이다. 과감하고 거칠 것 없는 동생의 주장 앞에 '천치같이 주저앉은' 형, 그러한 형을 바라보는 동생의 시선은 사회적 낙오자를 바라볼 때의 연민과 우월감이다.

경세는 다시 말이 없었다. 형세는 형의 옆얼굴을 바라보며 가만히 앉아 있었다. 허나 형세는 몹시 유쾌하였다. 그는 형의 묵묵부답하는 태도를 지식의 패부[패배─인용자]로 돌렸다. 리론적으로 싸운다면 형이 저보다는 월등하게 배승할 줄 알면서도 형세는 거이 생리적으로 형에게 우월감을 느끼었든 것이다.

오갈 데 없는 패배자가 되어 버린 형과는 달리, 동생 경세는 '찬란한' 유쾌함에 들떠 있다. 그에게는 모든 것이 '찬란하다.' 산을 휩쓸고 올라가며 '상상봉에 일장기를 꽂는' 일본군 기마대의 모습은 "오직 정복의 찬란한 아름다움"만을 안겨 줄 뿐이며, 폭격으로 아수라장이 되는 중국 도시의 현장 역시 "파괴의 운동을 찬란하게 계속"하는 것으로 비칠 뿐이다. 심지어 이제는 경멸과 비웃음의 대상으로 전락한 형 경세마저도 일종의 '찬란한' 종말을 맞는 것으로 그려진다. 소설의 결말에서 형 경세는 행방불명되는 것으로 처리된다. 형세는 형의 실종에 대해 다음과 같이 말한다.

촉탁같은 것으로서는 성이 차지않아 좀더 엄청난 세계로 뛰어들었을 형을 생각하면 형세는 무척대고 그 세계가 찬란하게 여겨졌다. 허나 그 순간 웬일인지 그 찬란한 세계라는 것이 핏득 自殺이라는 두자로 바뀌어 생각되었다. 형은 혹시 자살한 것이나 아닐가.

'찬란하게' 자살해 버렸을 형의 세대를 미련 없이 전송해 버린 이 '유쾌한' 동생이 갈 길은 어디인가? 그는, "생각해 보세요! 만드러지는 간즈메라는 게 죄다 제일선의 용사들의 찬거리가 되는게거든요. 그러니까 이를테면 우리두 싸움의 한목을 담당한 병사인 셈이예요."라고 말하는 애

인 미례와 함께, "광막한 북지의 벌판에 선 개척자의 한사람으로서의 영
웅적인 환상을 그려보면서" 만주로 떠난다. 소설은 다음과 같은 서술로
끝난다. "형세에게는 오직 앞길만이 환하였다."

　이 거침없는 명랑함과 쾌활함은 어디에서 유래하는 것일까? 혹은 어떤
것을 지우고서(erase) 가능해진 것일까? 이 질문에 대답하기 전에, 우선
'구세대의 무력감을 구원해 줄 신세대'에 대한 기대와 대망(待望)이 '신세
대론'의 핵심이었다는 점을 분명히 할 필요가 있다. 다시 말하면 그것은
통상적인 형태의 '신―구 논쟁' 즉, 신세대와 구세대 사이의 세계관이나
이론을 둘러싼 '논쟁'이 아니라, 앞서 김오성의 글에서도 명백하듯이, '무
력감과 절망에 빠진 구세대'가 '신세대를 부르는' 형태, 즉 새로운 정신
적 지표를 찾아 헤매는 구세대의 욕망이 '신세대'라는 기표를 통해 투영
된 하나의 담론 형태였던 것이다.13) 더 나아가 시야를 조금 더 확대해 보
면, 중일전쟁의 발발(1937. 7) 이후, 특히 「코노에(近衛) 2차 성명」(1938. 11.
3)으로 더욱 구체화된, '동아신질서'의 이념에 대한 식민지 조선 문단의
사상적 모색의 한 결과로서 나타난 것이 1939~40년 사이의 이른바 '신
세대론'이었던 것이다. 이 논문은, 주로 신세대론 전개시기에 창작된 소설
들을 '우울한 형 / 명랑한 동생'이라는 구도 아래 분석함으로써 그 문제에

---

13) 그 점은 신세대론을 전개한 거의 모든 논자들에게서 공통적으로 나타나는 인식이다. 김
　오성과 함께 신세대론의 철학적 이론적 배경을 제공했던 서인식의 글에서의 다음과 같
　은 대목을 인용해 둔다. "3, 40대의 인간은 과거의 成見에 붙잡혀서 현대를 여실히 실감
　할 수 없다면 20대의 신인들은 현대를 어떻게 체감하느냐 하는 것이 관심의 대상이 되
　지 않을 수 없다. 낡은 세대의 감성은 현대에 대해서 순결한 처녀성을 상실하였다면 眞
　正眞銘의 자식인 신세대의 감성은 현대의 '게뮤트'를 가장 순진하게 받아들일 수 있을
　것이다. …(중략)… 현대를 알자니 신세대를 알아야 했고 신세대를 알자니 그 정체가 분
　명치 않다. 신세대의 의식을 아는 데서 현대의 일면을 알자는 것이 신세대론이 발생한
　이유가 아닐까 한다." 서인식, 「세대의 문제」, 동아일보, 1939. 12. 1.

접근해 보고자 하는 것이다. 다시 「삼대」로 돌아가자.

동생 형세의 명랑함이 이러한 신세대론에 공명(共鳴)하고 있는 것임은 분명하다. 요컨대 그는, 백철에 의해서 제기된 이른바 '사실수리론'을 그 가장 극단적인 한 켠에서 수행하고 있는 것이며, 동시에 '현대에 대해서 처녀성을 상실한 낡은 세대의 감성 대신에 현대의 게뮤트를 가장 순진하게 받아들일 수 있는 신세대의 감성'(서인식)을 드러내 보이고 있는 것이다. 우리는 이 시기 소설들에서, 과거의 사회운동으로부터 패퇴(敗退)하여 우울하고 실의에 찬 나날을 보내는 '형'을 대신하여 새롭게 등장하는 명랑하고 건실한 '동생들'의 명부(名簿)를 만들 수도 있을 것이다.14)

형세와 함께 '명랑한 동생들'의 명부의 첫 칸을 다툴 또 다른 인물로는 단연코 백철의 소설 「전망」(『인문평론』, 1940. 1)에 나오는 '김형오(金荊午)'의 아들 '영철'을 꼽을 수 있을 것이다. '신세대론'을 그대로 소설화한 이 작품에서 구세대의 표본인 전향 마르크스주의자 김형오는 자살로 생을 마감한다. 소설의 전반부는 김형오가 자살에 이르기까지의 전말과 그 전말을 보고하는 화자(김형오의 친구이면서, 작가인 백철 자신을 연상시키는) '백(白)'의 서술로 이루어진다. 매우 긴 분량의 소설이지만 메시지는 분명하다. 즉, 이 소설은 "아세아의 무대 위에 열린 하나의 역사적인 광경" 앞에 선 전향 마르크스주의자들, 다시 말해 구세대의 선택을 직접적으로

---

14) 김남천의 소설이 가장 좋은 예에 속한다. 대충 꼽아보아도, 『낭비』에서의 이관형의 동생 이관국, 『사랑의 수족관』에서의 김광준의 동생 김광호, 「길 우에서」의 화자의 친구의 동생인 K 기사, 「바다로 간다」의 김준호 같은 인물들은 모두 "사회운동에 물불을 가리지 못하던" 구세대가 퇴장한 이후 '형'의 세계를 비판하면서 새롭게 등장하는 신세대의 전형들이다. 명랑하고 씩씩하고 건실한, 심지어는 "늘씬한 체구"(「바다로 간다」)를 지니기도 한 이 '동생들'에게 '구세대'인 작가-화자가 느끼는 감정은 간단치 않다. 그리고 바로 이 점에 김남천의 작가적 고투가 아로새겨져 있다.

묻고 있는 것이다. 자기 자신을 "낙오자", "패배자"로 낙인찍는 김형오는 중일전쟁 발발의 뉴스를 접하고 다음과 같이 말한다. "이것은 근래에 없던 하나의 역사적인 장면이 분명하다. 내 눈 앞에는 어떤 새로운 광명이 떠오르는 것 같다." 김형오의 친구인 화자 '백'의 감격은 그보다 더하다. 중일전쟁의 보도를 접하고 그는 "눈앞에 허무러저 내려가는 그 지나의 낡은 성문의 광경"을 그려보며 "명랑하고 화려한 근대의 새 건설"을 생각한다. 여기까지는 둘 사이에 어떤 차이도 없다. 그러나 김형오는 자살한다. 이유는 간단하다. 그는 중일전쟁의 발발에서 느꼈던 흥분과 감격을 더 이상 지속하지 못한다.

> 나의 앞에는 지금까지 보지도 못한 커다란 새로운 대륙이 눈앞에 찬란한 광경으로 날아간다. ―아세아. …(중략)… 나는 이 사변을 좀더 지리적으로 조사하고 역사적인 어떤 의미를 거기서 찾으려고 하였다. 하나 이 사실을 리성으로 정리하려는 순간 지금까지 호수와 같이 밀여왔든 흥분이 갑자기 내 주위에서 물너가는 것을 느낀다. …(중략)… 나는 여기서 마지막으로 어떤 희망을 발견해야 한다. …(중략)… 그런데 역시 나중까지 아무 광명을 찾을 수 없는 것이 이상하다. …(중략)… 대체 이것은 웬 일일까? …(중략)… 나는 벌써부터 이 시대에 낙오가 된 자가 아니냐? 지금 내 감각은 마치 여러해 묵고 식어빠진 찬 재(灰)와 같이 아무 정열도 받아드릴 능력이 없다.

새 시대의 '사실'을 '광명'으로 받아들일 것인가, 아니면 낙오자가 되어 쓸쓸히 역사의 무대에서 퇴장할 것인가, 메시지는 이와 같이 간단하다. "지성과 육체의 분열에서 고뇌하는 30대"(김오성)의 분열된 자화상을 그리면서 어디로 갈 것인가를 묻는 이 소설은 김오성이 표현한 대로 "이 시대에 대한 建白書"15)이다. 물론 제안자인 백철 자신의 답변은 단호하고 명료하다. 그 답변이 바로 김형오의 아들인 '영철'의 형상이다. 열두 살 먹은 소학교 학생 '영철'에게 부여된 이상적이고 영웅적인 이미지는 대단히 비현실적인 감각으로 둘러싸여 있지만, 이 시기 신세대론의 정신 구조를 드러내는 하나의 표본이기도 하다.

김형오의 퇴장과 함께 새로 소설 무대에 등장하는 영철을 묘사하는 화자의 태도는 한마디로 '황홀감'이다. 수학과 이과(理科)의 천재이며 "기계와 같은 정확한 계산"과 "실증" 정신의 화신인 이 소년에 대한 작가의 묘사는 거의 종교적인 숭배의 수준에 이르고 있다.

> 그 소년의 얼굴이 크로즈업이 되어 내 눈을 육박해 올 때에 소년의 존재는 나의 약한 시력 앞에 태양과 같이 황홀했다. 이 순간은 내가 분명히 살아있다는 生의 회복과, 역시 살아있기를 잘했다는 生에 대한 기쁨을 동시에 깨달은 신비스러운 비약의 순간이었다. 크로즈업된 그 소년의 표정에는 지금까지 내 생활에선, 그리고 김형오의 생활에서도 볼 수 없는, 하나의 새 시대를 상징한 生의 약동을 느꼈다. 그 소년은 모도가 새것이다!

"시대의 앞을 거러가는 저 소년들의 행렬"을 통해 화자는 "이번 사변에 참례하고 미래를 내다보는 것이다." '나'는 영철을 통하여 "동양의 찬란한 미래를 꿈꾸는 것이었다. 그것은 내게 있어 화려한 전망이었다." 이 것이 「전망」의 궁극적인 메시지였다.

그런데, 새 세대를 상징하는 소년 영철에 대한 묘사와 그를 통한 '전망'은 무언가 심한 과장과 비약으로 채색되어 있다는 느낌을 금할 수 없

---

15) 김오성, 「신세대의 문제—'전망'을 중심으로」, 『조광』, 1940. 4.

다.16) 새 시대의 주인공들을 지배하는 이 엄청난 '황홀감', '찬란함', '명
랑함', '상쾌함' 등의 근거는 무엇일까? 앞서 나는, 정비석의 「삼대」에서
의 쾌활함과 명랑함은 어디에서 유래하는 것인지, 그것은 무엇을 지우고
서(erase) 가능해진 것인지, 하는 의문을 제기했다. 그 질문은 백철의 「전
망」에도 역시 유효하다. 이제 그 질문으로 돌아가자.

이 두 소설에서 주인공들을 흥분과 감격으로 몰아넣는 사건인 '지나사
변'이 뉴스 영화 혹은 신문이나 라디오의 보도를 통해 전달된다는 점에
우선 주목하자. 「삼대」의 주인공 형세는 "한가로운 기분으로" 들른 극장
에서 전황을 전하는 뉴스 영화를 우연히 보고 "숨을 헐떡이며" 빠져드는
것이다. 「전망」의 두 인물, 즉 김형오와 '백'에게도 중일전쟁의 뉴스는
인생을 바꾸는 중요한 계기이다. 그런데 김형오가 이 뉴스를 접하는 것
은 거리의 신문호외를 통해서이며, 화자인 '백'은 라디오의 '급보'를 통
해 전쟁 발발 사실을 접한다. 많은 지면을 할애해서 그는 전쟁 보도 뉴스
를 일지(日誌)처럼 자세하게 전하기도 한다. 그런데, 그들은 무엇에 흥분
하는 것일까? 전쟁은 정말 그들의 일이었을까?

「전망」의 화자는 '그렇다'고 답한다. "전쟁! 그것은 우리들 삼십전후의

---

16) 김오성은 그 점을 정확히 지적하고 있다. 「전망」은 신세대론에 획기적인 공헌을 이룬
작품임은 분명하지만, 30대를 미숙한 영웅심의 소유자들로 그림으로써 30대의 역사를
유린했다는 점, 새 세대의 전형으로 제시된 영철의 경우에도, '실증적 분석적 정신'만이
강조되고 지나치게 낙관적이고 신비에 가까운 감격으로 그려진 점은 불만이라는 것이
다. 김오성의 글의 중요성은 이른바 '신세대론'이 사실은 아무런 실체를 가지지 못하는
것임을 고백한 데에 있다. 구세대는 새로운 시대를 담당할 능력을 잃었고 신세대는 정
신적 지주를 갖지 못했다. 그렇다면 "지금까지의 신세대론은 무용한 것이 아닐까? 그렇
다!"고 그는 말한다. "우리는 우리 30대의 동생 계열에서보다는 차라리 자식 계열에서
새 세대를 바라봄이 옳은 것이다." 김오성, 위의 글. 한편, 「전망」에 대해서는 신진 비평
가 정의호가 「신세대와 신진작가」(조선일보, 1940. 2. 10)에서도 그와 유사한 지적을 한
바 있다.

사람들에겐 처음으로 체험하는 시대적인 한 경험"이라고 그는 말한다. 러일전쟁이나 일차대전은 자신들이 어렸을 때 일이거나 너무 멀리서 벌어진 일이었기 때문에 실감할 수 없었던 사건인 반면에, 지금의 전쟁은 "바로 내 주위와 신변에서 체험"하는 일이다. "이 세대에서 우리들은 이만한 역사의 야심을 본 일이 없다. 이번 전쟁은 그만한 역사적인 첫 경험이다." 그러나 이 '역사적 첫 경험'의 실상이란 무엇인가? 당연한 말이지만, 식민지 조선의 지식인인 그에게는 이 전쟁을 '체험'할 어떤 기회도 주어지지 않는다. 그가 '신변에서 체험'하는 '전쟁'이란, "냇가의 모래밭에 누워서 한가롭게 세월을 보내려고" 할 때 "냇가 가까이 있는 철로가를 통하여 바로 내 눈 앞을 지나"가는 군용열차의 음향과 열차를 따라가며 만세를 부르는 아이들의 소리, 깃발을 흔들면서 답례를 하는 군인들의 모습, "오후의 맑은 하늘을 울리면서 폭풍과 같이 지나"가는 비행기의 대오 같은 것들이다. 그런데 놀랍게도, 그가 "처음으로 체험하는 시대적인 경험"인 이 전쟁은, 그 자신의 표현에 따르더라도, 하나의 "착각"일지 모른다. 다음 문장에 주목하자.

그저께나 어제 여길 지나간 군대는 지금쯤은 전장에 나아갔으려니 지금 간 군대도 내일쯤은 그 전쟁에 나가려니 이런 생각이 자기에 일같이 생각된다. 그렇게 생각을 하니 그 전쟁의 산천을 울니는 포성과 총소리가 여기까지 들닐 것 같다. 사실 나는 각금 북쪽을 향하야 귀를 기우리고 그 전장의 음향을 들으려고 했다. 그러면 <u>정말 북쪽에서 포성이 은은히 귀에 울려오는 것 같고 혹은 내 착각 같기도 해서 그것을 분간하기 위하여 좀 더 전 신경을 몰아보면 도리혀 정신이 아득해져서 분간할 수가 없다.</u> (강조-인용자)

이 '역사적 첫 경험'은 어쩌면, 아니 확실히, '착각'("정신이 아득해져 분간할 수가 없다.")이라고 그 스스로 말하고 있는 것이다. 물론 그는 그것이 착각이 아니라 사실이기를 간절히 바라고 있다. 전황 뉴스보도를 일지(日誌) 형식으로 세세하게 전하는 것은 그 때문이다. 보다 많은 정보는 이 전쟁에의 '체험도'를 보다 높일 것이 틀림없다. 그러나 기껏해야 할 수 있는 것은 '전해 듣거나 보는 것'뿐이다. 화자가 특별히 빛, 소리, 시력(視力) 등의 묘사에 집착하는 것은 이유가 있는 것이다. 새 시대의 상징 영철의 등장을 묘사하는 장면은 이 '역사적 체험'에 대한 화자의 진술이 일종의 주관적 가상(假想)으로부터 발원한 것일지도 모른다는 추측을 가능케 한다.

> 나는 극장에 앉아 영화를 보고 있을 때마다 영화의 수법 중에서 페이드·인만치 신비롭고 상징적인 것은 없다고 감복하는 예가 많았으나 이때에 그 소년이 내 눈앞에 나타난 것은 훌륭한 페이드·인의 한 장면이었다. 그 소년의 얼굴이 크로즈업되어 내 눈을 육박해 올 때에 소년의 존재는 나의 약한 시력 앞에 태양과 같이 황홀했다. …(중략)… 그 전에는 역시 내가 김형오와 가까이 생활한 때문에 가까운데서 오는 빛깔의 반사 때문에 내 눈은 맞은편에서 오는 다른 빛깔에 대하여 시력을 잃고 있었다. 그것이 지금 형오의 존재가 내 시야에서 물러가자 그 동시에 이번은 반대편에서 오는 광채에 내 눈이 황홀해졌다.

중일 전쟁기 일본, 중국, 조선의 비대칭적 관계 속에서 '동아신질서'의 구상을 둘러싸고 벌어졌던 담론실천의 차이들을 분석한 차승기에 따르면, '전쟁 경험에서 분리된 총후의 병참기지로서의 식민지 조선'이라는 조건, 즉 '전쟁 참여로부터도, 권리로부터도 분리된' 조선에서 중일전쟁

은 엄밀히 말해서 '남의 전쟁'이었다. 이러한 조건 속에서 동원과 희생만
이 의무로서 강요될 때에 여기에 개입해 들어가는 담론 전략의 하나가
'과잉(excess)' 전략이었던 것인데, 그것은 지배자의 "헤게모니 담론을 의
도에 거슬러 '오독(誤讀)'함으로써 정치적인 공간을 개시하고자 하는 전
략"17)이었다.

그렇다면 이제 저 과도한 명랑성이 이해된다. 전황 뉴스를 보거나 듣
고 흥분하여 감격에 빠지는 「삼대」와 「전망」의 인물들은, '참여로부터도,
참여에 따른 권리로부터도 배제된' 식민지 지식인이 결국 이런 식의 버
추얼 리얼리티(virtual reality)를 통해서만 전쟁을 '체험'할 수 있었던 현실
을 보여주는 것이다. 과장과 비약은 이 안에서 마음껏 허락되는 것이다.
그뿐만이 아니다. 앞서 말했듯, '과잉'이나 '오독'은 지배자의 의도를 고
의로 초과함으로써 자신의 권리를 확보하고자 하는 식민지에서의 담론
전략의 한 양상이기도 하다. 그렇다면, "냇가에 한가로이 누워" 지나가는
군용열차를 보며 (자기 스스로도 혹시 착각이 아닌가 의심하면서도) 그것
을 굳이 "전쟁 체험"으로 강변하는 식민지 지식인에게서 이러한 '의도적
오독의 의도'를 읽을 수는 없는 것일까?18)

그러나 아무튼, 이 가상의 세계를 통해 얻어진 과도한 명랑성, 황홀감
이 눈앞의 실제 현실을 지운다는 사실을 주목해 보자. 다시 말해서, 영화

---

17) 차승기, 「추상과 과잉」, 『상허학보』, 21집, 2007, p.283.
18) 중일전쟁과 신세대 '영철'의 등장을 통해 '동양의 찬란한 미래에 대한 전망'을 흥분에
    넘치는 톤으로 전하는 화자가 또 한편 다음과 같이 말하는 것은, 소설 속에서 거의 눈
    에 띄지 않는 것이지만, 그렇기 때문에 더욱 간과할 수 없는 대목이기도 하다. "나는 이
    전쟁을 참되게 바라보려는 視力이 희미해지는 것을 느낀다. 하여튼 내가 현재 사변을
    바라보는 태도는 흥분과 과장이 상당히 섞여있는 것은 스스로 느낀다. 여기서 자기의
    생각을 중지하고 얼마동안 靜觀靜思의 시간을 가져야겠다."

나 라디오 같은 대중매체를 통해 얻어진 버추얼 리얼리티의 감각은 실제
의 현실을 능가할 뿐 아니라, 오히려 실제의 현실을 움직이고 바꾸는 강
력한 요소로 작용한다는 것이다.[19] 신형기는 총력전 시스템과 멜로드라
마를 다룬 한 논문에서 "중심이 사라지고 흩어진 혼돈의 심연 위에서 성
스러운 도덕과 새롭게 만나는 가능성을 꿈꾸"는 멜로드라마의 상상력이
1930년대 총력전의 발판이 되었음을 지적한 바 있다. "스스로 멜로드라
마의 주인공이 된 대중들의 파토스가 총력전 체제를 형성하는 요소로 작
용"했던 것이다.[20]

이러한 지적을 염두에 두고 '명랑한 동생들'을 다시 한 번 살펴보자.
앞에서 여러 차례 확인했듯이, 「삼대」의 주인공 형세의 눈과 귀는 만주
벌판을 휩쓰는 기마병대의 질풍 같은 '힘'에 쏠려있고, 「전망」의 화자 역
시 전황 뉴스를 통해 전해지는 "명랑한 꿈"에 취해 있다. 그 '힘'과 '꿈'
이야말로 '명랑한 동생들'을 명랑하게 하는 새로운 원리이며 새로운 도
덕이다. 이제 화면 바깥의 현실은 그들에게는 감각되지 않는다. 예컨대,
화면 바깥의 실제 현실을 구성하는 '중국'과 '중국인'은 버추얼 리얼리티
의 감각 속에 빠져있는 이 인물들의 시야에서는 사라지거나 혹은 의도적
으로 삭제된다.[21] 포연에 휩싸인 중국의 도시는 "일견 비참하기 짝이 없

---

19) 버추얼 리얼리티에 의해 얻어지는 이 '명랑성'이 주로 영화, 라디오 같은 새로운 과학
    기술을 기반으로 한 뉴미디어(new media)에 의해 주어지고, '명랑한 동생들'의 형상 또
    한 기술자나 과학자로 그려진다는 점에서 이 '명랑성'은 분명히 새로운 과학기술 이데
    올로기와 깊이 연관되어 있다. 이 문제에 관해서는 매우 깊이 있는 분석들이 이루어졌
    다. 차승기, 「전시체제기 기술적 이성 비판」 ; 정종현, 「사실, 과학 그리고 문학의 신생」,
    『상허학보』, 23집, 2008 참조.
20) 신형기, 「총력전과 멜로드라마」, 『민족이야기를 넘어서』, 삼인, 2003, p.153.
21) 차승기에 따르면, 중일 전쟁기 동아신질서 이념에 대한 조선 지식인의 응전 방식 중의
    하나는 "조선의 이익과 권리를 획득하기 위해 단순히 중국을 침략하고 있는 일본을 긍

으나” “낡은 성문이 허무러지는 것을 그렇게 비관만 할 바는 아니다.”(「전
망」) 폭격으로 아수라장이 되어가는 중국 도시의 모습 역시 “야만적인 행
동이면서도 벌써 결코 야만적이 아니었다.”(「삼대」)

지워지는 것은 ‘중국’과 ‘중국인’만이 아니다. “상기껏 탕건을 눌러쓰
고 사서삼경만 숭상하고 있는 아버지”나 “동물처럼 비굴해 보이는 안해
정숙”이 살고 있는 집, 다시 말해 봉건적 현실이야말로 뉴스 영화의 화면
바깥에 실재하는 형세의 현실이다. 그러나 이 현실은 그에게는 아무런
장애가 되지 않는다. 왜냐하면 그는 이 현실을 그대로 둔 채 떠나버리면
그만이기 때문이다. 집을 나오다가 아내의 시선과 마주치자 형세가 보이
는 행동은 “당황히 외면”하는 것인데, 그것이야말로 눈앞의 현실을 시야
에서 지우는 주인공의 태도를 정확하게 표현하는 말이다. 아내를 외면한
뒤 그는 “영영 이 집에 돌아오지 않으리라고 결심하였다.” 결국 그가 할
수 있는 일은, 실제의 현실을 그대로 둔 채 스스로 멜로드라마의 주인공
이 되는 일이다. 그것은 영화나 라디오 같은 대중매체의 버추얼 리얼리
티의 감각 속에 몸을 맡긴 자에게는 손쉽고 당연한 귀결이다. 화면 바깥
의 현실을 애써 외면하고 버추얼 리얼리티의 감각 속에서 ‘명랑한 꿈’을
꾸었던 것, ‘명랑한 동생’들의 과도한 명랑성의 비밀은 거기에 있었던 것
이다.22)

정하는 데서 그치는 것이 아니라, 중국이 침략 당할 필요가 있음을 긍정”하는 것이었다.
이 과감한 사상적 모험은 물론 애초부터 성공할 수 없는 것이었지만, 그것이 동아신질
서 이념의 내부 모순을 비집고 확보해낸 식민지에서의 정치적 담론공간의 하나였다는
사실을 염두에 두어야만, 일본, 중국, 조선의 비대칭적 관계 속에서 이루어진 사상적 연
쇄를 이해할 수 있다. 차승기, 「추상과 과잉」, p.284.
22) 이 시기 청년들의 명랑성을 결정―주권의 문제와 연관하여 분석한 김수림의 연구는 ‘명
랑한 동생들’이 지워버린 것이 궁극적으로 무엇인지를 말해준다. 김수림에 따르면, 식민

3. 우울한 형 ; 앰비밸런스(ambivalence)의 전략

신세대론은, 앞서 말했듯이, 중일전쟁 이후 '동아신질서'의 이념이 제
창되고 이른바 '신체제'로 전환되어 가는 시점에서, 기존의 이념과 질서
에 대한 효력을 더 이상 기대할 수 없게 된 문학 지식인들이 자신의 혼
돈과 분열을 수습할 수 있는 어떤 새로운 통일적 원리를 모색하던 끝에
도달한 하나의 이론적 출구였다. 그러므로, 신세대론은 당대의 많은 논자
들이 말하듯이, 카프 해산 이후의 다양한 논의들, 즉 주체 재건론, 휴머
니즘론, 고발문학론, 지성론, 교양론 등의 연장선상에 있는 것이었고, 달
리 말하면, 그 논의들을 1939년의 시점에서 신세대론으로 집결하는 것이
기도 했다.[23] 그리고 이러한 과정에서 새로운 질서를 담당할 새로운 인
간 혹은 새로운 세대의 형상이 요구되었던 것이다.[24] '명랑한 동생'의 이

지의 대도시를 무대로 한 이 청년들의 명랑성은 "주권성(sovereignty)의 문제로부터 면제
된 채 이국적인 공간들, 즉 각각의 차이 지워진 도시들을 전시하는 박람회"에서 벌어지
는 유희의 결과이며, "누가 결정하는가, 누가 지배하는가, 누가 지배 받는가, 식민(성)이
란 무엇인가, 주권이란 무엇인가 하는 질문을 해소시켜버림으로써" 가능한 것이었다. 요
컨대, "주권성의 문제가 봉인됨으로써 식민성이 해소된 것이다." 다시 말해서, 명랑한
동생들은 식민지 대도시가 제공하는 버추얼 리얼리티의 감각 속에서 자신이 피식민자임
을 망각했던 (혹은 망각하고 싶었던) 것이다. 김수림, 「제국과 유럽 : 삶의 장소, 초극의
장소」, 『상허학보』, 23집, 2008 참조.

23) 임화는 신세대를 논하는 한 좌담회에서 자신을 포함한 '구세대'를 가리켜 "경향문학 때
는 전연 달랐지만 지금에는 서로 공통된 점이 있"다고 말한다(「신춘좌담회 : 문학의 제
문제」, 『문장』, 1940. 1). 김남천 역시 신인들의 작품을 비평하는 글에서, 유진오와 자기
를 박태원·채만식과 구분하면서, "과거에는 소설문학의 양극단이었는데 서로 가까운
거리로 접근하고 있다"고 말한다(「신세대론과 신인의 작품」, 동아일보, 1939. 12. 19). 이
러한 진술들은 '신세대론'이 근대비평사에서 어떻게 자리매김 되어야 하는 것인지를 생
각게 한다.

24) 최재서의 다음과 같은 언급을 참고할 만하다. "나는 …(중략)… 다음 '제나레이슌'을 두
려워한다. 그것은 그들의 성격이 미지수인데서 오는 불안 뿐만은 아니다. 그들의 성격을

미지는 이러한 요구에 답하는 것이었다.

그러나 물론 모든 동생들이 다 그렇게 과도한 명랑성에 몸을 맡겼던 것도 아니었고, 소설의 중심이 '명랑한 동생'에만 놓여 있었던 것도 아니었다. 신세대론 자체가 시대적 변화에 힘겨워하는 이른바 구세대 자신들에게서 제기되었던 것인 만큼, 이 시기 소설의 중심 역시 그러한 구세대의 자화상을 그리는 데에 집중되어 있었다. 요컨대, '명랑한 동생'의 옆에는 언제나 '우울한 형'이 있었던 것이다. 그런데, 이 우울의 정체는 무엇이었던가?

정비석과 백철이 '명랑한 동생'의 한 극단을 그려냈다면 '우울한 형'의 극단을 그린 것은 아마도 최명익일 것이다.[25] '정열과 이상을 잃어버리고 방황하는 구세대'라는 신세대론의 기본 파토스는 최명익의 단편 「무성격자」(1937)에서 다음과 같이 표현된다.

방황하던 거리에서 피곤한 다리를 쉬이고 할 일 없는 시간을 보내기 위하여 늦도록 티룸에 앉아 있는 때도 있었다. 희미한 전등에 벽에 그려진 바위 같은 자기네의 그림자 밑에 앉아서 턱을 고인 손끝에서 피어오

지금 예단할 수는 없으나 좌우간 우리와는 전연 다른 문학적 기질을 가진 성격이 아닐까 추측된다. 자의식이라든가 자기분열이라든가 그러한 내면적 번민을 갖지 않은 대신 외면적으론 퍽 견고하고 소박하고 또 능동적인 인간이 문학의 중심인물이 되지 않을까 생각된다." 최재서, 「신질서에 대한 새 인간」, 조선일보, 1939. 7. 7.
25) 최명익은 '신세대 작가'로 지칭되었지만, 그의 작품 경향은 '구세대'에 훨씬 가까웠다. 실제의 연령에서도 최명익은 이른바 구세대와 동년배였다. 새로운 시대를 담당할 새로운 세대에 대한 희망적 형상, 즉 명랑한 동생의 형상은 「페어인(肺魚人)」(1939)의 '병수' 같은 예에서 모호한 형태로 등장할 뿐, 그의 소설은 주로 절망과 권태에 빠진 구세대의 자화상을 그리는 데에 집중되었다. 이 사실은 이른바 '신세대론'이 신구 세대 간의 논쟁이라기보다는 구세대가 스스로 제기한 일종의 '자기구원'의 담론이었음을 입증하는 예이다.

르는 담배연기를 바라보며 하품으로 시간을 보내는 젊은이들의 우울한
포즈. …(중략)… 혹시는 먹어도 좋은 술이지만 안 먹은 이튿날이 더 좋아
이렇게 스스로 타이르는 때도 있었지만 안 먹어 좋은 이튿날이 며칠만
계속되면 우울한 날로 변하는 것이었다. 그런 때 물론 또 술을 먹는 것이
지만 권태를 잊기 위한 술이라든가 취하여서라도 잊어야 할 우울이라든
가 하여 자기가 마신 술을 변호하기보다도 이러한 권태와 우울은 오히려
술에 목마른 현상인 듯이 생각되어 어느덧 알코올 중독자가 되지나 않았
는가? …(중략)… 혼탁한 머리와 떨리는 다리로 번잡한 거리를 망령과 같
이 방황하는 것이었다.

"지나치기에는 모든 것이 아까운 시절"을 보내버리고 이제는 권태와
우울에 빠져 세월을 보내는 30대의 청년, 즉 '구세대' 주인공은 위의 「무
성격자」에서만이 아니라, 「비오는 길」(1936), 「역설」(1938), 「폐어인」(1939),
「심문」(1939) 등 그의 다른 소설에도 계속해서 등장한다. 한편 앞서 살펴
본 「삼대」의 '경세', 「전망」의 '김형오'와 '백'을 비롯해, 유항림의 「마권
(馬券)」(1937)의 '만성', 김남천의 장편 『사랑의 수족관』(1939)의 '김광준',
『낭비』(1940)의 '이관형', 「길 우에서」(1939)의 '나', 채만식의 「냉동어」
(1940)에서의 '문대영' 등, 구세대 주인공의 무기력과 우울을 반영하는 소
설들이 이 시기에 줄을 이었다. 이 주인공들이 아마도 '우울한 형'의 계
보를 이룰 것이다.

'우울한 형'들의 공통적인 특징의 하나는 극도의 자기혐오나 자기비하
이다. 김남천의 주인공 이관형의 말에 따르면, 그들 삼십대의 구세대는
"아주 될 대로 되어 버려서 모두 권태와 피로를 경험"하고 있으며, 채만
식의 주인공 문대영에 따르면, 자신은 "폐인이면서 전혀 생활이라곤 없

는” “도무지 한심해 견딜 수가 없는” “아편쟁이”에 지나지 않는 인물이
다. 이 자기혐오의 가장 극단적인 형태를 보여주는 것은 최명익의 「심문」
에 나오는 ‘현혁’일 것이다. 다음의 장면을 보자.

> “김선생, 스스로 나를 모욕하려는 나는 철저히 할밖에 없습니다. ……
> 지금 김선생은 이것이 필요할 것입니다.” 하고 현은 호복 안섶을 뒤져서
> 열쇠 하나를 꺼내어 탁자 위에 놓는다.
> “이것은 여옥이와 내가 하나씩 가진 이 방의 열쇠입니다. 지금 내게는
> 소용없는 것이지만 김선생은 필요할 것입니다. …… 이 열쇠를 사 주시
> 우. 천 원이고 만 원이고, 김선생에게는 필요한 것이니까 사셔야 할 것입
> 니다.” 하고 현은 내 얼굴을 바라보는 것이다.
> …(중략)… 나는 더 주저할 필요가 없음을 깨달았다. 그래서 아까 여옥
> 이가 준 지폐 석 장을 그 열쇠 위에 던졌다.
> “고맙습니다.”
> 현은 많다 적다는 말도 없이, 오히려 의외로 많은 돈에 버럭 탐이 난듯
> 이 덥석 움켜쥐고
> “이것으로, 내 자신을 모욕할 대로 해서 만족합니다. 자, 나는 갑니다”
> 하고 현은 도망이나 하듯이 문밖으로 나가버렸다.

하얼빈의 매음굴에서 “계집이 벌어다주는 돈으로 아편을 먹는” 아편중
독자로 전락한, “한때 좌익이론의 헤게모니를 잡았던”, “주목되던 이론분
자 현혁”의 자가모멸은 이 장면에서 극에 달한다. 물론 이 장면에서의 등
장인물들은 현혁의 행동, 즉 애인인 ‘여옥’을 돈을 받고 넘기는 이 행동
이 그의 진심이 아님을 잘 알고 있다. 그러나 중요한 것은 그가 “스스로
나를 모욕하려” 하고 있으며 “내 자신을 모욕할 대로 해서 만족한다”고

말한다는 점이다.

우울(melancholia)과 비애(mourning)의 차이를 통해 '우울'을 치료해야 할 정신질환의 하나로 규정한 한 기념비적인 논문에서 프로이트는, '우울'의 특징으로서 '자책(self-reproach)'을 거론한다. 어떤 대상을 상실한 데에서 유발되는 비애와 우울은 모두 고통스런 절망감, 바깥 세계에 대한 애정과 관심의 중단, 아무런 활동도 하고 싶지 않은 무력감 등을 초래한다. 그러나 비애에는 없고 우울에만 있는 것은 '자존심의 저하'이다. 우울증 환자는 자기비난과 자기모욕(self-reviling)을 일삼고 마침내는 스스로 처벌 받기를 바라는 망상에까지 이른다.

> 우울증 환자는 비애에는 결여되어 있는 다른 것, 즉 극도의 자존심 위축, 극도의 자아(ego)의 빈곤을 보인다. 비애의 경우 빈곤해지고 공허해지는 것은 바깥 세계인 반면에 우울의 경우에는 자아가 그렇게 된다. 환자는 자신의 자아가 하찮고, 어떤 일도 해낼 능력이 없고, 도덕적으로 비열하다고 주장한다. 자기 자신을 비난하고 욕하고, 추방되거나 벌을 받기를 기대하기도 한다. 그는 누구 앞에서든 자기 자신을 비하한다.[26]

정도의 차는 있겠지만, 이 시기 '우울한 형'들에게서 공통적으로 드러나는 것은 바로 이 극도의 자아 위축과 자기비하이다. 「심문」의 현혁의 경우는 이것이 극대화된 사례일 것이다. '낙오자', '패배자', '무능력자' 등은 신세대론을 제기한 구세대가 스스로를 가리키는 가장 전형적인 단

---

26) Sigmund Freud, "Mourning and Melancholia", *The Standard Edition of The Complete Psychological Works of Sigmund Freud—Vol, XIV(1914-1916)*, translated by James Strachey, The Hogarth and The Institute of Psycho-Analysis, London, 1957, p.246.

어들이다. 그러나 자기비난이나 자책이란 또 한편 자기를 방어하기 위한 하나의 수단이다. 이들은 무엇으로부터 자기를 방어하려는 것일까?

그 점을 살펴보기 위해서는 먼저, '우울한 형'들을 지배하는 또 하나의 공통적인 키워드, 즉 '권태'와 '무기력'에 대해서 말해야 할 것이다. '신념도 이상도 잃어버린' 구세대의 일상을 지배하는 것은 권태뿐이다. 『낭비』의 이관형은 원산 송도해수욕장의 "별장 이층에 번뜻이 자빠누어 혼수상태를 헤매고" 있고, 은행가의 애첩인 최옥엽은 "늘어지게 권태에 지쳐" 있다. 「냉동어」의 주인공 문대영 역시 "묵은 책력" 같은 권태롭고 무기력한 나날을 보낸다. 열정과 희망에 들뜬 '명랑한 동생'들과는 정반대인 '우울한 형'들의 이러한 권태는 유항림의 소설 「마권(馬券)」에서는 서사의 기본적인 플롯을 이룬다. "사유(思惟)의 결과는 절망"이라고 부르짖는 주인공 '만성'은 돈 90원을 금융조합과 은행과 우편소에 나누어 넣어 두고, "금융조합과 우편소에서 십원씩 꺼내다 은행에 저금한다. 또 그 이튿날은 은행에서 육십원을 찾어내다 우편소와 금융조합에 저금한다. 늦잠을 자고나서 그 세 곳을 단겨오면 비용드는 일도 없이 하루해가 곳잘 지나갔다."

권태나 무기력(lethargy)은 죽음에의 공포와 통한다. 그것은 혼수상태(lethargy)이며 치명적(lethal)인 것에 관련된다. 죽음을 초래하는 치명적인 것은 공포를 부르고, 공포는 무기력을 낳는다. 일찍이 이상(李箱)이 그려내었듯이, "권태"로운 인간은 "무서워하는" 인간이다. 그러므로, 새로운 시대 앞에서 쉴 새 없이 무기력과 권태감을 토로하는 이 '구세대'의 인물들은 실은 공포 앞에 마주 선 인물들이다. 최재서는 "나는 우리와는 전연 다른 다음 '제네레이션'을 두려워한다."고 말한다(각주 24 참조). 김남천의 단편 「길 우에서」는 신세대를 부르는 구세대의 의식 속에 '공포'가 자리 잡고 있음을 보다 분명하게 보여준다.

> K 기사 같은 청년은 연세로는 불과 사오년의 차이지만, 우리와는 딴 세대(世代)를 이루고 있는 것은 아닐까. 우리와는 아무런 공통된 사색도 경험하지 않으면서, 다른 개념과 범주를 가지고 세계를 해석하고, 통하지 않는 술어로 이야기 하는 것은 아닐까? 하는 생각에 부뜰리자, 뜻하지 않았던 <u>공포를 새삼스레 느끼게 되는 것이었다</u>. (강조－인용자)

과거 사회운동에 투신하다가 이제는 죽거나 사라진 '형'의 뒤를 이어 새롭게 등장하는 '동생'은 김남천의 소설에서 동일한 인물의 변주(變奏) 형태로 자주 등장하는데(각주 14 참조), 위의 인용에서 구세대인 화자 '나'는 신세대인 'K 기사'에 대해 느끼는 감정을 명백히 '공포'로 표현하고 있다. 경춘선 철도 공사를 지휘 감독하는 임무를 맡고 있는 'K 기사'는 노동자의 생활 상태를 묻는 '나'의 질문에 대해 "인도주의란 한편으로 생각해 보면 일종의 센티멘탈리즘이 아닐까요?"라고 답한다. 요컨대, 과거의 사회운동은 신세대인 'K 기사'의 관점으로는 한낱 센티멘탈리즘에 지나지 않고, 거기에 목숨을 바쳤던 형과 같은 구세대는 "비극의 주인공"일 뿐이다. 화자는 다시 "두려움 비슷한 감정"을 느낀다. 그는 무엇이 두려운 것일까? 화자는 'K 기사'로부터 작은 병 속에 든 애완용 자라를 선물로 받는다. "자라의 입장에서 인도주의를 따진다면 그건 확실히 우스운 일이 아닐까요?"라는 말과 함께. 그것은 아마도 '우스운 일'로 끝나버리고 만 구세대의 이념을 빗대는 말이었을 것이다. 화자는 자라가 든 작은 병을 소중히 안고 버스에 오른다. 소설은 다음과 같이 끝난다.

　　내가 한참동안 병속을 물끄럼히 바라보고 있을 때, 차는 급커어브를 돌
며, 박퀴로 돌덩이를 넘는지 한번 커다랗게 빠운드를 하였다. 몸의 자세
를 잡노라고 얼겁결에 의자를 부뜰새도 없이, 한손에 들었던 병이 창문
창살에 부러져서 깨어지고, 내가 허겁지겁 하는 통에 병은 갈라져서 팔소
매와 무릎에 물과 모새가 쏟아지고, 자라는 두놈은 창문밖으로, 한놈은
구두 코숭이 밑으로 굴러 떨어져 버렸다. 깨어진 유리 쪼박을 부뜬채「스
톱 해주!」 하고 부르짖었으나 …(중략)… 차는 귀담아 들을 턱이 없었다.
나는 다시 외쳐볼 기력도 없어서, 한참 어쩔줄을 모르고 깨어진 유리를
들고 멍청하니 앉아 있었을 뿐이었다.

　　이 상징적 장면의 의미는 명백해 보인다. 그가 소중하게 들고 있는 작
은 병, 비록 조소의 대상으로 전락하긴 했으나 그로서는 들고 갈 수 밖에
없는 그 작은 병은 요동치는 버스의 흔들림 속에서 산산조각 나고 만다.
달리는 버스를 멈출 수 없듯이, 질주하는 시대의 변천을 막을 길은 없다.
공포는 바로 그것이었다. '사실의 세기', 발레리가 우울한 톤으로 예견했
던 야만의 시대, 무질서의 시대는 명백하게 '공포'로 다가왔다. 식민지
종주국에서 '동아신질서' 이념의 주창자들은 발레리의 페시미즘을 '동아
의 통일'이라는 낙관론으로 전유했다.27) 식민지 조선의 문학은 '명랑한
동생'의 이미지로 거기에 공명했다. 그러나 공포는 실제의 현실이었고 그

---

27) 발레리의 '사실의 세기'에서의 페시미즘이 동아신질서 이념의 이데올로그들에 의해서
'희망'으로 전유되는 과정은 미키 기요시(三木 淸)와 카와카미 테츠타로오(河上徹太郎)
등이 참여한 좌담회「二十世紀とは如何なる時代か」(『文學界』, 1939. 1)에서 찾아볼 수
있다. 미키 기요시는 "동양인에게는 아직 그만큼 깊은 페시미즘이 없고, 오히려 페시미
즘에 빠져있는 서양문화에 대해 동양으로부터 새로운 빛을 부여할 수 있다는 희망을 가
질 수 있다"고 말한다. 이 문제에 대한 자세한 분석은 차승기,「'사실의 세기', 우연성,
협력의 윤리」,『민족문학사 연구』, 2008 참조.

공포 앞에서 할 수 있는 것은 아무 것도 없었다. 이 치명적(lethal) 공포는 권태(lethargy)를 낳았고, 권태의 주인공들은 끝없는 우울에 시달렸다. 그렇다면 우울의 한 증상이었던 자기비하가 무엇을 방어하기 위한 것이었는지는 짐작할 만하다. 그것은 "파멸의 공포"(「심문」)를 안겨주는 질주하는 시대로부터 자아를 보호하기 위한 무의식적 반응이었던 것이다.

그러나, '우울한 형'의 세계를 단지 야만의 시대에 대한 공포와 그로부터 유발된 무기력과 자기비하로만 설명하는 것은 지나치게 피상적인 관찰일 것이다. 이 우울을 특별히 문제적이게 하는 특징은 달리 있는 듯하다. 나는, 상실 대상에 대한 나르시즘적 자기 동일화(narcissistic identification)와 애증병존(ambivalence)이 '우울한 형'의 세계를 이루는 중요한 특징이라고 생각한다. 간략하게나마 그 점을 살펴보자.

신세대론을 의식하고 쓰여진 채만식의 「냉동어」에서 작가이자 잡지사 편집장인 주인공 문대영은 구세대를 표상하는 인물이다. 그의 말에 따르면 그는 "삐뚤어진 빈 집에서 홀로 거주하는 몰락한 귀족"이며 "인간 세상에서 용납지 못할 유령"이다. 스스로를 "생활도 신념도 잃고" "세대의 룸펜, 즉 거지"가 되어 "묵은 책력"처럼 살아가는 인간이라고 말하는 그는 자신의 존재 근거인 문학에 대해서마저 흥미를 잃고 있다. 다음의 대화를 보자.

> 「문선생, 인전 소설 영 안 쓰세요?」
> 「좀처럼……」
> 「왜 그러세요? 무슨 이유루다가……」
> 「아무 이유두 없는 이유……」

「내, 온! 그렇거시믄 어떻거세요!」

    …(중략)…

「이유없는 이유래두!」

「하아! 그리 말고요! 좀, 그 심경 좀 들읍시다!」

「단 한마디루, 응?…… 내가 어디루 가 버리구 없는데, 누가 문학을 하나?」

왜 더 이상 소설을 쓰지 않느냐는 잡지사 후배들의 질문에 주인공이 답하는 이 장면은 우울의 메커니즘과 관련하여 매우 흥미로운 생각의 단초를 제공한다. 다시 프로이트의 설명에 따르면, 애착의 대상을 상실한 우울증 환자의 상실감은 또 다른 대상으로 대체되는 것이 아니라, 오히려 자신의 자아(ego)로 옮겨진다. 즉, 대상 상실(object-loss)이 자아 상실(ego-loss)로 바뀌는 것이다. 상실의 고통을 호소할 때에 그는 잃어버린 것이 다른 무엇이 아니라 바로 자기 자신임을 말하고 있는 것이다(“내가 어디루 가버리구 없는데, 누가 문학을 하나?”).28) 요컨대. 그는 잃어버린 대상에 자신을 동일화 하는 것이다. 그러므로 그는 자신의 우울증을 유발한 대상에 대해서는 더 이상 관심이 없다. 이제 그는 바깥세계에 대한 모든 흥미를 잃고 시선을 오직 자기 자신에게로만 돌린다. 우울증의 특징을 이루는 이 나르시즘적 자기동일화에서 자아는 극도로 위축되고 분열되는데, 그것은 또한 이 소설에서 중요한 기능을 하는 요소이기도 하다.

자아 속에 갇힌 분열된 주체에게 결여된 것은 행동이며 과잉된 것은 관념이다. 그런데 때는 바야흐로 ‘행동’의 시대가 아닌가. ‘지성과 육체의 분열에서 고뇌’하고 있다고 스스로를 규정하면서 선뜻 ‘사실의 세기’에

---

28) Sigmund Freud, *op. cit.*, pp.247~249.

몸을 던지지 못하는 자신들의 우유부단을 꾸짖는 '구세대'의 자기비판이 '신세대론'의 한 축이었음을 상기해 보자. '내가 없는데 누가 문학을 하겠느냐'는 자아 상실감에 빠진 문대영에게 주어진 '행동'은 젊은 여인 '스미코'와 함께 동경으로 떠나는 것이다. 그러나 결정적인 행동의 순간을 끊임없이 지연시키거나 무산시키는 자아 상실의 관념은 이 우울한 인물의 나르시즘적 자기동일화가 지닌 의외의 정치성을 다음과 같이 보여주고 있다.

> (간다……, 동경으로……, 저걸 따라서……, 내일……)
> (쯧! 가는거지!)
> 대단히 쉬웠다.
>
> ···(중략)···
>
> (그만 둬?)
> (쯧! 그만 두지!)
> 또한 쉬웠다.
> 아무리 생각해야, 내일 저 여자를 데리고 구태여 동경으로 꼭 가잘 필요와 이유를 발견할 수 없었다.
> (그러면, 고만 두나?)
> (쯧! 고만 둬도 좋지만, 또 고만 두면 무얼 하나?)
> (그러면, 가는 거지!)
> (고만 둬도 고만이고……)
> (안 고만 둬도 또 고만이고……)
> 꼭 같았다.
> 가지 말 조건과 내력이 없으니 가는 것이었다.
> 마찬가지로, 갈 필요와 이유가 없으니 안 가는 것이었다.
> 그러므로 결국은, 가면 가는 것이 善이요, 반대로, 안 가면 안 가는 것

이 蒜이었다.

　따라서 결론은, 내일 여자와 더부러 동경으로 간다는 것이었다. 그러나
또 한 가지, 내일 여자를 데리고 동경으로 가지 않는다는 것이었다.

　"이것은 유예미결이나 주저가 아니라, 아무렇게 해도 상관이 없다는
하나의 버젓한 결정"이라는 주인공의 말은 이 소설 전체를 일관하는 그
의 태도라고 보아도 틀림이 없을 것이다. 그런데 이러한 태도는, 이 소설
의 또 다른 표면 즉, 시국의 요구에 응답하는 어떤 행동에의 투신, 예컨
대 "새로운 건설을 앞둔 중원 천지의 어마어마한 무대와 행동들"로 뛰어
들어가는 스미코의 결단 같은 것을 지극히 부조화한 것으로 비틀어버리
는 효과를 가져오는 것이다. 다시 말해, '가도 그만, 안 가도 그만, 아무
렇게 해도 상관이 없다'는 주인공의 나르시즘적 자기동일화가 유지되는
한, 스미코의 행동은, 혹은 더 나아가, '사실의 세기'가 끊임없이 촉구하
는 행동은, 그가 '신세대'에 대해 느끼는 감정, 즉 "뒤가 없고 끝이 명랑"
하고 "패기와 정열"에 넘치는 것이기는 하지만, "흥! 천민들이! …… 저
게 요샛날, 고작 젊은 것들이 안고 늘어지는 세계람?" 하는 멸시의 대상
으로 전락할 수도 있는 것이었다. '우울한 형'의 나르시즘은 뜻밖에도 그
런 정치성을 암시하고 있는 것인지도 모른다.

　한편, 문대영에게 우울을 유발하는 것은, 이제는 "현실을 떠난 전설이
요 아무짝에도 소용이 닿지 않는 우상"으로 치부되는 사회주의 이념의
상실이다. 스미코의 말에 따르면, 그 이념은 "아편"이며 스미코 자신 그
아편의 중독자였던 것이다. 그녀는 아편을 떼 보려고 동경을 떠나 낯선
서울로 와서 역시 한때의 '아편 중독자'였던 대영을 만나 연애를 한다.

이 '아편'의 은유는 우울의 메커니즘을 놀랍도록 정확하게 표현하고 있다. 우울에는 대상에 대한 애정과 증오가 공존한다. 우울증 환자는 상실 대상에 대한 나르시즘적 자기동일화 속에서 애정과 증오의 앰비밸런스를 최대한 즐긴다.[29] '우울한 형'의 세대가 잃어버린 것은 사회주의 이념인데 그들은 일찍이 거기에 중독되었다. 이제, 아편은 사라졌지만 중독은 남았다. '빠지고 싶다'는 매혹이 커질수록 '버리고 싶다'는 혐오도 커지는 상태, 그 앰비밸런스의 극단이 중독이다. 우울증 환자는 대상에 대한 이러한 앰비밸런스에 놓여 있다. 그렇다면 우울증 환자, 즉 아편 중독자가 할 수 있는 일은 무엇인가? 최명익의 「심문」에 나오는 아편 중독자 '현혁'의 답변은 이러하다.

> 허무한 미래로 사색적 모험을 하기보다는 거짓 없는 과거로 향하는 것이 현명하다는 것이다. 그러기에는 아편 연기 속에서 지난 꿈을 전망하는 것이 얼마나 황홀하고 행복스러운지 모른다.

"아편 연기 속에서 지난 꿈을 전망하는" 이 극도의 나르시즘은 모든 것을 부정하면서 또 동시에 모든 것을 긍정한다. 「냉동어」의 문대영 식으로 말하면, "가면 가는 것이 善이요, 안 가면 안 가는 것이 善"이다. 페티시적(fetishist) 부인(否認)의 경우에 어린 아이는, 환상을 버리고 현실을 받아들여야 한다는 요구와 그것을 부인하고자 하는 욕망 사이의 갈등 끝에, 그 어느 것도 하지 않거나, (한편으로는 자기가 현실을 받아들였다는 증거를 부정하고, 또 한편으로는 심술을 부리는 척 하면서 결국은 현실

---

29) ibid., p.251.

을 긍정하는 식으로) 그 두 가지를 동시에 해버린다.[30] '아편 중독자'인 '우울한 형'들의 세계가 그러하다. '사실의 세기'의 압도적인 위력 앞에 서 그들은 부정과 긍정의 동시적 공존이라는 전략을 택했다. '우울한 형' (부정)의 옆에는 언제나 '명랑한 동생'(긍정)이 있었다. 요컨대, 그들은 '조 울증' 환자였던 것이다.[31]

4. 맺음말

1937년 7월 중일전쟁의 발발 이후 식민지에서의 정치·사회·문화적 변화는 전례 없이 급격한 속도로 진행되었다. 「국민정신총동원실시요강」 의 발표, 「국가총동원법」의 공포, 「국민정신총동원 조선연맹」의 결성 등 이 전쟁 발발 일 년이 채 안 되는 기간 안에 이루어졌고, 내선일체 정책 에 따른 각종 시스템의 전면적인 변화, 예컨대 제3차 조선교육령의 발표 에 따른 조선어 교육의 축소와 일본어 상용의 권장(1938), 조선인 특별지 원병 제도(1938), 창씨개명(1940)의 실시 등, 차별의 기본 구조를 그대로 온존·은폐하면서 한편으로는 식민지의 인적·물적 자원을 전쟁 수행의 목적에 맞추어 동원하는 사회 구조의 재편성이 숨 가쁘게 진행되었다.

식민지 조선의 문학은 이러한 변화에 어떻게 대응하였는가? 이 질문에 대한 하나의 답변을 시도해 본 것이 이 논문의 내용이었다. 앞서 말했듯

---

30) Giorgio Agamben, The Lost Object, *Stanzas,* University of Minnesota, 1993, p.21.
31) "우울의 가장 뚜렷한 특징은 그것이 정반대의 증세, 즉 조증(燥症, mania)으로 바뀌는 경 향이 있다는 점이다." Sigmund Freud, *op.cit.*, p.253.

이, 카프 해산 이후 주체 재건론, 고발문학론, 휴머니즘론, 지성론, 교양론 등으로 다양하게 전개되던 문학사상적 담론들은, 이른바 '동아신질서론'의 등장과 더불어 '신세대론'으로 수렴되면서 창작과 비평에서의 새로운 경향을 추동해 내었다. 지금까지 살펴 본 바와 같이, 신세대론을 통해 이 시기 식민지 조선의 문학 지식인들은 "깨어지고 부서진"(김남천) 자아의 분열과 혼돈을 그려내었다. 나는 그것이 신세대론의 사상사적 의미라고 생각하고 거기에 적극적인 의미를 부여하는 방식으로 이 시기의 문학사가 다시 쓰여져야 한다고 생각한다. 달리 말하면, 이것은 '신세대론'을 '사실수리론'이나 '신체제론'의 수용 여부로 최종 판단하는 기존의 관점을 수정해야 한다는 뜻이다.

중일전쟁 및 태평양 전쟁기에 제작된 프로파간다 영화를 분석하면서 1919년 이후의 식민지적 정신상태를 멜랑콜리로 파악한 한 흥미로운 연구에서, 이영재는 식민자에게는 도저히 이해되지 않는 피식민자의 '찡그린 무표정'에 대해 논한 바 있다. 예컨대, 일본의 한 영화평론가에게는 해독 불가능의 고통만을 안겨 주었던, 조선영화 「지원병」(1940)에서의 "웃는지 우는지 알 수 없는 찡그린 얼굴로 일관한 배우의 무표정"이야말로 식민지 지식인의 내면 표정에 다름 아니었던 것이다. "이 우울증이야말로 이 영화의 창작주체들이 아무런 설명 없이도 전달 가능했다고 생각했던 공명의 근원"이자, "식민지의 표상 공간 전체를 장악해 버린 무표정과 고통의 근원"을 이루는 "자명한 전제"였던 것이다.[32]

식민자에게는 이해되지 않는, 그러나 피식민자에게는 어떤 설명도 필

---

32) 이영재, 『제국 일본의 조선 영화』, 현실문화, 2008, p.61.

요 없이 자명한 전제로 공명되는 우울증, 여기에 문제의 핵심이 있다. 어쩌면 이 우울증의 유래를 파악하는 데에서 식민성의 비밀, 나아가 그 극복의 실마리가 드러날지도 모른다. 지금 이 글에서의 우리의 주제와 관련해서 말하면, '우울한 형'의 우울증은 단순히 마르크시즘이나 혁명 이념의 상실에서 유래한다기보다는, 그 이념을 절대화한 데에서 온 것이었다. 절대화한다는 것은 주체와 대상 사이에 어떤 간격도 분열도 존재하지 않음을 뜻한다. 마르크시즘이 되었든, 민족주의가 되었든 20년대의 식민지 엘리트들에게 가능했던 것은 그러한 절대화였다. '계급'과 '민족'은 피식민 주체를 어떤 보편성으로 이끄는 절대적 신화일 수 있었다. 그러나 피식민자에게 주어진 '차이'와 '분열'은 어떤 신화로도 해소되지 않는다. 신화는 다만 그것을 일시적으로 은폐하거나 망각케 할 뿐이다. 차이와 분열은 피식민자를 피식민자이게 하는 영원한 잔여(殘餘)이다.

30년대에 와서 드러난 것은 그 은폐되었던 차이와 분열이다. 바꾸어 말하면, 절대화되었던 이념의 절대성이 깨지기 시작한 것이 30년대였다. 김남천은 자신의 카프 시절을 가리켜, "그 때엔 확실히 자기 분열 같은 것에 나의 작가적 정열은 매혹되지 않았다. 나의 정신은 행복하여 여러 가지의 영웅을 창조하면서 안재(安在)하였다"고 썼다.[33] 그러나 이제 그는 "김남천의 가운데 폭로된 두 개의 분열"에 대해 언급한다.

> 채만식과 김남천의 대조보다도 오히려 채만식의 가운데 나타난 두 개의 부조화, 김남천의 가운데 폭로된 두 개의 분열, 이렇게 분석해 보는 것이 훨씬 더 자연스럽게 생각되는 것이다. …(중략)… 채만식의 「제향날」이

---

33) 김남천, 「현대에 대한 작가의 매력」, 조선일보, 1937. 8. 14.

나 「치숙」에 나타난 작자의 주관적 색조와 「천하태평춘」이나 「탁류」에 나
타난 세태의 세부적 묘사 간에서 분열을 간취하는 편이 채만식 씨의 「소
망」과 김남천의 「가애자(可愛子)」와의 대척(對蹠)을 증명하는 것보다 훨씬
더 수월한 것이기 때문이다.34)

조선 소설을 '세태'와 '내성'으로 나누는 임화의 관점을 비판하면서,
분열을 "두 계열의 작가군에서 찾지 말고 오히려 어느 한 사람의 작가의
내적 분열"에서 찾아야 할 것이라고 지적하는 김남천이야말로 피식민자
의 운명으로서의 분열에 직면한, 조울증에 걸린 '우울한 형'의 전형이 아
닐 수 없다.35)

이와 같이 식민지 엘리트들은 은폐되었던 분열에 비로소 직면했다. 차
이를 지우고 동질화를 강조하는 국가의 목소리가 커지면 커질수록, 피식
민자는 오히려 자신의 차이를 더욱 더 자각하게 된다. 우울증은 깊어진
다. 그러나 자신이 피식민자임을 철저히 자각케 하는 차이와 분열, 그것
에 직면하지 않고는 해방의 열쇠는 주어지지 않는다. 30년대의 사상사적
중요성, '신세대론'의 문학사적 의의는 실로 여기에 있다. '국가총동원법'
이 공포되고, '내선일체' 정책이 시행되고, '조선어'가 공적 영역에서 사
라지고, '창씨개명'이 강요되는 이 시기는 한편으로는, 식민지 조선에서
최초로 '조선적 정체성'에 대한 자의식(自意識), 혹은 자신의 식민성에 대
한 자각이 싹트고 발화하는 시기이며, '조선어'로 글을 쓴다는 것, '조선
이름'을 가졌다는 것이 새삼스럽게 자각되는 시기이며, 일본이 '세계사'

---

34) 김남천, 「세태와 풍속」, 동아일보, 1938. 10. 21.
35) '분열'과 관련하여 김남천의 소설을 분석한 것으로는 필자의 다른 논문, 「'근대의 초극',
『낭비』, 그리고 베네치아」, 『민족문학사연구』, 18호, 2001 참조.

의 주역일 수 있고 조선은 일본의 한 '지방'이라는 것, 그렇다면 '조선적인 것'을 통해 '세계'로 나아가는 것은 가능한가, 불가능한가라는 문제가 처음으로 사유되기 시작하는 시기, 즉 차이와 분열에 직면하는 시기였던 것이다.

이 분열을 벗어나는 길은, 역설적이지만, 이 분열을 끝까지 밀고 가는 것이었다. 분열과 혼란을 봉합하는 어떤 '해방'에의 환상도 거부하고 오로지 분열을 온 몸으로 살아낼 때에만, 비로소 '저항'에의, 그리고 '해방'에의 발걸음은 시작될 것이었다. 그러나 불행하게도 분열의 개시(開示)는 길지 않았다. 조만간 그들의 앞에는 분열을 일시에 해소하고 또 다른 거대한 신화의 세계로 그들을 들어 올릴 찬란한 빛 즉, '근대의 초극론'이 주어질 것이기 때문이었다. 그리고 그 이후의 역사는 우리가 기억하는 바와 같다. '우울한 형'들이 설 자리는 어디에도 없었고, 새로운 건설과 희망에 달뜬 '명랑한 동생'들의 환각이 지속되었다. '해방'은 오지 않았다.

(2009)

동화(同化) 혹은 초극(超克)

식민지 조선에서의 근대초극론

'일본인 – 되기'

'미스터 김'은 미국의 신학교에서 공부하고 있는 조선인 유학생이다. 크리스마스 휴일을 맞아 그는 미국인 친구 헷첼을 따라 그의 고향집을 찾는다. 흥겨운 크리스마스 파티가 열리고 '미스터 김'은 '황인종'을 처음 보는 헷첼 가족의 열렬한 환영을 받는다. 모두들 돌아가며 노래를 한 곡씩 부르는 게임이 시작되고 마침내 '미스터 김'의 차례가 되었다. 우리의 주제와 관련하여 대단히 흥미로운 이슈를 포함하고 있는 다음 장면에 주목하자.

나는 일어섰다. 그러나 무엇을 하리오? 나는 노래를 해 본 일도 다른

재조를 부려본 일도 없었다. 그렇다고 이 자리에서 못한다고 주저앉는 것
은 첫째 대일본 남아의 기상(大日本男兒의 氣象)에 개칠을 하는 것이다.
일본 남아는 어디서든지 못한다고 주저앉는 일이 없다. 그런데 만일 내가
저들 앞에서 아무 것도 못하고 주저앉으면 혁혁한 일본 남아의 기상을
여지없이 깨뜨리는 것이 될 것이다.[1]

'대일본 남아의 기상'을 깨뜨리지 않기 위하여 조선인 유학생 '미스터
김'이 "아메리카 사람들" 앞에서 부르는 노래는 일본 민요 "오오료꼬부
시"[2]이다. 그러나 이 장면의 함축적 의미는 이어지는 다음 장면에서 복
잡성을 더한다. 그는 앵콜 요청을 받고 노래를 한 곡 더 부르는데 그때
그가 부르는 노래는 조선 민요 '양산도'인 것이다.

　　나는 책임을 다 한 줄 알았더니 박수는 자꾸 쏟아지는 것이 재청하는
뜻이다.
　　이왕 내친 김에 못할 것이야 어디 있으리오? 나는 '양산도'를 하였다.
모다 좋다고 떠든다.(30)

보다시피, 1941년에 발표된 이 소설의 주인공에게 조선／일본의 경계
는 사라졌다. 그러나 또 한편, 그 사라진 경계의 흔적은 예컨대, 일본 민
요 '오오료꼬부시'를 부른 후의 주인공의 다음과 같은 심경묘사에 분명

---

1) 임영빈(林英彬), 「어느 聖誕祭」, 『文章』, 1941. 2, p.29. 작품의 인용은 괄호 안에 페이지만
　 을 기록한다. 임영빈은 1900년 생으로 개성(開城) 출신이다. 미국 텍사스 주 달라스의
　 Southern Methodist University에서 문학사와 신학사 학위를 받고 감리교 목사로 일했다.
　 식민지 조선의 가장 유력한 문학 월간지 중 하나였던 『문장』은 1941년 2월호를 「34人 창
　 작특집」으로 꾸몄는데 이 소설은 그 중 하나이다.
2) おおりょっこぶし(鴨綠江節), 다이쇼 시기에 유행하던 일본 속요. 압록강 부근에 일하러
　 왔던 일본인 노동자들 사이에서 불렀다고 함.

히 남아 있다.

> 「오오료꼬부시」를 되던 아니 되던 기운차게 내뽑았다. 그때 조선 사람
> 이 또 하나 그 자리에 있었어도 이렇게 뱃심 좋게 「오오료꼬부시」를 내
> 뽑지 못하였을 것이다.(29)

'황인종'을 처음 보는 미국인들 앞에서 조선인 / 일본인의 경계를 과감
하게 지우는 이 청년의 내면에서 울리는 또 하나의 목소리, '조선 사람이
또 하나 있었다면 이렇게는 못하였을 것이다'라는 이 목소리의 정체는
무엇일까? 동시에 또 다른 질문도 가능하다 : '미국인(=서양인)'이 없었다
면 그는 '오오료꼬부시'를 부를 수 있었을까?'

주지하는 바와 같이, 일본 제국의 식민지 조선에 대한 동화정책은 중
일전쟁(1937) 이후의 이른바 '내선일체(內鮮一體)' 정책에서 그 절정에 이르
렀다. 일본 국가는 외지(外地)의 조선인을 내지(內地)의 '일본 국민'으로 소
환했으며,3) 수많은 조선인들이 그 부름에, 국가의 의도와는 또 다른 의도

---

3) 미나미 지로(南次郎) 총독의 부임(1936)과 함께 전개된 '내선일체' 정책은 '조선 반도 동포
의 황국 신민화를 최대 선결(先決)의 목표'로 삼았다. 중일전쟁의 발발 이후 「국민정신 총
동원 조선연맹」(1938), 「국민총력 조선연맹」(1940)이 결성되고, 각급 사회조직 및 교육기
관에서 궁성 요배, 신사참배, '황국신민의 서사' 낭송 등이 강제되었다. 동시에, 공적 영역
에서 조선어의 사용을 금지하고 일본어를 상용하게 하는 제3차 교육령의 개정(1938), 조
선인의 이름을 일본식 이름으로 바꾸도록 하는 「창씨개명」(1940) 등과 함께 조선인과 일
본인의 결혼을 장려하는 '내선통혼(通婚)정책'도 시행되었다. 그러나 내선일체 정책의 기
본적인 의도와 목표는 조선인에게 일본 국민과 같은 병역의무를 부과하는 일련의 조치들
에서 가장 잘 나타난다. 조선인이 일본 군인으로 지원할 수 있도록 하는 「조선육군특별지
원병령(志願兵令)」(1938)이 공포되었고, 이어서 병역법 개정(1943)을 통해 1944년부터는
조선인에게도 징병제가 실시되었다.

를 가지고, 응답했다. 그리하여 식민지의 요동치는 경계는 전시기(戰時期)에 더욱 흔들리며 뒤섞였다. 이 글에서 나는, 중일전쟁으로부터 태평양전쟁에 이르는 시기의 식민지 조선에서 새롭게 재편되는 정치적·사회적·문화적 경계들에 주목하고자 한다. 식민지의 인적·물적 자원을 총동원하고자 하는 제국의 의도와 그 의도의 틈새를 비집고 월경(越境)하고자 하는 피식민자의 욕망이 교차하는 가운데, 기존의 경계는 어디에서 어떻게 균열을 일으키거나 해체되어 갔는가? 동시에 그 균열과 해체는 무엇을 다시 은폐하였는가? 그리고 이 과정에서 제국으로부터 발신(發信)된 '근대 초극론'은 어떻게 작용하였는가? 이러한 물음들을 중심으로 논의를 진행하고자 한다.

앞서의 미국 유학생 '미스터 김'에게로 돌아가 보자. '다른 조선인이 한 사람 더 있었다면 뱃심좋게 '오오료꼬부시'를 부르지는 못했을 것'이라고는 하지만, 중요한 것은 그에게는 이제 일본/조선의 경계가 더 이상 제국/식민지 혹은 내지/외지의 경계와 일치하지 않는다는 사실이다. 자신을 '대일본 남아'로 선언하는 그는 교회에 모인 미국인들에게 "조선 이야기"를 들려주는 데에 어떤 자의식도 보이지 않는데, 그것이 '대일본 남아'로서 조선 민요 '양산도'를 부르는 것과 같은 심리의 소산일 것임은 말할 것도 없다. 요컨대, 이 인물에게는 이제 '조선=식민지'라는 의식이 존재하지 않는다. 그에게는 '조선'과 '일본'이 '동등하다.' 즉, 그의 의식 속에서 '조선'과 '일본'은 '일본 제국'의 동등한 '지방'으로 간주되며, 그러는 한 그는, "현재처럼 조선에 징병제가 발포되고 '조선 민족'이 아주 주체적인 형식으로 일본 안으로 들어 올 경우, 즉 주체적으로 일본인이 되는 경우라면 지금까지 고정되었다고 여긴 작은 '민족'의 관념은 커다란 관념 속으로 녹아들지 않을까요. 이른바 야마토 민족과 조선 민족이 어떤 의미에서 하나의 일본 민족이 되는 것이 아닐까요”라고 말하는 니시타니 게이지(西谷啓治)나 “조선 민족도 일본 민족이 됨으로써 진정한 역사성을 획득할 수 있다”[4]고 말하는 고사카 마사아키(高坂正顯)보다 앞서서 ‘내선일체’를 수행하고 있는 것일 터이다.

식민 지배자의 의도를 앞질러 나가는 이런 월경 혹은 경계의 무화(無化)는 이른바 내선일체 시기 식민지 조선인들이 보였던 반응 가운데에서 가장 특징적인 것이면서 가장 흔한 것이기도 하다. 이 사실은 그러한 새로운 요구가 비록 식민자에 의해 주어진, 또는 강제된 것이기는 하지만, 또 한편 그것이야말로 피식민자의 오래된 욕망을 강력하게 부추기는 것이기도 했음을 보여준다. 그렇다면 이 적극적이고 주체적인 ‘일본인 – 되기’는 어떤 과정을 거쳐 수행되었는가?

먼저 확인해 두어야 할 것은, ‘동화’라든가 ‘내선일체’ 등과 같은 식민 지배의 정책이 언제나 일관되고 단일한 형태로 진행된 것이 아니었다는 점, 아주 많은 경우 그것은 상호 모순되거나 충돌을 일으키는 것이었고, 따라서 그에 대한 피식민자의 대응 역시 커다란 혼란과 분열을 피할 수 없었다는 점이다. 식민지의 인적·물적 자원을 총력전 체제에 동원하기 위해 식민자가 행한 수많은 약속이나 정책들은 피식민자에게서뿐만 아니라 식민자 내부에서도 강한 반발과 이론(異論)에 부딪치기 일쑤였다. 예컨대, 동화정책을 실현하는 강력한 수단의 하나로서 논의되었던 조선인의 참정권 문제를 둘러싸고 지배측의 내부는 자주 비타협적인 이론(異論)들

---

4) ‘근대의 초극’에 관한 『文學界』의 좌담회와 『中央公論』의 좌담회는 최근에 모두 한국어로 번역되었다. 이경훈(李京塤) 외 역, 『태평양전쟁의 사상』, 이매진, 2007, pp.340~341.

로 소란스러웠다.5) 조선의 전통적인 가문(家門) 제도를 일본식 '이에(家)'의 형태로 통합하고자 하는 '창씨개명' 역시 조선인에게서는 물론이려니와, 일본 정책 당국 내부에서도 강한 반발과 비판을 불러일으키는 것이었다.6)

그러나 지배측 내부에서의 이론이 어떠한 것이었든 간에, 동화정책, 특히 내선일체 정책이 피식민자에게 제국의 일원으로서의 권리와 자격을 약속하는 대신 그들의 피와 생명을 요구하는 것이었음은 분명하다. 이 주고받기(give and take) 게임이 본질적으로 불공정한 것임은 말할 것도 없는 일이지만, 많은 조선인들이 이 게임에서 최대한의 이익을 얻어내기 위해 위태로운 곡예를 벌였던 것 또한 사실이었다. 중일전쟁 이후 해방에 이르기까지 식민지 조선의 사상계는 이러한 곡예들로 점철되어 있다.

---

5) 이른바 '일선동조론(日鮮同祖論)'에 입각하여 철저한 동화정책을 주장했던 인물로는 조선총독부의 외무부장을 역임했던 고마츠 미도리(小松綠)나 1920년대 조선총독부 정보위원회의 위원이었던 오가키 타케오(大垣丈夫) 등을 들 수 있다. 이에 반해 동화정책 및 조선인에 대한 참정권 부여를 격렬하게 비판하고 반대했던 인물로는 경기도(京畿道) 경찰부장을 역임했던 치바 료(千葉了)나 유명한 식민정책학자인 야나이하라 타다오(矢內原忠雄) 등을 들 수 있다. 이 문제에 대한 보다 자세한 설명은 호사카 유지(保坂祐二), 『일본제국주의의 민족동화정책 분석』, J&C, 2002. 참조

6) '창씨개명' 정책은 조선인들로부터도 강한 반발을 불러 일으켰지만, 조선인과 일본인을 구별하는 거의 유일한 가시적 표시가 이름에 있었기 때문에, 이 차이를 없앤다는 것은 일본인들로서도 받아들이기 어려운 것이었다. 특히 치안 당국자들은 조선인에 대한 범죄 단속에 지장을 초래한다는 이유로 가장 강하게 반발했다. 보다 자세한 설명은 미즈노 나오키(水野直樹), 정선태 역, 『創氏改名』, 산처럼, 2008 ; 미야타 세츠코(宮田節子), 『식민통치의 허상과 실상』, 혜안, 2002 참조

조선-일본의 지방화(地方化)

내선일체와 같은 동화정책이 실제로 어디까지 실현 가능한 것이었는가, 내선일체를 주장한 식민 당국자의 진정한 의도와 목표는 무엇이었는가, 하는 등의 의문을 잠시 접어두면, 내선일체란 무엇보다도 기존의 '조선/일본'의 경계의 소멸 혹은 무효화를 선언하는 것이었으며 피식민자에게 그것은 새로운 도박과도 같은 것이었다. 즉, 그것은 오랜 구조적 불평등과 차별로부터의 해방의 가능성을 보여주는 것이기도 했지만, 동시에 이른바 '민족적 특수성'의 영구적 소멸의 위험성을 내장하고 있는 것이기도 했다. '민족'을 걸고 '평등'을 얻는다― 식민지 내셔널리스트들의 손에 들린 패(牌)의 정체는 그러했다.

내선일체 시기 조선 사상계와 문학계의 담론은 지배측으로부터의 이러한 요구를 수용하는 동시에 또 한편으로는 '민족적 특수성'을 보존한다고 하는, 얼핏 보기에는 이중의 모순된 과제를 둘러싸고 전개되고 있었다. 이러한 상황은, '대일본 남아의 기상'을 과시하기 위해 조선 민요 '양산도'를 부르는 앞서의 '미스터 김'의 에피소드에 압축적으로 드러나 있거니와, 내선일체 시기 식민지 엘리트의 정신적 상황을 규정하고 있던 이러한 현실은, 한 논자의 표현에 따르면, '노란 피부, 노란 가면'[7]의 그것에 다름 아니었다.

그리하여 강력한 동화에의 요구, 즉 '조선적 특수성'의 소멸 요구에 대한 식민지 지식인의 대응은, 조선어를 비롯한 모든 조선적인 것을 일체 폐지하고 "일본인 이상의 일본인"이 될 것을 주문한 현영섭(玄永燮, 1907~?)

---

7) 이경훈, 「노란 피부, 노란 가면」, 『대합실의 추억』, 문학동네, 2007.

같은 급진론자를 예외로 한다면, 대체로는 '조선' 혹은 '조선적인 것'을 제국의 시스템 안에 새롭게 위치 짓는 방식, 즉 조선을 '지방화'(=향토화)하는 방식으로 나타났다. '식민지 조선'을 '일본 제국'의 한 '지방'으로 배치함으로써 '식민성'을 지우고 '조선적 특수성'을 보존한다는 전략은 조선을 '대륙병참기지'로 설정한 제국의 이해관계와도 정확히 맞아떨어지는 것이었다.[8]

이러한 사정을 가장 잘 보여주는 것은 중일전쟁기 조선에서 크게 발흥한 '조선학'일 것이다. 19세기 말~20세기 초에 시작된 '조선학'은 여러 다양한 흐름과 경향을 거쳐 1930년대 중반, 특히 중일전쟁기에 가장 왕성하게 전개되었다. '조선학'이 근대적 학문 체계로서 아카데미즘 안에 자리 잡은 이 시기는 해방 이후 한국의 내셔널리스트들에 의해 흔히 '민족문화를 수호한 국학진흥의 시기'로 불리고 있지만, 사실상 "조선학은 제국의 정책과 일직선으로 대치한다기보다는 오히려 그것과 뒤얽히면서 여러 교선(交線)을 지니고 짜여졌던 것이다."[9] 주로 경성제국대학 조선어문학과 졸업생들을 중심으로 진행된 이 시기 '조선학'의 왕성한 발흥은, 총동원 체제의 한 요소로서의 식민지의 기능을 극대화하기 위한 제국의 요구와 자신의 '특수성'을 제국의 시스템 안에서 보존하고자 하는 피식민자의 욕구가 서로 합치함으로써 이루어진 결과였다. 제국의 영토(보편성) 안에서 '민족'의 고유한 영역(특수성)을 분절함으로써 제국의 안정에

---

8) 미나미 총독이 내건 시정(施政) 목표는 '내선일체' 및 '대륙병참기지'였으며, 중일전쟁 이후 일본에서는 이전에 없던 '조선 붐'이 조성되어 조선 문학과 문화에 대한 열기가 높아졌다. 조선 문학작품들이 일본어로 번역되어 소개되고 일본의 대표적인 문인들이 서울(京城)을 방문하여 조선 작가들과 '조선 문학의 장래'에 대하여 논의하기 시작했다.
9) 조관자(趙寬子), 『植民地朝鮮/帝國日本の文化連環』, 東京, 有志舍, 2007, p.119.

기여하는 대신 자신의 정체성을 보장받는 식의 '조선의 지방화(=향토화)'
는 이 시기 조선 지식사회의 가장 일반적인 경향이었다.10)

그런데 흥미로운 것은 이러한 '조선의 지방화'가 단지 '조선'만을 지방
화 하는 데 그치는 것이 아니라는 점이다. '조선'(외지)을 '일본'(내지)에 합
체시킨다(내선일체)는 관점에서 보면, '조선'이 지방인 한 '일본'도 지방이
지 않으면 안 된다. 다시 말해, 조선만 지방화 하는 것이 아니라, '일본'
도 역시 '조선'과 마찬가지로 지방화 하는 것이다. 제국/식민지의 명백
한 근원적 불평등에 비추어 보면 이것은 물론 억지스러운 생각일 것이다.
그러나 내선일체론에 부응했던 식민지 지식인들이 시도했던 것 중의 하
나는 바로 그것이었다.

예컨대, '반도 유일의 문예잡지'를 표방한 『國民文學』11)은 식민지 조
선의 지식인들이 어떤 방식으로 '일본국가'라는 균질한 국민국가의 공간
을 상상하고 있었는지, 그리고 어떻게 그 공간 안에 자신을 편입시켰는
지를 잘 보여준다. 이미 그 표제에서 분명하듯이, 『國民文學』의 목표는
'조선문학'을 '국민문학', 즉 '일본국민문학'으로 전환시키는 것이었고,
따라서 '조선문학의 지위'는 '일본의 한 지방문학'으로 규정되었다. 1942
년 11월 『國民文學』 창간 1주년 기념으로 열린 좌담회 「國民文學의 일년

---

10) 식민지 시기 저항민족주의의 최고봉으로 평가되는 「조선어 학회」의 '한글운동'과 그 운
   동을 이끌었던 한글학자 최현배가 지닌 이러한 '분절화의 메커니즘'에 대해서는 나의
   다른 글, 「'갱생'의 도(道) 혹은 '미로'」, 『민족문학사연구』, 2005 참조.
11) 1940년 8월 조선어로 발행되던 일간신문 『조선일보』와 『동아일보』가 폐간되고 이어서
   1941년에 문예지 『문장』과 『인문평론』도 폐간된 이후, 월간 문예지 『國民文學』이 1941
   년 11월에 창간되었다. 처음에는 조선어와 일본어를 병행하여 발행되던 이 잡지는 5호
   부터는 일본어로만 발행되었다. 해방 직전인 1945년 5월까지 발행되었으며 조선 문단의
   가장 영향력 있는 문예지로 기능하였다. 이름 높은 영문학자이자 평론가인 최재서(崔載
   瑞)가 발행인 겸 주간(主幹)을 맡았다.

을 말한다」(國民文學の一年を語る)에는 주간인 최재서를 비롯해서 유진오(兪
鎭午), 백철(白鐵), 김종한(金鍾漢) 등 당대 조선문단을 대표하는 중요한 작가
와 비평가들, 그리고 조선에서 활동하던 일본인 작가 다나카 히데미츠(田
中英光), 스키모토 나가오(杉本長夫) 등이 참석했다. 이 가운데 '조선문학의
지위'라는 부제가 붙은 다음과 같은 대화를 보자.

> 최재서 : 지방문학으로서의 조선문학의 지위가 어떠해야 할까 하는 것
> 입니다.
> 다나카 : 조선의 자연 생활의 아름다움, 인정(人情)의 아름다움을 깊이
> 그린 것이 나와야 한다고 생각합니다.
> 김종한 : 유진오씨가 어디에선가 내지에 없는 무언가를 창조하여 일본
> 문화를 풍부하게 하는 역할을 해야한다는 의미의 말씀을 하신
> 적이 있습니다만, 구체적으로 말하면 어떤 것입니까?
> 유진오 : 단지 로칼 칼라를 중심으로 해서 일본문학의 울타리 바깥(埒外)
> 에 서 있는 것 같은 지금까지의 사고방식은 이제부터는 결코
> 허용되지 않는다. 이제부터는 단순한 로칼 칼라의 지방문학은
> 안 된다. 뭔가 철학적인 새로움과 가치를 지닌 것이어야 한다.
> 그런 의미였습니다.
> 스키모토 : 그런 생각은 최재서씨가 쓴 이번 달『국민문학』의 논문 가운
> 데에서 조선문학이라는 것은 내지의 규슈문학이나 홋카이도
> 문학과는 조금 다르다는 것을 말씀하시고 계십니다만, 그것과
> 같은 생각이군요.12)

'조선문학'을 '지방문학'으로 정의하면서, "단순한 로칼 칼라"가 아닌

---

12) 座談會,「國民文學の一年を語る」,『國民文學』, 1942. 11, p.93.

‘철학적 가치’를 지닌 문학으로서 ‘일본문화’에 기여할 것을 주장하는 이들에게 있어, ‘조선/일본’의 경계는 더 이상 ‘식민지/제국’의 경계가 아니라, ‘지방/중앙’의 경계에 지나지 않는다. 그 점에서 이들은 앞서의 소설에 나오는 ‘미스터 김’의 모델이라고 할 수 있을 것이다. ‘조선’을 국민국가의 균질적 공간 안으로 위치 지움으로써 은폐되는 것은 물론 식민지의 불균등성(unevenness)일 터이다. 이 새롭게 은폐된 식민성의 공간 위에서 새로운 경계들, 새로운 주체들이 태어난다. 그 점을 살펴보자.

위의 대화에서 스키모토는 최재서의 말을 빌려 “조선문학은 내지의 큐슈문학이나 홋카이도 문학과는 다르다”고 말한다. 최재서가 어디에서 그런 말을 했는지는 확인되지 않았지만, 이것은 식민지 조선의 지식인들이 내선일체를 계기로 하여 조선의 ‘지방성’을 어떻게 파악하고 있었는지를 암시하고 있다. 즉, 조선을 ‘식민지’가 아니라, 제국의 한 ‘지방’으로 조정함으로써, ‘조선/일본’, ‘경성/토쿄’, ‘경성/쿄토’, ‘경성/오사카’, ‘경성/큐슈’ 등등, 또는 ‘조선인/일본인’, ‘조선인/중국인’, ‘조선인/서양인’ 등등의 관계와 경계에도 새로운 변화들이 일어나는 것이다.

문화의 도회 집중이라는 것은 현대문명에 있어서 어쩔 수 없는 것이기는 하지만, 우리의 경우는 그 도가 지나친 느낌이 듭니다. 출판물이라는 출판물은 모두 동경에서 나오고, 출판계에서 동경의 지위는 실로 독재적이었습니다. 그 때문에 쿄토나 오사카의 대학에 있는 선생들도 자기 고향에서 책을 내면 팔리지가 않습니다. 하물며 경성에서야 말할 것도 없지요. 경성의 대학에도 대단히 훌륭한 선생들이 와서 조선의 연구에 여러 가지 공적을 남기셨지만, 그분들 중에는 이 지방의 신문잡지에는 한 번도 기고한 적이 없이, 더구나 그것을 자랑으로 삼는듯한 분들도 계셨습니다.

　　그러니까 그 연구 결과를 지방인 경성에서 발표한다는 따위의 일은 생각
　　조차 할 수 없는 것이었을 테지요.13)

　　이것은 만주국 작가 古丁에게 보낸 최재서의 편지의 일부분이다.『國
民文學』1945년 1월호에 실린 이 글에서 최재서는, 신경(新京)을 버리고
북경(北京)으로만 달려가는 만주 작가들을 비난하는 古丁에게 '조선에서도
사정은 마찬가지'라고 하면서, '문화의 동경 집중'을 강한 어조로 비판한
다. 최재서에게 있어 '국민문학'은 '국어'로 쓰여지는 '일본문학'이며 조
선작가들 역시 이 일본문학을 건설하기 위해 노력하고 있다. '일본문학'
이 '국어(일본어)'로 쓰여지는 것인 한, "동경이 우리의 본보기이며 의지할
만한 권위임은 말할 것도 없다." 그러나 동경은 "심하게 아메리카니즘이
들어와 있는" "불건전한 대도회"이며 "국제주의를 기조로 하기 때문에
무성격한" 곳이다.

　　우리는 동경의 작가들을 흉내내는 것만으로 새로운 일본문학의 건설에
　　충실한 길이라고는 생각하지 않습니다. 일본의 한 지방으로서 조선에는
　　조국(肇國)의 대이상이라든가 유신의 정신이 강하고 절실하게 움직이고
　　있다고 생각합니다. 그러나 그러한 이상이나 정신의 움직임, 활력이라는
　　것은 결코 일본 내지와 동일한 것일 수는 없고, 또 무리하게 동일한 것으
　　로 만들 필요도 없습니다. 역시 조선의 땅과 생활에 뿌리박은 일본적 문
　　화·문학 — 이것이 금후의 우리가 추구해야 할 과제라고 생각합니다.14)

---

13) 石田耕造,「古丁氏に」,『國民文學』, 1945. 1, p.30(石田耕造는 최재서의 창씨명이다).
14) 같은 글.

최재서의 이 글에서 주목할 것은 동경을 비판한다는 그 사실 자체가
아니다. 동경을 '아메리카니즘'에 물든 불건전하고 무성격한 대도회로 규
정하면서 '동경으로의 문화집중'을 비판할 때, '동경'의 대타항(對他項)에
'쿄토', '오사카', '신경', 그리고 '경성' 같은 도시들이 놓인다는 점이다.
'식민지의 경성'을 제국의 여러 도시들, 특히 '동경'과 동렬(同列)에 놓기,
즉 동경과 경성의 동시적 지방화가 이루어진다는 점이 중요한 것이다.15)
'경성'(조선)을 제국의 '울타리 바깥(埒外)'이 아니라 '울타리 안(埒內)'으로
배치함으로써 '경성'(조선)과 '동경'(일본)을 제국의 평등한 '지방'으로 균
질화 하는 동시에, '조선의 지방성'(특수성)을 '제국의 중앙성'(보편성)의 한
유기적 기능으로 보존한다— 식민지 내셔널리즘이 새롭게 형성한 경계
의 정체는 그러했다.

"동양인은 동양인끼리 의좋게 살 것이다"

이 글의 첫머리에서 인용했던 소설 속의 '미스터 김'에게로 돌아가 보
자. '대일본 남아'로서 '조선의 민요'와 '조선 이야기'를 미국인들에게 들

---

15) 이광수(李光洙)의 「삼경인상기」(三京印象記) 역시 이런 관점에서 읽을 수 있을 것이다. 제
    1차 대동아문학자 대회(1942. 11)에 일본 대표로 참가한 이광수는 기쿠지 칸(菊池寬), 가
    와카미 데츠타로(河上徹太郎), 하야시 후사오(林房雄), 구메 마사오(久米正雄) 등의 일본작
    가들, 錢稻孫, 周化人, 古丁 등의 중국 및 만주국 작가들과 함께 토쿄, 나라(奈良), 쿄토를
    방문하고 그 기행문을 『文學界』에 실었다. 이광수는 이른바 '일선동조론(日鮮同祖論)'에
    입각한 시선으로 나라와 쿄토의 고적(古蹟)을 둘러보았는데, 이때에 '일본'은 머나먼 고
    대로부터의 시간성 속에서, 그리고 쇼토쿠 태자(聖德太子)의 위업 아래서 '조선'과 동등
    한 혹은 더 열등한 지위로 묘사된다. 내선일체의 담론을 적극적으로 수용함으로써 피식
    민자로서의 주체 위치를 전도시키고자 하는 정신적 곡예의 한 현장을 이 글은 풍부하게
    보여주고 있다. 이광수, 「三京印象記」, 『文學界』, 東京, 1943. 1(한국어 번역본은 김윤식,
    『일제말기 한국 작가의 일본어 글쓰기론』, 서울대출판부, 2003 참조).

려준 그는 휴가가 끝나고 학교로 돌아간다. 소설의 마지막 장면은 다음과 같은 에피소드로 끝난다.

> 웬 젊은 축이 탄 차가 지나더니 나를 보고
> 「쨉! (일인＝日人)」
> 하고 소리친다. 그들은 나를 놀리는 것이었다. 나는 불쾌하였다. 나는 그들에게 향하여 이름 없는 분노가 치밀었다. 그런데 또 한 패가 지나가면서
> 「차이나맨!」
> 하고 부르짖는다. 그들의 눈에는 일본인이나 지나인의 분별이 없다. 그들의 눈에는 똑같이 보이고 또 똑같이 멸시한다. …(중략)… 대개는 나를 쨉이라, 차이나맨이라 놀린다. 그러니까 그놈들의 코가 납작하도록 따려줄 필요가 있다. 일본의 국위를 알려주어 그런 건방진 행위를 못하게 할 필요가 있다. 굳 윌 엠배스돌(good will ambassador)을 알아주는 사람들과는 어디까지든지 평화로 대할 것이나 쓸데없는 민족적 우월감을 가지고 모욕하려드는 놈들에게는 철권의 세례를 주어야 할 것이다.(36)

‘미스터 김’의 분노는 미국인(＝서양인)의 인종주의적 시선으로부터 촉발된 것이지만, 이때 그가 느끼는 분노의 실체는 다소 복잡하다. 우선 그는 미국인이 "일본인과 조선인을 구분하지 못하는 것에 대해 무감각하다. 그는 자신을 일본인으로 판단하는 미국인의 시선을 당연시할 뿐 아니라, 이를 통해 ‘코리언’임을 넘어서 일본인으로서의 정체성을 강화한다."16) 그러므로 그에게 분노를 일으키는 것은 ‘일본인과 지나인을 구분 없이 똑같이 멸시하는 미국인(＝서양인)의 인종주의’이다. 여기서 주목할 것은, ‘일본인’으로서 ‘지나인’과 똑같은 취급을 받는 것에 대해 분노를 느끼는

---

16) 이경훈, 앞의 글, p.297.

이 '반(反)인종주의적 인종주의자', '미스터 김'이 자기를 표상하는 방식이다. 앞의 인용문은 바로 이렇게 이어진다.

> 이럴 때처럼 동양인은 동양인끼리 살아야 한다는 의식이 강하여지는 때는 없었다.
> 그들은 그들이요 우리는 우리다. 그들이 아무리 묘하고 아름답게 굴어도 그들은 그들이요 우리는 우리다! 동양인은 동양인끼리 의좋게 살 것이다.(37)

'조선인'으로부터 '동양인'으로! 식민지의 요동치는 경계는 이렇게 또 다른 비약을 낳았다. 이 비약은 어떤 계기를 통해 이루어졌는가?

앞서 보았듯이, 식민지 내셔널리즘은 내선일체의 요구 앞에서 '조선'을 제국 내부의 한 '지방'으로 위치 지움으로써 그 '지방성'을 통해 이른바 '민족적 특수성'을 보존하는 한편, 제국의 법역(法域) 안에서 일정한 권리를 획득하고자 시도하였다. 그러나 '지방화'는 국민국가의 균질적 공간화를 전제하지 않으면 안 되는 것이기 때문에, 제국의 다른 지역들 역시 조선과 마찬가지로 지방화 되지 않으면 안 되었다. '조선'은 제국의 '울타리 바깥(埴外)'에 있는 '식민지'가 아니라, 제국의 내부를 떠받치는 '울타리 안(埴內)'의 존재라는 인식은, 현실과는 상관없이, 이 시기 식민지 내셔널리즘의 사고를 지배했다.17)

---

17) 『國民文學』의 편집방침은 그것을 잘 보여준다. 『國民文學』 이전에 조선에서 발간되던 잡지들에서 일본이나 만주에 관한 기사들은 어디까지나 '소식'을 전하는 것 이상이 아니었다. 그러나 『國民文學』의 지면 위에서 '조선', '일본', '만주' 등은 경계가 없는 하나의 공간이 된다. 예컨대, 문학 월평난은 경성에서 출판된 조선어·일본어 작품들과 동경에서 나온 작품들을 아무 구별 없이 다루는데, 조선문단과 동경문단을 하나의 평론 안에서

조선인의 '(일본)국민화' 역시 유사한 과정을 거친다. 조선인을 지우고 일본인이 되는 것은 어떻게 가능할까? '경성'(조선)과 '동경'(일본)의 동시적 '지방화'와 마찬가지로, 조선인의 '일본인—되기' 역시 조선인임을 일방적으로 해소하거나, 혹은 기존의 일본인에 조선인을 편입시킴으로써 달성되는 것이 아니다. 일본인도 '새로운 국민'으로 거듭나지 않으면 안 된다. 이것이 식민지 내셔널리스트들의 주장이었다. 최재서에 따르면, 그것은 '신민족', '신국민'의 창조이며 '일억(一億) 국민'을 새로 만드는 것이다.

> 앞으로 나아가는 방향은 무엇인가? 그것은 신민족의 창조, 신국민의 창생(創生)이라고 생각합니다. 즉, 원래 하나로부터 나온 것이 중간에 뿔뿔이 흩어진 것이다. 지금부터는 정말로 하나가 되어 새로운 국민을 건설하는 것이다. 야마토 민족 자체가 그러한 과정을 거쳐 왔다. 야마토 민족은 메이지 시대까지는 뭐니뭐니해도 뿔뿔이 흩어져 있었다. 그것이 유신에 의해 하나의 견고한 민족이 되었다. 그와 마찬가지로 지금까지는 뿔뿔이 흩어져 있던 내선(內鮮)이 역사발전의 대법칙을 따라 하나의 새로운 민족이 되고 여기에 일억 국민을 건설하는 것입니다. 거기에 창조적인 여유(ゆとり)가 있고 조선측으로서도 충분히 자발적으로 참가할 길이 열리지 않을까 생각합니다.[18]

그러므로 최재서에게 있어 내선일체란 "현재(現在)의 내지인이 되는 것"[19]이 아니다. 내선일체란 조선인과 일본인을 단순히 합치는 것이 아

함께 다루는 이런 사례는 『國民文學』 이전에는 결코 찾아 볼 수 없는 것이었다. 더욱 흥미로운 하나의 상징적인 사건은 1944년 아쿠다카와 상을 수상한 오비 쥬조(小尾十三)의 경우이다. 만주에 거주하고 있던 이 일본인 작가는 『등반(登攀)』이라는 소설을 경성의 『國民文學』에 투고하고, 이 작품으로 그해의 아쿠다카와 상을 받았다.

18) 座談會, 「總力運動の新構想」, 『國民文學』, 1944. 12, p.10.

니라, 조선인도 일본인도 모두 '새로운 국민', '새로운 민족'으로 탄생하는 것이며, 그렇게 할 때에만 조선인들로서도 "참가할 길이 열리는" 것이다. 내선일체의 완벽한 수행을 위해서는, 조선인뿐 아니라 일본인으로서의 정체성도 해체되고 재구성되어야 할 것임을 주장하는 최재서의 이러한 논리는 중일전쟁기 조선 지식인들이 취한 전형적인 담론 형태, 즉 "지배자의 헤게모니 담론을 의도에 거슬러 '오독(誤讀)'함으로써 정치적인 공간을 개시하고자 하는 과잉(excess) 전략"20)의 하나로 읽을 수 있을 것이다. 또한 그것은 조선의 지방화뿐만 아니라 일본의 지방화를 통해 균질한 국민국가의 공간을 상상했던 것과 마찬가지로, 조선인과 일본인의 정체성을 동시에 변화시킴으로써 '새로운 국민' 즉, '새로운 조선인=새로운 일본인'을 상상해내는 것이었다.21)

그러면 이렇게 해서 새롭게 만들어진 '조선인=일본인'이란 무엇인가? '과거의 조선인'이 '현재의 일본인'으로 되는 것이 아니라면, 이 '새로운 국민', '새로운 민족'의 정체성은 무엇인가? 그 답이 바로 '동양인'이다. 조선을 제국의 한 '지방'으로 규정함으로써 조선적 특수성을 보존하는 한편 제국의 한 일원으로서의 권리를 요구하는 방식과 마찬가지로, 조선인은 '동양인'으로 자기를 표상함으로써 조선인인 동시에 일본인이 될 수 있었고, 또한 제국의 '국민'으로서 식민지로부터 '해방'될 수 있었다. 이와 같이, '식민지 조선인'은 '제국의 국민=동양인'으로 이동 혹은

---

19) 같은 글.
20) 차승기, 「추상과 과잉」, 『상허학보』, 21집, 2007, p.283.
21) 충분히 논의할 여유가 없지만, 이광수 역시 그러하다. 내선일체 및 황민화 정책의 완전한 실현을 고취하는 이 시기 그의 에세이와 소설들은 거의 전부 조선인뿐 아니라 일본인쪽의 철저한 자기 갱신과 반성을 촉구하는 형태로 구성되어 있다.

비약했다. 물론 흔적은 남는다. '미스터 김'은 미국인들 앞에서 호기롭게 일본 민요를 부르고 난 후 "조선 사람이 있었어도 '오오료꼬부시'를 부를 수 있었을까?"하고 혼자 속으로 생각한다. 요컨대, '노란 가면' 아래의 그의 '노란 피부'는 자신이 일본인이 아니라는 사실을 분명하게 감각하고 있는 것이다. 그럼에도 불구하고, 그는 '대일본남아'로서 '오오료꼬부시'를 부르고 이어서 조선 민요 '양산도'를 불렀다. 그런데 그가 그럴 수 있었던 것은 그 자리에 다른 조선 사람이 없었기 때문이기도 하지만, 그 자리에 미국인들(=서양인) 즉, 그를 일본인인지 중국인인지 조선인인지 구별하지 못하고 '동양인'으로 부르는 사람들만 있었기 때문이기도 하다. 오직 서양인의 시선 아래에서만 그는 일본인과의 동일성, 나아가 동양인으로서의 단일한 정체성을 얻을 수 있었던 것이다. 다시 말해, 그는 "동양 전체를 타자로 놓는 서양인의 시선 속에 '동양인'으로 매몰됨으로써 식민지인의 위치에서 아이로니컬하게 해방"22)되었던 것이다.

이 아이로니컬한 '해방'은 중일전쟁기 제국/식민지의 요동하는 경계의 산물이다. 기존의 경계들이 흔들리고 안과 밖의 선들이 뒤섞였다. 물론 경계의 안과 밖을 최종적으로 결정하는 것은 어디까지나 주권자의 몫이며, 피식민자에게 주어진 것은 이 흔들리는 경계선 위에서의 위태로운 줄타기이었을 뿐이다. 그러나 어찌되었든 '동양인'으로서의 자기 표상이 이 줄타기를 계속하게 한 든든한 균형대였던 것도 분명한 사실이다. 그리고 이 '동양인'으로서의 정체성을 비약의 착지점(着地点)으로 삼을 수 있었던 배경에 '근대의 초극론'이 놓여 있었던 것이다.

---

22) 이경훈, 앞의 글.

"근대의 초극"과 보편으로서의 동양

황민화 정책이 급격하게 수행되고 동화(同化)에의 요구가 기존의 모든 경계를 허물고 있던 중일전쟁기 조선의 사상계에서 '근대초극론'의 영향만을 따로 떼어내어 논하기에는 다소 곤란한 점이 있다. 사상적 변화나 동요는 이미 1930년대 초반, 정확히는 1934년, 지난 10년간 조선의 문학 운동을 이끌어왔던 '카프(KAPF)'의 해산 및 그 맹원들의 전향으로부터 시작되어, 중일전쟁기에는 최고조에 달했다. 그리하여 혼돈과 분열에 빠진 지식인의 무기력하고 우울한 내면을 묘사하는 문학 작품들은 중일전쟁기 식민지 조선 문학의 주류를 이루고 있었다. 특히 전향 마르크스주의자들의 경우, 그들을 이끌던 보편적 이념으로서의 마르크스주의의 실천적 유효성이 사라진 시점에서 그 이념적 공백을 대신할 새로운 통일적 비전에의 요구는 시급하고도 절박한 것이었다.[23] 그리고 바로 이 지점에서 '근대초극론'은 식민지 조선의 사상계에 개입하고 있었다. 결론부터 말하면, 그것은 혼돈과 방황에 빠진 식민지 지식사회에 일종의 마침표와도 같은 것이었다.

조선 프롤레타리아 문학운동의 대표적 이론가이자 작가이며 '카프'의 공식 해산계(解散屆)를 직접 경찰 당국에 제출한 바도 있는 김남천(金南天)의 평론과 소설은, '근대초극론', 특히 쿄토학파의 '세계사의 철학'을 내면화 한 식민지의 지식인이 어떻게 새로운 이념의 보편성에 정착(定着)하게 되는지를 잘 보여준다.[24] 「전환기와 작가」라는 에세이에서 김남천은

---

23) 이 점에 관한 보다 자세한 설명은 나의 다른 글, 「우울한 형 / 명랑한 동생—중일전쟁기 '신세대논쟁'의 재독(再讀)」, 『상허학보』, 2009 참조.
24) 김남천과 근대초극론에 관하여 나는 이미 다른 글에서 상세하게 논한 바 있다. 여기서는

다음과 같이 말한다.

> 고산암남(高山岩男)씨는 우선 세계사의 기초 이념의 확립에 있어, 구라
> 파 사학이 건설한 일원사관의 거부를 선언한다. 다시 말하면 역사의 물줄
> 기를 하나의 흐름으로 보는 서양 사학의 문화적 신앙을 깨뜨려 버리고,
> 세계의 역사를 다원사관에 있어서 보려고 한다. 그러므로 씨에 있어서는
> 동양은 서양의 뒷물을 따라오고 있는 것이 아니라, 동양은 동양 자체로
> 하나의 완결된 세계사를 가지고 있다고 이해한다. 이러한 다원사관의 입
> 장에 서서 현대의 세계사의 문화이념을 세워 보자는 것이다. …(중략)…
> (이러한) 기도는 확실히 학문이라면 서양 학문의 관념 밖에 모르는 일원
> 사관의 입장에서 떠나서, 세계 각 민족의 역사를 다원사관에 의하여 성립
> 시키려는 동양적 자각에 의한 것이라고 이해되어진다.[25]

김남천은 이 시기에 유명한 전향소설 삼부작, 즉 「경영」(1940), 「맥」
(1941), 『낭비』(1940) 같은 소설을 써낸다. 위에서 인용한 고야마 이와오의
다원사관론은 「경영」에서 한 전향 마르크스주의자의 입을 통해 다시 언
급된다.

> 내 자신이 서 있던 세계사관뿐 아니라 통털어 세계사가들이 발판으로
> 했던 사관은 세계 일원론이라고도 말할 수 있는 것인데, …(중략)… 그러
> 나 만약 이러한 세계 일원론적 입장을 떠나서, 역사적 세계의 다원성 입
> 장에 입각해 본다면 세계는 각각 고유한 세계사를 가지고 있다는 것을
> 알 수도 있고 증명할 수도 있지 않은가.[26]

자세한 논의를 피하고 간략하게 서술하기로 한다. 자세한 설명은 나의 다른 글, 「근대의
초극, 낭비, 그리고 베네치아」, 『민족문학사연구』, 2001 참조.
25) 김남천, 「전환기와 작가」, 『朝光』, 1941. 1.

식민지 조선의 전향 마르크스주의자들에게 있어서의 '근대초극론'의
영향을 김남천만큼 풍부하게 보여주는 작가는 달리 없을 것이다. 김남천
이 이 시기에 특히 관심을 기울였던 것은 '풍속의 묘사'였다. 물론 그의
목적은 단순히 풍속을 고현학적으로 재현하는 데 있는 것이 아니었다.
그에게 있어 풍속은 '이념이 생활의 수준으로 육체화' 된 것이었고, 따라
서 '풍속의 묘사'란 "윤리의 규범(norm)과 심정이 분리 상극하는 시대의
불안과 동요"를 그리는 것이었다. 이 규범과 심정의 분리는 풍속의 어지
러운 혼란과 동요로 나타나며, 소설은 공허와 불안으로 가득 찬 일상생
활의 묘사, 특히 지식계급의 내면묘사로 나아간다. 김남천의 전향소설의
주인공인 '이관형'은 이러한 현실에 말할 수 없는 피로와 권태를 느끼며
무기력한 나날을 보내는 젊은 지식인인데, 그는 뒤엉키고 비틀어진 식민
지 근대의 모습을 다음과 같이 표현한다.

> 우리들은 이층에서는 양식을 잡숫고 아래층에 와서는 깍두기를 집어먹
> 는 그런 사람들이오, 또 그 정도로 아주 될대로 되어 버려서 모두 권태와
> 피로를 경험하고 있읍니다.27)

1930~40년대 식민지 조선의 일상이 되어 있는 서구식 생활 모드의
현장과 그것이 일으키는 갖가지 부조화는 김남천 소설의 주요한 테마이
다. 이 글의 주제와 관련하여 주목할 것은, 서양식 생활 습관과의 어색한
부조화를 자각하고 표현하는 식민지 지식인들이 자신을 '동양인'으로 표

---

26) 김남천, 「경영」(1940), 『韓國近代短篇小說大系』 3, 太學社, p.701.
27) 김남천, 「맥」(1941), 『韓國近代短篇小說大系』 3, 太學社, p.790.

상하고 있다는 점이다. 예컨대, 주인공 이관형은 소설가 헨리 제임스를 연구하는 자신을 가리켜 "동방의 청년"이라고 지칭하며, 그의 동생 이관국은 소설의 한 장면에서 "우리들 동양사람"이라고 스스로를 칭함으로써 좌중을 이끄는 지도적 위치에 서기도 한다.[28]

식민지 조선의 지식사회에 근대초극론이 끼친 가장 강력하고도 분명한 영향을 꼽는다면 아마도 이 '동양(인) / 서양(인)'의 이항대립을 들 수 있을 것이다. 이 말은 근대의 초극이 논해지던 시기 이전에는 그러한 이항대립이 없었다는 의미가 아니며, 또한 그러한 이항대립이 근대초극론의 기본적인 의도나 목표를 정확하게 반영하거나 수용하고 있다는 뜻도 아니다. '서양 / 동양'의 이항대립 및 그러한 이항대립에 근거해서 자신을 '동양(인)'으로 표상하는 방식의 자아구축은 반드시 이 시기에 시작된 것이라고 할 수는 없다. 다만, 자신을 '동양(인)'으로 표상함으로써 자신과 동등한 하나의 타자로서의 '서양(인)'을 인식하는 새로운 주체, 즉 '새로운 조선인=새로운 일본인=새로운 동양인'이라는 표상을 통해 제국 / 식민지의 경계를 '초극'할 수 있는 어떤 가능성을 꿈꾸는 새로운 식민─주체의 사고(思考)가 식민지의 지적 담론 영역을 전면적으로 장악하는 시기는 분명히 중일전쟁 이후일 것이며, 특히 근대초극론이 이러한 주체 형성에 강력한 자극을 주었던 것임은 분명하다.

한편 근대초극론의 영향이 주로 서양 / 동양의 이항대립이라는 형태로 나타난 것은, 근대초극론이 포함하고 있는 다양하고 복잡한, 때로는 산만한 논의들을 지극히 단순화 하고 나아가 속화(俗化)한 것일지도 모른다.

---

28) 김남천, 『낭비』(1940), 『韓國近代長篇小說大系』 2, 太學社, p.183.

그러나 중요한 것은 식민지의 지식 사회가 제국으로부터 발신된 새로운 지적 자극을 얼마나 '원문 그대로' 접수했는가 하는 것이 아니다. 앞서 말했듯이, 정치적 이념의 차이를 가릴 것 없이 중일전쟁기 식민지의 지적 상황은 기존의 보편 이념과 가치가 전면적으로 붕괴되었다는 위기의식과 그러한 이념적 공백을 대신할 새로운 비전에의 욕망에 지배되고 있었다. 그런 상황에서 '동양주의'는 혼란과 분열에 직면한 사상적 현실을 타개하면서, '동화'에의 압력을 비껴날 수 있는, 혹은 '동화'에의 비약으로부터 안전하게 착지(着地)할 수 있는 어떤 발판으로 여겨졌던 것이 사실이었다. 그것은 마치 가와카미 데츠타로(河上徹太郎)가 '근대의 초극'을 가리켜 "말을 한번 내던지면 모두가 공감하는 어떤 느낌이 돌연 떠오르는" "하나의 기호[符牒]"29)라고 불렀던 그런 것에 비견할 만한 것이었다.

요컨대, 이 시기 전향 마르크스주의자들에게 있어서 '동양주의'는 마르크스주의의 보편성을 대신하는 하나의 새로운 보편으로 작용했던 것이다. 근대초극론이 제시한 '동양주의'와 '세계사의 철학'은 계급 혁명의 모든 실천적 행동이 좌초된 현실에서 새로운 역사의 비전을 제시하는 것으로 비쳤다. 예컨대, 근대초극론을 가장 적극적으로 받아들였던 전향 마르크시스트 역사철학자 서인식(徐寅植)에게 있어 '동양주의'는 자본주의를 지양(止揚)한 세계사적 의의를 지닌 '구체적 보편적 원리'로 이해되었다.30) 그에게 있어, 또 수많은 마르크시스트들에게 있어 일찍이 이러한 세계사적 의의를 지닌 보편적 원리는 물론 마르크시즘뿐이었다. 이제 그

---

29) 座談會 第一回, 『文學界』, 1942. 7. 23(竹內好, 『近代の超克』, 富山房百科文庫, 東京, 1979. p.171 재인용).
30) 서인식, 「東洋主義의 反省」, 『조선일보』, 1939. 4.

것이 사라진 자리에서 갈 길은 어디였던가? 서인식이 특히 기대고 있었
던 철학자 미키 기요시(三木淸)가 말한, '사실(matter of fact)의 세계로부터
형상(image)의 세계', 즉 새로운 "신화"31)로의 비약 — 식민지에서도 그 비
약은 어김없이 감행되었다. 그리고 식민지 조선의 내셔널리스트들과 마
르크시스트들이 함께 도착한 그 비약의 종점(終點)은 바로 '동양'이었다.

서구적 모더니티의 붕괴와 그것을 대치할 새로운 세계사적 비전의 제
시라고 하는 '근대초극론'의 기본 로직(logic)은 이와 같이 이 시기 조선
문학을 대표했던 작가의 이론과 작품 속에 깊이 각인되어 있을 뿐만 아
니라, 식민지 지식인 전체에 광범위하게 스며들었다. 그것이 식민지 종주
국에서 발신된 것이며, 그런 만큼 식민지 사회의 근대성과의 낙차(落差)를
고려하지 않는 한, 또 다른 현실을 은폐할 수밖에 없다는 점은 물론 의식
될 수 없었다. '민족적 특수성'을 보존하면서 식민지적 불균등성을 '초극'
할 수 있는 새로운 '보편'으로의 '동화'를 선택한 피식민자의 욕망은, 차
이를 지우고 동질화 할 것을 요구하는 국가의 목소리와 공명(共鳴)했다.
중요한 것은 사라진 '민족적 특수성'이 아니다. 피식민자를 피식민자이
게 하는 잔여(殘餘)로서의 차이와 분열이야말로 피식민자를 진정한 해방
으로 나아가게 하는 최후의 동력이다. '초극'의 신화가 봉인(封印)한 것은
바로 이 차이와 분열이었다. 그럼으로써 '해방'도 봉인되었다. 탈식민지
사회의 '대한민국'과 '조선민주주의 인민공화국' 역시 여전히 '동화'와
'초극'에의 환상으로 유지되었다.32) 그리고 그러는 한 우리의 분노는 사

---

31) 미키 기요시(三木淸), 『構想力の論理』(『三木淸 全集』, 8券, 岩波書店, 1967), p.61.
32) 해방 직후 유진오를 비롯한 남한 건국(建國)의 이데올로그들에게서 개인주의, 자유주의

라지지 않을 것인데, 왜냐하면 "지배 질서에 대한 우리의 분노(grudge)는 그것이 우리의 사회적, 성적, 인종적 정체성을 억압했을 뿐만 아니라, 결국에는 별로 중요하지도 않은 그따위 일들에 우리로 하여금 엄청난 주의력을 낭비하게끔 했다는 것"[33]이기 때문이다.

(2009)

는 '근대'와 동일한 것으로 비판받았다. 그것은 새로운 '현대' 국가의 건설을 위해서는 지양되어야 할 것이었다. 이러한 논리가 불과 몇 년 전에 그들이 학습했던 '근대초극론' 의 연장임을 짐작하기는 어렵지 않다(이 점에 관한 보다 자세한 서술은 Chong-Myong Im, *The Making of the Republic of Korea as a Modern Nation-State*, Chicago University, 2004). 한편 해방 이후 월북한 작가 이태준(李泰俊)은 소련을 방문한 기록인 『소련기행(蘇聯紀行)』(1947)에서 소련 사회를 '근대로부터 초극한 현대 사회'로 묘사했다.

33) Terry Eagleton, "Nationalism : Irony and Commitment", Terry Eagleton et al. *Nationalism, Colonialism, and Literature*, Minneapolis, University of Minnesota Press, 1996, p.24.

III

그녀를 죽인 것은 나였을까?

1.

　새로 부임하는 형사 반장이 연쇄 살인의 기사가 실린 신문을 접어들고 철도 건널목을 건널 때 사각형의 시멘트 구조물이 그의 등 뒤를 가득 채우는 장면에서, 영화 『살인의 추억』을 지탱하는 두 개의 공간적 기호(code)와 그것의 대립적 이미지는 처음으로 그 모습을 드러낸다. 형사 반장이 앞으로 걸어 나오고 카메라가 뒤로 물러나면서, 마을 전체를 내려다보듯이 높이 솟은 레미콘 공장의 칙칙하고 딱딱한 수직의 형상이 읍내 전경과 함께 처음으로 관객의 눈에 들어온다. 우뚝 선 두 개의 시설물, 특히 오른쪽에 서 있는 포탄 형상의 시설물이 힘차게 발기한 남근을 연상시키는 것은 분명하지만 서사의 진행상 아직 그 의미는 전달되기 어렵다. 그러나 잠깐 모습을 비치고 사라지는 이 레미콘 공장이야말로 관객의 긴장된 호기심을 끝까지 유발시키는 질문, 즉 "누가 범인인가?"라는 질문에 대한 답을 알고 있는, 혹은 담고 있는 유일한 존재이다. 그런 의미에서 이 공장 공간이야말로 이 영화의 실제적인 주인공이다.

그것이 차츰 분명해지는 것은 레미콘 공장이 다시 모습을 드러내는 장면에서부터이다. 범인의 수법을 눈치 챈 형사들이 빨간 옷을 입은 여순경을 내세워 범인을 유인하는 비 오는 밤에 또 다른 여자가 우산을 쓰고 논길을 걷는다. 수상한 낌새를 느낀 여자가 발길을 멈추고 주위를 둘러보는 순간, 화면을 가득 채우는 것은 조명을 받아 환하게 빛나며 위용을 드러내는 레미콘 공장의 전경이다. 콘크리트와 철근으로 이루어진 거대한 사각형의 구조물들과 높이 솟은 망루의 그로테스크한 형상이 살해의 위험 앞에 직면한 이 여자를 내리누를 듯이 압도하는 장면에서 카메라는 일순간 멈추는데, 그것은 점차 고조되는 긴장감으로 초조해진 관객의 시선 아래서는 매우 긴 시간일 수밖에 없다. 이 시퀀스의 마지막 장면은 어둠 속에서 카메라 앞으로 쏜살같이 튀어 나오는 범인의 모습이다. 얼굴을 식별할 수 없을 만큼의 짧은 시간이기는 하지만 이 장면은 영화 가운데 범인의 얼굴이 정면으로, 그것도 환한 조명 아래 드러나는 유일한 장면이다. 날이 밝으면 논두렁에서 살해된 여자의 사체 앞에 형사 반장과 형사들이 서 있고 카메라는 레미콘 공장의 모습을 원경(遠景)으로 포착한다.

낡고 누추한 읍내를 내려다보며 위압적으로 솟아 있는 레미콘 공장은 이 시퀀스를 시작으로 연쇄 살인의 용의자들과 관련되면서 영화의 핵심적 의미망을 구성하는 공간으로 등장한다. 유력한 용의자인 변태 성욕자 조병순을 쫓던 세 명의 형사가 조병순이 사라진 레미콘 공장의 야간작업 현장으로 뛰어드는 장면에서 그 점은 더욱 확실해진다. 카메라는 대낮처

럼 불을 밝힌 공장의 야간작업 현장을 비춘다. 조명을 받아 하얗게 빛나
는 거대한 암벽이 이 화면의 배경을 이룬다. 평면으로 절단된 하얀 암벽
이 무대막처럼 수직의 절벽을 이루는 아래쪽 바닥에서는 사각형으로 잘
려진 석재를 실은 포크레인이 굉음을 내며 부산스럽게 오가고, 형사들의
머리 위로는 "기운 찬 국토 건설"이라는 구호가 적힌 플랜카드가 화면의
상단을 가로지른다. 똑같은 작업복을 입고 흰 마스크를 쓴 수십 명의 남
자들이 분주히 작업에 몰두하고 있는 가운데, 본능과 육감에 의지하는
박두만 형사의 눈은 먹이를 노리는 매처럼 번뜩인다. 이 남자들 가운데
그들이 쫓는 용의자가 있는 것이다. 마침내 박두만이 지목하는 남자를
향해 폭력 형사 조용구가 몸을 날리고 용의자 조병순이 체포된다.

　가장 유력한 용의자 박현규가 등장하는 시퀀스에서 카메라는 다시 한
번 레미콘 공장을 자세하게 천천히 비춘다. 움직일 수 없는 증거를 확보했
다고 믿는 박두만과 서태윤 형사는 박현규가 일하는 레미콘 공장으로 달
려가는데, 카메라는 그들이 탄 차가 철도 건널목을 향해 언덕길을 오를 때
전면에 우뚝 솟은 레미콘 공장의 모습을 아래로부터 위로 천천히 훑어 올
라간다. 그것은 서울에서 부임해 오는 형사 반장이 그 길을 걸어 내려올
때의 첫 장면과는 사뭇 다른 것이다. 첫 장면에서 그것은 그다지 눈에 띄
지 않았다. 그러나 이제 레미콘 공장은 지금까지 영화 속에서 비쳐진 모습
중에서 가장 위압적이고 살벌한 형상을 드러내면서 관객의 주목을 받는
분명한 대상이 된다. 요컨대, 사소해 보이던 레미콘 공장은 범인의 윤곽이
또렷해지는 것과 함께 점차 크고 위압적인 형상으로 그려지는 것이다.

　작가는 '범인은 레미콘 공장 안에 있다'라고 말하고 싶은 것일까? 그
러나 영화의 의도가 '범인'을 특정하는 데 있지 않음은 말할 것도 없다.

범인이 어디에 있는지는 아무도 모른다. 그러나 그렇다면 이렇게 거듭 제시되는 레미콘 공장의 형상은 무엇을 말하는 것일까?

이 글의 첫 문장에서 나는 『살인의 추억』을 지탱하는 두 개의 공간적 기호와 그 대립적 이미지에 대해 말했다. 레미콘 공장은 그 대립적 이미지의 한 축이다. 레미콘 공장이라는 공간을 구성하는 원리들과 그 안에서의 인물들의 움직임, 그리고 그것의 의미를 분석하는 것으로부터 이 문제를 풀어 보기로 하자.

'살인'과 '추억'이라는 공존하기 어려운 단어를 하나의 어절 안에 연결시킨 제목에서도 그렇듯이, 영화의 서사는 상충하는 이미지를 지닌 두 개의 공간이 끊임없이 대비되는 방식으로 진행된다. 레미콘 공장, 경찰서의 지하 취조실, 민방위 훈련이 진행되는 여학교 등이 그 두 공간의 한 축에 속한다면, 다른 한 축의 공간은 논, 언덕, 야산, 들판, 산길 등이다. 영화는 이 두 개의 공간을 오간다.

유력한 용의자를 숨기고 있는 듯이 보이는 레미콘 공장과 그 용의자를 취조하는 경찰서의 지하 취조실이 공간적 구성에서 거의 똑같은 유사성을 지니고 있다는 점은 주목을 요한다. 관객으로 하여금 이 취조실을 잊지 못하게 하는 가장 큰 시각상의 효과는 이 지하실의 수직적 깊이로부터 온다. 바깥의 지상으로부터 계단을 내려가 출입문을 열고 다시 거기서부터 한참 동안 계단을 내려와야 바닥에 닿는 이 지하 취조실의 깊이는 화면 전체를 덮는 한쪽 벽의 높이로 표현된다. 그 벽은 레미콘 공장의 야간 작업 현장의 암벽처럼 무대막과도 같은 수직의 절벽을 이룬다. 그 벽의 중간에 뚫린 창문은 지하실 안의 시선에서 바라보면 하늘을 향해 뚫린 우물 구멍처럼 아득해 보인다. 이렇듯 지상에서 지하로 파고 들어간 깊고 칙칙한 수직의 단단한 벽이 경찰서 지하 취조실을 구성하는 공간의 원리이다. 마찬가지로, 지상으로부터 솟구쳐 오른 거대하고 칙칙한 수직의 단단한 콘크리트 구조물이 레미콘 공장을 구성하는 공간의 원리이다. 잠재적 피살자, 즉 연쇄 살인의 위협에 가장 크게 노출되어 있는 어린 여학생들이 모여 있는 학교 공간 역시 이러한 구성 원리에서 벗어나지 않는다. 카메라는 강간을 당하고 숨어 사는 여인의 집이 있는 언덕 너머로 우뚝 솟아있는 단단한 사각형의 교사(校舍)를 비춘다.

이 공간들이 표상하는 이미지는 지금까지의 서술에서 보듯이, 딱딱하고, 단단하고, 거칠고, 차갑고, 수직적인, 직선적인, 빠른, 사각형의, 막힌 어떤 것이다. 그리고 이 형용사가 수식하는 공간 안의 인물들은 모두 남성들이다. 여학교에 모여 있는 여학생들이 있지만, 그들은 어떤 경우에도 주체가 아니다. 요컨대, 이 공간은 남성의 영역인 것이다.

이 공간 안에서 움직이는 남성들의 동작을 주의해 보라. 그들은 달리고, 뛰고, 구르고, 소리 지르고, 발길질 하고, 몸을 날리고, 때리고, 맞고, 뛰어 오르고, 뛰어 내리고, 돌진한다. 변태 성욕자 조병순을 쫓아 세 명의 형사들이 레미콘 공장의 야간 작업장으로 뛰어 들었을 때, 그들의 머리 위를 가로지르는 플랜카드의 구호는 이 공간 안에서 남성들의 동작을 지시하는 저 동사들의 의미가 무엇인지를 선명히 보여준다. "납품 기한 단축하여 기운 찬 국토 건설!" 그렇다! 그들은 모두 개발자인 것이다. 가장 유력한 살인 용의자를 숨기고 있을지도 모르는 공장, 그 용의자를 고문하는 지하 취조실, 잠재적 피살자에게 대피 훈련을 시키는 학교, 이 공간 안에서 뛰고, 달리고, 세우고, 건설하는 이 남성들이야말로 앞을 향해 달리는 이 시대의 개발자들에 다름 아닌 것이다. '중단없는 전진'을 표상하는 이 공간이야말로 발전과 개발의 논리를 내재한 남성의 영역인 것이다.

한편, 여자들이 강간-살해당하는 공간은 논이나 논두렁 길, 억새밭, 산길, 야산 등이다. 이 공간의 이미지는 앞서 언급한 공간과는 정확하게 대칭된다. 여자들이 걷는 으슥한 산길이나 후미진 언덕길, 그들이 강간당하는 논이나 야산 등은 부드럽고, 축축하고, 물렁물렁하고, 질척거리고, 수평적인, 완만한, 느린, 곡선의, 트인 공간이다. 살인범으로부터 간신히 목숨을 건지고 혼자 숨어사는 여자가 기거하는 낡은 집의 전경은 이 공간의 특징을 한눈에 보여준다. 이 형용사가 수식하는 공간 안의 인물들은 물론 여성들이다. 그들은 어둠 속에서 튀어나온 (아마도 '기운 찬' 개발의 현장에서 달려 나왔을) 남성에 의해 끌려가고, 묶이고, 자빠뜨려지고, 눈 가려지고, 입 막혀지고, 목 졸리고, 벗겨지고, 죽임 당한다. 이 피동사의 세계 속에서 여성은 스스로 말하고 행동하지 못한다. 날카로운 사이렌 소리와 '공습 경보'를 알리는 급박하고 건조한 남성의 소리만이 이 세계를 지배한다. 이 피동형의 공간은 낙후된, 미개발의, 후진적 영역을 표상하는 것이며 여성은 그 영역 안에 갇혀 있다.

이상에서의 논의를 다음과 같은 도표로 제시해 보자.

공 간	공장 / 취조실 / 학교	논 / 언덕 / 야산 / 산길
형용사	딱딱한, 단단한, 거친, 차가운, 수직적인, 직선적인, 빠른, 사각형의, 막힌	부드러운, 축축한, 물렁물렁한, 질척거리는, 수평적인, 완만한, 느린, 곡선의, 트인
동 사	달리다, 뛰다, 구르다, 소리 지르다, 발길질 하다, 몸을 날리다, 때리다, 맞다, 뛰어 오르다, 뛰어 내리다, 돌진하다	끌려가다, 묶이다, 자빠뜨려지다, 눈 가리우다, 입 막히다, 목 졸리다, 벗기우다, 죽임 당하다
표상 가치	개발, 발전, 전진	미개발, 낙후, 후진
젠더 영역	남성	여성

유력한 용의자를 숨기고 있는 듯이 보이는 레미콘 공장과 그 용의자를 취조하는 경찰서의 지하 취조실은 유사한 공간적 구성 원리를 지니고 있다. 이 공간은 딱딱하고, 단단하고, 거칠고, 차갑고, 수직적인, 직선적인, 빠른, 사각형의, 막힌 공간이며 남성들의 공간이다. 이 안에서 남성들은 달리고, 뛰고, 구르고, 소리 지르고, 발길질 하고, 몸을 날리고, 때리고, 맞고, 뛰어 오르고, 뛰어 내리고, 돌진한다. '중단없는 전진'을 표상하는 이 공간은 발전과 개발의 논리로 무장한 남성의 영역이다.

여자들이 강간─살해 당하는 공간은 논이나 논두렁 길, 억새밭, 산길, 야산 등이다. 이 공간은 부드럽고, 축축하고, 물렁물렁하고, 질척거리고, 수평적인, 완만한, 느린, 곡선의, 트인 공간이다. 이 공간 안의 여성은 개발의 현장에서 달려 나온 남성에 의해 끌려가고, 묶이고, 자빠뜨려지고, 눈 가려지고, 입 막혀지고, 목 졸리고, 벗겨지고, 죽임 당한다. 이 피동사의 세계 속에서 여성은 스스로 말하고 행동하지 못한다. 이 피동형의 공간은 낙후된, 미개발의, 후진적 영역을 표상한다.

1980년대 한국의 한 소도시에서 벌어진 엽기적인 연쇄 살인 사건을 소재로 하고 있지만, 영화의 관심이 그 미제(未濟) 사건의 범인을 밝혀내는 데에 있지 않다는 점은 이로써 분명해질 것이다. 요컨대 이것은 '기운 찬 개발의 현장'으로부터 뛰어나온 '남성들'이 느릿느릿한 미개발의 여성 영역을 묶고, 눈 가리고, 입 막고, 죽이는 이야기인 것이다. 그러면 이 '남성들'은 누구인가?

재난은, 재난을 피하는 훈련이 실시되는 밤에 일어난다. 학교에서 민방위 훈련을 받은 여학생은 집으로 돌아가는 산길에서 납치당하고 어두운 솔밭에서 죽임을 당한다. 손발을 뒤로 묶이고 옷이 벗겨진 채 엎어진 그녀가 공포에 질린 눈을 흡뜨고 있을 때, 마을에서는 '등화 관제'의 훈련이 벌어진다. 공습경보의 사이렌이 울리는 순간, 여학생이 묶인 채 엎어져 있는 솔밭 너머로 반짝이던 마을의 불빛들이 하나씩 꺼져간다. 그렇다면 이 훈련은 누구를 위한, 누구를 향한 훈련인가? 경보를 발하는 날카로운 사이렌 소리와 대피할 것을 명령하는 관리(官吏)의 목소리는 대체 누구를 향한 것인가?

「빗 속의 여인」이라는 노래가 흐르는 가운데 여자가 살해당하는 또 다른 시퀀스에는 사건과는 전혀 관련이 없어 보이는 듯한 장면 두 개가 삽입되어 있다. 첫 번째는 행사에 동원된 여학생들의 장면이다. 차량의 통행이 통제된 읍내 도로 한 복판에서 스피커를 손에 들고 인도에 도열해 있는 여학생들에게 지시를 내리고 있는 남자는 민방위 훈련을 감독하는 관리의 복장을 하고 있다. 인도에 도열한 여학생들은 한복을 입고 태극기를 손에 들고 있다. 정복을 입은 경찰관은 도로 쪽을 향해 서 있다. 화면의 왼쪽에서 박두만 형사가 무전기 이어폰을 귀에 꽂은 채 등장한다. 사람들의 시선은 휘어진 도로의 저 안쪽을 향하고 있다. 여학생들이 무슨 행사에 동원된 것인지, 그들이 바라보는 도로의 안쪽으로부터 무엇이 나타날 것인지는 도로 위에 걸린 플랜카드가 말해 준다. "환영. 전두환 대통령 각하".

갑자기 비가 쏟아지자 인도에 서 있던 여학생들이 우르르 길 건너의 가게 앞으로 몰려든다. 박두만 형사도 비를 피해 길을 건넌다. 비는 살인의 시그널이다. 살인자는 비와 함께 나타나고 여학생은 언제나 잠재적 피살자이다. 그렇다면 살인 사건의 범인을 쫓는 한편, 대통령 경호 업무에 동원된 박두만 형사가 '보호'해야 할 대상은 누구일까? 비를 피하지 말고 그대로 선 채 곧이어 나타날 '각하'를 영접하라고 외치는 민방위복의 사내는 무엇을 '방위'하는 것일까? 영화는 기묘한 혼란으로 관객을 유도한다.

이어지는 다음 장면은 화염병과 최루탄이 오가는 격렬한 시위 현장이다. 비가 쏟아지는 가운데 시위 진압용 경찰 차량이 화면 한 가운데를 밀고 올라가고 시위대는 장갑차를 향해 화염병을 던진다. 불길이 치솟고 돌이 튀어 오르는 도로 한 복판에서 조용구 형사는 한 시위대원의 뒷덜미를 낚아채어, 그가 취조실에서 자주 그랬듯이, 군홧발로 짓이긴다. 살인을 예비하는 노래 「빗 속의 여인」은 여전히 경쾌하게 흐른다. 그리고 어김없이 한 여자가 살해당한다.

재난의 예방과 재난으로부터의 안전을 약속하는 국가의 목소리는 번번이 허세로 끝날 뿐만 아니라, 그 대상과 목적에 대한 의심과 혼란을 유발한다. 불을 끄고 대피할 것을 명령하는 국가의 목소리. 그 시간에 자행되는 살인. 비와 함께 나타나는 독재자. 그 비를 피하는 여학생. 피하지 말고 그대로 서 있을 것을 종용하는 민방위복의 사내. 광주에서의 살육에 책임을 묻는 시위대. 그것을 진압하는 형사들. 시위 진압에 출동한 전(全)

경찰 병력. 그 틈에 벌어진 또 다른 살인. 이러한 장면들의 짧지만 빈번한 노출은 "대체 누가, 누구를, 누구로부터 보호하는가?"라는 의문을 유발시키면서, 영화의 의도가 살인범에 대한 통속적 흥미를 해결하는 데에 있지 않음을 분명히 한다.

앞에서 우리는 개발의 현장으로부터 튀어나온 이 '남성들'은 누구인가를 물었다. 영화는 이 '남성들'이 있는 곳에 '국가'가 있음을 보여준다. 아주 짧은 순간이기는 하지만 영화는 그 '남성들' 중에 가장 강력한 힘의 소유자, 즉 최고 권력자의 이름을 정면으로 비춘다. 아마도, 연쇄 살인의 끔찍한 재앙이 벌어지는 현실과 연관하여 영화가 정말로 보여주고 싶어 하는 것은 바로 이 남성=국가의 얼굴일지도 모른다.

2.

이상에서 설명했듯이, 대립적 이미지를 지닌 두 공간을 연속적으로 교차시킴으로써 영화는 공격적이고 억압적인 남성=국가의 영역과 찢기고 짓눌린 여성의 영역을 대비시킨다. 그러나 이 두 공간의 대립적 이미지란 사실상 영화 텍스트의 심층에 자리 잡은 것으로서 쉽사리 드러나지 않는다. 표면적으로 영화는 공간의 대립이 아니라 인물의 대립으로 진행된다. 흥미를 유발하는 영화의 긴장감은 이 인물들의 대립으로부터 온다.

가장 쉽게 눈에 띄는 인물의 대립은 물론 박두만과 서태윤의 대립이다. 본능, 육감, 경험에 의지하는 시골 형사 박두만의 비이성적·감정적 세계와 증거, 서류, 논리에 의지하는 서울 형사 서태윤의 이성적·분석적

비는 살인의 시그널이다. 살인자는 비와 함께 나타나고 여학생은 언제나 잠재적 피살자이다. 살인 사건의 범인을 쫓는 한편, 대통령 경호 업무에 동원된 박두만 형사가 '보호'하는 대상은 누구인가? 비를 피하지 말고 그대로 선 채 곧이어 나타날 '각하'를 영접하라고 외치는 민방위복의 사내는 무엇을 '방위'하는 것일까?

재난은, 재난을 피하는 훈련이 실시되는 밤에 일어난다. 공습경보의 사이렌이 울리는 순간, 여학생이 묶인 채 엎어져 있는 솔밭 너머로 반짝이던 마을의 불빛들이 하나씩 꺼져간다. 그렇다면 이 훈련은 누구를 위한, 누구를 향한 훈련인가? 경보를 발하는 날카로운 사이렌 소리와 대피할 것을 명령하는 관리(官吏)의 목소리는 누구를 향한 것인가?

세계의 충돌이 서사를 추진하는 기본적인 동력임은 말할 것도 없다. 그러나 서사가 진행되면서 날카롭게 대립하던 두 인물, 또는 두 인물이 표상하던 세계의 경계는 흐려지거나 심지어는 뒤바뀐다. 처음에 시골 형사 박두만은 서울 형사 서태윤에 대한 아니꼬움을 한국(=시골) / 미국(=서울)의 우열 관계로 환치시킴으로써 자신과 서태윤 사이에 가로놓인 시골 / 서울의 경계를 지워보려 하는데, 실제로 그것은 유전자 감식을 미국에 의존하고 그 서류를 기다릴 수밖에 없게 된 후반부의 상황에서 현실이 된다.

그러나 이때쯤이면 이미 두 인물이 표상하던 세계의 경계는 아주 많이 흐려져 있다. 다시 말해, 시골 형사만이 육감과 본능에 의지하는 것도 아니고 서울 형사만이 논리와 분석에 집착하는 것도 아니다. 변태 성욕자 조병순을 고문해서 자백을 받아내려던 박두만은 새로운 살인 사건이 발생하자 자신의 수사 기록이 담긴 수첩을 찢으며 서태윤에게 말한다. "그래, 네 말이 옳다." 동시에 최후의 용의자 박현규에게 집착하는 서울 형사 서태윤의 태도 역시 이미 과학적 증거와 논리적 분석에 의해 움직이는 인물의 그것이 아니다. 박현규를 진범으로 확신하는 그는 "목격이고 나발이고 죽도록 패면 돼. 자백만 받아내면 돼."라고 내뱉는다. 그런 서태윤을 보고 박두만은 말한다. "너 많이 변했다." 이 장면에서 용의자 박현규에게 객관적인 증거와 정황을 들이대며 논리적인 추궁을 하는 인물은, 증거를 조작하고 고문으로 자백을 얻어내는 것으로 일관하던 박두만 자신이다.

이제 이 영화에서 가장 흥미롭고 의미심장한 경계의 뒤섞임 혹은 뒤바뀜에 대해 논의해 보자. 영화의 주요 공간인 지하 취조실이 처음으로 모습을 보이는 것은 최초의 용의자 백광호의 심문 장면에서이다. 옷을 벗긴 채 러닝셔츠와 팬티만을 입고 박두만과 마주 앉아 있는 정신 지체자 백광호가 무고한 희생자임은 명백해 보인다. 역시 이 장면에서 처음 등장하는 폭력 형사 조용구는 지하 취조실의 계단을 뚜벅뚜벅 걸어 내려와 다짜고짜 백광호를 군홧발로 걷어차고 짓이긴다. 고문과 폭력이 일상적으로 자행되는 지하 취조실은 이렇게 그 모습을 드러낸다.

취조실의 두 번째 장면은 백광호와 형사들이 함께 앉아 자장면을 먹으며 TV를 보는 장면이다. 카메라는 80년대의 TV 인기 드라마를 클로즈업으로 비춘다. '수사 실화극 수사반장'이라는 타이틀과 함께 과학 수사를 상징하는 감식반원의 흰 장갑이 화면에 등장한다. 관객의 시선으로 보면, 과학적인 수사에 의한 '실화'임을 주장하는 TV 드라마와 증거 조작, 고문 등이 일상화한 '실제' 현실의 지하 취조실이 겹쳐지는 것이다. 이 겹침은 허구와 현실의 경계를 모호하게 하면서 동시에 일상적인 것과 비상한 것, 익숙한 것과 낯선 것의 경계를 뒤섞고 바꾼다. TV의 시청은 일상적인 것이며 인기 드라마의 경우는 더욱 그렇다. 그것은 생활 속에서 신체화된 행동이다. 반면에 구타와 비명이 오가는 지하 취조실은 누구에게나 비상한 것이며 모든 사람들에게 낯선 것이다. 그러나 이 장면에서 그 경계는 흐려진다. 아마도 조금 전까지 틀림없이 군홧발로 백광호를 짓밟았을 조용구와 박두만은 너무나 일상적인 표정으로 백광호와 나란히 앉아 자장면을 먹으며 「수사반장」의 경쾌한 타이틀곡을 함께 따라 부른다. 자신의 상황을 이해할 능력이 부족한 백광호의 정신적 수준을 감안하더라도, 야근을 하던 직장 동료들이 다정하게 둘러 앉아 배달된 저녁 식사를 먹고 있는 듯한 이 장면의 일상적 면모는 이 상황이 실제로 품고 있을 모종의 비상함이나 낯설음의 경계선을 교란시키기에 충분하다.

함께 식사를 하며 TV를 시청하는 너무나도 익숙한 일상의 행동이 일상에서는 도저히 보기 힘든 비상한 폭력과 자연스럽게 섞이는 것, 여기에 이 장면의 문제성이 있다. 식사를 마친 조용구와 박두만은 서둘러 백광호의 뒷덜미를 잡아 끌고 다시 취조 테이블 앞에 앉힌다. 이때의 인물들의 표정과 동작은 마치 야근 근무자가 식사를 하느라고 잠시 제쳐 두었던 작업 도구들을 다시 펼쳐드는 것과도 같은 무심함과 심상함을 담고 있다. 그러나 이 심상함이 곧바로 피가 터지는 구타와 비명으로 이어질 것임은 충분히 짐작할 수 있다. 과연 이어지는 장면에서 백광호는 산 속으로 끌려가 삽으로 자신의 무덤을 파는 위협을 받는다.

일상에서 폭력으로, 폭력에서 일상으로의 거침없는 이동을 묘사하는 이 시퀀스는 국가 폭력과 일상성에 관한 의미심장한 사유의 실마리를 제공한다. 그 점을 살피기 위해 먼저 연쇄 살인이 벌어지는 시점, 즉 1980년대 중반 한국 사회에서 크게 이목을 끌었던 두 개의 사건을 언급하기로 하자.

첫 번째의 사건은 한국 민주화 운동의 리더였던 김근태의 고문 사건이다. 「민주화운동 청년연합」의 의장이었던 김근태는 체포되어 이른바 '남영동 분실'에서 유명한 고문 경찰 이근안의 혹독한 고문을 받았다. 이근안은 상처를 남기지 않고 고문하는 기술로 악명을 떨쳤는데, 김근태는 자신의 몸에 남은 작은 피딱지와 남영동 분실에서 그가 겪은 고문의 실태를 자세하게 적은 문건을 밖으로 유포하는 데 성공함으로써 전두환 정권의 야만성을 폭로하고 민주화 운동의 열기를 고조시키는 데에 큰 역할을 하였다. 그가 적은 고문의 실태 가운데 사람들로 하여금 그 끔찍함을 더욱 실감케 했던 것은 고문의 수법, 즉 팔을 잡아 뺀다든가, 전기 고문을 한다든가 하는 등의 고문 그 자체가 아니었다. 피고문자가 '칠성판'이라고 부르는 고문대에 묶여 뉘여진 채 온갖 고통에 시달리고 있는 동안,

취조실 구석에 놓인 라디오에서 달콤한 여자 아나운서의 목소리와 함께 나른한 오후의 음악 방송 같은 것이 흘러나올 때, 그것이야말로 고문보다 더한 고통이었다고 그는 증언한다. 그런가 하면, 고문 경찰들이 나누는 일상적인 대화들도 피고문자에게는 견딜 수 없는 고통이다. 피고문자를 묶어 놓고 고문을 가하는 '작업' 틈틈이 고문자들은 일상적이고 사적인 대화, 즉 자식의 학교 성적이라든가 부동산 시세에 관한 대화 따위들을 나누는 것이다. 고문자가 지닌 선량한 소시민의 일상의 얼굴, 이것이야말로 피고문자에게는 가장 큰 공포며 고통이었던 것이다.

생명을 위협하는 폭력이 평범한 일상의 행동들과 한 공간 안에 뒤섞이고, 선량한 소시민의 얼굴과 야차 같은 고문자의 얼굴이 하나로 겹쳐지는 상황은 80년대 한국 사회에서는 지극히 보편적인 현상이었다. 영화가 김근태의 고문 사건을 참조한 것인지는 확인할 수 없지만, 일상과 폭력의 경계가 뒤섞이는 지하 취조실이야말로 폭력의 폭력성을 심사숙고하게 하는, 의미로 충만한 공간이다. 이 공간 안에서 폭력이 '일상적으로' 자행된다는 것을 지적하는 것이 중요한 게 아니다. 폭력과 일상의 경계가 구분되지 않음을, 일상에서 폭력으로 폭력에서 일상으로의 이동이(마치 백광호와 함께 자장면을 먹은 형사들이 그를 끌고 취조 테이블로 무심히 자리를 옮기듯이, 또 고문자들이 쉬는 시간에 평범한 소시민의 얼굴로 돌아가듯이) 거침없이 이루어지는 것, 그것이 폭력의 본질임을 지적하는 것이 중요하다.

물론 이러한 인식은 영화의 도입부에 해당하는 백광호의 취조 장면에서는 아직 기대할 수 없는 것이다. 더구나 폭력을 행사하는 당사자의 하나인 박두만에게서 이러한 인식이 생겨날 수 있다고는 상상할 수 없다. 그러나 영화가 진행되면서 관객은 살인 사건과는 직접적인 관련이 없어 보이는 듯한 민방위 훈련이나 시위 현장의 모습들과 자주 마주친다. 나날의 진부한 일상 속에서 준비되고 실현되는 폭력, 특히 국가 폭력의 문제는 영화가 진행될수록 조금씩 그 모습을 드러낸다. 틀림없다고 믿었던 박현규에게서도 증거를 찾아내지 못하고 지친 상태로 책상에 얼굴을 묻고 대화를 나누는 박두만과 서태윤의 장면에서, 박두만이 손을 올려놓은 신문 지면에 대통령 부인의 사진이 확연하게 보이는 것은 의도적인 세팅임이 분명하다.

더욱 흥미로운 것은, 이 연쇄 살인 사건과 국가 폭력 사이의 모종의 유비적 관련이 끊임없이 암시되는 것과 함께 폭력과 육감에 의지하던 박두만의 태도가 변화해 간다는 사실이다. 이미 그는 자신의 수첩을 찢어버리며 서태윤의 방식이 옳았음을 고백한 바 있다. 그러나 박현규가 용의자로 부상되는 시점에 이르면 둘의 태도는 어느새 뒤바뀌어 있다. 본능과 육감이 지시하는 대로 돌진하던 박두만은 이제 멈칫거리고 서성이고 회의한다. 오로지 군홧발로만 말하는 폭력 형사 조용구 사건에서 박두만의 이러한 태도는 절정에 이른다. 이제 그 점을 살펴보자.

김근태 고문 사건과 함께 80년대 한국에서의 국가 폭력의 야만성을 증거하는 또 하나의 사건은 '부천서 성고문 사건'이다. 부천 경찰서의 형사 문귀동은 학생 시위로 체포된 한 여대생에게 참혹한 성추행을 자행하고, 피해자인 여학생은 이 사실을 폭로했다. 그러나 국가 권력은 사건을 은폐하고 모든 책임을 학생 운동의 부도덕과 퇴폐로 몰아붙이는 야만성을 드러내었다. 피해 여학생의 초인적인 용기와 민주화 운동 세력의 끈질긴 저항 끝에 마침내 사건의 전모가 밝혀졌고, 형사 문귀동은 체포되고 재판에 회부되었다. 이 사건에서 경악스러운 것은 이러한 행위가 예외적이거나 돌발적인 것이 아니었다는 점이다. 시국 사건으로 경찰의 조사를 받는 여학생들이 성추행이나 성적 모욕을 당하는 것은 일상적인 일이었다.

습관화된 폭력 때문에 형사 반장으로부터 심한 질책을 당하고 수사에서 배제된 조용구가 낙담하여 술을 마시고 있는 장면에서, TV의 뉴스는 문귀동의 재판 소식을 전한다. 조용구는 일어나서 TV 앞으로 가 채널을 돌린다. 그러나 여전히 같은 뉴스이다. 뉴스를 보고 있던 대학생들이 "저 형사 새끼들은 거시기를 다 짤라버려야 해", "짤라도 소용없어. 원래부터 무식한 새끼들이야"라는 말을 주고 받는 순간, 조용구는 술병을 던져 TV를 깨고 학생들과 싸움을 벌인다. 이 패싸움의 와중에서 조용구는 백광호가 내리찍은 각목의 못에 정강이를 찔리고 마침내 다리를 절단해야 하는 상황에 이른다.

이 시점에서 박두만의 변화는 분명해진다. 백광호가 자신의 눈앞에서 기차에 충돌하여 온 몸에 피를 뒤집어쓰는 사건 이후 그는 깊은 회의에 빠진 인물로 변모한다. 그가 회의하는 것이 '진범'을 찾는 일에 대한 것일까? 그것만은 아닐 것이다. 그는 자신을 비롯한 이 폭력의 집행자들에 대한 전반적인 회의에 직면한 것처럼 보인다. 피에 젖은 옷을 빨고 있는 애인 옆에서 풀죽은 모습으로 벽에 기대어 있는 그는, 이제 더 이상 "내 눈깔은 못 속여. 딱 보면 티가 나" 하고 이를 악물던 예전의 그가 아니다. 다리를 절단해야 하는 조용구를 바라보는 그의 눈길에는 측은함을 넘어선, 정체를 알 수 없는 대상을 향한 분노가 담겨 있다. 폭력의 상징이었던 조용구의 군화와 군화 커버를 힘없이 바라보는 박두만은 알 수 없는 어떤 거대한 오류와 혼돈 속에 빨려 들어간 인물의 내면을 연기한다. 마침내, 박현규가 범인일 수 없음을 알리는 유전자 감식 결과의 서류 앞에서 서태윤은 그가 신봉해 왔던 '과학'을 부정하고 박현규에게 총을 겨눈

조금 전까지 군홧발로 백광호를 짓밟았을 조용구와 박두만은 백광호와 나란히 앉아 자장면을 먹으며 「수사반장」의 경쾌한 주제곡을 함께 따라 부른다. 함께 식사를 하며 TV를 시청하는 너무나도 익숙한 일상의 행동이 일상에서는 도저히 보기 힘든 비상한 폭력과 자연스럽게 섞이는 것, 여기에 이 장면의 문제성이 있다. 일상과 폭력의 경계가 뒤섞이는 지하 취조실이야말로 폭력의 폭력성을 심사숙고하게 하는, 의미로 충만한 공간이다.

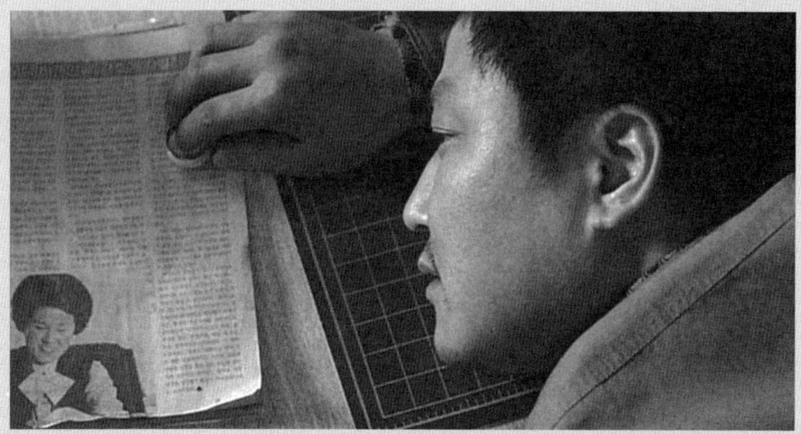

나날의 진부한 일상 속에서 준비되고 실현되는 폭력, 특히 국가 폭력의 문제는 영화가 진행될수록 조금씩 그 모습을 드러낸다. 박두만이 손을 올려놓은 신문 지면에 대통령 부인의 사진이 확연하게 보이는 것은 의도적인 세팅임이 분명하다.

다. 그러나 박두만은 그 총을 내리게 하고 박현규의 얼굴을 움켜쥔다. 그는 다시 한 번 자신의 육감에 의지한다. "내 눈 똑바로 봐라." 그는 박현규에게 말한다. 그러나 이를 악물고 마주 쏘아보는 박현규를 바라보는 박두만의 눈은 이미 자신감을 잃고 흔들리고 있다. 허탈한 표정으로 그는 내뱉는다. "씨발, 모르겠다."

　박두만의 회의와 혼란은 다만 '진범'을 찾을 수 없다는 것에서 기인한 것이었을까? 그는 무엇을 모르겠다고 한 것일까? 영화는 검은 터널 속으로 사라진 박현규의 모습을 끝으로 16년이 지난 2003년의 시간으로 이동한다. 형사 박두만은 중년의 사업가로 변신했다. 국가의 충복(忠僕)이었던 그는 풍요로운 시장(市場)의 아들이 되었다. 최초의 사체 발견 장소로 그는 돌아온다. 사체가 놓여 있던 논 옆의 수로를 그는 오랫동안 들여다본다. 지나가던 어린 여학생이 '지난번에도 어떤 아저씨가 거기를 들여다보았다'고 말한다. 순간 영화는 관객을 최후의 긴장으로 이끈다. '옛날에 내가 여기서 했던 일이 생각나서 와 봤다'라고 했다는 미지의 인물, 어쩌면 관객이 이미 알고 있는 인물 중의 하나일지도 모를 인물의 등장에 의해 긴장은 최고도에 이른다. 한가로운 추억에 잠긴 느긋한 태도로 옛날의 현장을 찾았던 박두만의 표정 역시 긴장으로 떨린다. "그 아저씨 얼굴 어떻게 생겼어?"라는 박두만의 질문에 아이는 "그냥, 뻔해요, 평범해요"라고 답한다. 그 순간 박두만의 표정은 충격과 경악에 휩싸인다. 카메라는 충격으로 넋을 잃은 듯한 그의 옆얼굴을 오랫동안 비춘다. 이윽고 그는 천천히 고개를 돌려 관객을 마주 본다. 충격과 공포, 혼란과 당혹감으로 가득 찬 그의 표정을 관객 역시 같은 심정으로 마주 본다.

박두만은 마침내 영화의 심층에 놓여 있던 두 개의 공간, 즉 남성=국가의 영역과 여성 영역의 대립을 발견한 것일까? 그는 자신이 빠졌던 그 미궁(迷宮)이 실은 '기운찬 개발의 현장'으로부터 뛰어나온 남성들이 느릿느릿한 미개발의 여성 영역을 묶고, 눈 가리고, 입 막고, 죽이는 세계였던 것임을 깨달은 것일까? 그 남성의 얼굴이 지극히 '평범한' 얼굴이라는 사실 앞에 그는 비로소 일상과 폭력의 경계가 뒤섞인 취조실과 그 배후에 놓인 국가의 얼굴을 보았던 것일까? 그리고 바로 다름 아닌 자기가 그 취조실의 폭력의 집행자였음을 상기한 것일까? 풍요로운 이천년대의 시장 한 복판에서 그는 자신이 뛰고, 달리고, 돌진하는 개발의 주역이었음을 깨달은 것일까?

그렇다면 그는 스스로에게 이렇게 묻고 있는 것인지도 모른다. 그리고 그를 바라보는 우리 역시 똑같은 질문을 하고 있는 것일지도 모른다 : "그녀를 죽인 것은 나였을까?"

그는 스스로에게 이렇게 묻고 있는 것인지도 모른다. 그리고 그를 바라보는 우리 역시 똑같은 질문을 하고 있는 것일지도 모른다 : "그녀를 죽인 것은 나였을까?"

(2006)

저항과 절망

들어가며

몇 달 전 한국의 한 TV 방송은 이른바 가미가제(神風) 특공대원으로 전사한 조선인 청년에 관한 다큐멘터리를 방영했다. 방송에 따르면, 식민지 조선의 지방 출신인 열아홉 살의 청년은 일본군에 지원하여 신경(新京)에 주둔한 관동군 항공부대에 배속된 후 특공대원으로 차출되었다. 출격에 앞서 그는 고향의 부모 형제에게 남기는 유언을 녹음하였는데 몇 십 년의 세월이 흐른 뒤에 그 유언이 녹음된 LP판이 발견되었다. 낡은 레코드판의 지직거리는 잡음 사이로 "천황 폐하에 대한 충성"과 "부모님의 만수무강"을 비는 조선 출신 일본군 육군 중위의 힘찬 목소리가 흘러나올 때 대부분의 한국인 시청자들은 필시 크나큰 곤혹감을 느끼지 않을 수 없었을 것이다.

곤혹감은 여기서 그치지 않는다. 이 청년은 그가 회피할 수 없었던 죽음을 감수하고 결국 야스쿠니 신사에 '봉안'되었다. 방송은 야스쿠니 신사에 수많은 조선 출신의 일본군 병사들이 봉안되어 있음을 알린다 (21,000이라는 그 숫자는 아마도 한국의 대중들에게 처음으로 알려진 숫자였을 것이다). 동시에 방송은 가미가제 특공대원으로 차출되었던 몇몇 조선인 청년들의 흔적을 좇는다. 그들이 자주 갔던 술집, 하숙집 등을 찾아낸 끝에 방송은 그들이 결코 그런 죽음을 원하지 않았다는 사실을 전한다. "야스쿠니에서 만나자"는 특공대원의 구호 뒤에는 술집에 모여 '아리랑'을 부르던 식민지 청년들의 울분과 슬픔이 놓여 있음을 전하면서 방송은 '왜 그들이 야스쿠니에 모셔져 있어야 하는가' 하는 질문을 던진다. 레코드판의 발견에 의해 신원이 드러난 청년 장교의 여동생의 증언에 따르면, 그들 가족은 그의 위패가 야스쿠니에 '봉안'된다는 어떤 통첩도 받지 못했고 따라서 그때까지도 그 사실을 모르고 있었다. 방송은 여기에서 끝난다.

놀라운 사실은 한국 사회가 이 다큐멘터리에 대해 어떤 반응도 보이지 않았다는 것이다. '일본'이라는 단어가 발화되는 순간 곧바로 엄청난 흥분 상태로 빠져드는 한국 사회의 오랜 습성에 비추어 볼 때, 이 침묵과 무관심은 대단히 예외적이고 놀라운 것이 아닐 수 없었다. 생각건대 이 침묵은 이 다큐멘터리가 한국 사회와 대중에게 불러일으킨 어떤 기묘한 곤혹감으로부터 기인한 것이 아닌가 한다. 그 곤혹감이란 무엇일까?

내 생각에, 이 다큐멘터리는 그때까지 한국 사회에서 익숙했던 발화의 방식에 어떤 혼선을 초래하는 것이었다. 무엇보다도 이 다큐멘터리의 대상이 된 가미가제 대원들은, 2005년에 한국 국회에서 통과된 '일제 강점하 친일 반민족행위 진상규명에 관한 특별법'의 규정에 따르면, '일본군

소위 이상의 계급'을 지녔던 자들로서 모두 조사를 받아야 할 '친일파'들이다. 그러나 이 다큐멘터리는 그들을 '친일파'로 단죄하는 어떠한 시선도 드러내지 않는다. 오히려 다큐멘터리는 그들이 자신들에게 강요된 죽음의 부당성에 대해 강한 울분과 분노를 일상적으로 표시하고 있었다는 증언을 비춰준다. 또한 명시적으로 말하고 있지는 않지만, 이 가미가제 대원들이 특별히 의식적인 '친일파'들이라기보다는 조금이나마 더 나은 삶을 위해 군대에 지원하고 끝내는 전장에서 사라져 간 당시 식민지 출신의 숱한 평범한 청년들에 지나지 않았음을 보여준다.

일제의 전쟁 동원에 희생된 '동포' 청년의 죽음에 대한 해설자의 동정 어린 목소리를 듣는 한편으로, 시청자들은 '천황 폐하 만세'를 외치는 그 '동포' 청년의 마지막 육성을 함께 들어야 한다. 이 기묘한 착종 위에 다시 '친일(파)청산'의 시선이 겹쳐질 때, 이 다큐멘터리를 시청하는 시청자의 의식은 혼란스러워질 수밖에 없다. 그러나 혼란은 여기서 끝나는 것이 아니다. 다큐멘터리는 이 청년들이 '왜 야스쿠니 신사에 봉안되어야 하느냐'고 묻는다. 그것이 부당하다는 것은 말할 것도 없다. 그들이 거기에 있어야 할 이유는 없다. 그들은 "돌아와야 한다." 그런데, 어디로?

이 물음이 제기되는 순간의 곤혹감이야말로 이 다큐멘터리에 대해 왜 한국 사회와 대중이 그토록 철저하게 침묵을 지켰는가를 설명해 준다. 요컨대, 수십 년 동안 익숙해진 '친일(파)' 담론으로는 그들의 정체성, 그들의 죽음을 설명할 길이 없는 것이다. 그들은 누구인가? 그들은 어떻게 죽었으며 어떻게 기억되어야 하는가? 더 단순하게 말하면, 그들은 한 민족인가? '반민족 행위자'인가? 그들은 가해자인가? 피해자인가? 야스쿠니와 일본 국가가 그들의 죽음을 기억하고 발화하는 주체일 수 없음은 분명하다. 그렇다면 누가? 대한민국, 혹은 조선민주주의 인민공화국이라는 국가? 야스쿠니가 아니라면, (그럴 리야 물론 없지만) '국립묘지' 또는 '혁명열사릉'?

이렇게 그들의 존재는 '친일(파)' 혹은 한일 문제에 관련된 한국 사회의 지배적인 담론 즉, 내셔널리즘적 사고에 매우 심각한 균열을 초래하는 것이었다. 다시 말해, 한 세기 이상 한국인의 사회화 과정을 지배해 온 내셔널리즘의 인식 태도로서는 이만명이 넘는 이 죽음들을 설명하거나 처리할 어떤 방법도 없는 것이다. '친일진상규명법'의 바탕을 이루는 '민족정기 회복론' 따위의 감정에서 보면, 이들이야말로 하루빨리 제거되고 청산되어야 할 존재들임에 틀림없기 때문이다. 그러나 방송은 그들이 제국주의의 폭력에 희생된 가련한 피해자에 지나지 않았음을 암시한다. 게다가 죽어서도 그들은 고향에 돌아오지 못하고 야스쿠니 신사에 발이 묶여 있는 것이다(물론 방송은 그들이 가미가제 특공대원으로서 어떤 행동을 했는지에 대해서는 말하지 않는다).

모든 내셔널리즘은 필연적으로 피해자의 내셔널리즘이다. 그러나 그들의 존재와 죽음은 피해자의 내셔널리즘에 일대 혼란을 유발하는 것일 수밖에 없다. 그들은 '가해자'이면서 '피해자'이며, '친일파'이면서 '동포'이며, '청산'의 대상이면서 '돌아와야 하는' 존재들이다. 요컨대 '내이션(민족, 국가)'의 이름으로 그들의 존재와 죽음을 말하는 순간, '내이션'은 걷잡을 수 없는 자기모순과 혼란에 빠지는 것이다. 그리고 이 혼란에 대한 한국 사회의 반응은, 난처하고 복잡한 문제 앞에서는 언제나 그래 왔듯이, 침묵이었다.

그러므로 문제는 발화의 위치와 주체에 관한 것이다. 일본 제국주의의 식민지 지배와 관련하여 제기되는 한일 간의 모든 현안에 있어서, 누가, 어디서, 어떻게 말하는가 하는 문제의 복잡성을 고려하지 않는 한, 제국주의의 지배를 '청산'하고 평화와 협력의 미래를 구상하는 작업은 공연한 헛수고에 그칠 가능성이 크다. 이제 위의 사례를 염두에 두면서 나는, '한국－일본의 상호 이해를 가로막는 장벽'에 대해 논의하는 이 자리에서 다음과 같은 문제들을 짚어보고자 한다.

첫째, 탈식민지 사회의 한국에서 '일본'은 어떻게 기능하는가? 더 나아가, 일본 제국주의와 관련된 '과거의 죽음(들)'은 한국 사회에서 어떤 방식으로 전유(＝횡령)되는가? '미래의 삶'을 기획하기 위해서 우리는 당연히 '과거의 죽음(들)'에 대해 말해야 한다. 그러나 누가, 어떻게 그 죽음(들)을 횡령하는가? 죽은 자를 '대신해서' 말하는 자는 누구인가? 죽은 자로 하여금 '스스로' 말하게 하는 방법은 없는가?[1]

둘째, 제국주의와 전쟁의 폭력에 저항하는 새로운 주체의 형성을 어디에서 어떻게 시작할 것인가? 국민적 주체의 틀을 벗어난 다른 주체의 형성은 어떻게 가능할 것인가?

'친밀한 적', 일본

1945년의 이른바 '해방' 이후 한국 사회에서 '일본'은, 새로운 국민적 통합을 위해 없어서는 안 될 존재(였)다. '일본'이라는 '절대악'의 존재에

---

1) '죽은 자를 대신해서 말하기'가 아니라 '죽은 자로 하여금 스스로 말하게 하기'는 도미야마 이치로(冨山一郎)의 『전장(戰場)의 기억』(임성모 역, 이산, 2002)에서 따왔다. 이 문제에 관한 보다 자세한 언급은 필자의 책 『'국민'이라는 노예』(삼인, 2005)를 참조하기 바란다.

반사되는 '순결하고 선량한 나'의 모습. 이 자화상이야말로 전쟁과 독재와 부패로 얼룩진 한국인의 곤비(困憊)한 삶을 견디게 하는 강력한 위안물이(었)다. 그 자화상이 비록 환각에 지나지 않는 것임을 어렴풋이 알게 되었다 할지라도, 그 환각으로부터의 깨어남보다는 차라리 그 속에서의 달콤함을 택하는 것이 훨씬 편한 상태―'해방' 60년을 맞는 한국 사회의 모습은 그런 것일지도 모른다. 그런 의미에서 '일제'는 물러가지 않았다.

극도로 부정적인 대상을 설정함으로써 자신의 정체성을 반사적으로 정립하고자 하는 욕구는 실상 한국 사회의 오랜 정체성 형성의 기본 구조(였)다. 오늘날, 나이, 신분, 직업, 지역, 정치적 입장 등에 따른 모든 차이와 갈등을 한 순간에 해소시키면서 '한국인'으로서의 동일성을 확립하는 데에 '일본'만큼 큰 역할을 하는 것은 없다. 한국 내셔널리즘의 영원한 적(敵)이자 영원한 동반자로서의 '일본', '친밀한 적(intimate enemy)'의 개념을 이렇게 잘 실증하는 예도 드물 것이다.

그러므로 근대 한국인의 정체성을 형성하는 데에 일본 국가가 개입하였던 사실과는 전혀 다른 의미에서, '일본'은 다시 탈식민지 사회 한국인의 정체성 형성에 개입한다. 즉, 한국 내셔널리즘에 있어서 '일본'은 한국인을 만들어내는 가장 긴요한 도구로 기능한다. '국사'를 비롯한 모든 민족 서사 및 담론들에서 집단적 주체로서의 '한국민'(혹은 '조선민주주의인민공화국 인민')의 집단적 기억(동시에 집단적 망각)을 만들어내고 유지하는 데에 '일제'의 위력은 여전히 크다.

내셔널리즘 혹은 내셔널 히스토리는 자신의 기원에 가로놓인 굴종과 변절의 얼룩을 지워내고 인간적 존엄과 위의를 갖춘 내력담(來歷談)을 새롭게 구성하고자 하는 욕망(그 자체로서는 지극히 인간적인 것일 수도 있는)에 바탕을 두고 있다. 말할 것도 없이, 이러한 욕망은 집단적 기억의 장에서 언제나 가장 큰 호소력을 지닌다. 박해와 수난으로 점철된 자기상(自己像)이 강하면 강할수록 이 욕망 역시 강해질 것임도 자명한 일이다.

그러나 있을 수 있는 인간적 욕구가 하나의 강박이 될 때, 그로부터 기묘한 맹목(盲目)과 전도(顚倒)가 발생한다. 사실과 기억들은 이상적 자아상의 구축을 위해 새로운 조정, 배치, 해석, 축소, 확대, 동원, 배제, 억압의 과정을 겪는다. 자신의 기원과 내력에 대한 쉼 없는 정화(淨化)의 욕망, 선명하고 안정된 자기 동일성에의 집착이 지배하는 곳에서, '역사'라는 거울은 진정한 '나'의 모습을 비추지 못한다.2) 비춰지는 것은 도덕과 당위의 요구에 감싸인 찬란한 '우리'의 모습일 뿐이다. 그것이 '내가 보고 싶은 나'일 뿐, 실제의 나일리 없음은 말할 것도 없다. 바로 이 지점에서 '일본'은 '내가 보고 싶은 나'를 보여 주는 거울로 기능한다.3)

이 욕망과 집착의 다른 한편에는, 박탈과 결손으로 얼룩진 식민지의

---

2) 2003년 평양에서는 해방 이후 처음으로 남북한의 역사학자들이 모여 회의를 하고 공동성명을 발표하였다. 이 역사적인 회의의 결과 남북한의 역사학자들은, 그들이 힘을 모아 함께 해야 할 사업의 하나로 "일본 제국주의가 한국의 원래 영문 명칭 'Corea'를 'Korea'로 바꾼 것을 바로잡는 일"이라고 발표하였다. 이 사람들을 과연 역사학자로 불러야 할지 의심스럽지만, 이 사례는 '일본'이라는 '절대악'이 한국 내셔널리스트들의 시야와 사고에 어떻게 작용하는가를 잘 보여주는 예이다.

3) 식민지 시대 민족 저항운동의 최정점으로 널리 알려져 있는 「조선어 학회」의 '한글운동'이 총독부 권력과의 긴밀한 협조 아래 수행되었던 사실, 1938년 이래 조선어가 존립의 위기에 처한 정세 속에서 조선어 학회가 침묵을 지켰던 사실, 조선어 학회의 기관지『한글』이 전시체제 하에서 전쟁 협력 행위를 한 사실은 기억에서 지워졌다. 해방 후의 한글학회는『한글』지의 천황 찬양 기사 등을 깨끗이 삭제한 영인본을 발간하고 자신의 이력을 "악마의 마수로부터 민족의 얼을 지킨 무기없는 전쟁"으로 묘사하였다. 이 사례야말로 '일본'이라는 존재가 '실제의 나'를 망각하고 '내가 보고 싶은 나'를 만들어내는 데에 얼마나 효과적으로 기능하는가를 보여주는 전형적인 사례이다. 보다 자세한 설명은 김철, 「'갱생'의 도(道) 혹은 '미로'」(『민족문학사연구』 28호, 2005) 참조.

기억, 오염과 분열로 가득찬 문화적 잡종(雜種)으로서의 자화상이 자리잡고 있다. 이 기억들은 몸에 달라붙어 떨어지지 않는 끈적끈적한 오물들이며 도망치는 순간 다시 당도하는 악몽들이다. 안정된 자기동일성의 기반을 흔드는 이 오염의 기억으로부터 벗어나기 위한 손쉽고도 단순한 방법은, 그것을 '나 아닌 것'으로 명명하는 것, 다시 말해, 그것을 나의 기원으로부터 삭제 또는 단절시키는 것이다. 어떤 오염과 분열이 있을지라도 그것은 일시적인 일탈이나 왜곡이었을 뿐, 순결하고 영원한 '나'—그것의 이름이 무엇이든, 예컨대, '민족', '민중', '겨레', '조국', '프롤레타리아트', '인민' 등등—가 존재하는 한, '나'는 분열되지 않을 것이다. 이렇듯 '나'의 연속성을 보증하기 위한 이름들이 호명되는 한편에서, '나'와의 단절을 선언하기 위한 '나 아닌 것'들이 동시에 불려 나온다.4)

그러나 '나 아닌 것'으로 명명된 그것들은 과연 나 아닌 다른 것이었을까? 내셔널리즘의 집단 기억에서 이러한 질문은 용납되지 않는다. 그 세계는 선명한 만큼 단순하고 단순한 만큼 강력한 이분법, 즉, '저항 / 굴종, 자주 / 사대, 민족 / 외세, 통합 / 분열, 절개 / 변절, 순결 / 오염……' 등으로 나뉜 세계이다. 전자는 연속을 보증하기 위해, 후자는 단절을 선언하기 위해 호출된다. 전자는 도덕의 표상이며 후자는 비도덕의 징표이다.

---

4) '친일파'야말로 '나 아닌 것'의 대표적인 존재이다. '친일 청산'에 대한 끝없는 욕망은 한국인들이 '오염된 과거'의 기억을 얼마나 단순하고 손쉬운 방법으로 지우려 하는지를 잘 보여준다. 그러나 자신의 혼종성을 정면으로 응시한다면, '청산'은 이론적으로나 실제적으로 불가능하다는 것을 알게 될 것이다. 해방 직후의 '친일 청산'의 실패가 그 이후 한국 사회의 모든 부정성의 핵심적 근원인 것처럼 말하는 몰역사적일 뿐 아니라 무책임하기 이를 데 없는 논리, 민족 / 반민족을 경계로 '민족정기 회복'을 위해 '친일청산'을 외치는 어처구니없는 모순들이 '청산'되지 않으면, '청산'이라는 담론을 통해 '일제'에 의존하는 한국 내셔널리즘의 횡포는 계속될 것이다.

다른 세계란 없다. 다른 세계를 상상할 가능성이 원천적으로 차단됨으로써 여기서는 세계의 이러한 구조를 질문하는 것 자체가 이미 후자의 항목에 속하는 것이 된다.

그러나 '이것'이 아니면 '저것'만이 존재하는 / 존재한다고 가정되는 세계에서 사실상 '이것'과 '저것'의 차이는 생각보다 크지 않다. 심지어 그것들은 같은 것이기조차 하다. 그러나 이분법의 평면 위에서 이 사실은 인식되지 않는다. '나'로부터 삭제되고 배제된 '나 아닌 것'들이야말로 실은 움직일 수 없는 '나'의 일부라는 사실은 이 평면적 이분법의 세계에서는 인식되지도 용납되지도 않는다. 오로지 순결한 '나'를 구성하기 위해 끊임없이 '나 아닌 것'들이 생산되고 그 경계가 확정될 뿐이다(그리고 이 '나 아닌 것'들의 생산에 '일본'이 얼마나 큰 기능을 하는 것인지는 더 이상 설명할 필요가 없을 것이다). 그러나 실은 아무 것도 생산하지 않고, 아무 것도 확정하지 않고, 아무 것도 말하지 않고, 아무 것도 넘어서지 않는 이 단순 무한 운동의 끝없는 반복이야말로 진정한 '차이'를 무화시키고, 그럼으로써 어떤 변화도 불가능하게 만든다. 그러므로 내셔널리즘의 이 이분법적 세계야말로 제국주의의 가장 강력한 수호자이며 하루속히 '청산' 되어야 할 '식민지적 잔재'인 것이다.[5]

'일본'에 전적으로 의존하고 있는 한국 내셔널리즘의 자기동일화 기제에서의 가장 큰 문제는 그것이 실제로는 어떠한 주체도 만들어내지 못할 뿐 아니라, 오히려 주체를 소거시킨다는 점이다. 내셔널리즘은 과거의 기

---

[5] 내셔널리즘의 집단 기억에 관한 이상에서의 서술은 필자의 책 『바로잡은 "무정"』(문학동네, 2003)에서 인용한 것이다.

억을 오로지 '민족(국민) 주체의 저항'의 구도 안에서만 서술한다. 요컨대, 그 기억 안에서는 오로지 '민족으로서의 저항 주체'만이 존재한다. 사실의 과장 여부를 떠나서, 무엇보다도 이것은 다른 수많은 주체의 가능성들을 억압함으로써 결국 주체를 지우거나 위축시키는 결과를 낳는다.

누구나 충분히 짐작할 수 있는 바와 같이, 인간은 '국민적(민족적) 주체'만으로 살아가는 것은 아니며 그것은 식민지 하에서도 마찬가지였다. 그럼에도 불구하고 내셔널리즘의 기억은 모든 개별적 삶과 죽음을 단일한 '민족(국민) 주체'로 환원하고, 그 '민족(국민) 주체'의 위치가 아닌 다른 위치에서의 발화는 부차화하거나 무시하는 것이다. 그러나 이 글의 첫머리에서 예로 들었던 조선 출신의 가미가제 특공대원들의 경우에서 보듯이, 내셔널리즘은 이만명이 넘는 이 '동포'들의 죽음을 어떤 식으로든 말하지 못한다. 대부분의 조선인들이 '민족으로서의 저항 주체'로서 보다는 '일본 국민으로서의 주체'(또는 그 둘이 뒤섞인 주체)로 살았었다는 역사적 사실을 정면으로 사유할 가능성, 더 나아가, 그 사실로부터 식민주의와 제국주의를 넘어 설 어떤 역사적 비전을 이끌어낼 가능성은 내셔널리즘의 세계 인식 속에는 전혀 없다.

이 사유의 불가능성으로부터 '일본'과 관련된 집단적 기억과 망각의 변증법, 즉 자기가 보고 싶은 것만을 보고, 듣고 싶은 것만을 듣는 집단 최면, 판단정지의 사태가 발생한다.6) '민족(국민) 주체'로 환원되지 않는

---

6) 가장 대표적인 사례는 지난해에 있었던 서울대 이영훈 교수의 사건일 것이다. 일본군 종군 위안부 문제와 관련된 TV의 공개 토론회에서 이 교수는 그것이 국가 폭력의 가장 잔인한 형태임을 지적하고 그 범죄가 끝까지 추궁되고 규명되어야 할 것임을 강조했다. 나아가 그는 위안부의 모집과 위안소의 운영에 관련된 조선인들의 존재를 언급하였고, 국가 기구나 군에 의한 여성의 성적 노예화가 해방 이후 지금까지 자행되고 있는 현실을 언급

주체의 삶과 죽음은 한국 사회에서 기억되거나 발화되지 못한다. 기억되기 위해서는 누구나 '민족(국민) 주체'로 거듭나야 한다. 발화의 위치와 주체를 '민족(국민)' 이외에는 허용치 않는 구조, 이것은 말할 것도 없이 폭력의 구조이며 무엇보다도 제국주의의 구조이다. 「민족문학 작가회의」라는 이른바 '진보적' 단체가 "친일파 당사자가 사과를 안했다면 그 자손이라도 하게 만들어야 한다"는 성명서를 발표하고(2002. 3), '친일 반민족행위 진상규명에 관한 특별법'의 국회 통과 이후 '조상의 죄'를 '대신 사죄'하는 개인들의 '사죄문'이 줄을 잇는(2005) 등의 폭력이 '민족의 이름'으로 자행되는 사회에서 '일본 제국주의'가 '청산'될 가능성은, 단언컨대 0퍼센트다. '독도 문제'를 둘러싸고 사회 전체가 또 다시 광적인 흥분 상태에 빠졌을 때(2005), (자칭, 타칭) 한국을 대표한다는 소설가가 '독도에 미사일을 설치하고', '일본과 전쟁을 불사하자'라고 외치는 사회에서 식민주의의 문제를 진지하게 고민하는 지식인이 설 자리 역시 단언컨대, 어디에도 없다.

하였다. 그의 발언에 대한 동의 여부는 지금 이 글의 주제가 아니다. 토론이 끝나자 한 인터넷 매체가, "정신대는 공창이었다"라고 이 교수가 발언했다고 보도했다. 그러자 모든 언론 매체가 그 뒤를 이었다. '정신대는 공창이었으며 강제 동원된 것이 아니라 자발적인 것이었다'라고 이 교수가 발언했다는 보도와 함께, 숱한 인신공격과 매도가 줄을 이었고 국회의원들이 그의 교수직 사퇴를 학교 당국에 요구하는 지경에까지 이르렀다. 그런데 놀라운 사실은 그가 그런 발언이나 그렇게 해석될 어떤 종류의 발언도 하지 않았다는 것이다. 정신대와 종군 위안부를 구별하지 못하는 기자의 무지는 그 한 사람의 경우가 아니므로 논외로 하더라도, 최소한 수백만 명이 보고 들은 내용이 이렇게 엉뚱하게 바뀌어 제시되는데도 그것이 '일본', 특히 위안부 문제와 관련된 것인 한, 사회 전체가 완전한 사유 불능, 즉 듣고 싶은 대로 듣고, 보고 싶은 대로 보는 일종의 최면 상태에 빠졌다는 데에 이 사태의 본질이 있다. 나는 이 사건이 1931년의 '만보산 사건' 보도 이래 한국 언론이 저지른 가장 악의적인 왜곡보도 및 인권유린 사건이라고 생각한다.

잊어버리자, 그러나 용서하지는 말자

요컨대, '일본'은 가장 확실한 '공공의 적(敵)인 것이다. 조지 오웰 (George Orwell)의 소설 『1984년』에서 사람들은 '증오 주간'이 되면 일정한 장소에 모여 국가의 적을 향해 증오를 쏟아내는 의식을 치른다. 이 정기적인 의무적 행사를 통해 「1984년」의 사회는 통합되고 유지된다. 그 '적' 이 누구인가는 중요하지 않다. 사실은 어제까지 '동지'였던 존재가 오늘은 '적'으로 바뀌었지만 아무도 그것을 문제 삼지 않는다. 중요한 것은 적이 존재하는 것이고 그 적을 향해 모두 증오를 쏟아냄으로써 사회적 동질성이 유지되는 것이다.

냉전 시대에는 이 '공공의 적' 역할을 '공산주의자'(빨갱이)가 담당했다. 그것이 불과 십여 년 전쯤까지의 일이라는 것이 놀랍다. 세계 최대의 반공국가 한국에서 '빨갱이'라는 기표가 사회적 통합(공포에 기인한 것이든, 자발성에 기인한 것이든)에 기여한 정도는 오웰의 소설적 상상력을 능가하고도 남는 것이다. 현재의 한국 사회에서 냉전적 사고와 행동이 완전히 사라졌다고는 말할 수 없지만, 그것이 예전만큼의 위력을 발휘하지 못하는 것만은 사실인 듯하다.

그러나 반공주의나 매카시즘은 사실상 '적'의 얼굴을 '빨갱이'에서 '친일파'로 바꾸며 재탄생한 것으로 보인다.[7] 새로 등장한 '공공의 적'은 '친일파'이며 모든 한국인은 일 년 내내 '증오 주간'을 실행한다. 달라진 것이 있다면 구(舊)매카시즘이 주로 국가의 공권력을 바탕으로 수행되었

---

7) 그런 의미에서 나는 '민족정기회복'을 위해 '친일(파)청산'을 부르짖는 사람들이 스스로를 '진보'로 칭하는 것만큼 잔인한 농담은 없다고 생각한다.

던 것이라면 신(新)매카시즘은 거대한 파퓰리즘의 폭력으로 나타난다는 것이다.8) '친일(파)'의 개념, 범주, '친일(파)청산'의 목적과 방법 등에 관한 어떤 진지하고도 이성적인 논의를 한국 사회는 해방 이후 60년 동안 한 번도 하지 않았다. 그럼에도 불구하고 모든 한국인은 '친일(파)'은 의문의 여지가 없는 개념이며 그 '청산'은 법률과 국가 권력의 위력으로 언제든지 가능한 실천인 것으로 생각한다.

그러나 '청산'을 통해 '정화'되거나 '회복'될 '민족 정기'가 허구이듯이, '친일파'를 제거함으로써 도래할 '바른 사회' 역시 존재하지 않는다. 한국 사회의 부정성은 '친일파' 때문에 발생한 것도 아니고, 그 '잔재'를 청산하지 못했기 때문에 발생한 것도 아니다. 지젝(Slavoj Žižek)의 말을 빌면, 사회는 원래부터 적대적인 것이다. "사회가 완전한 동일성을 방해받는 것은" 어떤 특정한 부정적 대상 때문이 아니다. "사회는 고유의 적대적 본성, 사회 자체에 내재하는 방해에 의해서 완전한 동일성을 방해받는 것"9)이며 이 내적 부정성을 어떤 특정한 대상, 예컨대 '빨갱이'나 '친

---

8) 이렇게 쓰는 순간 나는 명백한 공포를 느낀다. 그것은 내가 1980년대에 사회주의나 민중주의에 대해 쓸 때마다 정보기관의 눈을 의식하고 느껴야 했던 공포와는 사뭇 다른 공포다. 80년대의 공포는 일종의 영웅적 비장미를 수반하는 공포였다. 설령 잘못되어 체포되거나 감옥에 가는 한이 있더라도 어떤 '정의'를 딛고 우리가 서 있다는 자부심과 궁극적 희망이 그 공포와 항상 결부되어 있었던 것이 80년대의 현실이었다. '친일(파)청산' 담론의 허구성을 공박하는 말을 하거나 글을 쓸 때에 일어나는 공포는 영웅적 비장미가 깨끗이 사라진 완전한 공포다. 이영훈 교수의 사건이 잘 보여주듯, 이제 한국 사회에서 '일제'에 관해 무언가 다른 소리를 내고자 하는 사람들은 공권력의 탄압이 아니라 내셔널리즘을 교리로 하는 일종의 신정국가(神政國家)가 되어 버린 한국 사회의 대중으로부터 온갖 수모와 모욕을 견딜 각오를 해야 한다. '친일(파)'에 관한 한, 21세기 현대 한국 사회에는 수백만 명의 매카시들이 있다.
9) 슬라보이 지젝(Slavoj Žižek), *The Sublime Object of Ideology*, 사카이 나오키(酒井直樹), 『번역과 주체』(후지이 다케시 역, 이산, 2005), p.244에서 재인용.

일파', 또는 다른 어떤 '공공의 적'의 형상으로 투사하는 것일 뿐이다.

이 오웰적 세계에서 존재하는 것은 오로지 '증오'뿐이다. 과거에 대한 '성찰'이나 '반성'은 이 세계에 결코 존재하지 않는다. 그러나 증오만이 '적'을 형용하는 유일한 언어가 될 때, '적'의 모습은 결코 드러나지 않는다. 식민자에 대한 피식민자의 증오는 식민주의의 종식을 위해 어떠한 기능도 하지 못한다. 증오는 피식민자로 하여금 무엇이 진정한 적인지, 무엇이 의미 있는 저항인지에 대한 일체의 사고를 차단한다. 그뿐 아니라, 어떤 대상에 대한 깊은 증오는 필연코 그 대상에 대한 깊은 의존을 낳는다는 점에서 증오는 식민주의의 훌륭한 자양이다. 증오하면 할수록 증오의 대상은 '나'의 존재 이유가 될 수밖에 없기 때문이다. 결국 피식민자는 식민자에 대한 증오를 통해 그에게 의존하게 된다. 그러는 한 그는 결코 '적'의 정체를 볼 수 없으며 따라서 어떤 저항도 할 수 없다. 식민자의 손을 벗어나기 위해 피식민자는 우선 증오를 넘어서는 법을 알아야 한다. 그러나 증오를 말하고 증오를 가르친 것 이외에 탈식민지 사회의 한국 내셔널리즘이 한 일은 과연 무엇이었던가?[10]

이 오웰적 세계 속에서 한국인들은 식민지 지배가 어떻게 작동하였는지, 제국주의의 본질이 무엇인지에 대한 모든 기억을 망각하고 오로지 증오만을 남겼다. 그들은 과거를 '기억'하되 사람을 '용서'하는 지혜 대신에, 과거는 '잊고' 사람은 '용서하지 않는' 길을 택한 것처럼 보인다. 그 길이 식민지의 유산을 청산하고 제국주의의 지배를 종식시키는 길이 되지 못할 것임은 분명하다. 어떻게 증오를 넘어서 식민주의를 종식시키

---

10) 김철, 「갱생(更生)의 도(道) 혹은 미로(迷路)」, 『민족문학사 연구』, 2005 참조.

는 길을 찾을 것인가?[11]

해방 이후 반세기가 넘도록 남북한 사회는 식민주의의 흔적에서 여전히 자유롭지 못하다. 흔적을 지우고 '민족'의 '순결'을 복원하기 위한 수많은 정치적, 문화적, 사회적 시도들이 다양한 층위에서 진행되어 왔다. 그러나 식민지는 이미 '민족'이라는 이름 그 자체에 깊이 새겨져 있는 것임을 정직하게 응시하고 고뇌하면서 식민주의를 넘어서는 길을 모색하는 노력이 그 시도들 가운데 얼마나 있었던가를 생각하면, 식민주의의 극복은 아직 시작되지 않았다는 암담한 피로감을 마주하게 된다.

한일 간의 이해를 가로막는 정치적 무의식을 살피고 진정한 화해의 실마리를 모색하고자 하는 이 자리에서 우리가 말할 수 있는 것은, 우리는 우리 자신을 이룬 식민지를 '청산'과 '단죄'의 시선으로는 결코 '청산'할 수 없으며 어떤 '정기'도 회복할 수 없다는 것이다. '민족'은 그 기원에 비추어 본래 '식민지'이며, 그 혼종성에 비추어 원래부터 '외국'인 것이다. 정체성이 그럴진대, 그런 자신을 껴안고 동시에 그것을 넘어가는 것 외에 식민지 이후를 살아가는 다른 길은 없다. 달리 말하면, 그것은 '환상'을 버리고 '절망'과 마주서는 것이다. 다케우치 요시미(竹內好)는 루쉰(魯迅)에 관해 말하는 가운데 "구원하지 않는 것이 노예에게는 구원"이라고 말한 바 있다. 이 놀라운 반어는 노예의 '저항'과 '해방'에 대한 깊은 성찰의 실마리를 제공하고 있다.

---

11) 이하의 서술은 김철, 「'결여'로서의 국문학」, 『사이 間 SAI』 창간호, 국제한국문학문화학회, 2005. 6에서 인용한 것이다.

깨우지 않는 것, 꿈을 꾸게 하는 것, 다시 말하면 구원하지 않는 것이 노예에게는 구원이다. …… 그러니까 이러한 노예가 깨어났다면 그는 '가야 할 길이 없는' '인생에서 가장 고통스런' 상태, 즉 자기가 노예라는 자각을 체험해야 한다. 그리고 그 공포를 견뎌야 한다. 만일 공포를 견디지 않고 구원을 바란다면, 그는 자기가 노예라는 자각마저 버리지 않으면 안된다. 다시 말하면, '가야 할 길이 없다'는 것은 꿈에서 깨어난 상태이기 때문에, 길이 있다는 것은 아직 꿈이 계속되고 있다는 증거인 것이다. 노예가 노예임을 거부하고, 동시에 해방의 환상을 거부하는 것, 자기가 노예라는 자각을 품은 노예라는 것, 그것이 '인생에서 가장 고통스러운', 꿈에서 깨어났을 때의 상태인 것이다. 갈 길은 없지만 가야만 하는, 아니, 바로 갈 길이 없기 때문에 가야만 하는 상태인 것이다. …… 그것이 루쉰에 있어서의 절망의 의미이다. 절망은 길이 없는 길을 가는 저항에서 드러나며, 저항은 절망을 행동화 하는 데에서 드러난다. 그것은 상태로 보면 절망이고 운동으로 보면 저항인 것이다.[12]

노예의 각성은 노예에게 '길 없는 길을 가야 하는' '인생에서 가장 고통스런' 공포를 안겨 주는 것이다. 그 공포를 견디지 못하면 그는 자신이 노예라는 자각을 버리고 '해방'의 환상, 길이 있다는 꿈속에서 살아가야 한다. 그 꿈에서 깨어나는 순간 그에게는 길은 사라지고 절망만이 나타난다. 이 절망을 행동화 하는 것, 그것이 노예의 진정한 저항이다.

탈식민지 사회의 '국민화'야말로 피식민자(=노예)에게 해방의 환상을 주는 것, 그를 계속해서 꿈꾸게 하는 것이었다. 모든 삶과 죽음을 '국민', '민족', '국가'의 이름으로 발화하고 환원하는 내셔널리즘의 주체화(=노예화) 전략에 대한 저항은 이제 '길 없는 길'을 가야 하는 절망에 마주 서지

---

12) 竹內好, 「近代とは何か」,(『竹內好全集』 第4卷, 筑摩書房, 1980), pp.156~157.

않으면 안 된다. 수많은 다른 다양한 주체 형성의 가능성들을 무시하고 억압하면서 오로지 '국민(민족)적 주체'만을 강요하는 폭력에 저항하기, 증오를 증폭시키고 그것을 통해 자신을 유지하는 사회 체제를 거부하기, 타자의 부정성을 유일한 자기 정체성의 기반으로 삼는 '비주체적'인 '주체 형성'을 거부하기, '국가'가 아닌 다른 세계에 대한 상상력을 조직화하기 — 이 행동들의 어디에선가 '길 없는 길을 가는' '저항의 주체'들이 나타날 것이다. 그러면 우리는 아마 '한국'과 '일본'의 단일한 '국민 주체'로서가 아니라, 타자를 그 다양하고 복합적인 존재의 가능성들로 받아들이는 평등한 연대(連帶), 제국주의의 진정한 '청산'에의 길을 찾아낼 수 있을 것이다. '내가 나를 향해 내미는 최초의 악수'(윤동주), 한국인들은 아직 그것을 시작하지 않았다. 그것이 언제가 될지, 어디에 있는지는 아무도 모른다. 다만 다시 한 번 루쉰을 빌어 말한다면, "희망이란 본디 있다고도 없다고도 말할 수 없다. 그것은 지상의 길 같은 것이다. 본래 땅에는 길이 없다. 걷는 사람이 많아지면 그것이 길이 된다."

(2006)

"내가 누구인지 말할 수 있는 자는 누구인가?"

『무정』을 읽는 몇 가지 방법

왜 『무정』을 읽는가?

정확한 통계가 나와 있지는 않지만, 20세기 이래 한국인이 가장 많이 읽은 책 중의 하나로 이광수의 『무정』을 드는 것은 틀림없는 일일 것이다. 또한 한반도에 근대적 출판-인쇄 시스템이 도입되고 대중 독서의 시장이 열리기 시작한 이래, 가장 자주 출간된 책 중의 하나가 『무정』이라는 것도 틀림없는 사실이다. 그런가 하면 이광수라는 작가, 특히 『무정』의 대중성은 출판 시장에서만의 일이 아니다. 한국 근현대문학에 관한 대학에서의 전문적인 연구는 해방 이후부터 기산하여 약 60년의 연륜을 지니게 되었고 만만치 않은 양적인 성과를 쌓았는데, 그 가운데 가장 많이 연구의 대상이 된 작가도 다름 아닌 춘원 이광수다.

이 사실들이 서로 어떤 연관 관계 혹은 인과 관계를 지니고 있는지를
정확히 말하기는 어렵고 또 굳이 가릴 필요도 없을 것이다. 다만 흥미로
운 것은 사람들이 아직도 『무정』을 읽는 이유가 무엇인가, 하는 점이다.
『무정』이 쓰여진 때로부터 무려 90년 가까운 세월이 흘렀다. 그것은 「춘
향전」이나 「흥부전」처럼 현대인의 감각에 맞춰 자주 '리메이크' 되는 고
전이 아니라, 처음 쓰여진 그 상태대로 읽히는(또는 읽혀야 하는) 문학 작품
이다. 지난 백년 이래 삶의 기본적인 환경은 물론이고 정서와 감각, 취향,
일상생활 전반에 걸쳐 지구상에서 가장 극심한 변화를 겪은 집단임에 틀
림없을 한국인들이, 사람의 눈과 귀를 홀리는 짜릿한 재미와 자극이 스물
네 시간 지천으로 흘러넘치는 이 21세기의 시대에 여전히 『무정』을 흥미
롭게 읽고 있다는 것, 어쩌면 그것이 가장 흥미로운 사실일지도 모른다.

한 세기 가까운 시간의 경과에도 불구하고 빛바래지 않는 『무정』의 이
와 같은 '현재성'은 어디에서 오는 것일까? 그 현재성이야말로 독자와 작
품의 대화가 실현되는 어떤 의미의 공간일 것이다. 그리고 그 의미의 공
간을 탐색하는 것이야말로 왜 『무정』을 읽는가, 하는 의문을 푸는 지름
길이 될지도 모른다. 동시에 그 탐색은 『무정』을 읽는 또 다른 방법, 다
시 말해, 1910년대의 한국인 또는 1950년대의 한국인이 『무정』을 읽을
때와는 또 다른 방식의 『무정』 읽기를 드러내 줄지도 모른다. 이 글은 그
다른 방식의 읽기에 대한 하나의 시도이다.

그러면 다른 방식의 읽기를 어떻게 시작할 것인가? 주인공을 둘러싸고
벌어지는 주요 사건들에만 시선을 집중하는 전통적인 소설 읽기의 방식
을 잠시 제쳐두고, 아주 사소한 또는 '부차적'인 사건, 인물, 장면 등에

초점을 맞추어 보는 것도 '오래된' 소설을 '새롭게' 읽는 방법의 하나일 수 있겠다.

예컨대, '경성학교 영어교사 이형식'이 '선형'의 과외 수업을 하러 '내려쬐는 유월 햇빛에 땀을 흘리면서 안동 김장로의 집으로 나아가는' 『무정』의 첫 장면을 다시 읽어 보자. 때는 정확히 1916년 6월 27일 오후, 장소는 조선의 경성(서울) 안국동 네거리이다. 수줍으면서도 야심만만하고 저돌적이면서도 우유부단한, 스물다섯 살의 주인공 이형식의 직업은 '경성학교 영어교사'인데 그는 잠시 후면 대면하게 될 '정신여학교의 우등 졸업생' 김선형을 머릿속에 그리며 혼자 흥분하고 들뜬 마음으로 안국동 네거리를 걷고 있다. '경성학교'는 어디인가? 소설내적·외적 정황을 종합하여 보았을 때, '경성학교'는 '휘문학교'임에 틀림없다.[1] 이형식이 영어를 가르치러 가는 김선형은 당시 여학생들 사이에 유행하던 '히사시가미(ひさしがみ 庇髮)'를 하고 있다. 그런 이형식의 앞에 '대팻밥 모자'를 눌러쓴 쾌활한 한량이자 신문 기자인 '신우선'이 나타난다. 대화 중에 영어와 일본어를 즐겨 쓰는 경박하면서도 단순한 이 청년의 모델이 소설가 심훈의 형인 매일신보의 기자 '심우섭'이라는 사실은 널리 알려진 것인데, 그 심우섭은 또한 휘문학교의 1회 졸업생이기도 하다. 이렇듯 첫 회부터 눈에 잡힐 듯이 그려지는 생생한 '당대성'에 주목하면 그 이후부터의 『무정』은 아주 색다른 흥밋거리, 다시 말해 근대 한국의 풍부한 풍속 사전(事典)으로서의 흥미를 제공하는 기록물이 된다.

신우선과 헤어진 이형식이 처음으로 김장로의 집에 들어서는 두 번째

---

1) '경성학교'가 '휘문학교'라는 사실이 지니는 의미에 대해서는 『바로잡은 「무정」』(김철 校註, 문학동네, 2003) 참고.

장면도 그렇다. 양반이요 재산가인 '김장로'의 집은 '줄행랑이 늘어선' 큰 한옥인데, 그 집 문 앞에서 이형식은 떨리는 목소리로 "이리 오너라" 하고 자기의 내방(來訪)을 알린다. '중문을 지나 대청'에 이르니 "무늬 있는 책상보 덮은 테이블과 네다섯 개 홍모전 교의가 있고, 북편 벽에 길이나 되는 책상에 신구 서적이 쌓였다." 김장로는 "책상 위에 놓인 초인종을 두어번 울려" 옆방에 있는 하녀를 부르고, 하녀는 형식의 앞에 '은으로 만든 서양 숟가락'과 '보기만 해도 시원한 복숭아 화채'를 대령한다. 첫 대면에서부터 이형식의 가슴을 설레게 하는 이 집안의 '아씨' 선형은 '연옥색 모시 적삼'에 '모시 치마'를 입고, '피아노'를 치고, '영어'를 배운다.

낡고 어두운 구세계로부터 밝고 희망찬 신세계로의 비약에의 열망이 『무정』의 주제임은 널리 알려진 상식이거니와, 이렇듯 첫 회부터 제시되는 이 어지러운 신구(新舊) 혼합의 장면들이야말로 『무정』의 내용과 형식을 결정짓는 핵심적인 요소이면서 동시에 당대 풍속의 풍요로운 목록들이다. 그렇게 보면 '문명 개화'란 요컨대, 소설의 시작 단계에서 '아씨'였던 선형이 마지막(126회)에 이르러서는 "훌륭한 레이디"로 바뀌는 것, 또는 '대팻밥 모자'를 쓰고 주색잡기에 골몰하던 한량 신우선이 "백설 같은 파나마 모자를 쓰며 코밑에는 고운 카이젤 수염"을 기른 "저술가"로 변모하는 것에 상응하는 일이기도 하다.

그런데, 이 '문명 개화'는 무엇보다 '무정한 과거'에 대한 가차없는 '조상(弔喪)'을 동반하는 것이었으니, 가령 박진사의 무덤을 찾은 이형식이 "불쌍한 은인의 썩다가 남은 뼈를 생각하고 슬퍼하기보다 그 썩어지는 살을 먹고 자란 무덤 위의 꽃을 보고 즐거워하리라"고 말할 때, 이 칼로 자르는 듯한 '무정'한 선언이야말로 향후 백 년 간의 한국인의 삶의 지향점을 한마디로 요약하는 것이 아닐 수 없다. 그 '무덤 위의 꽃'이 과연 '즐거워' 할 만한 것이 되었는지 어떤지는 또 다른 차원의 문제이겠으나, 어쨌든 지난 백 년 간 한국인들은 '불쌍한 은인의 남은 뼈를 생각하고 슬퍼할' 겨를도 없이 앞만 보고 질주한 끝에 여기에 이르렀다. 그렇다면 『무정』은 그 한국인들이 출발했던 어떤 지점을 비쳐주는 이정표일지도 모른다. 우리는 어디에서 왔는가? 지난 백 년 간 우리의 몸과 마음을 움직여 여기까지 이르게 한 욕망의 실체는 무엇이었던가? 『무정』은 아마 그 대답을 담고 있는지도 모른다는 말이다.

『무정』이 그 대답을 담고 있지 않다면, 적어도 그러한 질문을 가능케 하는 작품인 것만은 분명하다. 어떻게? 그 몇 개의 사례를 보자.

『무정』의 기차

가령 『무정』의 주인공을 이형식이나 박영채, 김선형 등이 아닌 '기차(汽車)'로 바꾸어 읽어 보자. '기차'야말로 『무정』의 숨은 주인공이 아니겠는가. 형식에게 보내는 유서를 남기고 평양으로 떠나는 영채가 '기모노'를 입은 동경 유학생 김병욱을 만나 생전 처음 보는 '샌드위치'를 얻어 먹고 삶의 새로운 전기를 맞는 곳, 영채를 찾아 평양으로 갔던 형식이 '지구의 돌아가는 소리, 별과 별이 마주치는 소리, 무한히 작은 에틸 분자의 흐르는 소리'를 들으며 '이제야 자기의 생명을 깨달았다'라는 우주적 각성에 이르는 곳, 그리고 무엇보다도 형식과 선형, 영채 사이의 오랜 갈등이 해소되고 모든 인물이 하나의 뜻과 이념으로 굳게 결합하여 새로

운 미래를 전망하는 『무정』의 대단원이 펼쳐지는 곳, 그곳은 바로 '기차'
인 것이다. 실로 『무정』에서 '기차'는 이른바 근대적 주체가 새롭게 태어
나는 공간, 그 새로운 주체들의 이념과 실천이 수행되는 공간, 온갖 사회
적 모순과 불합리가 해결되는 자유롭고 활기찬 희망과 개방의 공간으로
그려지고 있는 것이다. 요컨대 『무정』의 기차야말로 20세기 식민지 조선
의 새로운 공공 영역(public sphere)을 표상하는 물체라 해도 과언이 아닐
것이다.

이 기차가 1901년에 기공하여 1904년에 완공하고 1905년에 영업을
개시하여 1910년대에는 부산－경성－신의주를 거쳐 만주와 시베리아로
이어지는 국제선으로 확장된 경부선(京釜線) 기차를 가리키는 것임은 말할
것도 없다. 그리고 이 기차가 1898년 이토 히로부미(伊藤博文)와 대한제국
정부 사이의 「경부철도 합동조약」에 따라 일본 제국의 자본과 기술에 의
해 건설된 것이라는 사실 역시 말할 것도 없다. 나아가 이 기차가 일본
제국주의의 대륙으로의 야망을 실어 나르는 가장 구체적인 물질적 실체
였다는 사실 역시 새삼스러운 것이 아니다.

그러나 이와 같은 경부선 철도의 정치·경제적 의미(21세기의 한국인에게
는 너무나도 상식적인)가 『무정』에서 일체 드러나지 않는다는 사실을 소리
높여 지적하거나 더 나아가 그에 대해 분노하는 것은 진부한 소설 읽기
의 전형에 지나지 않는다. 기차란 무엇인가? 그것과 이른바 근대 국민국
가와의 관계는 무엇인가? 문제의 초점을 이렇게 바꾸면, 거기에서 드러
나는 것은 근대화의 욕망에 몸을 실은 20세기 한국인의 자화상이다.

기차가 국민을 만들고 국가를 만든다. 기차야말로 근대 국가의 핵심적
장치이다. 열차 시간표의 통일을 위한 전국 표준시(時)의 제정, 열차 역을

중심으로 한 새로운 도시들의 건설과 그에 따른 근대적 시스템의 도입 등이 근대 국가의 건설과 같은 궤도에 놓인 것임은 많은 설명을 필요로 하지 않는다. 산을 뚫고 강을 질러 일직선으로 목표를 향해 달리는 기차, 수많은 사람을 똑같은 속도로 똑같은 목적지로 실어 나르는(그럼으로써 '동질적' 국민을 만들어내는) 기차, 후진(後進)이나 우회(迂廻)가 용납되지 않고 직진(直進)만이 최고의 미덕인 기차, 이것이야말로 네이션 스테이트를 완벽하게 표상하는 실체일 수밖에 없는 것이다.[2]

근대를 향한 이 직선적인 욕망에서 20세기의 한국인들도 물론 예외는 아니었다. 한반도의 주민들은 일본 국가를 통해 근대 국민 국가를 처음으로 경험하였다. 그것이 '우리의 국가'가 아니었다고 해서 그 경험이 지니는 의미의 심대함이 사라지는 것은 아니다. 오히려 '우리의 국가'가 아니었다는 사실로부터 근대화와 근대 국가에의 욕망은 한없이 부풀어 오른다. 일제에 대해서 어떤 태도를 취하든 상관없이, 근대화에 관한 한 20세기 이래의 한국인들은 목적지가 동일한 기차에 올라 탄 승객들이다. 『무정』이 보여주는 것은 바로 그 기차에 오른 최초의 승객들의 모습이다. 그리고 21세기의 우리는 지금도 여전히 달리고 있는 그 기차에 타고 있다.

---

2) 기차의 등장이 근대성의 경험에서 어떤 중요성을 갖는 것인가를 흥미롭게 분석한 책으로는 볼프강 쉬벨부쉬, 『철도 여행의 역사』(박진희 옮김, 궁리출판, 1999)를 참조. 근대 국민 국가의 상징으로서의 기차가 지니는 의미에 대한 언급으로는 고모리 요이치(小森陽一), 『漱石を讀みなおす』(ちくま新書, 1995, 한국어 번역판은 한일문학연구회 역, 『나는 소세키로소이다』), 특히 제9장을 볼 것. 기차가 한국 소설에서 그려지는 모습에 관한 보다 자세한 분석은 김철, 「기차와 한국소설」(『새국어생활』, 국립국어연구원, 2005년 봄) 참조.

경찰과 『무정』

다른 예를 보자. 기차 못지않게 『무정』의 서사에서 중요한 기능을 하는 것은 '경찰'이다. 강간의 위협에 직면한 영채를 구하기 위해 바삐 움직이던 형식은 마침 전차에서 신우선을 만나 그에게 사정을 털어놓고 도움을 청한다. 영채가 실제로 강간을 당했는가의 여부는 『무정』의 독해를 둘러싼 끊임없는 논쟁의 한 주제이지만, 이 대목에서 경찰이 출동하여 사태를 수습한다는 것은 흥미로운 분석의 대상이 될 만하다. 영채의 신분은 기생이다. 그가 1916년에 공포된 「유곽업 창기 취체 규정」에 따른 공창(公娼), 즉 권번(券番)에 속한 기생이었는지는 불분명하지만 김현수와 배학감이 영채를 데리고 청량사로 나가 술을 마시는 행위 자체에 공권력인 경찰이 출동할 아무 근거가 없음은 분명하다. 그러나 '대신문사의 기자' 신우선의 말 한마디에 '종로 경찰서의 형사'가 출동하여 김현수와 배학감을 체포한다.[3]

다른 장면을 보자. 영채의 유서를 본 형식은 부랴부랴 영채를 찾으러 평양으로 떠날 준비를 하는데 그때 그가 가장 먼저 하는 일은 평양 경찰서에 "어떤 부인 하나를 보호해 달라"는 전보를 보내는 것이다. 밤차를 타고 아침에 평양에 도착한 이형식이 가장 먼저 들르는 곳도 역시 평양

---

3) 이 점에 관해 일본인 연구자 오노 나오미(小野常美)는 아주 상세한 설명을 한 바 있다. 그녀에 따르면 배학감 등이 영채를 데리고 청량사로 나간 일에 형사가 출동할 이유는 전혀 없다. 따라서 형사의 출동은 신우선의 '사적인 부탁'에 의한 것으로 되어야 한다. 신문기자인 신우선이 잘 아는 형사에게 개인적으로 부탁하는 것으로 되어야 한다는 말이다. 작가는 그 점을 깨달았다. 그리하여 처음 연재본에서는 '종로 경찰서의 형사'로 표기했던 부분을 나중에 단행본으로 출간할 때에는 '종로 경찰서의 이형사'로 바꾸었다. 오노 나오미(小野常美), 「李光洙『無情』を讀む」(『朝鮮學報』, 1997) 참조.

경찰서인데 경찰관은 전보를 받고 역에 나가 보았으나 그런 부인은 보지 못했노라고 답변한다. 이형식은 특별한 권력이나 힘을 지닌 인물이기는 커녕 고아 출신의 가난한 학교 교사이다. 그런 그의 의뢰에 경찰은 당연한 의무처럼 그 일을 수행하는 것이다. 실제로 심인(尋人) 업무는 경찰의 주요 임무였다.

『무정』의 서사에서 경찰이 가장 크게 기능하는 곳은 삼랑진 수해 현장에서의 자선 음악회 장면이다. 『무정』의 대단원을 이루는 이 장면에서 경찰은 또 하나의 주인공이다. 형식 일행은 자선 음악회의 '허가'와 '원조'를 얻기 위해 경찰서에 들른다. 경찰서장은 전적인 원조를 약속한다. 그리하여 시내를 돌면서 이 자선 음악회의 개최를 알리고 사람들을 모으는 것은 서장이 파견한 '순사'들이다. 삼랑진 역 대합실에서 열린 음악회에서 '눈물을 주르르' 흘리는 연설과 함께 형식 일행을 청중에게 소개하는 인물도 '경찰서장'이다.

골수 친일파 작가답게 일제 경찰을 미화한 것이 아니냐는 식의 흥분은 잠깐 접어두자. 개인의 사생활에 속하는 영역까지도 경찰력에 의해 보호되고 관찰되는 근대 사회의 현실, 일상의 모든 영역에까지 침투하기 시작하는 근대 국가 권력의 실상이 이 장면들에서 그대로 드러나고 있는 점에 주목할 필요가 있다. 더구나 그 권력의 모습은 엄하고 딱딱한 것이 아니라, 온화하고 자상하게 그려져 있는 것이다. 강간을 막기 위해 출동하는 형사, 낯 모르는 시민의 말 한마디에 역으로 나가는 경찰관, 학생들의 자선 음악회를 위해 분주히 움직이는 지방 경찰서의 서장과 경찰관들, 요컨대 '민중의 지팡이'로 표상되는 근대 경찰력의 한 이미지가 이 장면들에서 구성되고 있는 것이다.

경찰과 군대가 근대 국가의 합법적·독점적 폭력의 두 축이라는 사실은 상식에 속한다. 경찰력은 국가의 내부를 향하고 군사력은 외부를 향한다. 경찰은 국가의 강제력이 국민에게 닿는 최전선(最前線)의 접점이다. 1909년에 한국의 사법 및 감옥 사무 위탁에 관한 한일협약 5개조가 조인됨으로써 대한제국의 모든 사법과 감옥에 관한 사무가 일본국 정부에 위탁된 이래, 1910년 합방 직전에는 경찰권이 이양되었다.

잘 알려진 바와 같이, 메이지 일본의 근대화는 유럽 제국의 제도와 문물을 혼성(混成) 모방한 것이다. 예컨대 법률이나 대학 제도는 프러시아, 경찰 제도는 프랑스의 그것을 모델로 하는 것이었다. 한 연구자의 표현에 따르면, 프랑스의 경찰 제도는 '인민의 생활에 대한 모세혈관적 침투'라고 할 만한 것이었다. 경찰은 시민들의 일거수 일투족을 보호하고, 감시하고, 지도했다. 일본의 경찰은 시민들의 위생, 청결, 복장까지를 '취체'했고 그 항목은 수백 가지가 넘었다. 그들이 들어갈 수 없는 영역은 없었다. 예컨대, 1932년에 수립된 만주국에서 경찰은 가정집 부엌에 들어가서 부엌의 청소 상태나 솥의 세척 상태까지를 검사하고 지도했다. 심지어 경찰관은 한 손으로 핸들을 잡고 자전거를 타는 시민을 단속할 임무까지 지니고 있었다. 이것이 의미하는 것은 무엇인가?

중세의 전제 권력은 그 신민(臣民)으로부터 최대한 거리를 유지한다. 실제적으로나 물리적으로도 권력이 모든 신민 개개인에게 직접 침투할 수 있는 방법은 없다. 권력이 개인으로부터 멀리 떨어져 있으면 있을수록 그것은 권력에게 유리하다. 권력자나 권력 기구의 가까이에 조직화된 집단이 있다는 것은 위험한 일이다. 그러므로 자연환경과 물적 조건의 미비에 따른 사람들의 분산은 중세의 전제 권력을 유지시키는 최선의 조건이다. 전제 권력은 신민 개개인의 안위에는 아무 관심이 없다. 그 권력은 거기까지 침투하지 못한다. 중세 권력은 다만 공포 그 자체로 존재한다.

이에 반해 근대 국민국가의 권력은 사람들을 통합하고 조직한다. 동시에 새로운 '주체=신민(subject)'과 권력의 거리는 최대한 가까워진다. 이제 권력은 개인을 통제하고, 보호하고, 규율한다. 권력은 개개인의 신체에, 내면에, 생활에 속속들이 스며든다. 아무도 권력의 시야로부터 벗어날 수 없다. 또한 권력은 그 자신을 신민의 시야에 즐겨 노출시킨다. 거대한 퍼레이드, 열병식, 장엄한 의식들이 수시로 군중의 눈앞에 펼쳐지고, 권력과 신민의 거리는 최대한으로 좁혀지고 일상화 된다. 신민은 보호되고, 관리되고, 지도되며, 훈육된다. 그것을 수행하는 권력의 직접적 얼굴이 바로 경찰인 것이다.

한반도의 신민들이 이러한 근대 권력을 경험하게 되는 것은 물론 20세기 들어서이다. 그것이 대한제국의 것이든, 일본 제국의 것이든 그것은 중요하지 않다. 실제로 대한제국의 경찰력이 그러한 위력을 행사할 시간은 거의 없었다고 보아야 한다. 대체로 유럽 제국 특히 프랑스의 경찰 제도를 모방한 '일상 생활에의 모세혈관적 침투'와도 같은 일제 경찰력의 위력을 한국인들은 20세기 초에 처음으로 경험하고 있었다. 그것은 혹독하고 쓰라린 것이기도 했지만, 근대 국가 권력의 속성답게 자비로운 보호자의 얼굴을 한 것이기도 했다. 자비로운 보호자, 그러나 그 보호를 통해 신민을 관리하고 훈육하는 국가 권력의 실체로서의 근대 경찰, 그 면모가 『무정』에서 가감 없이 드러나는 장면들에 주목해야 한다.

'한문식(漢文式)'과 '영문식(英文式)'

우선도 아무쪼록 세상에 유익한 일을 하려고는 한다. 다만 그는 형식과 같이 열렬하게 세상을 위하여 일생을 버리려는 열성이 없음이니, 형식의 말을 빌건대 우선은 '개인 중심의 지나식 교육을 받은 자'요, 형식 자기는 '사회 중심의 희랍식 교육을 받은 자'라. 바꾸어 말하면, 우선은 한문의 교육을 받은 자요, 형식은 영문이나 독문의 교육을 받은 자라. (46회)

형식은 영채를 '낡은 여자'라 하고, 다시 형용사를 붙여서 순결 열렬(純潔熱烈)한 구식여자(舊式女子)라 하였다. 그러나 우선은 이번 영채의 행위는 절대적(絶對的)으로 선(善)하다 한다. 하나는 영문식(英文式)이요, 하나는 한문식(漢文式)이로다. (53회)

신우선과 이형식을 비교할 때마다 등장하는 이 '한문식(漢文式)'과 '영문식(英文式)'이라는 비유의 연원과 그 의미는 무엇일까? 신우선은 '지나(支那) 소설에 나오는 풍류 남자'이며 '당나라 시절 호협한 청년의 풍'을 지닌 '신사'이기는 하지만, 여전히 낡은 관습에서 벗어나지 못한 인물이며 깨어나야 할 대상이다. 그것이 '한문식'이다. 이에 비해 '영문식'인 형식은 한발 앞선 인물임이 분명하다. 문명 개화의 발전 정도를 '한문 / 영문'으로 비유하는 이 어법은 19세기 말~20세기 초 개화 담론의 한 특징을 여실히 드러내는 하나의 사례이다.

청일전쟁(1894)으로부터 러일전쟁(1904~5)에 이르는 기간 한국 사회에서의 문명 개화란, 간단히 말해 '탈중화(脫中華)'를 의미하는 것이었다. 중화 문명으로부터 '독립'하여 새로운 세계 자본주의 질서, 즉 만국 공법의 질서로 편입하는 것은 시대의 절대적인 요구가 되었다. 따라서 중국과의 관계를 재조정하고 중국의 위상을 새롭게 규정하는 것은 한국 민족주의의 초기 형성 과정에서 가장 핵심적인 사안이 되었다. 동양 사회의 오랜 조공(朝貢) 체제 아래서 종주국의 지위를 누리던 중국은 이제 후진과 야만의 표상이 되었다. '지나'라는 경멸적 호칭을 비롯해서 중국과 중국인에 대한 혐오와 경멸은 19세기 말~20세기 초 문명 개화 담론의 주조를 이룬다. 청일전쟁에서의 청의 패배 이후, '보편'과 '문명'을 의미하던 '중국'은 이제 하나의 특수한 지역을 의미하는 것이 되었는데, 예컨대 1895년의 「국민소학독본」은 중국을 가리켜 "중국은 우리나라와 마찬가지로 아시아 대륙의 한 나라"라고 표기했다. 독립협회의 인사들이 주축이 되어 서민과 부녀자를 위한 계몽운동을 펼쳤던 『제국신문』이 1900년 6월 5일 '중국처럼 되어서는 안 된다'는 논설을 게재한 것에서 단적으로 드러나듯, 이제 중국은 닮아서는 안 될 타산지석의 표본이었다.[4]

그렇다고 본다면, 신우선과 이형식을 '한문식'과 '영문식'으로 대비하는 이 어법은 문명의 위계를 국가별로 줄 세우는 19세기 말 이래 문명개화의 담론 질서에 그 연원을 두고 있는 것이다. 요컨대 그 비유는 '당나라 호협 풍의' '한문식' 풍류 남아 신우선이 '백설 같은 파나마 모자를 쓴 카이젤 수염'의 '영문식' 신사로 탈바꿈 하는 것, 즉 근대라는 기차의 노선에 대한 비유에 다름 아닌 것이었다.

---

4) 이 설명들은 Andre Schmid, *Korea between Empires* 1895-1919(Columbia University Press, 2002)의 이곳저곳을 참조하여 서술한 것이다.

그 밖의 주제들

지금까지 살펴 본 몇 가지 사례에서 확인되는 바, 『무정』은 지난 세기 이래 한국인들이 어떤 욕망에 들려 있었던가를 가감 없이 보여주는 정밀한 거울이다. 그러나 사람들은 이 거울을 자세히 들여다 볼 생각을 하지 않는다. 그 대신에 이 거울을 만든 사람의 '변절'과 '배신'을 소리 높여 질타하는 데에 많은 시간을 보낸다. 비난과 질책은 목청 큰 사람들에게 맡기고, 『무정』이라는 거울로 눈을 돌려 보자. 무엇이 보이는가, 무엇을 볼 것인가. 해명을 기다리는 많은 주제들이 그 안에 있다. 예컨대, 『무정』에서의 '기생(妓生)'을 보자. 『무정』의 많은 인물들이 기생의 주위를 맴돈다. 기생이란 무엇이며 왜 『무정』에는 이렇게 많은 기생들이 출연하는가. 영채가 가장 따르고 존경했던 기생 '월화'는 왜 아무런 작품내적 필연성도 없이 자살을 하는가. 『무정』의 주제를 구현하는 데에 기생이라는 존재는 어떤 기능을 하는가. 이런 문제들에 초점을 맞추면 『무정』은 우리가 일찍이 보지 못했던 우리 자신의 어떤 모습을 드러내줄지도 모른다.

그런가 하면, 『무정』에서의 동성애적 성향 역시 깊이 탐구할 만한 주제이다. 다음 장면을 보자.

한번은 영채와 월화가 연회에서 늦게 돌아와 한자리에서 잘 때에 영채가 자면서 월화를 꼭 껴안으며, 월화의 입을 맞추는 것을 보고 월화는 혼자 웃으며, "아아, 너도 깨었구나— 네 앞에 설움과 고생이 있겠구나" 하고 영채를 깨워, "영채야, 네가 지금 나를 꼭 껴안고 입을 맞추더구나" 하였다. 영채는 부끄러운 듯이 낯을 월화의 가슴에 비비고 월화의 하얀 젖꼭지를 물며, "형님이니 그렇지" 하였다. (32회)

둘은 얼굴을 마주대고 서로 꽉 안았다. 그러나 나 어린 영채는 어느덧 잠이 들었다. 월화는 숨소리 편안하게 잠이 든 영채의 얼굴을 이윽히 보고 있다가 힘껏 영채의 입술을 빨았다. 영채는 잠이 깨지 아니한 채로 고운 팔로 월화의 목을 꼭 쓸어안았다. 월화의 몸은 벌벌 떨린다. (34회)

1910년대라는 시간을 생각하면 이 표현의 대담무쌍함도 놀라운 것이거니와, 이광수에게서 자주 등장하는 이러한 동성애적 성향은 이미 그의 처녀작인 일본어 소설 「사랑인가(愛か)」(1909)에서도 강하게 감지되는 것이다. 그리고 보면 이광수만큼 동성애적 성향을 자주 드러낸 근대 작가도 없다. 왜 그럴까?

어떤 주제를 통해 어떤 의미를 포착하든 그것은 결국 지난 백 년 간 우리가 살아 온 한 흔적을 드러내 주는 것이다. 다시 말해, 오늘의 한국인들은 수많은 이형식, 신우선, 김선형, 박영채, 김병욱 들이다. 어디 그뿐이랴. 수많은 김장로, 김현수, 배학감 들이 오늘의 한국인들이기도 하다. 리어왕의 독백을 빌어 말한다면, 『무정』이야말로 '내가 누구인지 말해 줄 수 있는 자'인 것이다. 그러므로 이광수의 '변절'을 비난하기 전에, 아니 그 '변절'까지를 포함해서, 정면으로 바라보아야 할 것은 『무정』에 드러나는 이러한 나 자신의 모습인 것이다. 그리고 그것이 아마도 『무정』을 읽는 또 다른 방법의 하나일 것이다.

(2005)

세계인의 초상

　오년 전쯤에 어떤 학술회의 참석차 도쿄에 갔을 때, 나는 서경식 씨가
주도하는 한 연구회 주최의 토론회에 나와 달라는 초청을 받았다. 그가
나를 초청한 이유는 그 한 두 해 전 내가 쓴 어떤 논문 때문이었다. 그
논문은 김지하 시인에 대한 비판이었는데, 내가 보기에 그때에 김지하
시인의 민족지상주의와 파시스트적 사유는 절벽을 굴러 내리는 바위처럼
제어불가능의 상태로 치닫고 있었다. 나는 이루 말할 수 없는 복잡한 심
사로 마치 내 자신의 팔 한쪽을 잡아 뜯어 내는듯한 참담한 고통을 느끼
면서, 김지하 시인의 민족주의와 파시즘의 친연성을 비판하는 글을 썼다.
그런데 그 논문이 일본의 『겐다이시소(現代思想)』에 번역되어 실리고 또
이런저런 논의를 불러일으키고 있다는 소식은 나로서는 정말 뜻밖이었

다. 더구나 그것을 읽고 서경식 씨와 그의 동료들이 이야기를 좀 해보자고 부르는 판국에 처하고 보니, 고맙다거나 영광스럽다는 느낌도 물론 없는 바는 아니었지만, 은근히 주눅이 드는 것도 솔직한 심정이었다. 왜 그랬을까? 내가 쓴 글에 대해 자신이 없다거나 뭔가 켕기는 구석이 있어서 그랬던 것은 아니었다. 내가 걱정했던 것은 우선 내가 그들에 대해 너무 모른다는 것이었다.

방금 나는 '그들'이라고 썼다. '그들'이라니? 서경식 씨와 그 동료들을 내가 '그들'이라고 부른 이유는 무엇인가? 나는 그때나 지금이나 '그들'을 부를 적절한 호칭을 생각할 때마다 진땀이 난다. 재일 동포, 재일 교포, 재일 한국인, 재일 조선인, 또는 이것도 저것도 아닌 재일(在日). '그들'을 부르는 용어는 이렇게 혼란스럽다. 상대방이 그렇게 불러달라고 한다면 어쩔 수 없는 일이겠지만, '동포'나 '교포'라는 단어가 함축하고 있는 혈연적 종족 관념이랄까 하는 것에 심한 거부감을 갖고 있는 나로서는 이 말을 쓰기가 늘 꺼림칙하다. 또 한편 그런 거부감과는 상관없이, 내 자신이 과연 그런 단어로 그들을 부를 만큼의 어떤 혈연적 애정을 그들에게 가진 적이 있기나 했던가, 생각하면 나는 그런 단어로 그들을 부를 자격조차 없는 사람이다. 요컨대, '동포'나 '교포'라는 말에서는 무언가 위선의 냄새가 나는 것이다. 그런가 하면, 재일 한국인이라든가 재일 조선인이라는 호칭 역시 문제가 있다. 어떤 호칭을 사용하는 순간 나와 상대방 사이의 어떤 불필요한 정치적 차이가 발생한다면, 그리고 그것이 그 둘 사이의 전인격적 만남을 방해한다면, 그런 호칭은 사용하지 않는 것이 좋다고 나는 생각한다. 그래서 그런지는 모르나 이도 저도 아닌 '재일'이라는 용어를 선호하는 사람들도 있다. 그러나 역시 무언가 결핍되어 있는 듯한 궁색한 느낌을 면할 수 없다.

이렇듯, '그들'을 생각할 때마다 나는 언제나 이 호칭 문제에서부터 난감함을 느끼곤 한다. 누군가와 진지하게 대면하려고 하는 순간, 그 누구를 부를 적절한 호칭에 곤란을 겪는다면 진정한 만남은 어떻게 가능할 것인가? 호칭은 간단한 문제가 아니다. 나는, 식민주의의 본질이란 무엇일까 하고 자문할 때마다, 그것은 일언이폐지하고, 남을 함부로 대하는 것이라고 결론을 내리곤 한다. 역사를 살펴보면, '우리'라고 스스로를 칭하는 집단이 '그들'로 대상화된 집단을 함부로 대하는 일은 대개 언제나 호칭으로부터 시작되었고, 그것이 식민주의의 바탕을 이루곤 했다. 그러므로 남한테 함부로 막되게 굴고 남을 마구 다루는 것, 인간이 이런 습성을 고치지 않는 한 제국주의나 식민주의는 극복되지 않는다는 것이, 책에서보다는 그동안의 생활 경험에서 배운 내 나름의 이치라면 이치이겠는데, 서경식 씨의 초대를 받고 내 머리 속에 가장 먼저 떠오른 것도 그것이었다.

제국주의의 피해자로 자기를 표상하는 데 익숙한 한국인들도 남을 함부로 대하는 데에 있어서는 그다지 떳떳치 못한 역사를 지닌 것도 사실이다. 그리고 지난 수십 년 동안 내가 목격하고 경험한 바에 의하면, '재일교포'는 '대한민국'과 그 '국민', 그리고 '조선민주주의인민공화국'과 그 '공민'이 함부로 마구 다루어 온 대상 중의 하나였다. '재일교포'가 그들이 거주하는 일본에서 단일민족주의의 거친 폭력으로부터 당하는 온갖 차별과 멸시의 이야기들은 널리 알려져 있고, 그것은 또 언제나 사회적 공분을 불러일으키는 중요한 소재였다. 그러나 과연 일제로부터 해방된 남북한 사회는 '재일교포'들에게 그러한 단일민족주의의 폭력으로부터 안전한 장소였던가? 절대로 그렇다고는 말할 수 없을 것이다.

  '대한민국'의 '국민'인 나는 어떠한가? 그들에 대한 호칭에 난감함을 느끼고 그들의 역사와 현실에 대해 거의 백지 상태인 나는 그들에게 행해진 한국인·조선인들의 일상적 폭력과 편견에 대해 무죄라고 말할 수 있을까? 무엇인가 빚을 지고 있는 듯한 느낌, 무의식의 수준에서 저지른 어떤 행위가 남김없이 드러날 때의 낭패감 같은 것이 그들을 만나러 가는 내내 떠나지를 않았다. 그런 상태에서 내가 무슨 말을 할 수 있을지 자신이 서지 않았다. 토론의 주제가 될 내 논문의 내용과 관련해서는 더욱 그러했다. 나 자신의 신념에 대해 묻는다면, 언제 어디서나 나는 내셔널리즘에 대한 나의 단호한 부정을 포기할 수 없다. 그러나 '한국인' 또는 '조선인'으로서의 '민족적' 정체성의 확보를 통해 일본 국가의 내셔널리즘에 저항해 온 그들에게 나는 한국에서와 똑같은 방식으로 내셔널리즘의 자기모순과 폭력성에 대해 비판할 수 있을까? 또는 그래도 되는 것일까? 나는 그 점에서 전혀 자신이 없었다. 아니, 그래서는 안 된다고까지 생각하고 있었다.

  토론회는 따뜻하면서도 신랄하고 진지하면서도 격렬했다. 서경식 씨와 그의 동료들은 그들 앞에 닥친 어떤 분열과 균열을 깊은 고뇌와 함께 차분하게 응시하고 있는 듯이 보였고 나는 그런 그들에게 큰 감명을 받았다. 이런 사람들에게서는 배울 점이 아주 많은 법이다. 그러므로 이 글은 그때의 만남 이후 내가 그들에게서 배운 것들의 '보고서'라고 해도 좋다.

  서경식 씨에게서 내가 배우는 것은 그 사유의 개방성과 균형 감각인데, 그것은 그와 그의 형제들 그리고 가족들에게 가해진 오랜 고난의 경

험으로부터 얻어진 것으로 보인다. 그런데 인내의 한계를 넘은 고난의
경험으로부터 사람은 자폐적이고 방어적인 밀실의 세계로 후퇴하거나 극
단적이고 완고한 공격적 세계로 달려 나가거나 하는 것이 보다 흔한 경
우라는 점에 비추어 볼 때, 서경식 씨가 보여주는 개방성과 균형 감각은
매우 값진 것이 아닐 수 없다. 나는 지금까지 그의 책을 여러 권 읽어 왔
지만 이번의 『난민과 국민 사이』만큼 그 점을 잘 보여주는 것도 드물다
고 생각한다.

이 글의 앞머리에서 내가 곤혹감을 말했던 '호칭' 문제에 대해서 그는
명쾌하게 '재일 조선인'이라는 호칭을 사용할 것을 주장한다. "재일 조선
인을 조총련계와 민단계로 구별하는 견해는, 민족분단을 기정사실로 용
인해 버릴 뿐만 아니라 재일 조선인의 역사와 현실을 전혀 반영하지 못
한 것이다."(117) 다시 말해 '조선인'이라는 호칭은 특정한 국가나 정치체
에의 귀속을 뜻하는 것이 아니라, 그러한 분단 이전의 상태를 환기하는
용어인 것이다. 동시에 그는 일본 사회에서 '조센징'으로 부당하게 억압
당하고 착취당해 온 역사를 반영하는 용어로서, 그 부당함에 저항하고
자신의 정체성을 드러내는 방법으로서 '재일 조선인'이라는 '총칭'을 사
용할 것을 주장한다. 요컨대, 이 호칭을 통해 그는 어느 특정한 국가로
귀속되는 것으로서 문제를 해결하고자 하는 기왕의 국민주의적 방식을
거부하면서, 동시에 '비칭(卑稱)'을 당당하게 자기 호명의 수단으로 사용
함으로써 식민지 지배자들의 심장을 겨누는 통쾌한 탈식민주의적 실천을
보여주고 있는 것이다. 나는 그의 이러한 주장에 이의를 제기할 근거를
알지 못한다.

서경식 씨가 이 책에서 말하고 있는 것을 다만 재일 조선인이라는 특

정한 집단의 특수한 상황으로 이해하고, 동시에 그의 발언을 일본이라는 특정한 사회에 대한 항의로만 이해한다면 그것은 이 책을 크게 잘못 읽는 것일 터이다. 그의 발언들은 물론 특수한 상황과 경험으로부터 나온 것이고 또 바로 그 점에서 실감과 진정성의 무게를 얻는 것이지만, 보다 중요한 것은 그 발언들이 언제나 예외 없이 인간적 혹은 인류적 보편의 차원을 지향하고 있다는 점이다. 예컨대, 서경식 씨에게 있어 재일 조선인의 문제를 포함한 식민지 지배의 '청산'은 국가 간의 문제로 끝나거나 해결될 수 있는 문제가 아니다.

> [……] 조선 민족에 대해서 행해진 국가범죄는 현존하는 어떤 특정한 국가와 일본의 국가 간 관계로만은 해결할 수 없다는 것이기도 합니다. 식민지배는 조선에 분단국가가 탄생하는 역사적 전제가 되었고, 또 무려 500만에 이르는 재외 조선인의 이산을 낳은 원인이 되기도 했습니다. 재일 조선인을 난민화한 것도 식민지배의 결과입니다. 이런 역사를 '청산' 한다는 것은 어떤 것일까요? 그 청산이, 분단된 두 개의 국가 각각과 일본 간의 합의로 가능할까요? 그런 청산 방식은 근대 국민국가 시스템을 전제로 하고 있습니다. 이 시스템에서 배제된 자들, 낙오된 자들에 대한 보상은, 이 사람들을 현존하는 국가의 어느 편에 흡수해버린다고 해서 끝나는 문제가 아닙니다. 만일 그런 일을 강행한다면 그 행위로부터 새로운 난민이 발생하여 고통이 증대되어 나갈 뿐입니다.(225~226)

이러한 발언이 식민지 지배와 전쟁에 대한 일본 국가의 책임을 모호하게 하려는 것이 아님은 말할 것도 없다. 오히려 서경식 씨는 그 자신이 "'국가', '국민'의 자명성을 해체하려는 입장"(227)에 서 있음을 밝히면서 동시에 '내셔널리즘 비판이 전후 책임 회피와 결합'하는 것에 대해서는 날카로운 비판의 날을 세우고 있는 것이다.(222) 과거의 책임은 당연히 국가에 있다, 그러나 그 해결은 국가들 사이의 합의나 국민으로의 귀속으로 끝날 수 없다, 진정한 해결은 국민국가의 해체를 향해야 한다는 논법에서 나는 서경식 씨의 사유가 지향하는 진정한 진보의 정신, 인류적 보편의 경지를 읽고 거기에 공감한다.

그런 점에서 이 책에 실린 글들은 일본의 독자만을 향한 것이 아니다. 가령, "재일 조선인은 근대 일본의 출생의 비밀과 관련된 존재, 곧 일본이라는 '네이션(nation)' 자체의 그림자이다. 그렇기 때문에 일본이라는 네이션이 최종적으로 해체되지 않는 한, 재일 조선인은 끊임없이 만들어지고 스스로 태어나기도 할 것이다"(151)라는 구절은 지금까지 내가 읽은 재일 조선인에 대한 정의 중에서 가장 울림이 큰 것인데, 이 문장에서 '일본'을 꼭 '일본'으로 읽어야만 할 이유는 없어 보인다. 한국은 물론이려니와, 모든 근대 국민국가의 출생의 비밀과 그림자를 우리는 이 구절에서 유추할 수 있고, 그 국민국가가 해체되지 않는 한 끊임없이 탄생하고 만들어질 무수한 난민들을 보기 때문이다. 난민이란 자신의 존재를 통해 세계의 그림자를 증거하는 사람들이다. 일본만의 이야기가 아닌 것이다.

그러므로 서경식 씨의 시선이 언제나 세계를 향해 있고 그의 문제의식이 세계성을 확보하는 것은 당연한 일이다. 그는 나치의 손에서 도망쳐 벨기에에 체재하면서 6개월마다 관청에 출두하여 체재 허가를 갱신해야 했던 유대인 화가 펠릭스 누스바움(Felix Nussbaum)의 삶을 소개하는데, 그것은 일본에서 태어나 일본에 살고 있으면서도 해외에 나갔다가 일본으로 입국할 때에는 '재입국심사'를 받아야만 하는 그 자신의 현실과 겹친다.

　그런 일의 거추장스러움, 뭐라 말할 수 없이 불쾌한 기분, 이런 시시콜콜해 보이기까지 하는 세부사항에 특별한 리얼리티를 느낍니다. 아아, 어디든 똑같구나 하고 기묘한 감개(感慨)까지 느낍니다. 그것은 지금도 세계 각지에서, 이 일본에서도, 수백만, 수천만의 난민들이 경험하고 있는 것이니까요.(212~213)

　그러나 실은 그가 느끼는 이 '특별한 리얼리티'야말로 그의 글에 특별한 리얼리티를 부여하고 그의 시야와 사유를 세계적 보편성의 경지로 상승시키는 원동력이라고 해도 좋을 것이다. 서경식 씨는 「유대인 증명서를 들고 있는 자화상」이라는 누스바움의 그림에 대해 다음과 같이 설명한다. 그 그림은 막다른 골목에 몰린 유대인 사내가 검문하는 관헌에게 손에 든 외국인 등록증을 보여주는 장면을 그린 것이다.

　이 그림에 담겨 있는 것은 '나는 유대인'이라고 하는 자기-표명이 아닙니다. '유대인'이라는 민족성이나 종교성 등의 정체성을 표명하고 있는 게 아니라는 겁니다. 국가의 폭력에 의해 '유대인'으로 분류된(categorized) 난민이 그려져 있는 것입니다. 따라서 그것은 '유대인'의 초상이 아니라 '난민'의 초상인 겁니다. 바로 그렇기 때문에 저는 이 그림을 20세기를 대표하는 자화상이라고 부르는 것입니다.(214~215)

　국민국가의 시스템에 의해 추방된 난민의 존재를 또 다른 민족적 정체성으로 회수하지 않고 '20세기를 대표하는 자화상'으로 명명하는 서경식 씨의 모습에서 나는 진정한 '세계인의 초상'을 본다. 그러므로 그는 누스바움의 사례를 "난민에게 공통적인 운명이지 특수한 예외가 아니"라고 말하면서 "국가와 자신이 분리되거나 국가가 자신을 추방한다는 것은 상상조차 하지 못하는” “일본의 다수자”(그리고 물론 세계의 모든 내셔널리스트들)에게 “그런 일이 일어날 수 있”다는 “상상력”을 가지라고 촉구하는 것이다.(216)

이 글의 앞머리에서 나는 식민주의의 본질이란 남을 함부로 대하는 것이라는 다소 비사회과학적인 정의를 시도해 보았거니와, 이제 다시 한 번 거기에 기대어 말해 본다면, 식민주의의 극복은 타자를 그 타자성에 있어서 정당하게 인정하고 자신을 그 타자에게로 열어가는 마음의 움직임으로부터 시작되는 것이라고 말할 수 있을 것이다. 그 마음의 움직임들은 아마도 나와 타자 사이의 어떤 공명(共鳴)을 낳을 것인데, 서경식 씨의 글들은 이런 공명으로 가득 차 있다. 예컨대 그는 자신을 포함한 재일 조선인을 ‘반(半)난민’으로 규정하고 있거니와, 그것은 자신을 “과연 ‘온전한 난민’이라고 부를 수 있는가 하는” 의문에서 기인한 것이다.

> 재일 조선인인 제가 일본 사회에서 무권리 상태를 강요받아 온 것은 사실이지만, 그래도 지금 의식주나 의료 문제에서 어려움을 겪지는 않고, 끊임없이 생존권을 위협당하는 상태에 놓여 있다고도 말할 수 없다는 겁니다. 그런 제가 르완다, 아프카니스탄, 점령지 팔레스타인 등 기아와 전화(戰禍)에 직면해 있는 난민 앞에서도 나도 같은 난민이라고 말할 수 있을까 하는 문제입니다.(223)

중요한 것은 물론 ‘반난민’이라는 자기규정이 옳으냐 그르냐 하는 것이 아니다. 이러한 성찰은 자신을 타자의 온전한 타자성에게로 열어가는 마음의 움직임이 있지 않고는 획득될 수 없는 것이다. 그것이 소박한 의미에서의 ‘겸손’과 다른 것은 이러한 성찰이 곧바로 다음과 같은 보기 드문 비판으로 이어지기 때문이다.

    '국민'으로서 특권을 향유하고 있는 사람들이 자신을 감금하고 있는 보
이지 않는 감옥으로서의 국민의식을 깨고 싶어 하는 욕망의 표현으로서
관념적으로 난민적 삶에 대한 동경을 이야기 하는 현상을 늘 복잡한 심
정으로 바라봐 왔습니다. 난민이라고 하는 것은 국가로부터의 해방이기
이전에 국가로부터의 추방이며, 그것은 대부분의 경우 생존권이라는 기
본권으로부터의 추방을 의미하는 것입니다. 가볍게 말할 수 있는 문제가
아닙니다. 그렇다면 제가 스스로를 난민이라고 지칭하는 행위에도 많건
적건 이와 똑같은 관념성이 배어 있는 것은 아닐까 하는 의문을 금할 수
가 없습니다. 최소한 말할 수 있는 것은, '난민'이라는 관념을 쓸 때에는
가능한 한 섬세하지 않으면 안 된다는 것입니다.(223~224)

나는 바로 이 대목이 아마도 서경식 씨와 그 동료들을 처음 만날 때
내가 느꼈던 어떤 머뭇거림의 정체를 정확하게 짚어낸 것이 아닐까 하는
생각을 한다. 나의 내셔널리즘 비판이란 무엇일까, 국가로부터 추방되거
나 소외된 적이 없이, 실은 그 특권을 향유하면서 내이션을 비판하는 나
의 언설은, 실제로 이십사 시간 국가 폭력 앞에 노출되어 있는 사람들 앞
에 무슨 구체성을 가질 것인가, 구체성은커녕 배부른 지식인의 한가한
관념놀음으로밖에 들리지 않을 수도 있지 않을까, 하는 것이 서경식 씨
를 비롯한 재일 조선인 지식인들을 만나는 자리로 향하는 나의 발걸음을
무겁게 한 것이었음을 나는 이 대목을 읽으면서 깨달았다. 내셔널리즘을
비판하는 일관된 입장을 유지하면서도 동시에 내셔널리즘 비판 속에 들
어있는 어떤 관념성을 적발해 내는 그의 이러한 비판의식은 앞서 말한
바, 자신을 타자의 온전한 타자성으로 열어가는 마음의 움직임이 있지

않고는 얻어지기 어려운 것이다.

한편 소수자나 피억압자의 소리에 귀를 기울여야 하는 까닭은 그들이 무조건 '옳기' 때문이라기보다는 그들의 존재가, 앞에서 말한 바, 세계의 그림자를 증거하는 것이기 때문이다. 그러나 소수자를 위해 싸우는 사람들에게 있어서 많은 경우 소수자 혹은 '민중'은 처음부터 옳다. '민중'은 가장 낮은 곳에 있음으로써, 가장 착취당함으로써, 완전무결하고 흠 없는 존재가 된다. 이러한 이념이 타자를 온전한 타자성으로 인정하는 것이 아님은 말할 필요도 없다. 그것이 타자를 자신의 주관이나 관념으로 재단함으로써 새로운 억압의 출발점이 되고 말 것임도 이제는 넉넉히 알 수 있는 시점이 되었다.

서경식 씨는 어떤 경우에도 소수자로서의 재일 조선인을 '순결한 민중'으로 묘사하지 않는다. 그는 온갖 형태로 찢기고, 갈라지고, '배신'하며 살아가고 있는 재일 조선인의 현실을 때로는 사회과학적 분석을 통해, 때로는 시적 언술들을 통해 제시한다. 그 설득력 강한 현실 분석과 더불어 그는 한국의 '민중신학'이 지닌 '자기중심주의', '나르시시즘'을 날카롭게 지적한다. 서경식 씨가 다음과 같이 말할 때 그것은 결코 재일 조선인이라는 존재의 이른바 '민중적 연대'를 도모하는 것이 아니다.

> 본국의 민중과 재외 동포(재일조선인)가 어떻게 '민중이라는 차원에서 연대'할 수 있는가는, 사실 이론적으로도 실천적으로도 매우 어려운 문제다. 그 점을 민중신학은 어떻게 포착하고 있는 것일까? '같은 민중이니까'라고 간단히 말할 수 있을까? 재일조선인은 양정명이 전형적으로 그러했듯이, 자신이 민중의 일원인가 아닌가, 오히려 민중을 배신한 게 아닌가, 어떻게 하면 민중과 연결될 수 있을까 하는 문제로 고뇌하고 있으니 말

이다.(190)

서경식 씨는 "민중신학이 전달하는 민중의 이미지는 일종의 이념화된 이미지"라고 말한다. 그것이 그려내는 민중은 "완전무결한 민중"이다. 그에 비하면 재일 조선인은 "일본 사회에서는 소외받고 차별받고 있지만, 조국의 민중의 입장에서 보면 가해자에 가담하고 있는 존재, 또는 적어도 이익을 얻고 있는 존재라는 이중성을 갖는다."(190) 이 이중성에 대한 고려가 없는 민중주의의 나르시시즘이 내셔널리즘의 그것과 다를 바 없을 것임은 자명할 터이니 그것이 식민주의를 넘어서는 유효한 방법이 될 리도 또한 만무하다.

그렇다면 무엇을 할 것인가? 다음 문장에서 나는 놀라운 영감을 받는다.

> 낙관적인 전망을 할 수는 없습니다. 그러나 종종 첼란의 시처럼 이해하기 힘든 언어의 단편, 또는 누스바움의 시선과 같은 말로 표현할 수 없는 물음, 그런 난민들이 계속 질러대고 있는 소리들에, 즉 삐걱거림, 비명, 흐느낌, 때로는 껄껄하는 웃음에까지 가능한 한 귀 기울이는 것이 현재의 국면을 타넘고 나가기 위해 불가결하다고 생각합니다. 저 역시 감수성을 최대한 예민하게 만들어 그 소리들을 듣고 알려 나가는 것을 저에게 주어진 작업으로 여기고 있습니다.(237)

이 문장은 그 내용의 침중함과 엄숙함에도 불구하고 실로 아름답다. 여기서 서경식 씨가 말하는, 찢기고 갈라지고 뒤틀린 자들의 비명과 흐느낌, 뜻 모를 중얼거림, 탄식 등은 정신분석학자 쥬디스 허만(Judith Herman)의 용어에 따르면, '트라우마적 기억'이다. '트라우마적 기억'에서 기억은 형식을 갖추지 못한다. 그것들은 예기치 않은 순간에 터져 나오고, 맥락과 상관없이 발화되고, 따라서 자주 끊긴다. 말들은 더듬거리고, 중얼거리고, 흐느낌, 한숨, 비명, 절규, 욕설 등으로 뒤덮이고, 의미는 불확실하며 불투명하다. 이 비통사적(非統辭的) - 비통사적(非通史的) 발화 속에서 죽음과 학살의 고통은 비로소 얼굴을 내민다. 이 기억, 이 고통과 마주서지 않는 한, 누구도 과거를 넘어설 수 없다. 서경식 씨는 여기에 귀 기울이는 것이 자기의 일이라고 말한다. 그리고 그의 책은 바로 그런 귀 기울임의 흔적들로 충만하다.

한편, 가령 「국민교육헌장」 이나 「국사(國史)」 교과서 같은 것이 보여주듯이, 일점의 의혹도 없이 선언되는 정체성은 의심의 여지없이 가짜다. 다시 쥬디스 허만의 용어를 따르면, 그것들은 '서사적 기억'에 속한다. 말들은 수미일관하며 매끄럽고 의미로 충만하다. 모든 공식적 역사 기록들, 기념물들, 기념 의례와 행사들, 요컨대 모든 국민적 기억의 서사들이 흔히 그렇듯이, '국민'의, '국민'에 의한, '국민'을 위한, 그 질서정연한 통사적(統辭的) - 통사적(通史的) 서사는 기억을 박제화하고 망각을 유도한다. 분명한 것은 '서사적 기억'으로는 죽음과 폭력의 상처는 치유될 수 없다는 사실이다. '서사적 기억'의 질서정연한 언어들이 기억과 망각의 변주곡을 끊임없이 연주하는 한, 죽음의 기억들은 영원히 은폐되고 폭력은 결코 종식되지 않는다.[1]

서경식 씨의 글들은 흐느낌과 비명으로 점철된 '트라우마적 기억'들에 귀 기울이고 '국민적 정체성'을 강요하는 모든 '서사적 기억'들에 저항하

---

1) '트라우마적 기억'과 '서사적 기억'에 관한 이상에서의 서술은 나의 책, 『'국민'이라는 노예』, 삼인, 2005 참조.

는 또 하나의 흐느낌이다. 그것은 "찢김을 자기 내부에 떠맡게 되어버린 자가 던지는 질문"(195)이다. 우리가 거기에 귀 기울여야 하는 것은 우리가 그의 분열과 고통에 연루되어 있으며, 우리 또한 찢겨 있는 자들이기 때문이다.

(2006)

공자 · 아우얼바하 · 유종호

‘사십에 불혹(不惑), 오십에 지천명(知天命), 육십에 이순(耳順), 칠십에 종심소욕불유구(從心所欲不踰矩)’라는 공자의 가르침을 완전히 ‘전복적으로’ 풀이하던 친구가 있었다. 말인즉슨, “사십에 불혹이란 게 무슨 뜻인고 하니, 사람이 나이 사십이 되면 저마다 고집이 생긴다는 말이야. 어떤 유혹과 압력에도 굴하지 않는 똥고집! 그걸 가리켜 불혹이라 하는 거지. 그렇게 십년쯤 지나 도저히 구제불능의 상태가 되면 그걸 천명이라고 우기는 경지에 이르게 되지. 다시 십년이 지나 육십이 되면 이순이라. 이제는 귀가 순해져서 뭐든지 한 귀로 듣고 한 귀로 흘려. 요컨대, 남의 말을 아예 안 들어. 마침내 칠십이 되면 제 욕심대로 해도 어긋남이 없다. 이게 무슨 말이냐? 욕심밖엔 남은 것이 없다, 그 말이지.”

우스갯소리 치고는 그런대로 인간성의 한 부정적 측면을 꿰뚫는 바가 없지 않은 이 해석에 내가 크게 공감하는 것은, 그것이 바로 다름 아닌 나 자신을 콕 찍어 가리키는듯한 느낌을 받기 때문이다. 좌충우돌의 젊은 시절이 누구에겐들 없으랴만, 세상에 대한 불평불만이 넘치는 그만큼 사람살이의 이치에는 한없이 둔감하고 모자란 철딱서니 없는 ‘젊은 것’의 전형이 바로 내가 아니었던가, 젊었던 그 시절에는 영원히 오지 않을 것만 같았던 ‘지천명’의 나이를 넘기면서부터 그런 생각에 자주 가슴을 치곤 한다.

그런데 후회를 하고 반성을 하면 무얼 하나? 나이가 들었어도 달라진 건 아무 것도 없다. 아내한테 번번이 지청구를 먹으면서도 나는 여전히 때와 장소를 안 가리고 남의 욕을, 그것도 실명을 거론하면서 자주 하고, 시시때때로 “한국이라는 나라는 해체해 버리는 것이 인류를 위해서 가장 좋다”는, 남이 들으면 맞아죽기 딱 좋을 소리를 (그러니까 가까운 친구들하고의 사석에서만) 서슴없이 내뱉어서 친구들을 아연실색하게도 하는, 철나기는 이미 글러버린 남자인 것이다. 게다가 남의 충고나 비판을 잘 새겨듣기는커녕 벌컥 화부터 내고 보는 옹졸한 심보 역시 조금도 개선되는 바가 없다. ‘이순’이 되려면 아직도 시간이 남았건만, 그게 뭐 그리 좋다고 벌써 ‘남의 말을 아예 안 듣는 이순의 경지’에 이르렀단 말인가, 홀로 한탄하고 한탄할 뿐이다. 술이라면 모를까, 세월이 인간을 그냥 성숙시키는 것은 아닌 듯하고, 아마도 그 산 증거가 내가 아닐까 하는 생각을 요즘 씁쓸하게 하고 있는 중이다.

그러나 잘 되면 제 탓이고 안 되면 조상 탓이라고, 불평불만의 크기에 비례해서 내 공부나 사람됨의 깊이가 한없이 얕은 것도 반 이상은 시대와 사회를 잘못 만났기 때문이라고, 나는 되도록 그렇게 믿고 싶어 한다.

아닌 게 아니라 그렇다고 보자면 그렇기도 하다. '젊은 것'들이 망둥이처럼 날뛸 때에는 또 그만한 이유가 있을 터이니, 우선 내 나이 또래의 세대가 남의 탓하기 딱 좋은 것으로는 그 시절이 암담한 군사독재의 시절이었다는 점이다. 돌이켜보면, 나의 20대와 30대에 해당하는 70년대와 80년대는 극단의 '증오'와 극단의 '열광'이 공존하는 시대였다. '극단의 증오' 쪽에는 군사독재의 통치자들과 그 추종자들이 있었다. 동시에 증오와 혐오의 크기만큼 '극단의 열광'을 불러일으키는 존재들이 있었다. 수많은 이론가들, 선동가들, 운동가들, 그리고 그 이념들이 그것이었다. 증오와 혐오의 어둠이 깊을수록 열광의 빛 또한 밝고 뜨거웠다. '적'에 대한 증오로 치를 떠는 순간과 찬란한 이념의 빛에 들리우는 황홀경의 순간은 언제나 동시적인 것이었다.

그런 현상은 80년대에 극에 이르렀다. 새파란 꽃잎 같은 청춘들이 자신을 둘러싸고 있는 단단한 담장을 향해 일직선으로 달려 나가 그대로 산산이 부서져 내리는 비극이 일상처럼 되풀이 되었던 80년대의 캠퍼스에서, 어느 편인지가 분명하지 않은 목소리, 정체가 불투명한 발언, 목표와 전략이 확실치 않은 이론, 당파적 이해를 우선하지 않는 논리, 기타 이와 유사한 것으로 간주될 수 있는 모든 목소리는 단호하게 거부되었고, 자주 '적'과 동일시되었다. 그 성취와 한계를 모두 포함해서 한국의 80년대 같은 시대는 인류 역사상 다시 오지 않을 거라고 나는 생각하지만, 지금 여기서 그걸 말하려는 건 아니다. 내가 말하고 싶은 것은, 이른바 386세대를 포함해서 80년대에 젊은 시절을 보낸 세대의 중요한 세대론적 특징 중의 하나는 그들에게 '어른'이 없다는 것이다. '증오'를 불러일으키는 어른도 어른이 아니지만, '열광'시키는 어른 또한 진정한 어른이 아니

라는 뜻에서 군부독재와의 투쟁 속에서 젊음을 보낸 세대들에게는 어른
이 없었다. 아니 어른이 없다기보다는 '제 마음 속에 어른이 없었다'는
것이 정확한 말이겠다. 나는 이제야 그걸 알겠다. 그러니 80년대에 젊은
이였던 내가 어찌 그걸 알았겠는가.

8·15 해방이 '도둑처럼' 찾아 왔듯이 세계 사회주의의 몰락 역시 (적
어도 한국에서는) 그러했다. 90년대가 시작되었고 나는 '불혹'의 40대,
'똥고집'의 40대를 맞이했다. 세상에 대한 불만은 여전했지만, 내가 변한
것이 있다면 나 자신에 대한 불만이 급증했다는 것이었다. 무엇보다도
나는 내가 불만이었다. 뻔하디 뻔한 상투적인 소리를 강의실에서든 글에
서든 늘어놓고 있는 나 자신에 염증이 날대로 나 있었다. 나는 예전에 읽
었던 책들을 다시 읽기 시작했다.

그이의 목소리는 너무 작아서 잘 들리지 않았다. 아니 그이는 늘 분명
한 소리를 내고 있었지만 주위의 소리가 워낙 커서 여간 세심한 귀가 아
니고는 잘 들리지가 않았다. 큰소리들이 잦아들자 그 소리가 들리기 시
작했다. 그러자 그 소리는 이전의 어떤 큰소리들보다 더 컸다. 그러나
'열광'을 불러일으키는 큰소리들과는 질이 다른 것이었다. 나는 그 소리
의 잔잔함 때문에 마음이 편해졌고 귀가 열렸다. 동시에 이제서야 그 소
리를 듣는 내 자신이 한없이 부끄러웠다.

그이의 소리는 나를 일으켜 어디론가 뛰어나가게 하는 것이 아니었다.
그이의 소리는 내가 그것으로 밥을 벌어먹는 일에 최소한의 정직성과 성
실성을 지니고 있는지를 스스로 돌아보게 하는 것이었다. 이것보다 더
중요한 원칙, 이것보다 더 급진적인 이론은 어디에도 없었다. 나는 나 자

신에 대한 염증에서 어느 정도 벗어나 무언가 갈 길을 찾은 느낌이 들었다. 사숙(私淑)이란 것이 있다면 이런 경우를 가리키는 것일 터이다. 그런 점에서 나는 오래 전부터 그이의 제자였다.

1996년부터 나는 유종호 선생과 같은 학교 같은 학과에서 근무하게 되었다. 세상에 대한 나의 불평불만 중에는 내 밥벌이의 터전인 이 학교에 대한 것도 꽤 큰 부분을 차지하고 있지만, 그러나 유종호 선생과 함께 감히 '입사동기'의 영광을 베풀어 준 데 대해서만큼은 특별한 감사의 뜻을 표하지 않을 수 없다. 비범함을 가장한 평범 이하의 언필칭 지식인이 무수히 많고 세상은 또 대개 그런 류의 인간들이 움직인다는 것이 경험으로부터 나온 나의 믿음이다. 그 반대의 인간형을 만나기는 어렵다. 그런 사람을 '동료'로 만나기는 더더욱 어렵다. 세상에 대한 불만감이 커질 때마다 나는 나에게 주어진 이 흔치 않은 행운을 돌이키면서 위안을 삼곤 한다. 그것만으로도 나는 선생에게 큰 은혜를 입은 것이다.

자꾸 나이 타령을 해서 미안하지만, 사실 나이든 사람과 같이 술을 마시거나 식사를 하는 일은 어지간해서는 그리 즐거운 일이 아니다. 그러나 자신 있게 주장하건대 선생의 경우는 전혀 예외에 속한다. 선생의 초인적인 기억력과 무궁무진한 지식은 널리 알려진 것이지만, 실제로 무수한 전적(典籍)이 도서관이 아니라 인간의 머릿속에 들어 있는 경우를 목도할 때의 경이로움은 직접 겪어보기 전에는 상상하기 어렵다. 그래서 그런가, 나는 이스탄불의 빈약한 도서관에서 주로 기억에 의존해서 불후의 명저 『미메시스』를 저술한 아우얼바하와 그 책의 한국어 번역자인 선생의 모습이 겹쳐지는 느낌을 자주 받곤 한다. 척박한 지적 환경 속에서 솟아오른 지성의 희귀한 사례로서 그 둘이 비슷해 보이기 때문이다. 존경

할 만한 지성을 동시대에 만날 수 있다면 그런대로 혜택 받은 세대일 터이고, 그런 점에서 우리 세대의 이런저런 불우함도 선생 덕택에 꽤 많이 탕감될 수 있을 것이라고 나는 늘 생각한다.

선배 세대로부터 받은 만큼 갚지 못하는 것은 전적으로 이쪽의 모자람 탓이다. 내가 '똥고집'의 40대를 지나 '똥고집을 천명이라 우기는' 50대를 넘기는 동안 선생은 진정한 '종심소욕'의 경지에 이르렀다. 나는 공자의 인간론에 대한 저 '전복적' 해석이 전혀 들어맞지 않는 경우를 선생을 통해서 보았다. 천박하고 상스런 세상사에 대한 혐오감을 노골적으로 표현할 때조차 선생의 언사는 묘한 훈훈함과 유머 감각으로 넘치는데 이 놀라운 '종심소욕'의 경지는 나에게는 영원히 불가능한 것이다.

이번 학기를 끝으로 선생은 강단을 떠난다. 큰 사전에도 안 나오는 어떤 영어 단어 때문에 며칠을 끙끙대다가 혹시나 해서 여쭌즉 그 자리에서 '단방에' 해결해 주셨던 선생, "거리의 장삼이사(張三李四)가 베토벤의 어깨를 치면서 '안녕하슈, 노형' 하고 수작을 부리는 것이 민주주의가 아니다"라는, 내게 깊은 위안을 주었던 토마스 만의 명구(名句)를 그 명번역과 함께 알려 주셨던 선생을 이제 복도나 식당 같은 곳에서 예사롭게 마주칠 수는 없게 되었다. 저렇게 되고 싶다고 늘 흠모하던 대상을 떠나보내는 마음은 적적하고 삭막하다. 공교롭게도 가까이에서 선생을 뵐 수 있었던 시간이 10년이고, 선생이 학교를 떠난 뒤 내게 앞으로 남은 시간도 10년이다. 공부에서든 인생에서든 잘 흉내 내기는 실로 어렵다. 남은 10년 동안 나는 선생을 잘 흉내 낼 수 있을까? 자신은 없지만 애는 써 보려고 한다. 그러면 혹시 공자 말씀에 부합하는 어느 순간도 오지 않을까 싶다.

(2006)

세계화 · 번역 · 노벨상

최근 10여 년 간 한국인들의 입에 가장 많이 오르내린 단어 중의 하나는 아마도 '세계화'일 것이다. 좋은 의미에서든 궂은 의미에서든, 이제 '세계'를 의식하지 않고는 단 하루도 살아갈 수 없는 세상이 되었음을 지난 몇 년 동안 한국인들은 뼈저리게 절감하였다. 그 중에서도 가장 큰 충격을 준 사건은 아마도 1997년의 IMF 사태였을 것이다. 한국의 은행이 미국 돈을 충분히 가지고 있지 못하다는 사실이, 미국 돈이 어떻게 생겼는지조차 모르는 한국인의 삶을 어떻게 뒤바꾸어 놓을 수 있는지를 생생하게 교육시켰다는 점에서 그것은 참으로 값비싼 '세계화 훈련'이었다.

그런데 이 값비싼 '훈련'의 결과는 어떤 것이었을까? 이제 세계금융시장의 판세를 한 눈에 척 꿰뚫게 된 한국인은 정말로 '세계화'된 것일까?

그리하여 그 결과로 얻어진 부를 바탕으로 세계 일류의 명품을 소비하고, 세계 각지를 유유히 유람하게 된 한국인은 정말로 '세계화' 된 것일까? 세계 공용어인 영어를 유창하게 말하게 된 한국인은 정말로 '세계화' 된 것일까? 이런 한국인들이 흘러넘치는 한국은 정말로 '세계화' 된 것일까?

이러한 질문은, 이미 그 어투에서도 짐작되듯이, 어떤 부정적인 답변을 예상하고 있다. 세계화는 이제 그 누구도 거스를 수 없는 대세이며 현실이기는 하지만, 그것이 위와 같은 것을 의미하는 것이라면 받아들이고 싶지 않은 것, 이것이 대부분의 사람들이 지닌 정서이기 십상이다. 그러니까 위의 질문들에 대해 '그렇다'고 답하는 것은 매우 씁쓸하고 심지어는 고통스럽기까지 한 일이다. 그렇다고 해서 위의 질문들에 대해 간단히 '아니다'라고 부정하는 것으로 문제가 해결될 수 있을까? 세계화가 그 무엇보다도 자본의 전 지구적 유통과 (특히 미국을 중심으로 하는) 정치, 경제, 문화 등 모든 부문의 전 세계적 단일화를 목표로 하는 것임이 분명한 바에야, 위에서 예로 든 한국인들의 모습이 세계화와 아무 관련 없는 것이라고 부정할 근거는 없어 보인다. 인정하기가 불편하긴 하지만, 세계화란 저런 한국인들을 만들어내자는 것이기도 하기 때문이다.

그렇다면 어떻게 대응할 것인가? 가장 극단적인 방안은 아마도 '우리 민족끼리'라는 구호에 집약되어 있을 것이다. 세계화의 거센 물결 앞에 '우리끼리' 뭉쳐서 '우리 것'을 지키고 '우리 식'으로 해나가면 그 어떤 위험도 극복할 수 있다는 투의 논리는, 그 구호의 생산지와는 별 상관이 없어 보이는 사람들에게서도 자주 발견되곤 한다. 그러나 한낱 허상에 지나지 않는 집단적 정체성의 강화와 종교적 주술행위에 가까운 정신주의적 요법을 통해 현실의 위기를 극복하고자 하는 이 허망한 시도는, 그

단순함과 우매함에서 '영어를 잘하는 것이 곧 세계화'라는 정반대의 주
장과 판박이로 닮았고, 동시에 오랜 세월 동안 전혀 녹슬지 않고 반복되
어 온다는 점에서도 아주 닮았다. 그리고 무엇보다도, 인간의 현실 적응
능력을 현저히 퇴행시킨다는 점에서 대단히 비인간적이기도 하다.

이 두 극단이 서로 다른 듯 하지만 실은 서로 닮았다는 것, 이런 태도
로는 세계화를 '이해'할 수도 '극복'할 수도 없다는 점을 염두에 두고, 한
국 문학의 '세계화'에 관한 문제로 논의를 옮겨보자.

'한국문학의 세계화'를 논할 때 가장 먼저 문제되는 것은 말할 것도
없이 '번역'이다. 많은 경우 '한국문학의 세계화'란 한국어로 된 문학작
품을 외국어, 특히 영어로 번역하여 세계무대(?)에 널리 알리는 일과 동
일시된다. 한국문학 번역원이라는 정부 기구에 만만치 않은 국가 예산이
집행되기 시작한 것도 최근의 일이며, 프랑크푸르트 국제 도서전 같은 세
계적인 행사에 (비록 졸속 번역·출판 때문에 여러 뒷말을 낳긴 했지만)
엄청난 양의 한국 문학작품들을 내보낼 수 있었던 것도 최근의 일이다.

문제는 '한국문학의 세계화'라는 담론과 '한국문학의 번역'이라는 주
제가 서로 결합할 때에 나타나는 상투적인 논의의 방식과 결론에 있다.
이 문제와 관련한 몇 차례의 심포지엄이나 공청회 등에 참가해 본 경험
만으로 감히 말하자면, 한국문학의 세계화와 번역에 관한 논의는 여전히
번역의 기량 향상, 전문 번역가의 양성 방안, 번역 대상 작품의 선정, 국
가적인 지원 방안, 효과적인 해외진출 전략 같은 주제를 끝없이 맴돌고
있다(이런 문제들이 아무 의미가 없다는 뜻은 아니다. 의미가 없기는커녕 그것들은 보
다 더 세밀하고 꼼꼼하게 탐구되어야 할 필요가 있다). 그러나 내가 보기에, 한국
문학의 세계화라는 '목표'를 달성하기 위하여 번역이라는 '수단'을 어떻

게 효과적으로 잘 사용할 것인가 라는 식으로 논의가 맴도는 한, '한국문학의 세계화'는 이해되지 않으며 진정한 '번역'도 수행되지 않는다.

특히 가슴이 답답해지면서 우울한 심정에 사로잡히게 되는 것은, 한국문학의 세계화와 번역이라는 주제가 곧장 '노벨상 수상' 운운하는 논의로 치달을 때이다. 식민지 이래 끊임없이 도지는 이 '노벨상 증후군'이야말로 한국인과 한국문화의 진정한 세계화를 가로막는 가장 큰 주범이다. 시골 / 서울, 주변 / 중심, 한국 / 세계, 비서구 / 서구의 세계 질서를 내면화하는 데에 노벨상만큼 강력한 기제가 달리 없고, 한국인과 한국문화를 영원한 '촌놈'으로 만드는 데에 '노벨상 증후군'만큼 심각한 질병이 달리 없기 때문이다. '한국문학의 번역'하면 바로 노벨상을 연상하는 이 뿌리 깊은 '촌놈 근성'이 사라지지 않는 한, '한국문학의 세계화'란 허망한 신기루에 지나지 않는다고 나는 생각한다.

노벨상 따위와는 아무 상관없이, 한국문학 작품이 더욱 많은 외국어로 더욱 잘 번역되는 것이 한국문학의 세계화에 가장 관건적인 요소임을 부정할 수는 없다. 그러나 동시에 그것은 '번역이란 무엇인가'라는 근본적인 물음을 외면해서는 안 된다. 번역 행위의 철학적 의의를 묻지 않는 맹목적 번역이야말로, '영어를 잘 하는 것이 곧 세계화'라는 주장과 다를 바 없기 때문이다. 그렇다면 논의는 다시 처음으로 돌아갈 수밖에 없다. '번역이란 무엇인가?'

번역 없이는 '나'도 없고 '남'도 없다. 내가 나를 인식하는 것은 남과의 '차이'를 통해서인데, 번역이란 바로 이 차이를 깨닫고 그것을 드러내는 행위인 것이다. 이때의 번역이란 말의 직접적인 의미에서의 번역, 즉 외국의 문헌들을 자신의 언어로 옮기는 (혹은 그 반대방향의) 번역 행위를 가리키는 동시에 그것을 통해서 나와 세계를 인식하는 행위를 가리키는 것이다. 모든 근대문학은 바로 이 번역 행위를 통해서 시작되었고 한국의 '신문학'도 예외가 아니었다. 그것이 '신문학'일 수 있었던 것은 그것이 나와 다른 '남'과의 대면을 통해 시작되었기 때문이다.

중요한 것은 한국문학의 기원에 가로놓인 이 '외래성'은 부정하거나 외면해야 할 약점이 아니라는 것, 또 한국만의 특수한 사정이 아니라는 점이다. 조금 극단적으로, 혹은 비유적으로 말하면, 모든 '근대문학'은 '외국문학'이며 우리가 '한국문학'이라고 말할 때 그것은 기원과 유래가 매우 복잡한 어떤 '외국문학'을 가리키는 것이다. 그러므로 한국의 근대문학은 다른 모든 지역의 근대문학이 그렇듯이, 이미 '번역문학'인 것이다.

그렇다면 이 '외국' 혹은 '외부'와 대립하는 '내부'는 어디인가? 그것도 사실은 분명하지 않다. 외부와 내부를 가르는 경계, 나와 남을 가르는 경계는 불투명하고 항상 흔들린다. 그리고 그 가운데 '번역'이 놓여 있다. '번역'은 어떤 교환 가능한 실체들을 어떤 명료한 경계선 위에서 주고받는 행위가 아니다. 반대로 '번역'을 통해서 내부와 외부의 선들이 명료하게 그어지고 교환 가능한 실체들이 형성되는 것이다(또는 형성되는 것처럼 보인다). 사카이 나오키(酒井直樹)의 말을 빌리면, 번역 행위를 통해서 우리는 번역 불가능한 것들의 존재를 알게 된다. 요컨대, 번역은 '이해불능이라는 경험을 이해하는 경험'이다.

우리는 타자(他者)를 이해할 수 없다. 나와 타자 사이에는 이해불가능의 심연이 가로놓여 있다. 그 심연을 우리가 절대로 건널 수 없다는 것을 이해할 때에 우리는 비로소 타자의 절대성을 인정하는 것이다. 그러므로

'나는 남을 이해할 수 없고 남도 나를 이해할 수 없다'는 것을 이해하는 것이 번역이며, 그 이해불가능성의 이해를 통해서 우리는 비로소 윤리적 인간이 될 수 있는 것이다. 번역은 그것을 실천하는 행위이다. 이해할 수 없는 타자(他者)의 존재를 이해하는 경험으로서의 번역은 그러므로 타자의 절대성에 대한 인정, 차이의 강제적 동질화를 거부하는 윤리적 실천 행위인 것이다.

그럼에도 불구하고, 번역이란 언제나 균질적인 어떤 두 개의 언어적 실체를 교환하거나 매개하는 투명한 행위로 인식된다. 거기에서 세계문학과 번역에 관한 숱한 오해들이 발생한다. 이 경우에 번역 행위는 타자를 자신의 기준에 맞추어 종속시키거나 반대로 자신을 타자에게 종속시키는 일이 되기 십상이다. 이때의 번역은 국민국가의 경계를 확정하고 그것들 사이의 역학관계를 충실히 반영하는 행위에 지나지 않는다. 현대 한국인의 교양을 지배했던 『세계문학 전집』의 상상력이야말로 그것의 대표적인 사례이다.

또 하나의 대표적인 사례는 한국문학의 세계화를 논할 때마다 빠짐없이 등장하는 "가장 민족적인 것이 가장 세계적인 것"이라는 구호다. 여기서 '민족적인 것'은 '세계적인 것'과 짝을 이루고 있다. 다시 말해, '민족적인 것'은 '세계적인 것'이라는 거울을 통해서만 보이는 것이다. 그런데 이때의 '세계'란 무엇이며 어디를 말하는 것일까? 그것은 물론 유럽이나 미국, 즉 '서양'을 가리키는 것이다. '가장 민족적인 것이 가장 세계적'이라는 말은 유럽이나 미국을 중심으로 하는 '세계무대'에 '우리 민족'을 '등록'시키고자 하는 한국인의 오래된 욕구가 집약된 표현인 것이다. 그런데 우리가 오늘날 목도하고 있는 거센 세계화의 물결은 민족국가의 다양한 분립과 그 위계 및 분업의 질서를 통해 강력한 중심의 지배 아래 통합된 하나의 세계를 꿈꾸는 것이며, 그 꿈은 '가장 민족적인 것이 가장 세계적인 것'이라는 말과 바로 통한다. 그런 점에서 '우리 민족끼리'를 소리 높여 외치는 사람들이 한편으로 세계화에 저항한다고 말하는 것은 실로 서글픈 코미디가 아닐 수 없다. '세계'에 대한 한국인의 상상력이 이렇게 고정되어 있는 한, 민족적 자부심과 주체성으로 가득 차 보이는 이런 종류의 민족적 언설이란 사실상 서양을 '세계=중앙=보편'으로 상정하면서 자신을 '지역=주변=특수'로 위치지우는 전도된 유럽중심주의의 또 다른 표현에 지나지 않을 뿐이다. 다시 말해, 목청 큰 민족주의적 주장이란 결국 뿌리 깊은 '사대주의'의 또 다른 얼굴에 지나지 않는 것이다.

다시 한 번 말하거니와, 한국문학의 세계화와 번역의 상관관계는 번역의 철학적 의의를 성찰하는 것으로부터 시작되지 않으면 안 된다. 그것은 올림픽에 출전한 국가대표 운동선수를 응원하는 것과 같은 것이어서는 안 된다. 우리가 문학 작품에서 기대하는 것은 그 어떤 것에도 양도하거나 분할할 수 없는 존재에 대한 옹호, 오로지 집단적 귀속만을 자신의 유일한 근거로 삼는 모든 전체주의에 대한 저항 같은 것이다. 다시 말해, 어떤 공약불가능, 환원불가능, 이해불가능의 절대적 타자성을 우리로 하여금 깨닫게 할 때 문학의 존엄성과 가치는 그 빛을 발하는 것이다. 번역은 그 불가능의 세계를 드러내고 깨닫게 하는 가장 유효한 실천적 행위 중의 하나다. 번역은 넘어설 수 없는 너와 나 사이의 아득한 차이를 경험하게 한다. 번역이란 일차적으로 이 차이들을 매개하고 소통시키는 행위이다. 그러나 좋은 번역은, 혹은 번역의 진정한 의의는 이 차이들을 지우거나 통합하는 것이 아니라, 오히려 그것들을 최대한 벌리고 유지·보존하는 것이다. 요컨대, 번역은 이 세계가 무수히 많은 다양성과 타자성의 세계임을 증언하는 행위이다. 그럼으로써 번역은 세계화의 통합력을 저지하고, 세계를 하나의 단일한 질서로 묶으려는 힘에 대해 저항하는 우리의 면역력을 기른다. 나쁜 번역이나 나쁜 문학은 이 차이들을 세계화의 통합력 안으로 귀속시키고 복무시키는 것이다. 그것은 문학을 국가대표 선수의 운동경기로 만든다. 그 싸움에서의 승리에 환호하고 감격하는 것은 물론 문학의 일은 아니다.

(2007)

저자 **김 철**

연세대학교 국어국문학과, 동대학원 국어국문학과를 졸업하고, 한국교원대학교 교수를 거쳐 현재 연세대학교 국어국문학과 교수로 재직 중이다. 한국근대문학을 통해 식민주의·민족주의·제국주의 문제를 분석하는 것이 주요한 연구 주제이다. 저서로『'국문학'을 넘어서』,『바로잡은 "무정"』,『'국민'이리는 노예』,『복화술사들』등이 있으며, 공저로는『해방전후사의 재인식』,『문학 속의 파시즘』등이 있다.

식민지를 안고서

초판 인쇄 2009년 12월 21일
초판 발행 2009년 12월 31일

지은이 김 철
펴낸이 이대현
편 집 이소희
펴낸곳 도서출판 역락
　　　　서울 서초구 반포4동 577-25 문창빌딩 2층
　　　　전화 02-3409-2058(영업부), 2060(편집부)
　　　　팩시밀리 02-3409-2059
　　　　이메일 youkrack@hanmail.net
　　　　등록 1999년 4월 19일 제303-2002-000014호

ISBN 978-89-5556-750-2 93810
정 가 17,000원

* 잘못된 책은 교환해 드립니다.